NELSON R

O BERRO IMPRESS

ODRIGUES

O DAS MANCHETES

AGIR

Capa e projeto gráfico
Luiz Stein Design (LSD)

Designers
Claudio Rodrigues
João Marcelo

Pesquisa de texto
Marcos Pedrosa de Souza

Revisão
Jorge Amaral

Revisão e notas
Antonio Arruda

Produção Editorial
Juliana Romeiro

CIP-Brasil. Catalogação-na-fonte. Sindicato Nacional dos Editores de Livros, RJ.

R614b Rodrigues, Nelson, 1912-1980
O berro impresso das manchetes / Nelson Rodrigues. — Rio de Janeiro: Agir, 2007.

ISBN 978-85-220-0779-0

1. Esportes — Crônica. 2. Futebol — Crônica. I. Título.

CDD: 869.98
07-1881 CDU: 821.134.3(81)-8

07 08 09 10 11 5 4 3 2 1

Este livro foi composto em Times 12/16
e impresso pela Ediouro Gráfica sobre
papel offset 75g para a Agir em junho de 2007

Agir

R. Nova Jerusalém, 345 — CEP: 21042-235— Bonsucesso — Rio de Janeiro — RJ
Tel.: (21)3882-8200 — Fax: (21)3882-8212/8313

Flamengo sessentão

1

Corria o ano de 1911. Vejam vo- cês: 1911! O bigode do Kaiser estava, então, em plena vigência: Mata Hari, com um seio só, ateava paixões e suicídios; e as mulheres, aqui e alhures, usavam umas ancas imensas e intransportáveis. Aliás, diga-se de passagem: é impossível não ter uma funda nostalgia dos quadris anteriores à Primeira Grande Guerra. Uma menina de 14 anos para atravessar uma porta tinha que se pôr de perfil. Convenhamos: — grande época! grande época!

Pois bem. Foi em 1911, tempo dos cabelos compridos e dos espartilhos, das valsas em primeira audição e do busto unilateral de Mata Hari, que nasceu o Flamengo. Em tempo retifico: — nasceu a seção terrestre do Flamengo. De fato, o clube de regatas já existia, já começava a tecer a sua camoniana tradição náutica.* Em 1911, aconteceu uma briga no Fluminense. Discute daqui, dali, e é possível que tenha havido tapa, nome feio, o diabo. Conclusão: — cindiu-se o Fluminense, e a dissidência, ainda esbravejante, ainda ululante, foi fundar, no Flamengo de regatas, o Flamengo de futebol.

---

* O Flamengo foi fundado para a prática do remo em 17 de novembro de 1895, com o nome de Grupo de Regatas do Flamengo. Nestor Bastos, um dos fundadores, sugeriu que a data de fundação deveria ser transferida para o dia 15, data da Proclamação da República. Porém, foi mantido o dia 17, e as comemorações são feitas no dia 15.

Naquele tempo tudo era diferente. Por exemplo: — a torcida tinha uma ênfase, uma grandiloqüência de ópera. E acontecia esta coisa sublime: — quando havia um gol, as mulheres rolavam em ataques. Eis o que empobrece liricamente o futebol atual: — a inexistência do histerismo feminino. Difícil, muito difícil, achar-se uma torcedora histérica. Por sua vez, os homens torciam como espanhóis de anedota. E os jogadores? Ah, os jogadores! A bola tinha uma importância relativa ou nula. Quantas vezes, o craque esquecia a pelota e saía em frente, ceifando, dizimando, assassinando canelas, rins, tóraces e baços adversários? Hoje, o homem está muito desvirilizado e já não aceita a ferocidade dos velhos tempos. Mas, raciocinemos: — em 1911, ninguém bebia um copo d'água sem paixão.

Passou-se. E o Flamengo joga, hoje, com a mesma alma de 1911. Admite, é claro, as convenções disciplinares que o futebol moderno exige. Mas o comportamento interior, a gana, a garra, o élan são perfeitamente inatuais. Essa fixação no tempo explica a tremenda força rubro-negra. Note-se: — não se trata de um fenômeno apenas do jogador. Mas do torcedor, também. Aliás, time e torcida completam-se numa integração definitiva. O adepto de qualquer outro clube recebe um gol, uma derrota, com uma tristeza maior ou menor, que não afeta as raízes do ser. O torcedor rubro-negro, não. Se entra um gol adversário, ele se crispa, ele arqueja, ele vidra os olhos, ele agoniza, ele sangra como um César apunhalado. Também é de 1911, da mentalidade anterior à Primeira Grande Guerra, o amor às cores do clube. Para qualquer um, a camisa vale tanto quanto uma gravata. Não para o Flamengo. Para o Flamengo, a camisa é tudo. Já tem acontecido várias vezes o seguinte: — quando o time não dá nada, a camisa é içada, desfraldada, por invisíveis mãos. Adversários, juízes, bandeirinhas tremem, então, intimidados, acovardados, batidos. Há de chegar talvez o dia em que o Flamengo não precisará de jogadores, nem de técnicos, nem de nada. Bastará a camisa, aberta no arco. E diante do furor impotente do adversário, a camisa rubro-negra será uma bastilha inexpugnável.

26/11/1955

o craque sem idade

2

Quando acabou a etapa inicial

do primeiro jogo Brasil x Paraguai, o placar acusava um lírico, um platônico 0 x 0. Ora, o empate é o pior resultado do mundo. O torcedor sente-se roubado no dinheiro da entrada e inclinado a chamar os 22 jogadores, o juiz e os bandeirinhas de vigaristas. Acresce o seguinte: — de todos os empates o mais exasperante é o de 0 x 0. Essa virgindade desagradável e irredutível do escore já humilhava o público e, ao mesmo tempo, o enfurecia. Súbito, o alto-falante do estádio se põe a anunciar as duas substituições brasileiras: — Zizinho e Walter. Foi uma transfiguração. Ninguém ligou para Walter, que é um craque, sim, mas sem a tradição, sem a legenda, sem a pompa de um Ziza. O nome que crepitou, que encheu, que inundou todo o espaço acústico do Maracanã foi o do comandante bangüense. Imediatamente, cada torcedor tratou de enxugar, no lábio, a baba da impotência, do despeito e da frustração. O placar permanecia empacado no 0 x 0. Mas já nos sentíamos atravessados pela certeza protética da vitória. Os nossos tóraxes arriados encheram-se de um ar heróico, estufaram-se como nos anúncios de fortificante. Eis a verdade: — a partir do momento em que se anunciou Zizinho, a partida estava automática e fatalmente ganha. Portanto, público, juiz, bandeirinhas e os dois times podiam ter se retirado, podiam ter ido para casa. Pois bem: — veio o jogo. Ora, o primeiro tempo caracterizara-se por uma esterilidade bonitinha. Nenhum gol, nada. Mas a presença de Zizinho, por si só, dinamizou a etapa complementar, deu-lhe caráter, deu-lhe alma, infundiu-lhe dramatismo. Por outro lado, verificamos ainda uma vez o seguinte: — a bola tem um instinto clarividente e infalível que a faz encontrar e acompanhar o verdadeiro craque. Foi o que aconteceu: — a pelota não largou Zizinho, a pelota o farejava e seguia com uma fidelidade de cadelinha ao seu dono. (Sim, amigos: — há na bola uma alma de cachorra.) No fim de certo tempo, tínhamos a ilusão de que só Zizinho jogava. Deixara de ser um espetáculo de 22 homens, mais o juiz e os bandeirinhas. Zizinho triturava os outros ou, ainda, Zizinho afundava os outros numa sombra irremediável. Eis o fato: — a partida foi um show pessoal e intransferível.

E, no entanto, a convocação do formidável jogador suscitara escrúpulos e debates acadêmicos. Tinha contra si a idade, não sei se 32, 34, 35 anos.* Geralmente, o jogador de 34 anos está gagá para o futebol, está babando de velhice esportiva. Mas o caso de Zizinho mostra o seguinte: — o tempo é uma convenção que não existe nem para o craque, nem para a mulher bonita. Existe para o perna-de-pau e para o bucho. Na intimidade da alcova, ninguém se lembraria de pedir à Rainha de Sabá, à Cleópatra, uma certidão de nascimento. Do mesmo modo, que importa a nós tenha Zizinho 17 ou 300 anos, se ele decide as partidas? Se a bola o reconhece e prefere? No primeiro jogo Brasil x Paraguai, ele ganhou a partida antes de aparecer, antes de molhar a camisa, pelo alto-falante, no intervalo. Em último caso, poderá jogar, de casa, pelo telefone.

3/12/1955

* Autor de dois gols na vitória da seleção brasileira por 3 x 0 sobre o Paraguai, na disputa da Taça Oswaldo Cruz, em 13/11/1955, Zizinho tinha então 34 anos, idade avançada para um jogador na década de 1950. Sabará, jogador do Vasco, marcou o terceiro gol.

o assassinato do sanduíche

3

Eis a realidade indisfarçável

e humilhante: — a crônica não tem, dos clubes, a necessária consideração. Por exemplo: — a tribuna de imprensa do Tricolor. É uma espécie de poleiro e com a agravante de não oferecer a mínima cobertura, a mínima proteção. O repórter, ali, é um pobre ser indefeso face à chuva, ao sol, à poeira, o diabo. Uma tênue aragem, que sopre em Álvaro Chaves, assume as proporções de um vendaval inclemente. E no inverno nem se fala. O cronista vira esquimó, vira pingüim, vira picolé, como se recebesse, em plena face, a emanação de uma insuspeitada Sibéria. Isto nas Laranjeiras. Em São Januário, a mesma coisa. E nos outros clubes também. Graças a Deus, a imaginação da crônica funciona mesmo debaixo de goteiras. E nunca me esqueço de um Fla-Flu tempestuoso. Chovia a cântaros, a baldes. O vento fustigava, varria, desgrenhava a crônica. Mas esta, qual uma furiosa equipe de Balzacs, não arredou pé: — continuou, firme e inspiradíssima, a encher tiras, resmas, bobinas de papel. Vamos e venhamos: — tal impassibilidade profissional é sublime! Pois bem: — esse mesmo desconforto, esse descaso vem durando, perdurando, há anos, quase dizia há séculos. E, súbito, um clube, entre tantos, prepara e inaugura uma feérica tribuna de imprensa que ofusca, que esmaga, que humilha todas as outras. Eis o nome do clube: — Botafogo. E, de fato, o Alvinegro entregou, outro dia, à crônica, um reservado que é realmente algo de indescritível. Falar em conforto não basta, é pouco, muito pouco. Comparada às outras tribunas de imprensa — a do Botafogo tem um luxo asiático de consultório de psicanalista. Vi colegas perplexos, desconfiados e, mesmo, temerosos. Mas não foi só. Ouve mais: — ouve champanha, houve guaraná, biscoitos e sanduíches. Num ambiente cordialíssimo, confraternizaram jornalistas e paredros. Em dado momento, irrompe um garçom irrepreensível, com uma bandeja de sanduíches. Aceito um deles. Vejam vocês: — o sanduíche desencadeou em mim um processo proustiano. Recuei no tempo e vi-me a comer outro sanduíche, há 30 anos, num campo de futebol, também. Naquele tempo, certos clubes ofereciam, uma vez por outra, um lanche à imprensa nos intervalos dos jogos. Hoje, o cronista esportivo conquistou um nível social e econômico vertiginoso. Pode olhar um mísero, um franciscano sanduíche com um desprezo de rajá. Naquela época era diferente: — o repórter especializado andava de taioba e morria fisicamente de fome. Daí o sucesso dos lanches que o Bangu, o Andaraí e outros clubes proporcionavam. Vejam o abismo entre as duas épocas: — ontem, no Botafogo, os sanduíches circulavam nas bandejas, intactos e impunes; mas em 1920 nenhum sanduíche poderia aparecer, num reservado de imprensa, sem perigo de vida. Era acometido por todos os lados, sumariamente. Os biscoitos, também, e qualquer espécie de comestível. Pois bem: — no tal jogo antediluviano, houve o lanche. Vi um dos meus colegas arremessar-se, derrubando cadeiras, devastando mesas, ceifando pessoas; vi, ainda, quando ele agarrou um sanduíche ou, por outra, agrediu um sanduíche. Mas a simples agressão ainda não foi tudo. Houve mais: — houve um verdadeiro assassinato de sanduíche. Não existia, ali, nenhum guaraná. Do contrário, o confrade teria engolido a garrafa, com chapinha e tudo, qual um elefante de circo.

10/11/1955

conveniência de ser covarde

4

Há tempos, fui à rua Bariri ver um jogo do Fluminense. E confesso: — sempre considerei Olaria tão longínqua, remota, utópica como Constantinopla, Istambul ou Vigário Geral. Já na avenida Brasil, comecei a sentir uma nostalgia e um exílio só equiparáveis aos de Gonçalves Dias, de Casimiro de Abreu. Conclusão: — recrudesceu em mim o ressentimento contra qualquer espécie de viagem. Mas enfim cheguei e assisti à partida. Nos primeiros trinta minutos, houve tudo, rigorosamente tudo, menos futebol. Uma vergonha de jogo, uma pelada alvar, que não valia os cinco cruzeiros do lotação. E, súbito, ocorre o episódio inesperado, o incidente mágico, que veio conferir ao *match* de quinta classe uma dimensão nova e eletrizante.

Eis o fato: — um jogador qualquer enfiou o pé na cara do adversário. Que fez o juiz? Arremessa-se, precipita-se com um élan de Robin Hood e vem dizer as últimas ao culpado. Então, este não conversa: — esbofeteia o árbitro. Ora, um tapa não é apenas um tapa: — é, na verdade, o mais transcendente, o mais importante de todos os atos humanos. Mais importante que o suicídio, que o homicídio, que tudo mais. A partir do momento em que alguém dá ou apanha na cara, inclui, implica e arrasta os outros à mesma humilhação. Todos nós ficamos atrelados ao tapa. Acresce o seguinte: — o som! E, de fato, de todos os sons terrenos, o único que não admite dúvidas, equívocos ou sofismas, é o da bofetada. Sim, amigos: — uma bofetada silenciosa, uma bofetada muda, não ofenderia ninguém e pelo contrário: — vítima e agressor cairiam um nos braços do outro, na mais profunda e inefável cordialidade. É o estalo medonho que a valoriza, que a dramatiza, que a torna irresgatável. Pois bem: — na bofetada de Olaria não faltou o detalhe auditivo. Mas o episódio não esgotara, ainda, o seu horror. Restava o desenlace: — a fuga do homem. Pois o juiz esbofeteado não teve meias medidas: — deu no pé. Convenhamos: — é empolgante um pânico assim taxativo e triunfal, sem nenhum disfarce, nenhum recato. Digo "empolgante" e acrescento: — raríssimo ou, mesmo, inédito. Via de regra só o heroísmo é afirmativo, é descarado. O herói tem sempre uma desfaçatez única: — apresenta-se como se fosse a própria estátua eqüestre. Mas a covardia, não. A covardia acusa uma vergonha convulsiva. Tenho um amigo que faz o seguinte: — chega em casa, tranca-se na alcova, tapa o buraco da fechadura e só então, na mais rigorosa intimidade — apanha da mulher. Mas cá fora, à luz do dia, ele é um Tartarin, um Flash Gordon, capaz de varrer choques de polícias especiais.

Pois bem. Ao contrário dos outros covardes, que escondem, que renegam, que desfiguram a própria covardia — o juiz correu como cavalinho de carrossel. Note-se: há, hoje, toda uma monstruosa técnica de divulgação, que torna inexeqüível qualquer espécie de sigilo. E, logo, a imprensa e o rádio envolveram o árbitro. Essa covardia fotografada, irradiada, televisionada, projetou-se irresistivelmente. E quando, em seguida, a polícia veio dar cobertura ao árbitro, este ainda rilhava os dentes, ainda babava materialmente de terror. Acabado o *match* a multidão veio passando, com algo de fluvial no seu lerdo escoamento. Mas todos nós, que só conseguimos ser covardes às escondidas, tínhamos inveja, despeito e irritação dessa pusilanimidade que se desfraldara como um cínico estandarte.

17/12/1955

Nero Jones

5

Fui, domingo, a Álvaro Chaves.

E não resisto à tentação de fazer, ainda uma vez, a apologia do campo pequeno. Ele apresenta vantagens consideráveis: — antes de mais nada, é lírico, aconchegado e cálido como um galinheiro. Um paralelo entre Laranjeiras e Maracanã ensinará muita coisa. No Maracanã, há entre nós e o jogo uma distância irredutível. Todas as nossas relações com a partida são modificadas. E, de fato, que espécie de élan, de glorioso espasmo, de furiosa adesão podemos ter, se tudo é tão vago, longínquo, utópico? Insisto, amigos: — a distância desumaniza os fatos, retira das criaturas todo o seu conteúdo poético e dramático. Já no campo pequeno, todos os caminhos estão abertos para a emoção direta e integral. Eu citei Álvaro Chaves. Muito bem: — lá tudo se torna mais próximo, íntimo, fraterno e tangível. No Maracanã, a paisagem fica de fora, excluída, barrada. Em Álvaro Chaves, nós sentimos que o morro, o céu, o horizonte, os cheiros rompem, invadem, assaltam. No Maracanã, não há cor; ou, por outra, as cores perdem a identidade. Por exemplo: — o verde do Corcovado nunca foi verde, nem aqui, nem na China: — é, quando muito, um violeta suspeito, um violeta desonesto. Em Laranjeiras, o verde é taxativo, insofismável, frenético. Ora, o jogo Fluminense x Bonsucesso não passou de uma pelada. Mas valeu-nos a paisagem, com o céu por cima, céu tão cordial e sensível, no seu azul exasperado.

Por outro lado, a nossa relação com o jogo e os jogadores tornou-se mais densa, comovida e lírica. Não houve entre nós e o campo, entre nós e o jogo, nenhum limite, nenhuma fronteira; vivemos o *match* de uma maneira, a um só tempo, dilacerada e voluptuosa. Falei, acima, em pelada, prefiro retirar a palavra infiel. Pelada coisa nenhuma! O jogo a que assistimos de perto, cara a cara com o jogador, comove como uma partida internacional. Tudo adquire uma dimensão insuspeitada e terrível. Um arremesso lateral vagabundérrimo produz um impacto. Descobrimos coisas do arco da velha. Por exemplo: — vi, em dado momento, que um dos jogadores não suava como gente. Pendia-lhe do pescoço uma espécie de gosma, de visgo, de espuma elástica como nos cavalos cansados. Nós sempre ouvimos falar em "molhar a camisa", em "suar a camisa". No Maracanã, a transpiração mais abundante é algo de remoto, de platônico. Nas Laranjeiras é suor mesmo, grosso e irrefutável como óleo ou como apavorante espuma. Nós percebemos o esforço dos jogadores até pelo olfato. Amigos, eis outra superioridade do campo pequeno: — o cheiro! O cheiro, que não existe no estádio grande, passa a conferir ao futebol uma outra medida, uma grandeza específica, uma dramaticidade pânica. Acresce que há sempre uma aragem, uma brisa, que se incumbe de levar, de transportar o odor dos craques aos quatro cantos de Álvaro Chaves. Para o torcedor é uma delícia perceber, pelo olfato, que não há marmelada, conto do vigário: — os jogadores estão realmente suando a camisa, aos borbotões.

E não é só. Essa nitidez, essa visibilidade, essa luz minuciosa de campo pequeno coloca a cara do jogador num violento e cínico primeiro plano. Nós temos dos craques a imagem retocada dos retratos. Mas no futebol o jogador substitui o rosto oficial pelo autêntico: — é cara secreta e real, que enfim se liberta, que se impõe, que se contrai e que grita. Por exemplo: pela primeira vez, eu vi a cara de Didi, pertinho, a cara em ação, em espasmo. Ora, à distância eu fazia do *forward* tricolor a idéia de um príncipe etíope de rancho; de um "Imperador Jones". Verifiquei, ontem, que não, que é algo mais. No momento em que Lafayette furou, a cara de Didi tomou a expressão de um tédio imortal. Dir-se-ia um Nero de fita de Cecil B. de Mille.

24/12/1955

o juiz ladrão

6

De vez em quando, eu esbarro

num saudosista. É um sujeito esplêndido, que vive enfiado no passado. Direi mais: — vive feliz e realizado no passado como um peixinho num aquário de sala de visitas. E convenhamos que isto é bonito, é lindo. Outro dia, um deles atracou-se comigo no meio da rua; arrastou-me para o fundo de um café, e, lá, com o olho rútilo e o lábio trêmulo, pôs-se a falar de Marcos de Mendonça, o "fitinha roxa"; da "espanhola"; do assassinato de Pinheiro Machado e do campeonato que o Botafogo tirou, em 1910. Mas aos vinte minutos da conversa retrospectiva, já lhe pendia do beiço uma grossa, uma espuma bovina, uma baba elástica. De mim para mim, compreendi essa nostalgia, louvei essa fidelidade ao passado. Amigos, eis uma verdade eterna: — o passado sempre tem razão.

Por exemplo: — o futebol antigo. Era, a meu ver, um fenômeno vital muito mais rico, complexo e intrincado. Hoje, os jogadores, os juízes e os bandeirinhas se parecem entre si como soldadinhos de chumbo. Não encontramos, em ninguém, uma dissemelhança forte, crespa e taxativa. Não há um craque, um árbitro ou um bandeirinha que se imponha como um símbolo humano definitivo. Outrora, havia o "juiz ladrão". E hoje? Hoje, os juízes são de uma chata, monótona e alvar honestidade. Abraão Lincoln não seria mais íntegro do que Mário Viana. E vamos e venhamos: — a virtude pode ser muito bonita, mas exala um tédio homicida e, além disso, causa as úlceras imortais. Não acredito em honestidade sem acidez, sem dieta e sem úlcera. Mas ponha-se um árbitro insubornável diante de um vigarista. E verificaremos isto: — falta ao virtuoso a feérica, a irisada, a multicolorida variedade do vigarista. O profissionalismo torna inexeqüível o juiz ladrão. E é pena. Porque seu desaparecimento é um desfalque lírico, um desfalque dramático para os jogos modernos.

Vejam vocês que coisa melancólica e deprimente: — um jogo de futebol tem 22 homens. Com o juiz e os bandeirinhas, 25. Acrescente-se os gandulas e já teremos um total de 29. Vinte e nove homens e nem um único e escasso canalha, nem um único e escasso vigarista! Eis a verdade, que levaria um Balzac ao desespero e à úlcera: — as condições do futebol contemporâneo tornam impraticável a existência do canalha. Ou por outra: — o canalha pode existir, mas contido, frustrado, inédito, sem função e sem destino.

Mas em 1918, 17 ou 16, os gatunos constituíam uma briosa fauna, uma luxuriante flora. Evidentemente, havia as exceções. Mas os salafrários podiam apitar as partidas e com que glorioso, com que genial descaro! Certa vez, foi até interessante: — existia um juiz que era um canalha em estado de pureza, de graça, de autenticidade. Um domingo, ele vai apitar um jogo decisivo. Que fazem os adversários? Tentam suborná-lo. Ora, o canalha é sempre um cordial, um ameno, um amorável. E o homem optou pela solução mais equânime: — levou bola dos dois lados. Justiça se lhe faça: — roubou da maneira mais desenfreada e imparcial os dois quadros. Ao soar o apito final, os 22 jogadores partiram para cima do ladrão. Mas o gângster já se antecipara, já estava pulando muros e galinheiros. Era uma figurinha elástica, acrobática e alada. Isto foi em 1917. Parece que o juiz gatuno está correndo até hoje.

31/12/1955

futebol na pré-história

7

Quando ouço falar em Mode-rato,* tomo um susto. Ou por outra: — experimento uma vertigem. É como se alguém tivesse escancarado, aos meus pés, o súbito e inexorável abismo do passado. Eis o que representa Moderato para nós: — o passado mais feroz, mais irredutível. E, no entanto, o famoso ponta-esquerda desabrochou em 1926, 27, época que parece próxima, quase tangível, quase palpável. Ilusão, pura ilusão! Na verdade, o tempo é desonesto: — e nada tão remoto, nada tão longínquo, nada tão antediluviano como o passado recente, o passado imediato. Falei no dilúvio, intencionalmente. Pois uma enchente da praça da Bandeira, de 1930, é muito mais antiga e mais bíblica que a de Noé.

Voltemos a Moderato. Às vezes faço a mim próprio a pergunta pânica: — "Terá existido mesmo?" Pergunto a um e outro. E sinto que eu e todo mundo somos cúmplices da mesma dúvida. De fato, o nome de Moderato vai ferir não sei que secreta acústica, em nosso ser. Mas falta-nos a sólida, a compacta, a triunfal certeza de sua problemática existência. E por que esta dúvida? Repi-

* Moderato virou um símbolo da garra rubro-negra na decisão entre Flamengo e Vasco no Campeonato Carioca de 1927. O atacante jogou com uma cinta para proteção por causa de uma operação de apendicite realizada semanas antes do jogo.

to: — porque o passado próximo carece da visibilidade, do contorno, da nitidez taxativa de épocas mais remotas. Vejamos um caso concreto: — Nero. Hoje, todo o esplendor de Nero está reduzido a isto — virou nome de cachorro. Mas o que eu queria dizer é que qualquer garoto de colégio é uma enciclopédia viva e eficaz sobre o referido gângster. E não só Nero. Nós encontramos Cleópatra, Rainha de Sabá e outras que tais reencarnadas nas alegorias de ranchos e nas sacolejantes estátuas de préstitos carnavalescos. Por outro lado, temos o cinema. Cada filme de Cecil B. de Mille clarifica todo o passado bíblico. E essa luz retrospectiva é de uma minúcia exasperante. O banho de Cleópatra nos refresca e nos respinga mais que o da nossa vizinha ultra contemporânea.

Eis a gafe de Moderato. Digo Moderato e logo ocorrem-me outros exemplos: — Marcos de Mendonça, Fortes, Sidney, Milon, Arnaldo. São nomes e figuras sem a necessária substância de tempo, o necessário peso de passado. E foi o grande equívoco de Moderato: — ter funcionado em 1926, 27. Outro dia, eu vi, no Cine-Madrid, um filme horrendo, assim intitulado: — *O Egípcio*. O mocinho era Vitor Mature. E, de repente, irrompe, na fita, um faraó. Vejam vocês: — um faraó em cinemascope e mais colorido que um índio de carnaval! Confesso: — diante dessa figura atualíssima, eu é que me sentia o faraó, eu é que me sentia a múmia. Ao sair do cinema, vim me apalpando todo, à procura de ataduras.

Fosse Moderato ponta-esquerda contemporâneo de Cleópatra e da Rainha de Sabá e já o teríamos visto nalgum filme de Cecil B. de Mille ou nalgum argumento de rancho carnavalesco. Mas temos que dar tempo ao tempo. Hoje, Moderato surge nas brumas do passado recente. Mas daqui a três mil anos há de aparecer, em cinemascope, com a mesma irritante e frenética atualidade do faraó do Madrid.

7/1/1956

Bocage no futebol

8

Quando eu tinha meus cinco, meus seis anos, morava, ao lado de minha casa, um garoto que era tido e havido como o anticristo da rua. Sua idade regulava com a minha. E justiça se lhe faça: — não havia palavrão que ele não praticasse. Eu, na minha candura pânica, vivia cercado de conselhos, por todos os lados: — "Não brinca com Fulano, que ele diz nome feio!" E o Fulano assumia, aos meus olhos, as proporções feéricas de um Drácula, de um Nero de fita de cinema. Mas o tempo passou. E acabei descobrindo que, afinal de contas, o anjo de boca suja estava com a razão. Sim, amigos: — cada nome feio que a vida extrai de nós é um estímulo vital irresistível. Por exemplo: — os nautas camonianos. Sem uma sólida, potente e jocunda pornografia, um Vasco da Gama, um Colombo, um Pedro Álvares Cabral não teriam sido almirantes nem de barca da Cantareira. O que os virilizava era o bom, o cálido, o inefável palavrão.

Mas, se nas relações humanas em geral, o nome feio produz esse impacto criador e libertário, que dizer do futebol? Eis a verdade: — retire-se a pornografia do futebol e nenhum jogo será possível. Como jogar ou como torcer se não podemos xingar ninguém? O craque ou torcedor é um Bocage. Não o Bocage fidedigno, que nunca existiu. Para mim, o verdadeiro Bocage é o falso, isto é, o Bocage de anedota. Pois bem: — está para nascer um jogador ou um torcedor que não seja bocagiano. O craque brasileiro não sabe ganhar partidas sem o incentivo constante dos rijos e imortais palavrões da língua. Nós, de longe, vemos os 22 homens correndo em campo, matando-se, agonizando, rilhando os dentes. Parecem dopados e realmente o estão: — o chamado nome feio é o seu excitante eficaz, o seu afrodisíaco insuperável.

Exagero? Nem tanto, nem tanto. A propósito, vou citar, aqui, o caso de Jaguaré.* No seu tempo, não havia Departamento Médico, e um jogador podia andar com a boca em petição de miséria, desfraldando cáries gigantescas. Assim era Jaguaré: — não tinha dentes, mas só cáries. E seu riso sem obturações, docemente alvar, era largo, permanente e terrível. E acontece o seguinte: — a época de Jaguaré coincidiu com a infância do profissionalismo. Morria-se de fome no futebol. O sujeito que tinha para a média, para o pão com manteiga, podia se considerar um Rockfeller, de tanga, mas Rockfeller. Até que, um dia, apareceu, por aqui, o emissário de um clube estrangeiro. E o homem esfregou na cara de Jaguaré propostas dignas de um rajá. A princípio, o nosso patrício opôs uma recusa inexpugnável. Não queria aceitar nem por um decreto. Acabou cedendo. Andou pela Espanha e, até, por Paris. Mas era outro, como homem e como craque. Como jogar sem a pornografia luso-brasileira? sem as expressões obscenas que dinamizam, que transfiguram, que iluminam os jogadores? Traduzi-las seria uma traição. E Jaguaré vivia sob a persistente, a dilacerada nostalgia dos nomes feios intransportáveis. Finalmente, não pôde mais: — veio correndo para o Brasil. Aqui, agonizou e morreu na mais horrenda miséria, mas feliz porque pôde soltar, no idioma próprio, seus últimos palavrões terrenos.

14/1/1956

* Jaguaré, goleiro do Vasco na década de 1930, jogou no Olimpique de Marselha, na França, e no Barcelona, na Espanha. Ao regressar ao Brasil, passou a usar em campo as luvas que protegiam suas mãos no rigoroso inverno europeu.

perfil do miserável

9

Aqui mesmo, nesta coluna, já fiz justiça ao canalha. É uma figura de incalculável riqueza interior. Tem uma irisada complexidade, que falta justamente ao justo, ao virtuoso, ao honrado. E vamos e venhamos: — é repousante encontrar uma dessas criaturas que encerram toda a variadíssima sordidez da condição humana. O diabo é que é difícil, dificílimo, senão impossível, descobrir um canalha. Eis a verdade, amigos: — ninguém quer ser canalha, ninguém. Saiamos de porta em porta. E, por toda parte, só encontraremos sujeitos honestíssimos, senhoras que não prevaricam nem com os próprios maridos. Até hoje, jamais apareceu alguém com bastante pureza interior para anunciar: — "Eu sou um canalha abjeto!" E que autorizasse: — "Cuspam-me na cara!" Vejam vocês: — o homem é tão pusilânime que não quer ser cuspido nem por decreto. E já que nenhum canalha se apresenta como tal, é quase impossível caracterizá-lo. Ele não tem nenhum odor específico, nenhum estigma material, nenhum escudo, nenhum distintivo de lapela, que o individualize entre muitos, entre todos. Aqui pergunto: — como saber se o nosso amigo, o nosso companheiro, o nosso sócio é um puro ou um miserável? como vislumbrar-lhe, por detrás da face externa e suspeita, a fisionomia interior e autêntica? É um problema de sorte. Por outras palavras: — o canalha só se manifesta sob o estímulo de uma circunstância favorável.

Foi o que aconteceu, há tempos, numa excursão de rapazes e moças, ao Dedo de Deus. O alpinismo, no Brasil, é o esporte mais soturno que se possa imaginar: — falta-lhe o principal, que é a neve. O sujeito já sabe que não vai virar picolé. De qualquer forma, justiça se lhe faça: — considero aquele que escala qualquer coisa um herói de Stalingrado. Pois bem: — sem que ninguém soubesse ou pudesse imaginar infiltrou-se, no grupo, o canalha. Desde o primeiro momento, o homem atraiu simpatias furiosas. Ninguém mais cordial e, mesmo, doce. Tinha bons dentes, boas anedotas e um tubo de drops, que prodigalizou, copiosamente. Já os outros excursionistas cochichavam entre si: "Liga pra chuchu!" Sim, muitíssimo liga. Até que a caravana resolveu fazer alto para o banho ao ar livre. Adotou-se a medida normal: — os rapazes para um lado; as moças para outro. Todo mundo caiu n'água, que estava uma delícia completa. Súbito, um dos rapazes, justamente o noivo de uma das pequenas, pergunta: — "Quedê o Fulano?" O Fulano era o canalha. Procura daqui, dali e nada. Então, o noivo, com essa clarividência homicida do ciúme, deu o berro: — "Já sei, já sei!" Imediatamente organizou-se e partiu a expedição punitiva. E, de fato, foram encontrar o miserável, pendurado de um galho, engrinaldado de folhas, assistindo ao banho das moças. Era justo, era mesmo necessário ou mesmo obrigatório, que se arrancasse, dali, o Pan sem flauta e o corressem a pontapés, a bofetões, a cusparadas. Mas os rapazes, que chegavam, incidiram num erro técnico: — arriscaram um olhar na direção das moças. Aconteceu o seguinte: essa nudez múltipla e molhada, que a luz valorizava, subiu-lhes a cabeça. Cada um, inclusive o noivo, ocupou seu galho estratégico, para o banquete visual. Por fim, as moças deixaram o rio, enxugaram-se, vestiram-se. Só então os outros se lembraram do canalha. Já sabe: deram-lhe uma surra tremenda.

21/1/1956

o canalha nº 2

10

No número anterior de *Man-* *chete Esportiva*, escrevi sobre o canalha que, encarapitado num galho, assistira ao fluvial banho de umas dez, doze moças.

Referi o episódio e aconteceu, então, o seguinte: — todo mundo invejou o canalha dependurado, que se locupletara dessa nudez múltipla, molhada e total. Direi mais: — por um momento, não houve leitor que não desejasse ser também um canalha assim abjeto e assim suspenso. Eram dez ou doze moças, digamos uma dúzia. E que fossem menos: — quatro, três ou mesmo uma! Hoje retomo a linha da crônica. Explico: — o canalha é uma figura tão rica, complexa, irisada, que exige mais do que uma, duas ou trinta crônicas. Quem fala de um sujeito honesto, está, na verdade, falando de todos os outros sujeitos honestos. Eis a verdade: — nada mais parecido com um impoluto do que outro impoluto. Mas o salafrário, não: — existem entre um salafrário e qualquer colega abismos irredutíveis. Cada qual apresenta suas características pessoais, intransferíveis e inassimiláveis. E é bonito quando um ser impõe essa taxativa dessemelhança face aos outros seres. Por exemplo: — na semana passada, falei do canalha nº 1, ou seja, o canalha do banho. Hoje, apresento outro tipo, também de uma substância incalculável. Vou numerá-lo: — canalha nº 2. Era *goalkeeper* não sei se do América, se do Fluminense. Tinha figura, tinha estampa, um perfil de John Barrymore aos 19 anos. O talhe do seu nariz era tão caprichado que as meninas, no auge do arrebatamento amoroso, pediam-lhe: — "Fica de perfil, meu bem! fica de perfil!" E o homem precisava ficar de lado. De resto, usava uns paletós inenarráveis. Mesmo que não fosse um Apolo, mesmo que não tivesse esse perfil sei lá se grego, se romano, venceria pela classe do paletó. Eram ternos que só faltavam falar. E com o canalha nº 2, acontecia uma coisa impressionante: — ou fechava o gol ou deixava entrar tudo. De certa feita, papou, contados a dedos, 12 frangos. Parece incrível, mas foi preciso essa contagem histérica para que o clube abrisse os olhos. Subitamente, o time, o técnico, a diretoria, a torcida, a imprensa e o rádio descobriram tudo: — o homem estava na gaveta do adversário. No vestiário, foi cercado, acuado, e o presidente, em pessoa, cuspiu-lhe no rosto. Ora, que faz um sujeito nas mesmas condições? É óbvio: — trata de lavar, de enxugar a cusparada. Mas o canalha nº 2 era tão abjeto que lá deixou esquecida a saliva alheia, a pender-lhe da face conspurcada. Dias depois, há outro jogo. Na hora de entrar em campo, imprensam o salafrário: — "Olha — se tu papares algum frango, já sabe: — depois do jogo, te faço e aconteço!" Era o presidente do clube quem assim falava, em nome dos outros. O canalha nº 2 pergunta: — "Vocês me dão uma surra depois do jogo? e só depois do jogo?" Pausa, pigarreia e arrisca: — "Não podia ser antes? já? agora?" A partir de então, eis o que acontecia: — antes de entrar em campo, o time fazia no canalha nº 2 um minucioso massacre. E os pescoções, os tapas, os cascudos o transfiguravam. Com o olho rútilo, o lábio trêmulo, um ríctus de fanático, de possesso, o salafrário ia para debaixo dos três paus e não deixava entrar nem pensamento.

28/1/1956

Rigoletto de lança-perfume

11

Ontem, eu assisti a uma cena

que me pareceu, salvo engano, uma pequena, incisiva e inefável lição de vida. Eis o episódio: — estava eu na esquina de Carioca com Uruguaiana. Fecha o sinal. Os homens estacam para o surdo escoamento dos veículos. E, súbito, uma voz gaiata anuncia: — "Olha o rapa!" O que houve, a seguir, foi um desses espasmos coletivos que só o Tolstói de *Guerra e paz* ousaria descrever. Vi a histeria dos outros e a minha própria. Todos se arremessaram: — senhoras honestíssimas, mestres do direito, psiquiatras, intelectuais, viúvas, mata-mosquitos. O medo é um grande e eficaz nivelador. Sob o estímulo da pusilanimidade, tubarões e pés-rapados largam a mesma baba, elástica e bovina. O pior de tudo foi o seguinte: — era rebate falso. Não havia rapa nenhum. Imediatamente, as caras começaram a resplandecer, já lavadas do medo, numa cínica, numa deslavada euforia. O último a recuperar um pouco de harmonia interior foi um psicanalista célebre. Cobra tão caro, o homem, que o cliente tem que ser, no mínimo, um estabelecimento bancário para suportar-lhe os preços. E tinha náuseas de pavor homérico. Pois bem. Diante do paroxismo geral e do meu próprio, descobri o seguinte: — o nosso mais agudo, o nosso mais exasperado problema vital é o rapa. Não importa o sexo, a idade, o nível social e econômico de cada um. Do psicanalista nababesco ao pobre-diabo dostoievskiano, da senhora mais excelsa ao vigarista mais frenético — cada um de nós vive esperando que o rapa o lace, o recolha, na primeira esquina. Pode-se mesmo dizer que a chamada consciência humana é o medo do rapa. Eu disse que todos reagem assim, com esse pânico municipal. Em tempo, retifico. Todos, menos um: — o juiz de futebol. E, com efeito, o único ser que está não sei se acima, se abaixo do rapa, ou imune ao pânico que ele deflagra, é o árbitro de futebol. Ele resiste a tudo. Repito: — é o único ser inamovível, inexpugnável. Todos os domingos, cem, cento e cinqüenta, duzentas mil pessoas o chamam de ladrão. Seja ele um Abraão Lincoln, um Robespierre, um Marat, um Maria Quitéria. Não importa. Taxam-no de gatuno e de tudo o mais. Ora, até os bichos de desenho animado têm seus arreganhos de pundonor. Vejam as touradas. Há um momento em que, fulo dentro da roupa, o animal estaca. Diante dos urros do público, ele recebe uma brusca consciência ética da humilhação. Se lhe fosse permitido, o touro, assim ofendido, largaria o toureiro e sairia dando marradas nos espectadores. Só o juiz de futebol lava as mãos diante do irresponsável furor coletivo. Mas convenhamos: — o indivíduo que, sozinho, resiste a 200 mil pessoas, pode quebrar os chifres de qualquer rapa. Mas nem sempre foi assim, nem sempre. No passado era diferente; lavrava o suborno. Por exemplo: — em 1915, havia um juiz, de segunda divisão, que se vendia, até, por um maço de cigarros. Mas um dia o homem empaca: — repeliu a oferta de vinte mil réis, que lhe sopraram, para amolecer a arbitragem. Esse esgar de vergonha, de honra, era um sintoma taxativo. Na época, caçava-se louco no meio da rua, a pauladas. Dois ou três dias depois, passou a carrocinha de cachorro e o recolheu. O árbitro deixou-se levar: — ia no carro feliz e jocundo como um "Rigoletto" de lança-perfume.

4/2/1956

o craque na capelinha

12

Falei em craque, mas, em tempo, retifico: — era um perna-de-pau. Com uma agravante: — perna-de-pau de longínquo, de antediluviano passado. Floresceu, se não me engano, por volta de 1914, 1916. Era a época inefável, em que as mulheres não raspavam nem as pernas, nem debaixo do braço. E essas canelas barbadas, essas axilas luxuriantes definiam um tipo de civilização. Pois bem: — o perna-de-pau, que já enterrava o time em 1915, não tardaria a abandonar o futebol. Seu último jogo ocorreu na semana em que assassinaram Pinheiro Machado. De então para cá, ele veio arrastando sua decadência, através das semanas, meses e anos. Por último, não comia, nem bebia: — era a única fome, a única sede do Brasil. Um dia desses, após uma agonia fétida e terrível, o homem morreu. E, então, moradores do bairro, em conluio com alguns comerciantes, resolveram custear-lhe o enterro. Fui vê-lo na capelinha, para onde o remeteram. Diante dele, diante do ser transfigurado, verifiquei o seguinte: — não há morto canastrão. Vestido de novo, com sapatos engraxados, ele tem a face, o ríctus, o perfil do grande ator. Assim acontecera com o perna-de-pau: — no caixão, apresentava uma nobre e taciturna máscara cesariana. O diabo era o ambiente do velório. Eis a verdade: — nenhum morto devia ir para as capelinhas, jamais. Elas traduzem um sintoma terrível da nossa época. Antes de mais nada, significam um frívolo desamor à morte e aos mortos. Não sabemos morrer, nem enterrar. E pior do que isso: — não sabemos fazer quarto. Essa impotência diante da morte é o melancólico e inevitável resultado das capelinhas. Antigamente, o defunto tinha domicílio. Ninguém o vestia às carreiras; ninguém o despachava às escondidas. Permanecia em casa e, pois, dentro de um ambiente em que até os móveis eram cordiais e solidários. Armava-se a câmara-ardente numa doce sala de jantar ou numa cálida sala de visitas, debaixo dos retratos dos outros mortos. Escancaravam-se todas as portas, todas as janelas; e esta casa iluminada podia sugerir, à distância, a idéia de aniversário, de casamento ou de velório mesmo. Era a época em que as mães, as viúvas, tinham furores de Sarah Benhardt. Lembro-me de uma menina que morreu, de febre amarela, quando eu tinha meus cinco anos. Pois bem. A mãe da morta quase pôs a casa abaixo. Batia com a cabeça nas paredes; derrubava as cadeiras; e queria arrancar os próprios olhos. Teve que ser contida, amordaçada, quase amarrada. Todos haviam parado de gemer, de chorar, para espiar essa dor maior. Houve um momento em que só ela gemia, só ela chorava, como uma insuperável solista. Hoje, isto não é possível. A capelinha esvaziou a morte do seu conteúdo poético dramático e, direi mesmo, histérico. Preliminarmente, o defunto está fora do seu clima residencial. Como os demais, ele é um constrangido, um cerimonioso, um deslocado. Sim, todos, inclusive o cadáver, têm um ar de visita. Essa polidez impede a violência e a espontaneidade da dor que vem de dentro, das profundezas, como um gemido vacum. Bem que a viúva desejaria espernear, esganiçar-se, como uma canastrona do velho teatro. Mas eis a verdade: — a capelinha torna inexeqüíveis as histerias magníficas dos funerais antigos. Eu sei que o perna-de-pau era apenas um perna-de-pau, contemporâneo, quase dizia colega do assassinato de Pinheiro Machado. Ainda assim. Qualquer morto é um César.

11/2/1956

o santo gorducho

13

Em seu número passado, *Man-* *chete Esportiva* apresentou, em fotografia de página inteira, um rosto. Vejam bem: — simplesmente um rosto solto, isolado e violento. Embaixo, vinha a legenda, o texto elucidativo, com uma breve e incisiva história. Tratava-se de um juiz brasileiro, que levara um tapa paraguaio em Montevidéu. Mas a identidade do árbitro e o incidente da bofetada careciam de emoção e de importância. O que realmente comoveu, o que realmente sacudiu o leitor foi esse rosto assim projetado em cínico, quase imoral primeiro plano. E, subitamente, todos sentimos que só existe, no corpo, uma parte que está a exigir folha de parreira: — a cara. Tudo o mais pode ser exposto sem dano, sem escândalo e sem reação policial. A fotografia de *Manchete Esportiva* apresenta, ainda, o seguinte: — um filete de sangue, com a seguinte agravante: — o juiz chora. Aparentemente, o que deflagrou a emoção foi: — primeiro, o sangue; depois, a lágrima; e, por fim, a treda e torva humilhação atirada a um ser humano, a um semelhante, a um patrício. Puro engano! Um rosto é, em si mesmo, uma imagem tão trágica que a lágrima e o sangue passam a ser dois efeitos subalternos. Por acaso o juiz chora e por acaso o juiz sangra. Mesmo que não chorasse, mesmo que não sangrasse ou ainda: — vamos admitir que estivesse rindo. Amigos, eis a verdade: — nada pior, nada mais abjeto que o riso. E acrescento: — nada mais atentatório, eu quase dizia ginecológico. O sujeito só devia rir às escondidas, num sigilo de alcova. E não há dúvida: — vamos admirar a cada um de nós que se escancara, todo, em gargalhadas medonhas e públicas. Há de chegar um dia em que o homem vai ter um pudor tardio e convulsivo, uma vergonha retrospectiva do riso que o tem arreganhado, através dos séculos. Seria uma solução o rosto sério? Nem assim, nem assim. Por exemplo: — um seio. O seio é sério, definitivamente sério e, mesmo, estúpido. Já o rosto nunca o seria, nunca. Há, nele, ríctus inumeráveis, que nos mostram a imoralidade jocunda, vermelhíssima, das gengivas. No caso, porém, do árbitro que apanhou, existe algo que torna a fotografia menos violenta e menos cruel: — o homem é gordo. E nenhuma coisa mais pungente e mais emocionante, mais lírica e mais sublime, do que a banha humana. Quando vejo um Chico Bóia, com sua cordial barriga, a respiração curta, a derramar um suor grosso como um óleo, eu concluo: — "Lá vai um bom!" Desconfio, dos magros, dos elegantes. Ao passo que os gordos de ambos os sexos e de qualquer idade dão-me uma idéia de bondade, e, mesmo, de santidade. Admira-se que os santos sejam plásticos como os havaianos de fita de cinema. Confesso: — eu preferia que São Sebastião ou São Francisco de Assis fosse docemente gorducho como o juiz que apanhou em Montevidéu.

18/2/1956

o milagre

14

O sujeito que não acredita em milagre é capaz de tudo. Basta ver-lhe a face espessa, o riso encharcado de saliva, o ríctus alvar e, em suma, toda uma inestancável estupidez a escorrer-lhe da figura abominável. É susceptível dos piores sentimentos. E conheci um que não respeitava nem as cunhadas! Quanto a mim, com satisfação o confesso: — acredito piamente em milagre. Ou por outra: — só acredito em milagre. A meu ver o fato normal, o fato lógico, o fato indiscutível merece apenas a nossa repulsa e o nosso descrédito. É preciso captar ou, melhor, extrair de cada acontecimento o que há, nele, de maravilhoso, de inverossímil e, numa palavra, de milagre. E não vejo como se possa viver e sobreviver sem milagre. Agora mesmo no plano do futebol, temos um e autêntico: — o do América. Pergunto: — o que é a jornada do América, do fim do returno até hoje, senão isto mesmo, ou seja, o milagre taxativo, irrefutável, triunfal? Basta ver o seguinte: — entre nós, o futebol vinha se arrastando em termos crassamente esportivos e técnicos. Faltava-lhe esse mínimo de maravilhoso, sem o qual os times, as pessoas e as nações fenecem na mais torva e ignara das mediocridades. A rigor, só havia, em campos brasileiros, um único e escasso milagre, qual seja o da camisa rubro-negra. De fato, o que sucede com a camisa do Flamengo desafia e refuta todas as nossas experiências passadas, presentes e futuras. Vejam vocês: — uma camisa que só falta falar, que só falta dar adeusinho e virar cambalhota. Quando o time não dá mais nada, quando a defesa baqueia, e o ataque soçobra, vem a camisa e salva tudo. Diante dela, todos se agacham, todos se põem de cócoras, todos babam de terror cósmico. E vamos e venhamos: — como resistir a uma camisa que tem suor próprio, que transpira sozinha, que arqueja, e soluça, e chora? O Flamengo só perde quando não põe para funcionar o milagre da camisa. Vejamos o América: — suas atuações pertencem ao mais puro, mais genuíno, ao mais categórico sobrenatural. No dia do jogo com o Flamengo, um sujeito urrou, atrás de mim: — "Vá jogar assim no raio que te parta!" De fato, era demais. Mas eu falei em dois milagres no futebol brasileiro: — o América e o Flamengo. Esqueci de um outro, anterior, e que é também considerável. Eis o caso: — havia, em Niterói, um perna-de-pau, tuberculoso há 14 anos. Devia estar morto, enterrado e, no entanto, sobrevivia o diabo do homem, com um pulmão esburacado e inexpugnável. Em campo, ele corria mais que os outros, os atléticos, os eugênicos. Um dia, porém, o presidente do clube lhe desfere à queima-roupa, o primeiro elogio que o perna-de-pau jamais sofrera. Foi trágico: — aquele pulmão indômito, que agüentava até chumbo derretido, sucumbiu ao elogio. Explodiu uma hemoptise medonha. O sangue espirrava em todas as direções. Diante dessa hemorragia de esguicho, desse chafariz escarlate, os circunstantes tinham vontade de abrir guarda-chuvas. Querem pôr uma vela na mão do quase defunto. E, súbito, as golfadas param. O perna-de-pau enxuga o lábio e vai, pelos próprios passos, a um consultório: — lá tiram-lhe uma radiografia. E foi um assombro mundial, horas depois, quando o médico viu uma imagem radiográfica de virgem, de passarinho. Eis o milagre: — um elogio assassinara o perna-de-pau e o mesmo elogio o ressuscitara.

3/3/1956

o riso

15

Eis a verdade: — o que sus-tenta, o que nutre, o que dinamiza o futebol é a vaidade. Vejamos o juiz. É um crucificado vitalício. Seja ele o próprio Abraão Lincoln, o próprio Robespierre, e a massa ignara e ululante o chamará de gatuno. Dirá alguém que ele percebe um bom salário. Nem assim, nem assim. Não há dinheiro que o compense e redima, nenhum ordenado que o lave, que o purifique. E, no entanto, ele não renuncia às suas funções nem por um decreto. Pergunto: — por que esta obstinação? Amigos, a vaidade o encouraça, a vaidade o torna inexpugnável, a vaidade o ensurdece para as duzentas mil bocas que urram: — "ladrão! ladrão! ladrão!" O mesmo acontece com o craque, com o paredro, com o técnico. O futebol os projeta e pendura nas manchetes e esta publicidade histérica constitui uma delícia suprema. E ninguém é modesto, ninguém. Qualquer jogador, ou qualquer dirigente, ou qualquer técnico tem a torva e atra vaidade de uma prima-dona gagá, cheia de pelancas e de varizes. Eu disse que ninguém é modesto no futebol. Em tempo retifico: — há, sim, uma única e escassa figura, que, no meio do cabotinismo frenético e geral, constitui uma exceção franciscana. Refiro-me ao esquecido, ao desprezado, ao doce massagista. A imprensa e o rádio falam de tudo, numa sádica e minuciosa cobertura. Jamais, porém, um locutor, um repórter, lembrou-se de mencionar a atuação de um massagista. Ele não merece, ao menos, uma citação desprimorosa. Um bandeirinha consegue ser vaiado. Não o massagista, que não inspira nada: — nem amor, nem ódio. Dir-se-ia que o gandula é mais importante. E, no entanto, apesar da humildade sufocante de suas funções, o massagista pode ser uma dessas figuras capitais, que resolvem o destino das batalhas. Para não ir muito longe, citarei o exemplo de Mário Américo.* Tudo na sua figura de ex-*boxeur* justifica uma simpatia universal, a começar pela cabeça minuciosamente raspada, até o último vestígio de cabelo. Este coco lustroso e negro já o distingue dos demais, em violento destaque. Pois bem: — simples e humilde massagista, Mário Américo influi mais nos fatos de campos, na evolução das partidas, que muito jogador, muito paredro, muito técnico. E não é com massagens platônicas, não é fazendo seu *métier*, que o homem tem decidido vários jogos. Mário Américo age pelo riso, apenas pelo riso. Sim, amigos: — quando ele se abre, quando se escancara, quando se alarga no seu riso incoercível, não há força que o contenha e que o resista. Mário Américo sério é um pobre ser, duma esplendorosa nulidade como todos nós. Mas a gargalhada o transfigura, dá-lhe uma nova dimensão racial, uma grandeza inesperada e terrível, o equipara a certos negros da ficção e da vida: — Paul Robeson, José do Patrocínio, Otelo, Imperador Jones, etc. Sobretudo, nas pelejas internacionais, tudo, nesse homem de cor, é um riso só: — riem os lábios, as gengivas, os dentes, as ventas e, até, a careca retinta. Foi o que aconteceu no Brasil x Argentina, em Montevidéu. Luizinho deu um corte num adversário de forma tão espetacular que Mário Américo não resistiu: — nunca seu riso foi tão largo, nunca o seu riso teve, como naquele momento, uma dilatação de parto. E aquela cara, que ria, alucinou os nossos adversários. Como vencer uma gargalhada cósmica? Se pudessem, os argentinos teriam atravessado aquele riso com uma lança, como nas gravuras do São Jorge.

10/3/1956

---

* Mário Américo foi massagista da seleção brasileira nas Copas do Mundo de 1950 a 1974.

o martírio

16

Quando o Fluminense perdeu

do Flamengo, por 6 x 1, a torcida tricolor não teve meias medidas: — queimou a bandeira do clube, em pleno Maracanã, numa cerimônia pública e horrenda.* E, depois, não saciados, aqueles vândalos, aqueles Neros, aqueles Dráculas sapatearam em cima das cinzas! Lembro-me que o episódio provocou, na ocasião, indignações histéricas. Ninguém entendia que fizessem, com a bandeira tricolor, naquela tarde, uma Noite de São Bartolomeu. E, no entanto, o incidente oferecia aspectos que escapavam à massa ululante. Eis a verdade: — com o fogaréu improvisado, o martírio invadia o futebol, incorporava-se à tradição do Fla-Flu, dramatizava o clássico, para sempre. Daqui a duzentos anos, quando se encontrarem o Flamengo e o Fluminense, todos hão de se lembrar daquela que, entre todas as bandeiras, foi queimada como uma Joana D'Arc. De resto, ensina a nossa experiência vital que nada se faz sem sofrimento. Até para se beber um copo d'água é preciso um pouco, um mínimo de martírio.

---

* No Campeonato Carioca de 1955 o Flamengo goleou o Fluminense por 6 x 1, 17/12/1955. Os gols foram de Didi (Flu), Joel (Fla), Dida (Fla) e Paulinho (Fla), no primeiro tempo, e Dida e Paulinho (2), no segundo tempo.

Por outro lado, devemos considerar o aspecto afetivo do fato. E aqui pergunto: — por que um torcedor rasga a carteirinha do clube ou incendeia sua bandeira? Respondo: — por causa de uma nítida, taxativa, incontível dor-de-cotovelo. Sem querer e sem saber, a torcida incendiária dava uma feérica demonstração de muitíssimo amor. E nunca, como naquele momento, o Fluminense mereceu tanto a atra e negra inveja dos seus co-irmãos. De fato, ele podia bater no peito e clamar, para qualquer um: "Eu fui queimado e tu, não!"

Findos os 6 x 1, consumado o sacrifício da bandeira, não tardaríamos a verificar que o martírio viera potencializar o time. Senão vejamos: até aquele momento, o quadro estava caindo aos pedaços. Ou a derrota deslavada ou a vitória vergonhosa. E, súbito, sentíamos que a equipe era outra. Ou antes: — era a mesma, porque lá continuavam os Waldo, os Lafaietes, os Bassu. Os resultados é que variavam. Vencemos o Vasco, com dez elementos; o Bonsucesso, de banho; o Flamengo, de 3 x 2; novamente o Vasco, por 2 x 0. Como explicar o inexplicável? A verdade é que, por trás das novas atuações, havia o estímulo novo e irresistível do martírio. Víamos coisas estarrecedoras, como seja: — Lafaiete inexpugnável ou, então, um jogador como Pinheiro, grande, maciço, compacto como uma catedral, a correr, em campo, qual um coelhinho de desenho animado.

Por certo, há outros fatores empurrando o Fluminense. Um deles é a mediocridade, que caracteriza o time. E sejamos justos: — existe nos homens e nos quadros medíocres uma força específica e terrível. Já os geniais são muito mais precários e perecíveis. O América foi genial contra o Flamengo e nunca mais. Explica-se: — o sublime não se repete, e bissexto, acontece uma vez na vida, outra na morte. O Flamengo tem o milagre da camisa. Mas o sobrenatural também pinga as suas manifestações. Ao passo que o Fluminense pode ser medíocre todos os dias, em todos os jogos, chova ou faça sol. Essa constância na mediocridade é que lhe dá uma grandeza inexcedível e talvez o faça campeão. Ele veio se arrastando pelo campeonato. Dir-se-ia que seu lema é o eterno e eficaz: — "devagar e sempre". Resta ainda observar que, no caso do Fluminense, trata-se de uma mediocridade acrescida de martírio.

17/3/1956

a juventude

17

Na vida em geral, o jovem está

na seguinte alternativa: — ou é um Rimbaud ou, então, um débil mental, desses que babam. Acontece a mesma coisa no futebol: — o jogador brotinho ou é um gênio da bola ou um perna-de-pau irremediável. Tem vitalidade, sim, mas uma vitalidade cega, obtusa e irresponsável. O exemplo do Bangu está aí, gritante. É um time feito na base de uma garotada esplêndida. Pois bem: — em todos os seus jogos, o Bangu dissipa, esbanja saúde, energia, élan. A vitalidade escorre-lhe dos dedos, como água. E, no entanto, essa equipe de quase guris faz feio sempre ou quase sempre. Tem apanhado de banho e seu retrospecto, este ano, acusa uma série de goleadas homéricas. Por que? É claro: — a simples juventude não conduz a nada, não conduz a coisa nenhuma, salvo duas ou três exceções escassas e geniais. Infelizmente, para o Bangu, não existe no seu plantel adolescente um único Rimbaud, um único Werther ou um único e mais modesto Álvares de Azevedo. Ora, quando um jovem apresenta como virtude exclusiva sua idade indecorosa, só uma coisa nos admira: — e é que o "rapa" o deixe solto. Objetará alguém que o Bangu, há pouco, era um bom time. De acordo. Mas existia, então, no seu quadro, um Zizinho, com a sua maturidade grisalha e empolgante. Como todo craque autêntico, ele trabalha pouco, pinga parcimoniosamente o seu suor. Mas o grande jogador não precisa correr em campo como um coelhinho de desenho animado. O perna-de-pau ou, por outra, o jovem que se mate, que se arrebente, que se esfole. Zizinho agia pela simples presença. O fato de estar lá, fisicamente lá, de ser visível e tangível, já iluminava a partida, já transfigurava os companheiros. Ao mesmo tempo que intimidava, que acuava os adversários. E mesmo a atuação do árbitro face ao craque amadurecido muda de muito. Lembro-me de um gol que Zizinho marcou num impedimento imoral. Insisto: — Zizinho estava numa banheira só comparável à de Cleópatra. Fosse o artilheiro um jovem, um broto, um garoto, e o juiz teria vindo para ele, de dedo espetado, a rosnar: — "Seu isso! seu aquilo!" Mas tratava-se do Zizinho, do velho Ziza. Como anular um gol de tão genial autor? Faltam-lhe palavras para descrever a cena que então se seguiu: — com emocionante descaro, o juiz mandou pôr a bola no centro do campo. Eu estava lá na ocasião, e confesso: — foi o gol mais cínico que jamais vi. E o pior é que ninguém piou. Consumou-se a roubalheira em meio a um silêncio ensurdecedor. Tudo porque era Zizinho que estava ali, plantado, com um ar de estátua, um ar de "Moisés", de Michelangelo. E, súbito, esse homem falta, eventualmente, ao Bangu. Deu-se a tragédia em 25 atos: — a juventude ficou entregue a si mesma, abandonada à própria e crassa vitalidade. Até então, ele fora, no quadro, uma espécie de Svengali. Nada se fazia sem que ele estivesse, por trás, dispondo. Por exemplo: — o arqueiro bangüense praticava as defesas. Mas era o Svengali quem, a distância, transmitia-lhe a ordem mental. Numa palavra: — era Zizinho o autor das próprias jogadas e das alheias. Falta Zizinho e a juventude se revela em toda a sua real e torva impotência. São jovens e a bola engasga-lhes os pés. O remédio é chamar Zizinho, às pressas. Eu sei que ele foi operado, sei. Mas não importa. É Zizinho e basta: — ponham-no, em campo, mesmo de maca, e ele decidirá o destino das batalhas.*

24/3/1956

* Zizinho, em 1957, aos 36 anos, foi campeão paulista pelo São Paulo e encerrou a carreira em 1962, no Audax Italiano, no Chile.

o passarinho

18

Quando o Brasil levantou o

Pan-Americano,* eu só lamentei uma coisa: — que Bilac não estivesse vivo. Não o Bilac da "Frinéia", do "Nunca morrer assim", das "Virgens mortas", mas, sim o Bilac dos tiros de guerra. Infelizmente, não mais existem, nem os tiros, nem o poeta. E é pena. Outrora, cada acontecimento tinha um Homero à mão, ou um Camões, ou um Dante. Recheado de poesia, entupido de rimas, o fato adquiria uma dimensão nova e emocionante. Ora, faltou, justamente, à vitória gaúcha, o seu poeta. Os correspondentes brasileiros, que estavam no México, deviam mandar, de lá, telegramas rimados, ungidos de histerismo cívico. Mas, como estamos em crise de Bilacs, o fabuloso triunfo só inspirou mesmo uma pífia correspondência, que nos enche de humilhação patriótica e vergonha profissional. Cada cronista da delegação, em vez de babar materialmente de gozo, mandou dizer ao seu jornal o seguinte: — "que os argentinos jogaram mais, que os argentinos mereceram vencer e que os brasileiros estavam apáticos." Vejam vocês em que dá a mania da justiça e da objetividade! Um cronista apaixonado havia de retocar o fato, transfigurá-lo, dramatizá-lo.

---

* Campeonato Pan-Americano do México. O Brasil venceu o Chile (2 x 1), o Peru (1 x 0), o México (2 x 1), a Costa Rica (7 x 1) e empatou com a Argentina (2 x 2).

Daria à estúpida e chata realidade um sopro de fantasia. Falaria com os arreganhos de um orador canastrão. Em vez disso, os rapazes cingiram-se a uma veracidade parva e abjeta. Ora, o jornalista que tem o culto do fato é profissionalmente um fracassado. Sim, amigos, o fato em si mesmo vale pouco ou nada. O que lhe dá autoridade é o acréscimo da imaginação. Por outras palavras: — os cronistas patrícios teriam que dizer, do México, que fomos os maiores, que teríamos papado o próprio escrete húngaro, e que houve, no mínimo, umas 35 bolas na trave. Dirá alguém que seria uma inverdade. De acordo. Mas o fato ganharia em poesia, em ímpeto lírico, em violência dramática. E, além disso, ai do repórter no dia em que fosse um reles e subserviente reprodutor do fato. A arte jornalística consiste em pentear ou desgrenhar o acontecimento, e, de qualquer forma, negar a sua imagem autêntica e alvar. Modelo de eficiência profissional foi aquele repórter que viu um incêndio. Entre parênteses: — já contei o episódio, mas vou repeti-lo, a título ilustrativo. O jornalista espia o fogo e conclui que se tratava, na verdade, de um incêndio vagabundo, uma vergonha de incêndio. Qualquer mãe de família o apagaria com um humilhante regador de jardim. Volta o repórter para a redação e, lá, escreve uma página de jornal sobre o fracassado sinistro. E mais: — põe um canário inventado no meio das labaredas, um canário que morre cantando. No dia seguinte, a edição esgotou-se. A cidade inteira, de ponta a ponta, chorou a irreparável perda do bicho. Vejam vocês a lição de vida e de jornalismo: — com duas mentiras, o repórter alcançara um admirável resultado poético e dramático. O que faltou aos nossos correspondentes do México foi, justamente, o passarinho. Fizemos uma África miserável, uma ilíada tenebrosa, papamos o Chile, o Peru, o México, a Costa Rica e quase a Argentina. E nenhum dos confrades, adidos à delegação, lembrou-se de recriar o canário, de assassiná-lo outra vez. Sem passarinho, não há jornalismo possível.

31/3/1956

Freud no futebol

19

Um amigo meu, que foi aos Estados Unidos, informa que, lá, todo mundo tem o seu psicanalista. O psicanalista tornou-se tão necessário e tão cotidiano como uma namorada. E o sujeito que, por qualquer razão eventual deixa de vê-lo, de ouvi-lo, de farejá-lo, fica incapacitado para os amores, os negócios e as bandalheiras. Em suma: — antes de um desses atos gravíssimos, como seja o adultério, o desfalque, o homicídio ou o simples e cordial conto do vigário, a mulher e o homem praticam a sua psicanálise. O exemplo dos Estados Unidos leva-me a pensar no Brasil ou, mais exatamente, no futebol brasileiro. De fato, o futebol brasileiro tem tudo, menos o seu psicanalista. Cuida-se da integridade das canelas, mas ninguém se lembra de preservar a saúde interior, o delicadíssimo equilíbrio emocional do jogador. E, no entanto, vamos e venhamos: — já é tempo de atribuir-se ao craque uma alma, que talvez seja precária, talvez perecível, mas que é incontestável. A torcida, a imprensa e o rádio dão importância a pequeninos e miseráveis acidentes. Por exemplo: — uma reles distensão muscular desencadeia manchetes. Mas nenhum jornal ou locutor jamais se ocuparia de uma dor-de-cotovelo, que viesse acometer um jogador e incapacitá-lo para tirar um vago arremesso lateral. Vejam vocês: há uma briosa e diligente equipe médica, que abrange desde uma coriza ordinaríssima até uma tuberculose bilateral. Só não existe um especialista para resguardar a lancinante fragilidade psíquica dos times. Em conseqüência, o jogador brasileiro é sempre um pobre ser em crise. Para nós, o futebol não se traduz em termos técnicos e táticos, mas puramente emocionais. Basta lembrar o que foi o jogo Brasil x Hungria, que perdemos no mundial da Suíça. Eu disse "perdemos" e por quê? Pela superioridade técnica dos adversários? Absolutamente. Creio mesmo que, em técnica, brilho, agilidade mental, somos imbatíveis. Eis a verdade: — antes do jogo com os húngaros, estávamos derrotados emocionalmente. Repito: — fomos derrotados por uma dessas tremedeiras obtusas, irracionais e gratuitas. Por que esse medo de bicho, esse pânico selvagem, por quê? Ninguém saberia dizê-lo. E não era uma pane individual: — era um afogamento coletivo. Naufragaram, ali, os jogadores, os torcedores, o chefe da delegação, a delegação, o técnico, o massagista. Nessas ocasiões, falta o principal. Estão a postos os jogadores, o técnico e o massagista. Mas quem ganha e perde as partidas é a alma. Foi a nossa alma que ruiu face à Hungria, foi a nossa alma que ruiu face ao Uruguai.* E aqui pergunto: — o que entende de alma um técnico de futebol? Não é um psicólogo, não é um psicanalista, não é nem mesmo um padre. Por exemplo: — no jogo Brasil x Uruguai entendo que um Freud seria muito mais eficaz na boca do túnel do que um Flávio Costa, um Zezé Moreira, um Martim Francisco. Nos Estados Unidos, não há uma Bovary, uma Karenina que não passe, antes do adultério, no psicanalista. Pois bem: — teríamos sido campeões do mundo, naquele momento, se o escrete houvesse freqüentado, previamente uns 5 anos, o seu psicanalista. Sim, amigos: — havia um comissário de polícia, que lia muito *X9*, muito gibi. Para tudo o homem fazia o comentário erudito:— "Freud explicaria isso!" Se um cachorro era atropelado, se uma gata gemia mais alto no telhado, se uma galinha pulava a cerca do vizinho, ele dizia: — "Freud explicaria isso." Faço minhas as palavras da autoridade: — só um Freud explicaria a derrota do Brasil frente à Hungria, do Brasil frente ao Uruguai e, em suma, qualquer derrota do homem brasileiro no futebol ou fora dele.

7/4/1956

---

* Nelson relembra as derrotas do Brasil para o Uruguai (2 x 1) na Copa do Mundo de 1950, no Maracanã, e para a Hungria (4 x 2), na Copa do Mundo de 1954, na Suíça.

a divina goleada

20

Para muitos, a batalha América x Flamengo foi um absurdo monstruoso. De fato, como explicar que perdesse de quatro um time que, dias antes, venceu de cinco? Foi o que aconteceu com o América, foi o que aconteceu com o Flamengo. E, no entanto, o mistério é muito mais aparente do que real. Se examinarmos bem a segunda e a terceira da melhor de três, veremos o seguinte: — há um nítido, um taxativo parentesco entre uma goleada e outra. Os 5 x 1 explicam os 4 x 1 e vice-versa. Com uma ingenuidade suicida, arranjamos uma data falsa para o tricampeonato. Segundo o rádio, a imprensa e a televisão, o Flamengo tornou-se tricampeão na quarta-feira e só na quarta-feira. Ninguém quer ver que, quatro dias antes, o América já estava liquidado. Sim, amigos: — a partir do momento em que cravou no Flamengo, até o cabo, os 5 x 1, o clube rubro fez o próprio e irremediável abismo. Certos escores são proibitivos, fatais. Por exemplo: — 5 x 1. É uma goleada, e vamos e venhamos: — qualquer goleada promove duas vítimas: — o que perde e o que ganha. Basta folhear a história do futebol. E nós temos, à mão, um exemplo crudelíssimo, que ainda hoje nos enfurece: — o do *match* Brasil x Espanha. Perdemos o campeonato do mundo porque, dias antes, goleamos os espanhóis de uma maneira quase imoral. Tivéssemos obtido uma vitória mais sóbria e menos feérica, trucidaríamos o Uruguai com um pé nas costas. Direi mais: — admite-se uma goleada num *match* isolado e contra um perna-de-pau. Nunca, porém, num *match* decisivo e contra um Flamengo. Mas acontece o seguinte: — os escores altos geram, quase sempre, uma insatisfação total. Os times que fazem muitos gols querem ampliar o placar, mais e mais. O América devia ter parado nos dois ou, no máximo, nos três a um. Quis chegar aos cinco e não sossegou enquanto não viu o Flamengo arrasado. Geralmente, não enxergamos um palmo adiante do nariz. Não fosse esta cegueira crassa, e teríamos percebido tudo. Quero dizer: — a depressão rubro-negra, naquele domingo, era um precário disfarce dos seus brios enfurecidos. E, ao sair de campo, sob o impacto de tantos gols, sangrando de humilhação, o Flamengo já devia levar o estigma, ainda imponderável, do tricampeonato. A tragédia do América foi ter dado, ao rival, no último ou, por outra, no penúltimo momento, o incentivo final e decisivo. Deu-se o inevitável: — houve o desarmamento interior do América frente ao Flamengo. Era óbvio. Não há irritação possível e, muito menos, ódio nas relações do vencedor com o vencido. O ganhador está sempre disposto a deixar-se apunhalar pelo adversário. Eu imagino que, antes da dor, da raiva, do desespero, o América há de ter experimentado, quarta-feira, sincero, fidedigno espanto diante daquela rajada de gols. E, no entanto, não cabia o seu assombro: — ele perdera o campeonato quatro dias antes! O triunfo do Flamengo encerra uma luminosa e aguda lição de vida. Ele foi humilhado, e sabemos que a humilhação, a grande e irresgatável humilhação, confere aos homens e aos times uma dimensão nova, uma potencialidade irresistível. O "mais querido" devia ter, à mão, sempre, um adversário que o goleasse de 5 x 1, o maior número possível de vezes. E assim espicaçado, assim transfigurado, acabaria sendo tricampeão todos os anos.*

11/4/1956

---

* O atacante Dida entrou para a história do Flamengo ao marcar os quatro gols na goleada sobre o América, por 4 x 1, que deu o segundo tricampeonato ao clube. O primeiro foi em 1942/43/44.

Brasil x Áustria

21

Na presente jornada européia,

o Brasil já vencera Portugal por 1 x 0. Depois, empatou com a Suíça: 1 x 1. Vamos e venhamos: — era um pífio, um chocho, um deprimente resultado, que não eletrizou ninguém, aqui. Vem a terceira partida, com a Áustria.* Eu vi muita gente rosnando: — "Vamos apanhar de banho!" Pois bem: — há o jogo e o Brasil consegue uma dessas vitórias definitivas, antológicas. Sim, amigos: — os 3 x 2 sobre os austríacos, na própria Viena, deviam figurar, merecidamente, numa antologia. Pela primeira vez apresentamos ao Velho Mundo uma imagem fidedigna do futebol brasileiro. E como se não bastasse a vitória em si, houve um elemento que a valorizou e, mesmo, dramatizou: — o juiz ladrão. Sempre digo, nas minhas crônicas, que a arbitragem normal e honesta confere às partidas um tédio profundo, uma mediocridade irremediável. Só o juiz gatuno, o juiz larápio dá ao futebol uma dimensão nova e, se me permitem, shakespeareana. O espetáculo deixa de se resolver em termos chatamente técnicos, táticos e esportivos. Passa a ter uma grandeza específica e terrível. Eis a verdade: — o juiz ladrão revolve no time prejudicado e respectiva torcida esse fundo de crueldade, de insânia, de ódio que

* Amistoso realizado em 15/4/1956, em Viena.

existe adormecido no mais íntegro dos seres. O mínimo que nos ocorre é beber-lhe o sangue.

E, ontem, justiça se lhe faça: — o árbitro iugoslavo foi um desses ladrões memoráveis e empolgantes. Eu digo "árbitro" e excluo, injustamente, o bandeirinha, que não lhe ficou atrás, em matéria de monumental descaro. Ambos fizeram o serviço nas costas do Brasil e merecem a mesmíssima consagração. Mas, a partir do momento em que começamos a ser roubados, a partida, que pouco diferia, até então, de qualquer outro jogo de futebol, adquiriu a categoria dramática, e mesmo trágica, que lhe faltava. Ao meu lado, ouvindo comigo a irradiação, dois ou três vizinhos já queriam agredir o rádio. Quando o árbitro anulou o segundo gol consecutivo do Brasil, nosso ódio à Áustria atingiu proporções inauditas. Descobri, então, que a base sentimental da torcida é o ódio e não o amor. Repito: — sem ódio não há torcida possível. Veio, ainda, a terceira anulação. Acontece, na minha rua, esta coisa sublime: — um dos meus vizinhos começa a chorar. E, ao mesmo tempo que lhe assomavam as lágrimas, caía-lhe da boca uma água indescritível. Conclusão: — chorava duplamente, por cima e por baixo.

Mas tivemos, a distância, ao ensejo do terceiro gol anulado, um consolo. Refiro-me à invasão de campo por parte do Dr. Sílvio Pacheco. Vejam vocês: — para que o presidente da CBD tenha se despojado da polidez, da cerimônia inerentes a seu cargo e pessoa, e tenha investido como um Tartarin, é porque o juiz e o bandeirinha eram mesmo ladrões. E só espero uma coisa: — que o Dr. Sílvio, que é um cordial, um ameno, quase um doce, tenha xingado o árbitro e seu cúmplice com alguns dos mais rijos palavrões do nosso cálido idioma.

De qualquer forma, foi bom que o Brasil tivesse sido roubado da maneira mais cínica. O brasileiro precisa ser sacudido, de vez em quando, ou mais do que isso: — precisa ser humilhado. E fiquem certos de que juiz e bandeirinha roubaram o Brasil porque nos desprezavam. E que aconteceu? Por exemplo: — um jogador como Didi tem um pouco da humildade racial de um José do Patrocínio. Este precisava ser ofendido para se agigantar física e emocionalmente. Assim foi Didi: — sentiu na carne e na alma a humilhação dos gols anulados. E, então, cravou, até o cabo, no peito da Áustria, o gol da vitória brasileira.

21/4/1956

0 x 0 em Praga

22

Em futebol, qualquer resultado

é bom, menos o empate. O empate deprime e desmoraliza os jogadores, o juiz, os bandeirinhas e o público. Convenhamos — é trágico um sentimento assim universal de frustração. Por exemplo: — o jogo de sábado entre o Brasil e a Tchecoslováquia.* Houve um empate, com o agravante escore: — 0 x 0! Quando o *match* acabou, com o placar rigorosamente virgem, experimentamos a seguinte sensação: — de que tudo ia começar de novo. De fato, uma partida sem gol não existe, não chegou a existir. Eu acharia procedente que, aqui, a distância, os ouvintes exigissem a devolução do dinheiro da entrada. Direi mais: — o empate, em futebol, significa a derrota de 22 jogadores. Considero nítida e insofismavelmente derrotados o Brasil e a Tchecoslováquia. Resta apenas a pergunta: — se houve o fracasso, como explicá-lo? Que razão ou, antes, que razões numerosas e profundas teriam influído em tão pífio, tão chocho resultado? Na parte que toca ao Brasil, temos o argumento considerável do frio. E, com efeito, o brasileiro não é esquimó, não é pingüim, não é nem Papai Noel para gostar de neve. E imagino a humilhação dos nossos homens quando viram cristalizado na própria carne e na própria camisa o brioso suor

* Amistoso realizado em 21/4/1956, em Praga.

tropical. Mas a temperatura, por si só, não justifica o rendimento pífio da equipe brasileira. Objetar que os tchecoslovacos jogaram bem não vale: — o empate de 0 x 0 compromete igualmente os dois adversários. A meu ver, o único ou, por outra, o maior culpado de tudo foi o juiz. Repito: — o juiz, sim, senhor! Eu sei que o próprio Abraão Lincoln em pessoa não seria mais impoluto, mais imparcial, mais imaculado. O juiz não roubou ninguém: — nem a nós, nem aos nossos adversários! Mas aí, nessa abundância de prendas, está a chave do lamentável 0 x 0. Eu sei, perfeitamente, que ninguém deve ser vigarista, que ninguém deve bater a carteira de ninguém. Mas a virtude tem o dom de mumificar as criaturas e os jogos de futebol. Imaginemos um *match* de 22 anjos, de 22 meninas em primeira comunhão. Não ocorreria um *foul*, um *hands*, um pênalti, um nome feio, nada. Mas os jogadores em campo, a torcida nas arquibancadas haviam de morrer de tédio.

É tragédia das arbitragens ilibadas: — elas retiram das batalhas toda a sua grandeza, toda a sua riqueza emocional, todo o seu élan trágico. Um juiz impoluto congelou a partida de sábado e os dois times. No fundo, o que todos sentíamos era que faltava alguém no *match*, que o *match* estava desfalcado de um personagem insubstituível. Refiro-me ao juiz gatuno que, em Viena, traumatizou o choque Brasil x Áustria. O roubo cínico foi o excitante poderoso, o afrodisíaco inexcedível que incendiou os nervos e os brios do escrete brasileiro. Sejamos justos: — um larápio nos calcanhares pode servir de estímulo tremendo. E que irredutível abismo entre o Brasil x Áustria e o Brasil x Tchecoslováquia! O choque de Viena foi um jogo vivo, ao passo que o de Praga foi uma múmia de jogo.

28/4/1956

derrota do Vasco

23

Todas as manhãs, abre-se o jornal e lá se encontra a notícia de que um clube brasileiro perdeu na Europa. Ou é o Vasco ou a Portuguesa ou, então, o próprio escrete. Por exemplo: sábado, infligiram ao clube da Cruz-de-Malta, na Inglaterra, uma goleada: 6 x 3. Nas Canárias, a Portuguesa apanhou, se bem que por um escore mais sóbrio, mais contido e menos achincalhante. Dias antes, em Milão, um quadro, com as cores e o nome do Brasil, deixara-se bater por 3 x 0. Em suma: não se pode mais abrir um jornal, nem ligar o rádio, sem que se esbarre numa nova derrota do pátrio futebol em terras da Europa.

Por mais doce e cordial que seja a nossa esportividade já começamos a rosnar contra a humilhação de tantos resultados negativos.

O caso do Vasco, sobretudo, é de um alto patético. Justiça se lhe faça: o que o quadro de São Januário está realizando, na Europa, é uma insuperável maratona de derrotas. Vejamos, sumariamente, a jornada cruz-maltina: onze jogos; sete derrotas, um empate e três vitórias. Aqui, na redação, os companheiros entram perguntando: — "Hoje, o Vasco apanhou de quem?" Eis a verdade: — a derrota tornou-se uma rotina, um hábito, um vício, quase um dever, na excursão vascaína. Dirá alguém que os outros clubes brasileiros e o próprio escrete estão dando terra, na Europa, também. Ao que eu respondo:

nem tanto, nem tanto! Há, nas derrotas do Vasco, uma característica que as distingue, que as projeta em crispante relevo: — o escore. Enquanto os outros tratam de perder de pouco, o quadro de São Januário tem tomado verdadeiros banhos. Há, nele, uma nítida, taxativa e fatalista tendência para a goleada. Ninguém entende que uma equipe poderosa esteja assim caindo os pedaços no Velho Mundo.

E, no entanto, a explicação está à vista, numa dessas evidências espetaculares. Ei-la: — O Vasco perde por causa do técnico. Sim, amigos: no futebol moderno, o técnico é responsável por tudo, pelas vitórias, pelas derrotas e pelos empates. O time joga, o time molha a camisa, o time dá botinada. Mas é o técnico que está, por trás, dispondo. Mesmo quando ele cala, omite-se, ainda assim influi pelo silêncio e pela omissão. O próprio Vasco constitui um exemplo elucidativo. De fato, durante todo o campeonato que passou o quadro de São Januário era feito à imagem e semelhança do Sr. Flávio Costa. Quando os seus jogadores desandavam a passar para os lados e para trás, num futebol estéril e bonitinho, sabíamos que era o técnico que estava amarrando o ataque. Todos nós conhecemos o Pinga do passado. Quando ele se disparava, quando se arremessava para o gol, ninguém lhe resistia à penetração de bala. Pois bem: — o Sr. Flávio Costa conseguiu mumificar a velocidade de Pinga. Mais tarde, saiu o técnico de São Januário para o escrete. Pensou-se, então, que o Vasco estava livre de sua influência.

Mas a atual excursão pela Europa demonstra que não. É tal a autoridade do técnico, tão absoluta a sua ascendência que, embora omisso, embora ausente, ele ainda decide. Como Cid, que mesmo depois de morto vencia as batalhas, o Sr. Flávio Costa parece conduzir a distância a equipe que deixou. Nem seu sucessor lhe resiste a influência. Os craques cruz-maltinos estão de tal maneira viciados, intoxicados e automatizados que vivem passando para os lados, para trás e sem gols. Ou por outra: — quem faz os gols é o adversário. Nada pede a presença do Sr. Martim Francisco contra a ausência militante e indefensável do Sr. Flávio Costa.*

5/5/1956

---

* Flávio Costa foi substituído por Martim Francisco, 28 anos, um discípulo de Ondino Vieira, o técnico do Expresso da Vitória, como era chamado o elenco do Vasco cinco vezes campeão carioca, entre 1947 a 1952. Desconhecido no Rio de Janeiro, o mineiro Martim Francisco reconquistou o título que o Vasco não ganhava há quatro anos. E mais: evitou que o Flamengo conquistasse o tetracampenato.

os Jogos Infantis

24

No dia em que a criatura hu-mana perder a capacidade de admirar, cairá de quatro, para sempre. E o mal de todos nós, a nossa crise, a nossa doença, é o seguinte: — admiramos pouco, admiramos de menos. Em redor de nós, tudo nos convida, tudo nos induz ao espanto. E, no entanto, examinem esse povo que vai passando, com algo de fluvial no seu lerdo escoamento. Ninguém admira nada, ninguém admira ninguém. Essa impotência de sentimento, esse tédio de alma, essa anestesia coletiva e alvar traduz um desinteresse vital tremendo. Por exemplo: — sábado, o jornalista Mário Filho fez realizar, no Fluminense, o desfile inaugural dos "Jogos Infantis" deste ano. É uma olimpíada de meninos e meninas, sem precedentes, no Brasil e no mundo. Sem um tostão do governo, sem cavação oficial, sem auxílio de ninguém, o *Jornal dos Sports* deu-nos aquele espetáculo inverossímil. Eu disse, acima, que nunca se admirou tão pouco. Quero continuar escrevendo que, se o nosso espanto correspondesse às solicitações do nosso tempo, a cidade estaria estupefata diante dos "Jogos Infantis". Vi os jornais de domingo e constatei o seguinte: — a mesma fragmentação de sempre, através de pobres assuntos e de pobres nomes, chupados até a última gota como um limão seco. O leitor nunca sabe se o jornal é o do dia ou da véspera. Eis a verdade: — a imprensa vive de idéias fixas. Não encontrei nas edições dominicais nada além de um registro cordial. Não houve, ainda, um jornalista que visse o acontecimento na sua grandeza específica. Não houve, ainda, um jornal que recolhesse, na sua plenitude, o impacto dos "Jogos Infantis". E, no entanto, vamos dizer a verdade exata: — não se viu, no Brasil, até hoje, nada que se aproximasse, nada que se parecesse com a olimpíada que Mário Filho, com o seu *Jornal dos Sports*, está fazendo, num esforço solitário e formidável. Diante daqueles meninos e meninas, que passavam sem parar, como se jorrassem de fontes inestancáveis — compreendíamos, subitamente, que o adulto é um ser infeliz, um soturno pobre-diabo, marcado pelo tédio e pela frustração. Nenhum homem feito, nenhuma mulher formada teria o sóbrio fervor, o grave ímpeto e nobre ríctus daquela infância em desfile. Eram 16 mil que, nos dias subseqüentes, iriam disputar todas as modalidades esportivas. Poderíamos acrescentar: — todas as modalidades, inclusive a inefável bola de gude. Houve um tempo, no passado do homem, em que o fato tinha, sempre, um Camões, um Homero, um Dante à mão. Por outras palavras: — o poeta era o repórter que dava ao fato o seu canto específico. Hoje, nós temos tudo: — jornal, rádio e televisão. O que nos falta é, justamente, a capacidade de admirar, de cobrir o acontecimento com o nosso espanto. E vamos e venhamos: — Camões devia ser um estupefato diante dos lusos mares. Mas os "Jogos Infantis" têm o seu poeta na pessoa do próprio Mário Filho. Duplamente poeta porque não se limita a transmitir o fato, mas a criá-lo. E criou os "Jogos Infantis". Eu só acredito nas coisas que arrancam lágrimas. E, sábado, diante de tanta poesia plástica e vendo a imagem da criança brasileira, ainda ilesa das nossas misérias — a cidade devia chorar sentada no meio-fio.

12/5/1956

abaixo a humildade!

25

Eu sempre me lembro daquele personagem de Dickens que vivia clamando pelas esquinas: — "Eu sou humilde! eu sou muito humilde! eu sou o sujeito mais humilde do mundo!" Era demais, como se vê. Mas, essa humildade espetacular e, por vezes, agressiva, já intimidava e acuava vizinhos, parentes, conhecidos e, até, desconhecidos. Quando ele passava na rua, havia, de imediato, o cochicho invejoso e consagrador: "Lá vai o humilde!" E o Fulano não parava em casa, vivia saindo, para melhor passear e melhor exibir a sua insolente humildade.

Pois bem: — o brasileiro tem um pouco do personagem de Dickens. Eu disse "um pouco" e já amplio: — tem muito. Se examinarmos a nossa história individual e coletiva, esbarraremos, a cada passo, com exemplos, inequívocos e indeléveis, de humildade. Por exemplo: — a recentíssima jornada do escrete brasileiro em canchas européias. Foi algo de patético. No dia mesmo do embarque, vem o nosso técnico e, a babar de humildade, anuncia: — "Nós vamos aprender!" Vejam vocês: — aprender! Vinte e quatro horas depois, a declaração soava e ressoava no berro impresso das manchetes. Quem dizia isso não era um qualquer, mas alguém investido da autoridade e da clarividência de técnico do time.

Quem leu ou escutou a advertência teve todo o direito de pensar que o escrete era analfabeto em futebol. De qualquer maneira, não se podia desejar uma humildade mais compacta e mais refalsada. Um retrospecto de nossos resultados internacionais teria, talvez, justificado uma manifestação erecta e viril, e não esse esgar de subserviência. Afinal, éramos, na pior das hipóteses, os vice-campeões do mundo. E fizéramos, na Suíça, um jogo pau a pau com os divinos húngaros.

E, assim, imersos até o pescoço numa vil modéstia, lá partiram os nossos craques para aprender na Europa. Mas já não constituíram uma equipe briosa, entusiasta, segura de si mesma e dos próprios méritos. Com um piparote o Sr. Flávio Costa dizimara toda a euforia, devastara todo o élan dos nossos rapazes. Ao sair daqui, o escrete estava amadurecido para a derrota. O raciocínio é claro: — se íamos aprender, nada mais natural que os mestres europeus nos infligissem pesadas derrotas.

Eis a verdade: — a primeira derrota da representação, o primeiro empate, o primeiro fracasso foi quando se disse, aqui, que "íamos aprender". Essa humildade real e não simulada é que nos desfibrou em Lisboa, na Suíça, em Praga, em Milão, em Londres. Como explicar o colapso de Wembley? Foi a humildade, sempre a humildade. Dias antes, com efeito, o Sr. Sílvio Pacheco, concedera entrevista, em Londres. Perguntado se o escrete brasileiro tinha alguma possibilidade no mundial de 58, respondeu com pomposa e hedionda certeza: — "Nenhuma!" Em suma, o presidente da CBD desfraldou a humildade nacional com o impudor de uma manchete. Com dois anos de antecipação, ele derrotou a equipe nacional.* Como explicar essa instintiva, essa incontrolável tendência para a autonegação? Será o servilismo colonial que acometeu também o futebol?

Ou expulsamos de nós a alma da derrota ou nem vale a pena competir mais. Com uma humildade assim abjeta, ninguém consegue nem atravessar a rua, sob pena de ser atropelado por uma carrocinha de chicabon.

19/5/1956

---

* Sílvio Pacheco, presidente da CBD (a extinta Confederação Brasileira de Desportos) em 1956, foi substituído por João Havelange, que ficou na presidência da CBF (Confederação Brasileira de Futebol) de 1958 a 1974. Em 1974, Havelange foi eleito presidente da FIFA, cumprindo cinco mandatos até o Mundial de 1998, na França.

a ex-invicta

26

Ontem, os tchecos, em Buda-peste, enfiaram uma bonita derrota na ex-invicta, ex-imbatível Hungria. Lá estava o marcador, que não me deixa mentir: — Tchecoslováquia 4 x 2! Por coincidência, o mesmo escore, exatamente o mesmo, da derrota brasileira em Wembley. Mas o que importa destacar, aqui, é o fato transcendente e burlesco: — ruiu, desabou em cacos, a invencibilidade húngara. Pergunto: — com que cara estarão os cronistas patrícios que vivem clamando pelos cafés e pelos jornais: — "A Hungria é a maior! a maior!" Em face do resultado de ontem, já se pode retificar: — a ex-maior!*

E vamos e venhamos: — o triunfo tcheco justifica, aqui, uma breve e construtiva meditação. Todos se lembram do mundial de 54, na Suíça. Perdemos da Hungria, pelo escore fatal: 4 x 2, também. Pois bem: — alguns cronistas patrícios entoaram um verdadeiro canto de autonegação. Eles clamavam, em suma, o seguinte: — os húngaros eram divinos e os nossos quase uns pernas-de-pau. Já era a humildade brasileira que se desfraldava em Berna, com o escândalo de uma manchete. No regresso da delegação, esses confrades

* A seleção húngara, comandada pelo atacante Puskas, fez uma revolução tática na metade da década de 1950. Foi campeã olímpica de 1952, e, em 1953, aplicou uma goleada na Inglaterra: 6 x 3 em Wembley.

desembarcaram, aqui, com o mesmíssimo deslumbramento. Se falavam de um Puskas, escorria-lhes da boca uma água indescritível, que era a baba grossa e bovina da admiração. Dois anos se passaram. E raro é o dia em que o leitor de jornal não esbarra ainda hoje, não tropeça num artigo pondo a Hungria nas nuvens. São os colegas já referidos que se põem de cócoras, que se agacham, que se prostram no culto abjeto do futebol húngaro.

Digo "abjeto" pelo seguinte: — porque esse esgar de subserviência disfarça e esconde aquele impulso de autonegação. Eles elogiam os nossos adversários de Berna, como se dissessem: — "Nós não prestamos! nós não valemos nada! nós somos uns pobres-diabos!" É um aviltamento próprio, que traduz uma deformação indiscutível. Sim, não é normal, não é salubre, não é nem viril que uns sujeitos exaltem os húngaros com histérico exagero para rebaixar o futebol patrício.

Aí está: — o mesmo time que bateu, em casa, o escrete húngaro empatou com o time improvisado que mandamos a Praga. Tínhamos, contra nós, tudo: — equipe mal constituída, uma precaríssima direção técnica e um frio siberiano. Quase, quase os brasileiros viraram picolé. Hoje, face aos 4 x 2 de Budapeste, nós sabemos que 0 x 0 da Tchecoslováquia foi um belíssimo resultado. Pergunto: — se empatamos com os tchecos, porque não poderíamos vencer os húngaros?

Vejamos a ascensão invertida da Hungria: — perdeu para o time velho, desgastado, da Alemanha, no mundial de 54; para o doce, o inofensivo, o platônico quadro da Turquia, outro dia; e, agora, depois de um empate com a Iugoslávia, também em Budapeste, a derrota frente a Tchecoslováquia, a mesma que não conseguiu derrotar, em sua metrópole, o nosso desarticulado, o nosso franciscano, o nosso pungente escrete.

Hoje, nós sabemos o seguinte: — existem duas Hungrias. Uma retocada, idealizada, divinizada, que só funciona na imaginação de alguns cronistas e locutores brasileiros; outra verdadeira, fidedigna, que podia ter apanhado do Brasil, como apanhou da medíocre Alemanha, da mediocríssima Turquia e da brava Tchecoslováquia. Espero que, nessa altura dos acontecimentos, algum Oduvaldo Cozzi húngaro esteja berrando ao microfone, em Budapeste: — "Não somos os melhores do mundo! não somos os melhores do mundo!" Mas, lá, a cana é dura.

26/5/1956

o suicida

27

Cada um de nós é um suicida

frustrado. E se ainda não estouramos os miolos, ou não pendemos de uma forca, não tomamos formicida, é que nos salva, sempre, em cima da hora, a nossa incoercível pusilanimidade vital. Mas, se cancelamos o nosso suicídio, admiramos e, mais do que isso, invejamos o alheio. O sujeito que se mata dá-nos a impressão de que se apropriou, indebitamente, de um ato, de um impulso, de um desespero, que deviam ser nossos. Vejam Maneco, o ex-craque do América, que bebeu formicida na casa de um parente. Outros jogadores já morreram: — de doença, de acidente e, até, de fome. Mas o suicida não é morto qualquer. Tem uma morte única, inconfundível, inalienável. Ou por outra: — não morreu, propriamente, matou-se. E, com o exemplo de Maneco, verificamos, ainda uma vez, que o suicídio tece um parentesco sutil, mas irresistível, entre nós e o defunto. Quando os jornais e o rádio anunciaram o fato, cada leitor e cada ouvinte sentiu-se um crispado irmão de Maneco. Eu soube na rua. Um amigo meu, que vinha em sentido contrário, atirou-me na cara a notícia: — "Suicidou-se o Maneco!"

Era atualmente um simples técnico de juvenil, no América. Fora escorraçado dos jornais. Ninguém falava nele e só uns poucos lembravam-se de sua passagem pelo futebol. E, no entanto, raríssimos craques tiveram uma carreira tão fulgurante, embora breve, muito breve. Houve um momento em que aparecia todos os dias, no berro gráfico das manchetes. Basta dizer o seguinte: — chegou a suplantar, a barrar no escrete o grande Ademir. E numa segunda-feira, após um Brasil x Argentina, foi demais: — seu nome encheu todas as bocas como saliva. E que fizera ele para pôr assim histérica uma cidade? Apenas isto: — três ou quatro jogadas de antologia. O futebol de Maneco era realmente enfeitado, pulado, colorido como um índio de carnaval. Mas essa glória, que era alucinante, foi também muito rápida. E, súbito, o craque começou a perceber que a multidão já lhe negava o aplauso. Se, ao menos, fosse vaiado! Mas nem isso, nem isso! Por fim, quando se falava nele, já faziam confusão: — "Maneca, do Vasco?"* Não há ninguém mais desconhecido, ninguém mais obscuro, ninguém mais anônimo do que o sujeito que foi célebre um dia. Quanto à imprensa, ao rádio, à televisão, viviam esfregando na nossa cara outro Maneco mais atual: — Didi. Por último, veio a história dos quarenta contos, que não pôde pagar. O meu confrade Carlos Renato disse bem: — "Numa terra, em que todos devem, Maneco morreu de paixão por uma dívida."

Cabe nesta crônica o raciocínio: — o ex-craque matou-se por causa de quarenta contos. E assim sendo todos os que, na face da Terra, aqui ou alhures, dispõem de uma importância igual ou maior, estão implicados no episódio. Por outro lado é um erro considerar-se o suicídio como tal. Na verdade, ele representa algo mais: — é um assassinato. Examinemos uma relação, ainda que sumária, dos que influíram no seu desespero: — primeiro, os que tinham os quarenta contos ou mais; e, depois, todos nós e cada um de nós. Sim, amigos: — todos os que lhe negamos o aplauso, que lhe viramos as costas, que o confundimos com Maneca do Vasco, que o esquecemos, somos co-assassinos de Maneco.

2/6/1956

* Maneco (Manuel Anselmo da Silva), atacante do América, disputou apenas uma partida pela seleção brasileira (29/3/1947), contra o Uruguai, no Maracanã, na disputa da Copa Rio Branco, substituindo Ademir Menezes (Vasco). Maneca (Manuel Marinho Alves) era apoiador do Vasco. Participou de quatro jogos no Mundial de 1950 e, contundido, não enfrentou a Espanha e o Uruguai.

irmãos no suicídio

28

Na última crônica, escrevi, por outras palavras, o seguinte: — o suicídio tece entre o morto e os demais um útil, mas irresistível parentesco. O sujeito que se enforca, que toma formicida, que se atira da barca, não é jamais um estranho, um desconhecido. Torna-se profundamente irmão de todos nós e de cada um de nós. Escrevi isso a propósito de Maneco, ex-craque de futebol, que, na terra em que todos devem, matou-se de paixão por uma dívida. Quarenta contos — eis a pobre, a triste, a humilde importância, que ele não pôde pagar. Ninguém foi, correndo, levar-lhe o dinheiro, ninguém foi dizer-lhe: — "Toma, toma!" Mas o que importa destacar é o seguinte: — o grave fato de ser um suicida, e não um morto qualquer, trouxe Maneco para mais perto de nossa lágrima que é, em geral, tão frívola. Mas um suicídio não é um ato como há tantos. Eis a verdade: ele é em si mesmo tão persuasivo e autêntico que não sabemos como resistir-lhe. Olhem o que sucedeu com Maneco. Matou-se há pouco mais de uma semana. Pois bem: — poucos dias depois, um outro ex-jogador, do América, toma formicida também. Chamava-se Itim. Seria um erro separar os dois fatos. Na realidade, aquele que se mata está chamando, está aliciando os outros, todos os outros, para um abismo só. E os casos de Maneco e Itim parecem demonstrar que há entre os suicidas uma compreensão secreta, um idioma próprio e intraduzível, uma fidelidade inefável. Nós que vivemos a nos trair uns aos outros, que somos infiéis por vocação, por destino, precisamos invejar Maneco e Itim. Imaginem a cena: — Itim velando o amigo morto, fazendo quarto e, depois, acompanhando o enterro a pé, debaixo da chuva. Se todo suicida deixa um apelo a cada um de nós, um cálido apelo, eis a verdade: — só um, entre todos os que estavam ali, recebeu o apelo de Maneco. Quando, dias depois, Itim bebeu também formicida, perguntamos, com a nossa estreita e branca objetividade: — "Por quê? por quê?" Na morte de Maneco, sabíamos dos quarenta mil cruzeiros, do despejo, da humilhação de uma dívida. Mas de Itim ninguém sabia nada. O repórter de polícia, que costuma simplificar os inescrutáveis mistérios do ser, falaria em "motivos íntimos", em "neurastenia profunda", ou, sumariamente, em "motivos ignorados". Mas não ocorreu a ninguém a hipótese muito mais bonita e infinitamente mais nobre da amizade. Vejam vocês a imagem vil que formamos uns dos outros: — admitimos que um semelhante se mate por amor, por dinheiro, por jogo, por desemprego ou, até, por tédio. E não queremos aceitar, nem por hipótese, que se possa morrer por amizade. De fato, para a nossa alma enferma, seria inacreditável que um indivíduo, antes de estourar os miolos, proclamasse: — "Mato-me por um amigo!" Ninguém aceitaria o motivo e alguém havia de rosnar: — "Freud explicaria isso." Talvez, talvez. Mas vamos e venhamos: — é horrenda essa incapacidade de ser amigo e, pior, de acreditar na amizade. Para nós, a amizade é algo de frágil, de suspeito, de perecível, de comprometido. E mesmo os maiores amigos esbarram, a todo momento, nos limites da polidez, da cerimônia, da vã cordialidade. Mas se é assim entre os vivos, talvez não o seja entre os suicidas. Geralmente, os defuntos são estanques. Cada qual vive encerrado na exclusividade de sua morte. Mas os que se matam têm vínculos definitivos. Aí estão Maneco e Itim: — amigos na morte e para sempre. Pois jamais um suicida trairá outro suicida.

9/6/1956

a tara do gol

29

O meu companheiro retardatário

entrou na redação e dardejou a pergunta: — "O Flamengo ganhou, hoje, de quanto?" Alguém respondeu, sumário: — "4 x 0!" E o companheiro, realmente espantado, realmente escandalizado: — "Só?" Esta cena, que contei, por alto, define um estado de espírito, que não é somente de alguns, mas de todos os brasileiros. Sempre que o Flamengo joga, na Suécia, Dinamarca ou coisa que o valha, nós sabemos, de antemão, com uma certeza inapelável e profética, que ele vai ganhar. Resta a pergunta: — de quanto? E um escore inequívoco, taxativo, como o de 4 x 0, já não basta, não satisfaz. Eu compreendo o insaciado colega de redação. O Rubro-Negro tem vencido de mais, ou seja: — de 6, de 7, de 9 e, até, de 12. Contagens assim são quase imorais, quase obscenas, mas refrigeram e inspiram. E a verdade é a seguinte: — o futebol brasileiro estava sedento, estava faminto de grandes resultados. Poderão objetar que os adversários do Flamengo carecem de expressão. Não importa. O escore de 9, de 10, independe de adversário e de quaisquer outros fatores circunstanciais. Ele se demonstra, ele se impõe, ele convence por si mesmo. Mesmo que não exista adversário em campo, mesmo que o Flamengo jogue sozinho, mesmo assim força é convir: — é demais, é demais! Essas goleadas estão ocorrendo, por uma doce fatalidade, no momento justo em que o nosso moral estava de cócoras, de rastros, eu quase dizia de quatro. Realmente, desde Milão e de Wembley que o torcedor brasileiro é um humilhado, um ofendido, um miserando. Os italianos nos deram de 3, os ingleses de 4.

Todavia, o pior e insanável desastre foi o radiofônico, o jornalístico. Refiro-me aos locutores e aos cronistas patrícios que, com um ufanismo invertido, clamam pelo microfone ou pelas manchetes: — "Não somos os maiores! não somos os maiores!" As derrotas de campo são meras contingências. Perdemos em Milão e Wembley como a Hungria perdeu na própria Budapeste, em Bruxelas e empatou em Portugal. O pior, o grave, o irremissível é quando jornalistas e *speakers* brasileiros se põem a negar, a refutar ou simplesmente a ignorar os méritos evidentíssimos do nosso futebol e dos nossos jogadores. Esses confrades batiam numa tecla obtusa: — não sabemos marcar gols! não sabemos marcar gols! Com falsa objetividade, falsíssima isenção, eles não quiseram ver que o nosso escrete foi somente uma vítima da improvisação, da inépcia e da irresponsabilidade. Mas assim injustiçado, o craque brasileiro está reagindo violentamente. No Norte, o Flamengo só vence de goleadas homéricas.* Vejam vocês e meditem: o jogador que não faz gols põe, no barbante, uma média de sete por jogo. É, de quatro para cima! E por que essa rajada histérica de tentos? É a gana, a garra, a paixão, o apetite, a volúpia do gol que veio tresloucar o craque do Brasil. Já não basta vencer: — é preciso a barbaridade, o sadismo, o estardalhaço de certos escores. Quando um clube apanha de 9, de 10, de 12, não pode sair normalmente de campo: — urge buscá-lo de maca ou, até, de rabecão. Enfim, vamos reconhecer que o gol deixou de ser uma aspiração normal no futebol brasileiro: — converteu-se na tara incoercível do nosso jogador. Mas que delícia, que deleite nesses escores que o brasileiro saboreia, lambe e chupa como um chicabon.

16/6/1956

---

* O Flamengo goleou por 12 x 1 (7/6/1956) o Sportsklubben Brann, da Primeira Divisão do Campeonato Norueguês. Os gols foram marcados por Henrique (4), Paulinho (2), Babá (2), Evaristo (2) e Rubens (2). Kijnslie fez o gol de honra do Brann.

goleada em Assunção

30

Ontem, vencemos, mais uma vez,

em Assunção. Desta feita, ampliamos o marcador: — 5 x 2! Um amigo meu, que, pendurado num rádio de pilha, ouvia a irradiação, não se conteve. Quando Hilton enfiou o tiro de misericórdia, ele bufou: — "5 x 2 é troço pra chuchu!" E era. Acresce que vencer em Assunção é uma calamidade. Lá, a torcida costuma abrir uma faixa, com o seguinte dilema: — "Vencer ou morrer!" Ao esbarrar nessa legenda ferocíssima, o quadro visitante treme nos seus alicerces. No Maracanã, há um fosso cordial, que protege, que encouraça, que torna inexpugnáveis os 22 jogadores, os bandeirinhas e o juiz. No Paraguai, não. Ninguém é intangível: — todos são suscetíveis, em caso de invasão, de um minucioso linchamento. A hipótese de massacre, que ronda a equipe de fora, pode liquidar-lhe o ímpeto, a gana, a garra. Pois bem: — apesar disso, o escrete levou tudo de roldão, tudo, e obteve duas vitórias monumentais, sendo que a última de goleada. Mas, no feito dos nossos, há dois aspectos que convém destacar. Digo "aspectos" e já especifico: — duas lições. Vejamos a primeira: — nada como o escrete que é um clube disfarçado. Que mandamos nós a Assunção? Um América, com leves enxertos do Bangu e de São Paulo. O nome do Brasil não foi bem um nome, mas um deslavado pseudônimo do clube rubro. Logo ao primeiro jogo, verificou-se que não se podia desejar uma fórmula mais sábia e mais eficaz. Pela primeira vez, um escrete nascia feito, pela primeira vez um escrete rendia, na estréia, cem por cento. Seja do ponto de vista técnico e tático, seja do ponto de vista emocional, o comportamento da equipe encheu as medidas. E por quê? Eis a verdade, amigos: — o jogador, em campo, atende mais ao apelo do clube que ao da pátria. Examinemos o caso de um Ferreira, de um Canário, ou de um Edson. Ele funciona melhor como americano do que como brasileiro. Ponham-no dentro do clima normal do América e ele será um. Desloquem-no para o escrete e ele será outro. Como americano, ao lado de outros americanos, o jogador se realiza e se afirma, e alcança sua plenitude de craque. Em Assunção, os brasileiros pareciam estar em casa, porque continuavam no América. E mesmo os enxertos foram rápida e implacavelmente assimilados. Daí a compacta, indissolúvel e eufórica unidade do time. A outra lição da "Taça Oswaldo Cruz"* foi, a um só tempo, de futebol e de vida. De fato, as duas vitórias ensinaram que tudo passa, menos Zizinho. O que nós chamamos idade, o que nós chamamos tempo, o que nós chamamos velhice nada mais é do que um jogo de aparências e de ilusões. A idade ricocheteia por Zizinho sem atingi-lo. Em Assunção, ele se projetou aos olhos do público e dos companheiros, isento de tempo. E vamos e venhamos: — sua velhice é mil vezes mais nova, quinhentas vezes mais jovem do que a adolescência dos companheiros. Zizinho sentado, Zizinho lendo jornal ou gibi atua, influi, decide, mais que os brotinhos do futebol. Assunção veio confirmar o que se sabia, isto é, que todos os caminhos do futebol levam a Zizinho. Na hora de escalar um escrete, ele se torna a nossa alucinante idéia fixa. Não conseguimos ignorá-lo, excluí-lo, pô-lo na cerca. Mesmo as pessoas que não gostam ou não entendem de futebol, que não sabem se a bola é quadrada ou não, mesmo essas pessoas conhecem Zizinho e só Zizinho. Com uma eternidade assim irritante e assim obstinada, é possível que daqui a duzentos anos ainda o convoquem para salvar a pátria.

23/6/1956

---

* A Taça Oswaldo Cruz, uma homenagem ao médico sanitarista brasileiro, foi disputada por Brasil e Paraguai entre 1956 a 1968. Na vitória por 5 x 2 (17/6/1956) os gols foram marcados por Zizinho (Bangu – 2), Leônidas e Ferreira (América/RJ), e Hilton (Bangu).

o tapa celestial

31

Teoricamente, eu acho o se-guinte: — não pode haver nada mais importante do que uma bofetada. Digo mais: — o ato de dar ou de apanhar na cara é a grande, a inexcedível, a portentosa experiência terrena. Acresce que a bofetada tem um som específico que lhe valoriza a hediondez. E vamos e venhamos: — devia se inventar uma bofetada muda. Felizmente, sempre que alguém dá ou apanha na cara as testemunhas são escassas e acidentais: — uma meia dúzia de transeuntes, que não conhece nem a vítima, nem o agressor. Se fosse possível apanhar num sigilo de alcova, não haveria humilhação ou, pelo menos, a humilhação seria muito mais benigna. Mas o futebol não comporta nenhuma polidez, nenhuma cerimônia, nenhuma discrição. Tudo o que acontece num jogo, de bom ou de mau, tem uma assistência monstruosa. Imaginem um jogador a quem quebram a cara na presença de duzentas mil pessoas. Digo jogador e posso ampliar a lista: — o juiz, os bandeirinhas, os gandulas. Duzentas mil pessoas significam uma multidão astronômica. Basta dizer o seguinte: oitocentos gatos pingados fizeram a Revolução Francesa. Que não fariam duzentas mil pessoas desencadeadas? Mas uma tal massa não precisaria agir. Mesmo imóvel, mesmo calada, mesmo passiva, mesmo como simples testemunha de qualquer coisa — é apavorante. Um sujeito que lambe chicabon diante de tamanha platéia há de tremer nos seus alicerces. Sim, duzentas mil pessoas representam quatrocentos mil olhos! Ora, quatrocentos mil olhos devastam, dizimam, desnudam e humilham qualquer um. Imaginem o que não sentiu o juiz do *match* Brasil x Uruguai, ontem, no Maracanã. Foi caçado a tapas, a pontapés pelos orientais.* Já a agressão em si mesma, a correria e o susto traduzem umas dessas experiências terrenas que marcam para sempre. Mas vejamos as agravantes do episódio: — estavam lá, com uma inapelável eficiência, o rádio, a televisão, o jornal e o cinema. Trata-se, pois, de uma humilhação impressa, irradiada, televisionada, filmada. Pode-se desejar uma provação mais horrenda? Não, não é possível. Somemos as pessoas presentes com os ouvintes, os telespectadores, os leitores. E chegaremos à conclusão de que o escândalo teve, em verdade, uma audiência única. Nunca um bofetão foi tão visto, lido e ouvido como o de ontem. Teria errado o árbitro? Creio que sim. O *foul* foi, realmente, de uma nitidez indiscutível, sem, todavia, justificar a expulsão. Mas se os erros de um juiz merecerem, de suas vítimas, esse tipo de reação, acabou-se o futebol. Ou por outra: — o futebol vai virar galinheiro, mafuá, gafieira. Outra reflexão que o episódio de ontem comporta: — nós somos uns anjos, uns bucólicos, uns idílicos. Em Buenos Aires, perdemos, no apito, um Sul-Americano que, tecnicamente, era nosso. E longe de espancar o árbitro, os nossos jogadores, locutores e jornalistas se deram ao luxo de apanhar de sabre. Vejam vocês: — de sabre! O Chico saiu de maca e quase de rabecão. Em Montevidéu, porque o Vasco teve o descaro de vencer o Peñarol, os locutores brasileiros foram apedrejados como adúlteras bíblicas. Aqui Obdulio Varela pôde ganhar o Mundial no grito, e, ontem, nós vimos a Celeste dizimar, devastar, ceifar a pescoções um juiz brasileiro. Eu, então, numa melancolia digna de Casimiro de Abreu, digo a um companheiro: — "Foi por isso que eles ganharam a Copa de 50!"

30/6/1956

---

* Jogo da Taça do Atlântico entre Brasil e Uruguai (24/6/1956). Na vitória da seleção brasileira por 2 x 0, no Maracanã, os gols foram marcados por Zizinho (Bangu) e Canário (América/RJ). O árbitro agredido foi Frederico Lopes.

Zizinho venceu a Itália

32

Amigos, vamos dizer a pura,

simples e inapelável verdade: — o escore foi totalmente desfigurado. E pergunto: — 2 x 0 por quê? E os três pênaltis, nítidos, taxativos, que o nosso caro árbitro resolveu ignorar? Numa das vezes, a bola ia entrando e o beque italiano, fora de si, passou-lhe a mão em grande estilo. De outra feita, Luizinho dribla um, dribla outro, põe no bolso vários adversários e defronta-se, enfim, com o arco inimigo. Era só escolher o canto e empurrar. Foi quando Bernasconi, com uma cordial desfaçatez, deu-lhe um rapa medonho, por trás. Não se pode imaginar um pênalti mais cínico, mais caracterizado. E se caçar adversário dentro da área for lícito, temos que admitir: — é o fim do mundo. Mais: — Ferreira recebe, passa por um e dispara em direção ao gol. Situação crítica, pânica. O zagueiro da Itália não se deu por achado: — ceifou o pobre do Ferreira, dizimou-o, demoliu-o, com outra rasteira homérica ou dantesca. Ao meu lado, alguém exclama: — "Matou!" Um paralelepípedo teria marcado aquele pênalti insofismável. Mas não o juiz: — como um mágico internacional transformou a penalidade máxima irrecusável num modesto e inofensivo *foul*, fora da área. Façam as contas: — três pênaltis que não comportam a mínima dúvida ou sofisma. E a isso nós chamamos de "bom árbitro" e de "arbitragem imparcial". Sim, amigos, os 2 x 0 estão longe de representar o escore real da partida. O sujeito que não esteve no Maracanã, nem ouviu o rádio, nem viu televisão, há de ter uma imagem fantástica da partida. Há de pensar num relativo equilíbrio, que nunca houve. Insisto: — equilíbrio nenhum. E tenhamos a coragem viril de afirmar que dominamos técnica e territorialmente. Houve momentos em que nossos jogadores chegaram a bailar, em campo. Eu vi, por vezes, os italianos procurando a bola, numa confusão realmente humorística. Note-se que não estava, ali, o escrete que, mesmo eventualmente, correspondesse às nossas possibilidades. A inclusão de Didi e de Zizinho, na mesma linha, clamou aos céus. Entrava pelos olhos de qualquer um o seguinte: — ou Didi ou Zizinho devia ceder o lugar ao outro. Mas dois meias armadores, dois meias recuados, não podiam estar no escrete. Acresce que, já em Milão, a coexistência de Walter e Didi redundara num fracasso total. A linha tornara-se impotente, perdera profundidade, estiolava-se num tico-tico lamentável.* Devia servir-nos a experiência dos 3 x 0. Mas, ontem, repetiu-se o erro: — lá puseram os dois, contra todas as indicações deste mundo e do outro. Pois bem: — era tão nítida a superioridade do futebol brasileiro que, apesar de tão clamorosa inépcia, foi muito maior, incomparavelmente maior, o nosso volume de jogo. E se Luizinho tivesse entrado muito antes, para dar a penetração que a linha reclamava, ai da "Azzurra". Agora, a palavra final sobre Zizinho. Já falei, aqui, várias vezes, sobre o mestre. Mas ele é um desses assuntos imortais do futebol. E um bom assunto não se esgota numa crônica, ou em duas, três, quatro ou cinco. Ainda uma vez, Zizinho brincou com a própria eternidade. De fato, tudo acaba, menos ele. Troçou cruelmente dos italianos, dando-lhes um banho sádico de bola. O público do Maracanã desejava mais um gol. Seria, então, uma resposta integral aos 3 x 0 de Milão. E ninguém quis ver que ficamos plenamente vingados, a partir do momento em que, com suas jogadas geniais e crudelíssimas, Zizinho fez da "Azzurra" um escrete quase cômico. O show do "velho" importou na revanche total. Zizinho venceu a Itália.**

7/7/1956

---

* Jogo feito de passes curtos que teve origem no América na década de 1950.

** Amistoso no Maracanã (1/7/1956). Os gols da seleção foram marcados por Ferreira (América/RJ) e Canário (Bangu).

o grande empate

33

Quando dois times empatam,

devemos reconhecer: — ambos perderam. É uma derrota recíproca e humilhante. O próprio público sai enfurecido e com razão: — pagou para ver alguém vencer e alguém perder. A partida sem solução sugere o conto do vigário. Abro, porém, uma exceção para o *match* de ontem, entre a Argentina e o Brasil. Houve um escore branco: — 0 x 0. Ou seja — o mais deprimente, o mais frio dos empates. E, no entanto, o resultado tem, para nós, um sentido patético, um sentido heróico. O público, o rádio e os jornais só vêem, diante de si, o empate, nada mais que o empate. Mas a verdade é que um *match* não fica encerrado no seu resultado como numa redoma. O que importa é o que está por detrás do placar, além do placar, por cima do placar.

Por exemplo: — 0 x 0 não diz que fizemos, ontem, em Buenos Aires, o quinto jogo invicto. Ora, o escrete veio da Europa, aos trancos e barrancos. Milão e Wembley estavam cravados, até o cabo, no seu coração. Parecia o fim do nosso futebol. Ninguém quis ver que, afinal de contas, o futebol brasileiro não se confunde com a equipe eventual e precária que naufragou na Itália e na Inglaterra. Ora, o nosso ufanismo é uma manifestação de fachada. No fundo, somos desconfiadíssimos dos nossos méritos. Basta-nos um vago insucesso para que mergulhemos na mais torva autonegação e passemos a nos considerar uns pernas-de-pau. Graças, pois, sejam dadas ao escrete americano, que se improvisou em Assunção. Era um time de clube, com alguns enxertos. Pois essa equipe teve uma virtude deslumbrante: — restaurou um pouco de nossa antiga fé no futebol brasileiro. Duas vitórias em Assunção, contra os paraguaios; outras duas, aqui, no Maracanã, contra os uruguaios e os italianos. Diga-se, de passagem, que o quadro nacional ia sendo, aos poucos, desfigurado. Romeiro saiu, entrou Didi; escalou-se Nilton Santos, em lugar de Hélio. Mas o impulso inicial da equipe fora dado em Assunção. Quatro jogos sem derrota já traduziam um resultado taxativo.

E veio o quinto compromisso, justamente o mais importante e dramático. O cotejo teria que correr, legitimamente, no Maracanã. Mas a CBD, com a sua insuperável inépcia, a sua brutal incapacidade, resolveu jogar em Buenos Aires. Era trabalhar contra o futebol brasileiro. Note-se que a Argentina, em plena euforia de duas vitórias contra o Uruguai e contra a Itália — estava com um moral de cimento armado. Acontece, porém, que a equipe brasileira adquirira também o seu moral. Já acreditava em si mesma e entrou em campo, transfigurada, a escorrer de autoridade e de gana. Sim, amigos: — falei das coisas que o placar, na sua obtusidade numérica, não diz, não exprime, não insinua. Uma delas é a confiança que, no momento, encouraça o nosso jogador. O escrete passou a acreditar em si mesmo, não é mais a triste figura que, em Wembley e Milão, ruiu como o templo do filme *Sansão e Dalila*. Quase vencemos em Buenos Aires e digamos: — aquele chute de Leônidas teria sido gol, não fosse a trave que, capciosamente, se pôs no caminho da bola.

O 0 x 0 de ontem só foi empate de uma maneira muito convencional. Na verdade, os jogadores patrícios fizeram muito, demais. Empatar, em Buenos Aires, com a formidável seleção nacional Argentina é vitória. Era o que faltava ao nosso jogador: — esse estado de confiança, irresistível, de otimismo ativo e viril. Quando o escrete brasileiro acredita em si mesmo, torna-se imbatível.

14/7/1956

a fabulosa regata

34

Até hoje não compreendi por que o futebol é um criador de multidões e o remo, não. E, no entanto, se compararmos uma modalidade e outra, verificaremos o seguinte: — o remo é muito mais bonito e devia ser muito mais apaixonante. Tudo o valoriza: — o mar, o horizonte, o barco, o céu. De resto, a figura do remador tem, atrás de si, um tremendo passado oceânico. Não importa que, por vezes, ele sulque as águas cordiais e sedativas de uma lagoa, como a nossa Rodrigo de Freitas. Seja como for, o remador está ungido de sal, de vento, de Sol, de Lua, como os nautas camonianos. Como explicar que a multidão prefira uma simples pelada à regata mais emocionante? Domingo que vem, será a primeira vez que uma regata traumatiza a cidade e faz recuar o futebol para um modesto segundo plano. Digo mais: — o Rio descobre o remo e se prepara para "viver" uma regata como "vive" um *match* de futebol. Para isso foi preciso que Mário Filho trouxesse, para uma lagoa carioca, uma guarnição mundial, como a de Cambridge. Parecia impossível e, ainda agora, o fato tem qualquer coisa de inverossímil, de mágico. Mas eis a verdade: — vamos ver os rivais eternos de Oxford, no seu barco próprio, correndo com barcos e remadores brasileiros, em águas patrícias e debaixo de um céu também patrício. Realiza-se, enfim, a fusão do Tâmisa e da lagoa Rodrigo de Freitas. Não houve, jamais, no Brasil, ou, mesmo, na América do Sul, uma regata como esta, com um tal poder de levantar, dinamizar, fascinar multidões! Mas o bom, o patético, o gostoso do espetáculo é que já rompe em nós, nas profundezas de cada um de nós, a esperança de uma vitória brasileira. Pergunto: — e se, contra todas as indicações, um barco nosso e uma guarnição nossa superassem os ilustres, os formidáveis remadores ingleses? Tal hipótese, a frio, pode parecer delirante. Mas estamos numa fase otimista, numa fase de afirmações nos cotejos internacionais. No futebol, após os resultados chochos, as atuações pífias da Europa, obtivemos vitórias notáveis. O empate com a Argentina, em Buenos Aires, foi, por um outro lado, um verdadeiro triunfo. Isto no plano do futebol. E, sábado, conseguimos, na Alemanha, impor sensacionalmente o nosso hipismo. Foi um feito de nível mundial. É o homem brasileiro que vence e se afirma, de maneira dramática, no esporte. Por que negaremos aos remadores a possibilidade de um triunfo, que seria o maior de toda a história do remo, no Brasil e na América do Sul? De qualquer maneira, uma coisa me parece certa: — o mais importante de tudo é a prova em si mesma, é o simples fato da visita dos remadores ingleses, é a sua presença entre nós. E vamos e venhamos: — só um homem da imaginação e da audácia de Mário Filho poderia lembrar-se de trazer a guarnição de Cambridge. Tê-lo conseguido já é uma vitória nossa, uma enorme vitória do brasileiro Mário Filho. E, com isso, o remo no Brasil, que só interessava a uma pequena minoria, torna-se uma paixão unânime. Súbito, cada um de nós adquire a sua mentalidade náutica e recebe, no peito e no rosto, um sopro de velhas e definitivas lendas de barcos, de quilhas e de águas fendidas. Não há brasileiro que, neste momento, não esteja interessadíssimo no êxito total do empreendimento, que implica o nome, a gente e as águas do Brasil. Quanto a nós, não faltamos com a nossa militante simpatia: — um dos remadores de Cambridge é convidado de *Manchete*. Sim, amigos: — cumpre-nos viver a regata de domingo com a euforia de um nauta camoniano.

21/7/1956

descoberta do remo

35

Na véspera da regata, um amigo

veio dizer-me, com a solenidade das convicções eternas: — "Esses ingleses não são de nada: — uns pernas-de-pau!" Era, sem dúvida, um palpite errado. Até um paralelepípedo sabe que Cambridge vive de uma tradição que independe de vitória e de derrota. Mesmo perdendo, essa tradição permanecerá de pé, intacta, intangível. Mas há, no palpite errado, uma ênfase, uma audácia e, mesmo, uma autoridade irresistível. Uma opinião idiota tem o poder de aliciar e fanatizar adeptos. E, confesso: — ao ouvir o meu amigo negar os ingleses, de alto a baixo, tremi nos meus alicerces. Domingo, pela manhã, quando me dirigi ao Estádio de Remo, ia no pressuposto de um total e dantesco fracasso inglês. Entre parênteses, jamais me roçara o espírito a leve desconfiança, a tênue suspeita de que havia, no Rio, um estádio de remo. Quando me falaram nele eu tomei um susto. E me convenci, de vez, que ninguém conhece a própria cidade, que o sujeito só conhece mesmo a sua rua, o seu bairro e o itinerário normal do seu ônibus, do seu lotação, do seu táxi. Talvez fosse aconselhável que ao sair, de casa, todas as manhãs, levássemos um guia turístico do Rio de Janeiro. Mas como ia dizendo: — dirigi-me ao estádio de remo e lá me instalei para o prodigioso espetáculo. A lagoa estava um lago italiano, como a gente pensa que são os lagos italianos. Pois bem: — há a competição e, desde a primeira remada, eu tive vontade de caçar o meu amigo, no meio da rua, a pauladas. Embora não entendendo nada de remo, percebi, instantaneamente, o que se impunha e se demonstrava, com uma evidência irrecusável, isto é, que a guarnição de Cambridge é, realmente, algo de indescritível e de humilhante. Em primeiro lugar, sentia-se e eu quase dizia: — via-se, apalpava-se, fisicamente, a tradição dos ingleses. A tradição! Eis uma palavra que nós empregamos, aqui, a torto e a direito, com uma inconsciência, uma irresponsabilidade emocionante. Qualquer família de vigaristas passa a ser tradicional. Diante de Cambridge, porém, nós percebemos, de imediato, que eles são empolgantes pela força de uma tradição autêntica. Por trás de cada uma de suas remadas, há uma irradiação visível, a olho nu, de cem anos ou mais do que isso. Cem anos crepitando à nossa vista! Não há quem resista ao sopro de um século e, nessa base os de Cambridge teriam de ganhar, fatalmente. Eu escrevi, acima, que foi algo de humilhante o espetáculo. De fato, cada um de nós sentia pena e humilhação de não ter os mesmos cem anos, de não carregar nas costas um século também, um século farta e laboriosamente vivido. Sim, amigos, aprendemos, ontem, que no remo ou em qualquer outra atividade, e até para beber um copo d'água, é preciso um mínimo de passado, de tradição. Justiça se lhe faça: — o Flamengo remou maravilhosamente, com classe e alma. E só perdeu, afinal de contas, porque lhe faltaram os cento e poucos anos de Cambridge. Face a maravilhosa manhã náutica de ontem, eu pensava na capacidade de Mário Filho, no seu dom de mobilizar gente. Ele é, sem dúvida, um criador de multidões. Vi, no Estádio de Remo e por toda a orla da lagoa, as mais inesperadas figuras, inclusive senhoras septuagenárias que, naquele momento, descobriam toda a fabulosa e lancinante beleza plástica de uma regata. Foi o maior dia do remo, no Brasil e na América do Sul.

28/7/1956

Vasco 0
x
Botafogo 0

36

Todos os torcedores de futebol

se parecem entre si como soldadinhos de chumbo. Têm o mesmo comportamento e xingam, com a mesma exuberância e os mesmo nomes feios, o juiz, os bandeirinhas, os adversários e os jogadores do próprio time. Há, porém, um torcedor, entre tantos, entre todos, que não se parece com ninguém e que apresenta uma forte, crespa e irresistível personalidade. Ponham uma barba postiça num torcedor do Botafogo, dêem-lhe óculos escuros, raspem-lhe as impressões digitais e, ainda assim, ele será inconfundível. Por quê? Pelo seguinte: — há, no alvinegro, a emanação específica de um pessimismo imortal. Pergunto eu: — por que vamos ao campo de futebol? Porque esperamos a vitória. Esse otimismo é o impulso interior que nos leva a comprar ingresso e vibrar os noventa minutos. E, no campo, o otimismo continua a crepitar furiosamente. Não importa que o nosso time esteja perdendo de 15 x 0. Até o penúltimo segundo, nós ainda esperamos a virada, ainda esperamos a reação. Pois bem: — o torcedor do Botafogo é o único que, em vez de esperar a vitória, espera precisamente a derrota. Os outros comparecem na esperança de saborear como um chicabon o triunfo do seu clube. Mas o torcedor do Botafogo é diferente: — ele compra o seu ingresso como quem adquire o direito, que lhe parece sagrado e inalienável, de sofrer. Eis a verdade: — ele não vai a campo ver futebol. O futebol é um detalhe secundário e, mesmo, desprezível. Ele quer, acima de tudo, desgrenhar-se, esganiçar-se, enfurecer-se e rugir contra Zezé Moreira. No dia em que retirarem do torcedor alvinegro o inefável direito de sofrer e, sobretudo, o direito ainda mais inefável de descompor o seu técnico, ele ficará inconsolável, como um ser que perde, subitamente, a sua função e o seu destino. Tudo na vida é uma questão de hábito. E o cidadão que padece todos os dias acaba se afeiçoando ao próprio martírio ou mais do que isso: — o martírio torna-se insubstituível como um vício funesto. É o caso da torcida alvinegra que, desde 1910, sofre e, ao mesmo tempo, xinga Zezé Moreira. Conclusão: — já não pode viver sem uma coisa e outra. Por exemplo: — o clássico de ontem, no Maracanã, foi o que se chama o jogo ideal para o torcedor do Botafogo. Já durante a semana, ele vivera mergulhado no pessimismo como um peixinho no seu aquário. E, ontem, finalmente, chegou o grande dia: — a torcida alvinegra sofreu como nunca e rugiu, como nunca, contra Zezé Moreira. De fato, o Vasco exerceu um feroz, um maciço domínio de oitenta minutos. E mais: — o Vasco deu um show, jogou bonito, brilhou escandalosamente como um Sol. No intervalo do primeiro para o segundo tempo, encontro um amigo botafoguense. Exultante com o próprio sofrimento e com o próprio furor, ele veio, para mim, de braços abertos. Do lábio, pendia-lhe a saliva pesada e elástica de uma cólera sagrada. Agarra-me e rosna-me, ao ouvido: — "Esse Zezé Moreira é um tarado!" E repetia, atirando patadas ao chão: — "Tarado!" A princípio, pensei num crime sexual ainda impune, praticado nalgum terreno baldio. Pálido, quero saber por que "tarado". Então, o amigo explica-me: — porque pusera Bauer no lugar de Pampolini! E essa substituição parecia, ao meu conhecido, o sintoma inconfundível de uma "tara" tenebrosa. O diabo é que todo o esforço e todo o brilho do Vasco não renderam mais que um franciscano empate de 0 x 0. Acresce que, nos dez minutos finais, o Alvinegro reage dramaticamente e quase ganha o jogo, quase.

4/8/1956

somos os maiores

37

Para mim, que me considero um objetivo, um isento, um imparcial, a batalha de ontem, contra os tchecos, demonstrou, precisamente, que nós somos os melhores do mundo, em futebol. Tal afirmação, depois de uma derrota, pode parecer ridícula. Mas eis a verdade, amigos, eis a verdade: — Só os imbecis têm medo do ridículo. Digo que somos os melhores do mundo e explicarei por quê. Quem são os tchecos? Segundo os cronistas europeus, em recente inquérito, eles praticam, no momento, um futebol absoluto. Passaram os húngaros para trás e estão desgarrados num solitário primeiríssimo lugar. E, no entanto, que fizeram eles, ontem, contra nós? Venceram por 1 x 0. E eu pergunto: — a vitória é tudo? Com a nossa estreita e alvar objetividade, temos a mania do resultado. Tudo para nós é o resultado. Os tchecos marcaram um gol e os brasileiros zero, logo os tchecos são melhores. Mas semelhante raciocínio é de uma inenarrável estupidez. Muitas vezes o escore final é um espelho deformante da peleja. Em vez de nos dar uma imagem exata do jogo, dá-nos uma versão desfigurada. A meu ver, não devemos procurar no placar a explicação da batalha. Mais importante e mais elucidativo é o que o placar esconde, o que o placar não diz. Vejamos o que o marcador, na sua obtusidade numérica, não diz. Por exemplo: — não diz que Djalma Santos perdeu um pênalti, atirando nas mãos do arqueiro adversário.

Depois desse chute de passarinho, era natural, era humano, que se quebrasse o ânimo dos nossos jogadores. Por outro lado, o resultado esconde que Canário encheu o pé e que a bola bateu na trave. Um pênalti perdido e uma bomba na trave definem a pouca sorte do Brasil. Dirá alguém que o azar pertence ao futebol. Não há dúvida: — o azar pertence ao futebol, mas não é o futebol. E vamos e venhamos: — quando um sujeito está sem sorte acaba sendo atropelado por uma carrocinha de chicabon. E tem mais: — o 1 x 0 não esclarece, não informa que o volume de jogo do Brasil foi muito maior. A meu lado, no estádio, estava o confrade Antônio Bretanha, de lápis em riste, atento e minucioso. Sua função foi uma só: — tomar nota dos ataques do Brasil e da Tchecoslováquia. Muito bem. Ao terminar o jogo, perguntei-lhe: — "Quem atacou mais?" Antônio Bretanha fez as contas: — 53 ataques do Brasil e 32 ataques da Tchecoslováquia. Tivemos a mais, portanto, 21 — veja bem! — 32 ataques. A rigor, o 1 x 0 não resultou da inexistente superioridade tcheca, mas de uma simples e banal falta de chance. O placar também não explica que a bola dançou uma porção de vezes, frente ao arco tcheco, pedindo um pé brasileiro que a empurrasse. E esse pé não apareceu! Houve também o capítulo amargo da direção técnica: — o lançamento tardio de Luizinho, a inclusão inepta de Vavá e a falta de uma orientação tática mais incisiva e clarividente. Por que se insiste em pôr Zizinho e Didi na mesma linha e ambos jogando atrás? Atiram Leônidas às feras, sem nenhum apoio, e, depois, querem que ele faça milagres. Os bobos vão clamar: — os tchecos jogam simples! Ao que eu respondo: — nós também! nós também! Cada qual tem uma simplicidade, à sua maneira. De um futebol para outro, a simplicidade difere. Vimos a dos visitantes. Mas a nossa não pode, nem deve ser a mesma. Por exemplo: — para Leônidas, a simplicidade tem que ser complicadíssima. Simples é o que exprime a nossa maneira de ser. Ora, o futebol brasileiro é, por natureza, e na sua incoercível espontaneidade, enfeitado como um índio de carnaval. Deve continuar a sê-lo, até a consumação dos séculos. E aqui finalizo o meu raciocínio: — embora derrotados, jogamos mais que os melhores do mundo. Portanto, somos os tais.*

11/8/1956

* Jogo amistoso no Maracanã (5/8/1956). Moravick marcou o gol na vitória de 1 x 0. O Leônidas citado é do América/RJ, e passou a ser chamado pelos locutores de Leônidas da Selva, para diferenciá-lo de Leônidas da Silva.

o brasileiro tem vergonha de ser o "maior"

38

Quando os tchecos conseguiram

aquele pífio, aquele chocho 1 x 0, no Maracanã, as manchetes pareciam histéricas. Abria-se um jornal e lá se tropeçava com títulos, subtítulos e legendas desvairadas. Foi dito e redito, em oito colunas, com letras garrafais, que o futebol tcheco era o maior do mundo, o maior! Pois bem: — três dias depois, o "maior futebol do mundo" era "lavado" numa bacia ou, por outra, numa banheira de mármore, digna de uma Cleópatra. Os 4 x 1 do Pacaembu não traduziram apenas uma vitória convencional.* Foi, realmente, um banho completíssimo. Fizemos do tcheco e do seu ex-fabuloso futebol gato e sapato. Houve um momento, amigos, em que nem eles, nem o juiz, nem os bandeirinhas, sabiam onde estava a bola. Aqui pergunto: — se, na segunda-feira, os tchecos eram os maiores, que seria o Brasil, na quinta, após o balé da quarta? Corri aos jornais, crente de que as manchetes estariam ainda mais histéricas, ainda mais desgrenhadas. E não vi nada. Um vago incidente franco-anglo-egípcio, a propósito de um vago canal, enchia as primeiras páginas.

* O segundo amistoso entre Brasil x Tchecoslováquia foi em São Paulo, no Estádio Pacaembu (8/8/1956). O Brasil goleou por 4 x 1, com gols de Zizinho (2) e Pepe (2). Masopust descontou. Na Copa do Mundo de 1962, no Chile, Masopust voltou a enfrentar o Brasil, no empate em 0 x 0.

Só internamente a vitória brasileira merecia espaço e ilustração. As manchetes estavam murchas, a meio pau. E os cronistas, perplexos, quase irritados. De fato, pouquíssimos previam um triunfo assim frenético e, por assim dizer, imoral. Vencer de um, de dois, vá lá. Mas não de quatro e não dando baile! Como explicar a sobriedade, a cerimônia, a polidez, com que nós, jornalistas, tratamos o triunfo?

Eis a explicação: — o brasileiro não está preparado para ser "o maior do mundo", em coisa nenhuma. Nascemos e vivemos sob o signo da frustração. Só no futebol tínhamos conseguido certa plenitude. Pois bem: — logo parte da imprensa, do rádio e da televisão começou a dizer, a repetir: — "Não somos os maiores! não somos os maiores!" E o Brasil se convenceu de que o melhor futebol era o húngaro. Mas este virou armazém de pancada e o tcheco tomou-lhe o lugar. Quanto a nós, estávamos numa situação pânica de pernas-de-pau. Mas há o jogo de Pacaembu e goleamos "os maiores". A tão exaltada simplicidade tcheca foi batida, humilhada, pela feérica complicação brasileira. E verificamos, com surpresa e susto, que "os maiores do mundo" somos nós, os ex-cabeças-de-bagre, e não os tchecos. "Ser maior do mundo", em qualquer coisa, mesmo em cuspe a distância, implica numa grave, pesada e sufocante responsabilidade. Por influência da vitória, não só o futebol, mas a própria pessoa do brasileiro adquiriu uma nova dimensão. De qualquer maneira, já sabemos que nos resta um consolo terreno: — de que nos realizamos no futebol, pelo menos no futebol. Além disso, o baile de Pacaembu trouxe-nos uma lição incisiva e eterna: — o jogador patrício não deve, nem pode renunciar às suas características. Goleamos os tchecos com todas as nossas qualidades e não os nossos defeitos. Nada de jogar como os tchecos, cuja simplicidade apenas disfarça a falta de imaginação. O nosso futebol é espontaneamente enfeitado como índio de carnaval. E deve ser assim, e continuar assim, para todo o sempre. Complicando as jogadas, adornando-as, estilizando-as, pondo-lhes penas multicores, Luizinho, Zizinho e todo o escrete fizeram o adversário de peteca. Segunda-feira passada, as manchetes esfregavam na cara do leitor a fracassada "simplicidade" tcheca. Mas na quinta-feira não houve uma única manchete que exaltasse, no seu histerismo gráfico, a complicação brasileira. Sejamos complicados, amigos, sejamos complicados para a glória eterna do nosso futebol.

18/8/1956

o América desgarrou

39

Eis a verdade, amigos: — o

América começa muito bem. Já desgarrou, já está sozinho na ponta e, hoje, as manchetes vão gritar: — "América, líder absoluto."* Eu sei que "começar bem" não é tudo. Lembro-me do Vasco o ano passado: — durante 21 rodadas, se não me engano, foi o ponteiro. E, no entanto, na reta final, soçobrou de maneira espetacular. Sim, há times que começam muito bem e acabam muito mal. No caso do América, porém, há aspectos que exigem meditação especial. Antes de mais nada, ele traz, do campeonato anterior, uma nítida, taxativa, indubitável dor-de-cotovelo. Esteve com o título nas mãos e o perdeu, para o Flamengo, na hora H. Ficou-lhe o inevitável recalque, e vamos e venhamos: — um recalque constitui, seja na vida mesma, seja no futebol, um estímulo tremendo. Quando um homem ou time se faz sublime, não tenhamos dúvida: — leva um recalque qualquer e profundo. De resto, o América possui uma bela equipe, digna de qualquer título. Basta-lhe resistir à tentação funesta do tico-tico. E, aqui, abro um parênteses, para falar, justamente, de uma tendência fatal do quadro americano. Todos os times têm a sua tara. A do América é

---

* O América havia vencido o Canto do Rio (4 x 0), o Olaria (2 x 1) e, com a vitória sobre o Bangu (1 x 0), gol marcado por Calazans, assumiu a liderança do Campeonato Carioca de 1956.

a do tico-tico. No ano passado, ele só fez bonito, no terceiro turno, porque conseguiu superar o futebol bonitinho e estéril. Ontem, porém, sentiu-se, de quando em quando, uma certa volta nostálgica ao jogo antigo. Perdeu oportunidades porque queria entrar com bola e tudo. Esse futebol dispersivo, prolixo e inócuo podia ter-lhe sido mortal. O Bangu cresceu no segundo tempo e ameaçou seriamente. Foi, então, que surgiu Pompéia, como uma bastilha inexpugnável. Pompéia! Eis o que o América tem e os outros clubes, não: — um Pompéia. Que bela e emocionante figura! É o goleiro mais plástico, mais elástico, mais acrobático do mundo. Nada tem de simples: — ele complica tudo. Em primeiro lugar, não sabe defender sem um salto ou, mais do que isso, sem um vôo. Pompéia voa, amigos. Pompéia voa! E enfeita, dramatiza, dinamiza tanto suas intervenções que o público tem a sensação de que todas as suas defesas foram geniais. Felizmente, para o América, o arqueiro estava, ontem, num dos seus dias de antologia. Não passou nada, nem pensamento. O Bangu deu tudo, tudo, na arrancada final. E justiça se lhe faça: — por várias vezes, pintou o empate. Mas quando tudo parecia perdido para o América, surgia Pompéia, com seus vôos, seus mergulhos, seu feitio colorido. Pensei, várias vezes: — "Numa dessas, o Pompéia passa e a bola entra!" Mas a sua atuação não só foi bonita, teatral, patética, como seguríssima. Não largou uma única bola. Minto. Largou a do final. Estava em cima da hora e o Bangu, no desespero do empate, lança um ataque suicida. A defesa rubra foi envolvida, perfurada. E houve um momento dantesco, em que o América se viu na seguinte situação: — um bolo na pequena área e a bola passando de pé em pé. Finalmente, sobra para Hilton. Não andei, lá, de fita métrica, mas calculo que uns reles, uns escassos trinta centímetros haviam de separar a chuteira de Hilton da linha de gol. Era só empurrar. Aquele era o último cartucho do Bangu e Hilton não teve dúvidas: — encheu o pé. E quando o grito de gol já se preparava para encher o estádio, Pompéia aparece, vertiginosamente. Desta vez, não pôde agarrar o couro, teve que largá-lo. Calazans atira-se para completar. E, novamente, Pompéia recolhe a bola, que ia entrando, com uma agilidade manual de mágico. Sim, amigos: — houve momentos em que Pompéia parecia estar só em campo: — ele era todo o espetáculo. Ora, só se tira campeonatos com futebol e sorte. O América teve, ontem, as duas coisas e mais: — teve Pompéia, também.

25/8/1956

a feia derrota

40

Pergunto: — por que o Fluminense perdeu de 3 x 2, depois de estar ganhando por 2 x 0? Eu próprio respondo: — justamente porque estava ganhando de 2 x 0. Ao deixar o campo, no intervalo, os jogadores do meu clube já levavam, na carne, o estigma material da vitória. Eram vencedores para todos os efeitos. E eu, na minha imensa euforia tricolor, fiquei de pé e olhei o estádio. Eis o que vi, amigos, eis o que ouvi: — o formidável, o ensurdecedor silêncio da multidão cruz-maltina, que já admitia, que já aceitava a derrota. Mas há uma verdade eterna no futebol, que é a seguinte: — enquanto não soar o apito final, ninguém ganhou, ninguém perdeu. O mal do meu time foi o de se antecipar. Mais uma vez o "já ganhou" liquidou um time. Se não existissem os 2 x 0, o desestímulo dos 2 x 0, talvez o Fluminense ganhasse ou empatasse. Mas a pesada vantagem inicial subiu-lhe à cabeça. E nem o seu time, nem sua torcida perceberam que os 2 x 0 eram, precisamente, o abismo, eram o sepulcro da nossa esperança. Desde os primeiros minutos da etapa final, o jogo apresentou uma nova fisionomia. Enquanto o Vasco crescia, em campo, projetando-se em todas as direções, o Fluminense era uma equipe acomodada, disposta a conservar o marcador. Estávamos petrificados, estávamos mumificados, estávamos enlatados nos 2 x 0, ao mesmo tempo em que o adversário partia para os 3 x 2. Houve, ainda, um momento, em que, de novo, a partida esteve em nossas mãos ou, por outra, em nossos pés. Refiro-me à bola que, ao recomeçar o jogo, sobrou para Waldo. Era uma dessas oportunidades supremas, com uma agravante: — bastava empurrar. Uma cambaxirra marcaria o gol que Waldo perdeu, sensacionalmente. Imaginem um terceiro tento tricolor naquela altura — seria o fim para o Vasco. E o Fluminense, ao perder o gol certo, assassinou a vitória. Muito antes do gol contra de Clóvis, o Vasco jogava melhor. Não era bem jogar melhor, tecnicamente melhor. Retifico: — jogava com mais élan, mais velocidade, mais alma e mais penetração. Considero que o lançamento de Pinga, como ponta-esquerda, foi um achado de Martim Francisco. Durante muito tempo, o extraordinário *forward* perdeu tempo no quadro. Flávio Costa o apagou de maneira total e irremediável, dando-lhe as funções mais contra-indicadas que se possa imaginar. Agora, usado de acordo com as suas características, Pinga revive. Ainda ontem, contra o Fluminense, foi uma das chaves da reação de São Januário. Ele e Valter. Cada corrida de Pinga, pela extrema, era uma assombração. Ao mesmo tempo, Valter impunha-se como um articulador excepcional. A partir do tento contra de Clóvis, o Tricolor entregou-se a um pânico tremendo. Eu disse "pânico" e insisto: — pânico medonho. Veio o segundo gol de uma maravilhosa arrancada individual de Válter, que dribla Pinheiro, penetra e finaliza magistralmente. Era o empate ou antes: — a derrota. Sentia-se no ar, sentia-se nas caras, sentia-se nas almas que o terceiro gol viria, cedo ou tarde. Eis o panorama dos 2 x 2: — o ataque tricolor não passava pela defesa do Vasco, ao passo que o ataque do Vasco destruía a defesa tricolor. Qualquer quadro tem uns poucos elementos, considerados decisivos, que não podem falhar. No Fluminense, um deles é Pinheiro. E Pinheiro, em todo o segundo tempo, deixou-se bater, deixou-se driblar. Eu quando o vi perder para Vavá, nas bolas altas, concluí, de mim para mim: — "Está tudo liquidado!" E não era só ele. Toda a defesa tricolor abria-se em brechas, em fendas, em rachas. Nunca vi, no segundo tempo, tanta bola entregue nos pés do adversário, tantos passes errados. E mais: — numa defesa como a do Vasco, jogar por cima é suicídio. Pois bem: — o nosso ataque era incapaz de pôr a bola no chão, incapaz de passar rasteiro. Nem sei como custou tanto o terceiro gol, de Livinho. Saí do jogo imaginando a seguinte versão de placar: — se o Vasco tivesse ganho de 2 x 0 no primeiro tempo, o Fluminense talvez viesse a ganhar de 3 x 2, no segundo.

1/9/1956

nova edição do Vasco

41

Existem dois Vascos, que é

preciso não confundir: — um de Flávio Costa; outro de Martim Francisco. Há entre os dois um imenso e irredutível abismo. O clube é o mesmo, são os mesmos os jogadores (com pequenas variantes), mais o comportamento é que difere de maneira total e irremediável. O Vasco de Flávio era um pobre time, que se esterilizava num futebol bonitinho, de passes laterais e para trás. A defesa não tinha autoridade e agia na base da bola para frente e fé em Deus. Extrair um gol do ataque era um sacrifício. Cada tento cruz-maltino parecia resultar de um parto inenarrável. Pois bem: — sai Flávio e entra Martim Francisco. O Vasco passou a ser outra coisa, outro time, outra alma, outra personalidade. Seus recursos táticos foram atualizados. O ataque adquiriu objetividade, penetração, rapidez. A defesa está bem armada e o time forma um todo harmonioso, que realmente funciona. E outra coisa que faltava ao Vasco do ano passado: — tornou-se uma equipe encouraçada de vontade, de caráter, de élan e, numa palavra, uma equipe virilizada. No clássico de domingo, no Maracanã, eu pergunto: — quem venceu o América? Foi, claro, o Vasco de Martim Francisco. Sentiu-se, desde o início, que seu preparo não é um blefe, não é conto do vigário. Digo "preparo" e especifico: — em todos os sentidos, seja físico, seja técnico, seja tático, seja moral. Por exemplo: — quando

Leônidas empatou, mudou a fisionomia da batalha. O quadro rubro atirou-se, todo, para a frente, com uma impressionante garra. Houve uma pressão americana realmente medonha. Outrora, o Vasco teria baqueado, teria entrado em colapso. Desta vez, não. Reergueu-se dos próprios escombros e lutou com alma e clarividência, lançando-se para o desempate. Este não tardaria a surgir de um centro de Pinga, que Válter aproveitou sensacionalmente. Mas não bastavam os 2 x 1. Cinco minutos depois, o ataque vascaíno perfura, de novo, a defesa adversária, que é envolvida, batida, triturada. Válter atira, Pompéia larga e Vavá entra com bola e tudo. Era o fim do fim para o América. Por sua vez, o clube de São Januário sobe para a ponta. Tornou-se o líder absoluto, com uma irresistível autoridade de invicto. Os 3 x 1 de domingo encerram uma nítida e taxativa lição de futebol. Nós vimos mais uma vez que um time só alcança sua plenitude, só dá o máximo de si, quando está bem servido de técnico. Este não chuta, não faz gol, não dá botinada, mas fica, de longe, dispondo, como um Svengali. O próprio América constitui outro claro exemplo. Comparem o que ele fazia no terceiro turno com o seu rendimento atual. Hoje, está na mesma situação do antigo Vasco: — perde-se, exaure-se, estiola-se num futebol talvez bonito, mas inoperante. É quase a volta suicida ao tico-tico. E, ontem, verificou-se também o seguinte: — o ataque rubro não ameaçava. Faltava-lhe penetração, objetividade, profundidade. Que se pode esperar de uma linha que não chuta? E, ontem, faltou finalização ao América durante todo o jogo. Seu ataque esqueceu que sem gol não se vence ninguém. Eis o problema do América: — está jogando errado. E das duas uma: — ou renuncia à nova edição do tico-tico ou ao campeonato. Quanto ao Vasco, já disparou. E um amigo meu, cruz-maltino de quatrocentos anos, rosnou-me ao ouvido, referindo-se ao presente campeonato: — "Esse está no papo!" Ao que eu repliquei: — "Nem tanto, nem tanto." Temos o meu clube, o Fluminense, e mais: — o Flamengo, o Botafogo, o próprio América suscetível ainda de recuperação. É preciso não esquecer, nunca, o Flamengo. Um time que vence o Bangu, de 2 x 0, com nove elementos, é uma assombração para qualquer um.

8/9/1956

goleada tricolor

42

Vendo o Bangu, ontem, no Mara-canã, eu pensava no América de antigamente. Houve um tempo em que a equipe rubra praticava um futebol plástico, artístico, lindo. Seus jogadores faziam, na grama, um rendilhado inexcedível. Passe daqui, passe dali, e nessa costura infinita passavam-se os noventa minutos. Mas o jogo do América, apesar de toda a qualidade visual, era de uma comovente esterilidade. Geralmente, o adversário, com um futebol muito menos estético, conseguia pôr muito mais bolas no barbante. Ao ser goleado, ontem, pelo Fluminense (5 x 0), o Bangu deu-me a impressão exata do velho e ultrapassado América. É o mesmo tico-tico frenético, com uma agravante: — os rubros eram mais brilhantes, enchiam mais a vista. Após o jogo, eu vi bangüenses enfurecidos com a defesa do time. Mas sejamos justos: — nada que deprima tanto uma defesa como o fracasso do seu ataque. A meu ver, a derrota do Bangu começou na impotência da vanguarda. Ninguém vence com uma linha que se exaure, que se estiola num tico-tico suicida. Eram passes para os lados, passes para trás e menos para frente. Eis a verdade: — dá pena a falta de penetração dos comandados de Zizinho. Ficam evoluindo ou, como diz a torcida, ficam sassaricando, mas não perfuram, não têm profundidade. Eu sou tricolor confesso. Mas, ontem, face àquela medonha e melancólica dispersão bangüense, tive vontade de pedir, pelo amor de Deus: — "Chutem! chutem!" Pois bem: — enquanto o Bangu ensinava como não se deve jogar futebol, o Fluminense ia fazendo os gols. O mínimo que se pode dizer de uma equipe que venceu de 5 x 0 é que cumpriu a sua missão. Objetará alguém que o escore foi excessivo e que não exprimiu fielmente a peleja. Protesto: — exprime, sim. Admito que, em alguns lances, o Tricolor tenha tido uma relativa sorte. Mas ninguém vence um *match* e, mais, ninguém vence um campeonato apenas com futebol. Qualquer vitória exige um mínimo de sorte. Direi ainda: — prefiro a sorte à técnica, prefiro a sorte à tática. O maior escrete do mundo pode perder. Ao passo que um time de sorte não perde jamais. Mas nem isso é verdade. O Fluminense venceu na base de um futebol mais prático, mais objetivo, mais incisivo. E não resisto à tentação de observar que os 5 x 0 poderiam ter sido 6, 7. Por exemplo: — Escurinho perdeu, se não me falha a memória, três gols certos. O arco adversário estava escancarado, estava arreganhado, e um sopro, uma aragem, uma brisa teria empurrado a bola para o fundo das redes. E, no entanto, Escurinho conseguiu o milagre de não fazer os gols. Outro que deixou de enfiar mais dois líquidos e matemáticos foi Waldo. Hoje, não há mais dúvida: — se Waldo consignasse todos os tentos que perde, o Fluminense seria um quadro imbatível e campeão obrigatório de todos os anos. Poderão objetar que ele está entre os melhores artilheiros. Admito. Mas contra-argumento: — se Waldo marca um gol, é porque já perdeu uns três ou quatro. Justiça se lhe faça, porém: — na partida de ontem, surpreendeu-nos com algumas arrancadas empolgantes, com alguns lampejos do velho Ademir. Ao contrário de Escurinho, que não fez gol nenhum, ele consignou dois, sendo que o último foi de antologia. Repito: — o último gol de Waldo devia figurar em todas as antologias escolares. Para um tricolor, como eu, nato e hereditário, qualquer vitória é vitória. Sobretudo, de goleada. Mas houve uma coisa, ontem, que me deprimiu: — foi ver Pinheiro envolvido, driblado, cortado, batido tantas vezes. Eis a minha opinião: — Pirilo está lançando mal o grande beque. Um jogador maciço, compacto, deve ficar plantado na área como uma bastilha, como uma catedral, como algo de fixo, de irremovível. É uma ingenuidade fazê-lo correr como um coelhinho de desenho animado.

15/9/1956

a tragédia do Fluminense

43

Se o Flamengo tivesse batido,

domingo, o Fluminense, de 5, de 6, de 7 x 0, eu diria: — "Eis uma vitória como qualquer outra." O que valoriza, o que dramatiza o feito rubro-negro, o que lhe dá uma grandeza irresistível, uma expressão patética, é a sorte. Sim, amigos: — qualquer um pode jogar bem ou mal. Mas só um campeão ou, mais do que isso, só um tetracampeão teria o sopro de sorte que, nos minutos finais, transfigurou o Fla-Flu. A meu ver, o Flamengo não venceu apenas uma partida individual e isolada, mas adquiriu todo o élan, toda a fé, toda a gana e toda a garra que lhe faltavam para o quarto campeonato consecutivo. Ao falar na "sorte rubro-negra" não quero retirar ou refutar o mérito de um triunfo lancinante. Não se vence uma partida e, muito menos, um campeonato, e, ainda mais, um tetracampeonato, com puro e simples futebol. Antes das virtudes técnicas, antes dos recursos táticos, um time precisa de sorte. Daí o sentido místico das vitórias imerecidas. Os resultados justos, lógicos, racionais constituem o trivial do futebol. Não têm mistério, nem dramaticidade. Mas sempre que um quadro vence contra todo o raciocínio e contra toda a lógica, estejamos certos: — houve o dedo do destino. Portanto, o que caracteriza o feito rubro-negro, o que se esconde ou, por outra, o que não se esconde por trás do 1 x 0, é o destino, a marca do destino. O Flamengo mostrou que é uma equipe ungida de fatalidade. Outra lição do Fla-Flu: — a importância da camisa. Seja na vida em geral, seja no futebol em particular, o que interessa, mais do que tudo e do que todos, é a camisa. Pode-se, até, dividir as equipes em duas categorias bem caracterizadas: — as que têm camisa, as que não têm camisa. Nós é que, com a nossa estreita e crassa objetividade, temos a mania de ver o futebol através do técnico e tático. E, no entanto, qualquer pelada oferece uma margem imensa de mistério, de magia, de sobrenatural. Examinemos o caso do Fluminense. O mal do meu time foi, justamente, o de fazer apenas futebol. E, de fato, o domínio que exercemos, no final do primeiro tempo e por toda a etapa final, foi uma coisa sólida, compacta, irredutível. Objetará alguém que Dequinha saiu de campo. Mas esse desfalque, longe de prejudicar, aumentou a vitalidade rubro-negra. Por outro lado, eu poderia replicar que jogamos com nove, já que o médio Paulo e o ponta Escurinho não existiram. O pobre do Pinheiro, coitado, teve que jogar por si e, ao mesmo tempo, fazer a cobertura do nosso indescritível Paulinho. Mas, de qualquer forma, atuamos muitíssimo bem. Acontece, porém, que "jogar bem" não basta. É preciso camisa, é preciso não esquecer a camisa. Eis o mal: — dominando técnica e territorialmente, o Fluminense usava apenas futebol. Faltou-se o esgar, o ranger de dentes, ríctus medonho da paixão. Não fizemos gol, e, embora muito menos atacado, Castilho empregou-se mais do que Chamorro. Sem Dequinha, o Flamengo recuou todo, numa defesa suicida. O Fluminense teria de lançar alma, contra alma, camisa contra camisa, sangue contra sangue. E limitou-se ao futebol e só ao futebol. Sem contar o pênalti perdido. Sim, amigos: — quando em pleno domínio tricolor, a bola sobra para Babá e este empreende a sua arrancada solitária e trágica, eu vi tudo: — o destino interferira na partida e alçava o Fla-Flu a uma condição de tragédia. Com imensa tristeza tricolor, eu vos digo: — a vitória imerecida de ontem traduz o vaticínio do tetracampeonato.

22/9/1956

América com raiva

44

Nada mais desesperador do que um time invicto, um time que dá em todo mundo e não apanha de ninguém. O campeonato perde o élan, a dramaticidade, o suspense. E, pouco a pouco, todos passam a desejar o fim da invencibilidade. Foi o que aconteceu, sábado, no Maracanã. O Vasco não apanhava de ninguém e dava em todo mundo. Súbito, defronta-se com o Bangu, um Bangu bombardeado, ainda convalescente de uma furiosa crise interna. Pois bem: — com todo o favoritismo, o clube de São Januário experimentou a sua primeira derrota. Foi de 3 x 2 e podia ter sido de mais.* De fato, a equipe de Zizinho teve, no segundo tempo, momentos de um domínio maciço. E perdeu, então, uma série de oportunidades de ouro. Mas o que importa, no caso, mais que os aspectos técnicos e táticos da batalha, é a queda do último invicto. Instantaneamente, o campeonato adquiriu uma nova categoria e todos os concorrentes, inclusive o Vasco, receberam um estímulo tremendo. Disse "inclusive o Vasco" e repito: — inclusive o Vasco. Porque eis a verdade eterna: — a invencibilidade não incentiva, não inspira e pelo contrário: — acaba retirando do time toda a alma e toda a paixão. Para o quadro cruz-maltino, a vitória perdera um pouco do seu im-

* O Bangu encerrou uma invencibilidade de oito jogos, que era mantida pelo Vasco no Campeonato Carioca.

pacto, porque virava rotina. O revés inesperado e dramático talvez faça um bem enorme ao time. A primeira conseqüência prática dos 3 x 2 de sábado foi a ascensão automática de dois líderes: — o América e o Flamengo, que deveriam medir forças no dia seguinte, ou seja no domingo. Muito bem: — há o cotejo dos novíssimos ponteiros e, desde os primeiros momentos, sente-se um América mais firme, mais unido, mais penetrante, mais incisivo. O Flamengo levou muito tempo sem se encontrar, incerto nas ações, confuso nas tramas e, sobretudo, sem a alma dos seus grandes dias. E como se não bastasse o predomínio técnico e tático que, gradualmente, o rubro foi impondo, houve o pênalti em Leônidas. Andou certo o juiz, andou errado, ao assinalar a penalidade máxima? Eis o que eu não saberia responder. Confesso: — naquele tumulto de área, eu vi muito pouco, quase nada. Seja como for, o árbitro deu a falta máxima e rendo-me ao fato consumado: —América 1 x 0. Daí para frente, a equipe americana cresceu em campo, apresentando um futebol estupendo. Não tardaria que Leônidas, depois de varar, devastar, dizimar a defesa rubro-negra, ampliasse o marcador. Muita gente afirma que, antes, ele estivera impedido. É possível e diga-se de passagem: — o juiz conseguiu o milagre de enfurecer ambos os adversários. Tanto o América como o Flamengo consideram-se vítimas do Sr. Amilcar Ferreira. Marcado o segundo tento, o Rubro-negro caiu numa depressão profunda. Sua defesa mostrava-se impotente para bloquear o ataque inimigo. A linha conseguia penetrar de maneira, por assim dizer, irresistível. Em dado momento, Leônidas apanha a bola e vai levando. Ameaça passar, passa e continua. À boca da área, atira, sem violência, apenas colocando. Um gol magistral, no ângulo, que parecia liquidar, ainda no primeiro tempo, todas as esperanças rubro-negras. E vamos e venhamos: — num clássico como o de ontem, uma contagem de 3 x 0 é, sem dúvida, catastrófica. Vem o segundo tempo e o América parecia, em campo, um time saciado. Dava-se por satisfeito e a experiência ensina que um time saciado está à beira do abismo. Justiça se faça ao Flamengo: — cumpriu toda a etapa complementar com uma alma tremenda. Poderão objetar que houve duas expulsões rubras: — Leônidas e Ivan. Mas isto não diminui o mérito da reação rubro-negra. Bonito também o comportamento da torcida rubro-negra. Apesar da derrota, aplaudiu o seu time e com razão: — vencido ou vencedor, o Flamengo é sempre Flamengo e para sempre Flamengo.

29/9/1956

5 x 0 no sábado, 1 x 0 no domingo

45

Diante da máquina de escrever,

o cronista vacila entre dois assuntos: — o Flamengo x Botafogo, de sábado, e o Fluminense x América, de domingo. Objetará alguém que, para efeitos jornalísticos, a derrota rubro-negra é um fato meio gasto, meio envelhecido. E, com efeito, 48 horas já se passaram sobre os monumentais 5 x 0.* Na vida jornalística, dois dias bastam para mumificar um acontecimento, para desatualizar um feito. Acontece, porém, que não é sempre que o Flamengo, o "mais querido", o clube do peito, da raça e da gana, sofre, na carne, na alma e na camisa um escore assim trágico. Eu disse "trágico" e repito: — trágico. Sim, amigos, quando o Botafogo desfechou, no adversário, à queima roupa, o quinto gol, eu me senti como se fora a testemunha de um crime. Era como que o assassinato de alguém ou, antes, o assassinato de um time. De qualquer maneira, o Flamengo alçou-se, ali, diante de nós, a um plano de tragédia. Acresce que o adversário foi o Botafogo, ou seja, um quadro que há dois fartos anos, quase três, vive uma fase negríssima. Eu mesmo declarei, nesta coluna, por várias vezes: — "Há um urubu pousado na sorte do Botafogo!" Dito e feito: — quando o urubu cochilou ou, melhor, quando o urubu mudou de assento, o

* Campeonato Carioca, no Maracanã (29/9/1956). O Botafogo goleou o Flamengo por 5 x 0, com gols de Alarcon (2), Paulo Valentim (2) e Didi.

Alvinegro largou-se como um búfalo enfurecido, como um javali ensangüentado, dando marradas em todas as direções. Eu não sei se javali dá marradas, mas não encontro outra imagem para descrever, em todo o seu horror, a incoercível fúria botafoguense. Eu vos asseguro, amigos: — o verdadeiro, o autêntico, o irredutível Botafogo é o dos 5 x 0. O outro, o Botafogo que perdeu para o Bangu, que empatou com o São Cristóvão e que soçobrou tantas vezes, era uma paródia, uma imitação, uma caricatura do "Glorioso". Culpava-se a marcação por zona. Engano. O que vinha enterrando o Botafogo era o azar sistemático. Mas o azar é uma fase, um período. Com uma sorte apenas normal, ele disparou. Orai pelos seus adversários! — Eu falei, linhas atrás, em crime, em assassinato. Mas não vejam nos 5 x 0 o assassinato do tetra. O Flamengo não está morto. E direi mesmo: — às vezes, a goleada que lhe infligem passa a constituir um tremendo estímulo. Na segunda da melhor de três, o tricampeonato, ele apanhou de 5, também. Mas um time do seu brio, da sua alma, da sua camisa, não capitula. Conclusão: — na peleja decisiva, o Flamengo respondeu a uma goleada com outra goleada: — 4 x 1. Por mim, confesso: — estou muito apreensivo com o Vasco, domingo que vem. Agora, por fim, o clássico de domingo: — Fluminense x América. Fui para o campo na prévia e trêmula certeza de que o meu time ia jogar um cartucho decisivo. Se perdesse, talvez não se recuperasse nunca mais. Mas vencemos de uma maneira que pareceu, a mim, de uma limpidez total. Sei que o nosso parco 1 x 0* pode parecer um escore descolorido e franciscano face a espetacular e mesmo trágica goleada alvinegra, da véspera. Não faz mal. Quisera eu que o Fluminense vencesse, todo mundo, de 1 x 0, até de meio a zero. Os eternos descontentes hão de objetar que, em parte considerável do segundo tempo, o América exerceu uma tremenda pressão. Mas explico: — ao entrar para o segundo tempo, o Fluminense incidiu no mesmo funesto erro do jogo com o Vasco: — tomou-se de um pânico gratuito e recuou em massa. O adversário pôde crescer. Mas Pirilo tanto gritou, tanto esbravejou, tanto esperneou da boca do túnel que a equipe caiu em si e tomou conta, novamente, do jogo e do campo. Tivemos, contra nós, um pênalti, que Castilho agarrou, com olímpica desfaçatez. Amigos, eu vos digo, com pureza: — não me admirarei nada que, no fim de tudo, o campeão seja o Tricolor.

6/10/1956

---

* Campeonato Carioca, no Maracanã (30/9/1956). Fluminense 1 x 0 América, com gol de Waldo.

o apavorante empate

46

Muita gente afirma que camisa

não existe, não influi e é pura e simples literatura. E, no entanto, o jogo de ontem prova, exatamente, que a camisa é uma das realidades mais profundas e militantes do futebol brasileiro. Por que o Vasco e o Flamengo não conseguiram vencer um ao outro? Por que empataram, por quê? Justamente, porque nem um nem outro jogaram com a camisa. Apresentaram-se como dois quadros sem élan, sem garra, sem gana, o que equivale dizer: — como dois descamisados. O jogo da véspera, entre o América e o Botafogo, teve muito mais emoção, mais caráter, mais personalidade, mais altitude, mais tudo. Eu escrevi, acima, que o Vasco e o Flamengo empataram. De fato, ao soar o apito final, o placar assinalava: — um gol para cada time. Mas este foi o resultado apenas convencional. Se olharmos por trás do marcador, constataremos o seguinte: — o que houve foi uma dupla derrota, um duplo fracasso técnico, um duplo fracasso tático. Admira que o Flamengo não tenha conseguido derrotar um Vasco deficiente e inofensivo e que o Vasco não tenha batido um Flamengo irreconhecível. Diga-se a verdade total — o Flamengo não foi ele mesmo, em momento nenhum da peleja. Dir-se-ia outro time, outro clube ou por outra: dir-se-ia um time que estivesse usurpando ou falsificando a camisa rubro-negra. Eu sei que desde os primeiros momentos Dequinha passou a ser uma vaga e inofensiva figura, simples e ingenuamente decorativa. Houve também, na etapa final, o desfalque de Jadir, que saiu de campo com rutura de ligamentos. Não importa: — já vi o Flamengo com dez, com nove jogadores, ou oito, e rilhando os dentes, rangendo os dentes de desespero. O mal rubro-negro foi justamente o de não ter rilhado, não ter rangido os dentes, nunca. Era uma equipe fria, a quem faltou o élan do arremesso, o furor de um pretendente ao tetracampeonato. No Fla-Flu, ele fora, por todo o segundo tempo, dominado técnica e territorialmente. Mas, na hora H, houve, pelo menos, a arrancada solitária e suicida de Babá. Desta vez, nem isso, nem isso! A única explicação possível para o rendimento rubro-negro seria talvez o pênalti. De fato, quando Evaristo atirou, pela janela, a sorte do seu time, pode-se dizer: — ali acabou o Flamengo para o grande clássico. Sentiu-se que ele não ganharia mais. Aqui eu pergunto: — se o Flamengo jogou tão mal, por que o Vasco apenas empatou? Muito simples: — porque o quadro de São Januário acusou os mesmos defeitos do seu adversário, isto é, foi também uma equipe descaracterizada, sem garra e sem penetração. Nem o pênalti perdido, pelo adversário, serviu-lhe de estímulo. Seu ataque continuou lerdo, acadêmico, inoperante, exaurindo-se em passes para os lados e para trás. Ontem, o Vasco foi muito mais Flávio Costa do que Martim Francisco. Diante disso, a multidão, que encheu o Maracanã, há de ter achado justíssimo o 1 x 1. De fato, só o empate seria o espelho exato da mediocridade geral e irremediável. De qualquer maneira, o campeonato continua um apavorante ponto de interrogação. Não há de um time para os demais uma superioridade tão nítida, tão taxativa, que lhe dê a pinta de campeão. Repito: — ninguém tem pinta de campeão. Cada um dos seis principais concorrentes ao título pode vencer os outros e pode perder dos outros. Esse nivelamento, essa equivalência dramatiza o certame e põe histéricas as torcidas. Por outro lado, o 1 x 1 encerra uma lição tanto para o Flamengo, como para o Vasco: — ambos aprenderam que o joguinho apresentado, ontem, não dá vitória a ninguém.

13/10/1956

O Bonsucesso foi grande

47

Quando o Bonsucesso passou

a jogar com dez homens, eu vi tudo, e catuquei um amigo, que estava a meu lado: — "Endureceu o jogo para o Flamengo." Eis a verdade, amigos, eis a grande verdade: — neste campeonato, todo o time que jogou com dez elementos passou por uma verdadeira transfiguração. Insisto: — a inferioridade numérica deixou de ser inferioridade no futebol brasileiro. Tornou-se "superioridade". Vejam, recentemente, o Vasco x Flamengo. Atuando com Dequinha apenas decorativo e, pois, com menos um jogador (e, mais tarde, sem Jadir), o Rubro-negro fez das tripas coração e não se deixou bater, nem por um decreto. O máximo que o Vasco logrou, com um quadro completíssimo, foi um franciscano empate. Ontem, ocorreu, com o Bonsucesso, o mesmo fenômeno. É verdade que a equipe de Gentil apresentou uma briosa, uma bonita atuação. Jogo rápido, incisivo, com lançamentos em profundidade. No primeiro tempo, teve a seu crédito duas bolas, que só não entraram por milagre. O importante, porém, foi a inferioridade numérica que, a partir do 24º minuto da etapa inicial, favoreceu o Bonsucesso. De fato, Brandãozinho, contundido, fez apenas número em campo. Como se isso não bastasse, aos 22 minutos do período final, Pavão vai cobrar uma penalidade, próximo à área do Bonsucesso. E dá uma bomba que era uma tentativa de morte. Pois bem: — a bola atingiu, no rosto, o médio Gilberto, que caiu, para trás, duro, no mais fulminante nocaute de que há memória na história do futebol. Quase assassinado pelo chute de Pavão, o desacordado Gilberto foi carregado para fora de campo e não mais voltou, claro. E, assim, assistimos a um espetáculo tremendo: — a resistência do Bonsucesso teve cores de epopéia. Conservou o 1 x 0 até os minutos finais e quando já apalpava a vitória, há um corner e o Flamengo empata em cima da hora. Foi, sem dúvida, um belo feito do quadro leopoldinense. Mas, vejam vocês: — um clube pequeno é sempre um clube pequeno. Por mais que ele faça, por mais que se vire, não perderá a sua humildade profunda e irremediável. Depois do jogo, vim eu para a redação. E, aqui, todo mundo perguntava: — "Então, o Flamengo empatou?" Ou dizia: — "O Flamengo passou penando!" Ou, também: — "O Flamengo quase perde!" Um amigo telefonou-me da rua: — "O Flamengo está ruinzinho!" Ninguém falava do Bonsucesso, ninguém citava, ninguém se lembrava dele. Era Flamengo para cá, Flamengo para lá, como se o adversário não existisse, como se o Rubro-negro tivesse jogado sozinho. O grande clube possui privilégios gritantes: — perdendo, ganhando ou empatando está sempre de cima, sempre em primeiro plano, sempre nas manchetes. Dir-se-ia que só ele ganha, só ele empata, só ele perde e os outros, não: — os outros não fazem nada. Falei na vantagem do grande clube, que é o forte e crespo destaque que lhe concedemos. Mas há desvantagens e graves. Por exemplo: — o Flamengo. Ninguém mais visado, ninguém mais ameaçado. Todo mundo joga bem contra o Flamengo, todo mundo quer vencê-lo, todo mundo quer humilhá-lo, todo mundo trama a sua queda. A sua tradição, o seu arsenal de vitórias, o seu museu de feitos em mar e terra e, numa palavra, tudo o que define e lhe dá personalidade, tudo isso irrita e exaspera os demais. Em face de um Flamengo, de um Vasco, de um Fluminense, ninguém é neutro e todos se encarniçam. De uma forma ou de outra, porém, manda a justiça proclamar: — o Bonsucesso, ontem, não teve nada de pequeno. Foi, na verdade, um grande clube.*

20/10/1956

* Flamengo 1 x 1 Bonsucesso, no Maracanã (14/10/1956). Quarentinha, emprestado pelo Botafogo, marcou para o Bonsucesso e Paulinho empatou para o Flamengo. O técnico do Bonsucesso era Gentil Cardoso que, em 1964, criaria a expressão "zebra" para resultados surpreendentes entre os clubes pequenos e os grandes.

necessária e abençoada leiteria

48

O que caracteriza, entre tantos, entre todos, o futuro campeão não é a classe, não é o futebol: — é a sorte. O campeão de qualquer coisa precisa ser, antes de mais nada e acima de tudo, um time de sorte. Futebol, classe, aos borbotões, tinha a Hungria no último campeonato mundial. E, no entanto, quem venceu, afinal? A Alemanha que, com certo exagero caricatural, podia ser considerada uma equipe de velhos, de múmias, e, em certos casos, de bondes. Mas aí é que está: — com essa nítida e insofismável mediocridade, ela arrancou o título dos húngaros porque teve sorte, apenas sorte e nada mais que sorte. Ontem, em Bariri, quando o meu time sofreu três bolas na trave, eu vi, ou antes: — eu previ tudo. O Fluminense estava com sorte! Vejam bem: — três bolas que podiam ter sido três gols. Nas três oportunidades, Castilho estava batido, o arco tricolor indefeso. Entretanto, as nossas redes conservaram-se prodigiosamente intactas. O que aconteceu, depois, com o Olaria, era inevitável. Justiça se lhe faça: — um quadro que se dá ao luxo de atirar, pela janela, três tentos, está liquidado. Além do mais, houve os dois fulminantes, de Pinheiro. No primeiro tiro, a bola tocou em alguém, desviou-se e traiu Ernani da maneira mais espetacular e mais indefensável. No segundo, o Olaria fez uma barreira humorística, com uma abertura que era um convite amável a Pinheiro. Ele não teve maiores problemas: — enfiou sua bomba pela brecha escancarada. Ernani nem viu, amigos.

Ernani nem viu! A história dos três outros gols pode ser resumida num nome: — Waldo. O futebol tem suas ironias. Até bem pouco tempo, quem era Waldo? O jogador que mais perdia gols, no mundo. Eu próprio, na minha profunda e irremediável irritação tricolor, fiz várias vezes, a seguinte previsão: — no dia em que Waldo acertasse o pé, o Fluminense passaria a ser um quadro imbatível. Além do mais, ninguém, no mundo, acreditava no futebol de Waldo. Ele era apontado como autêntico perna-de-pau. E, no entanto, o homem mudou, é outro, completamente outro. Ou melhor: — conserva suas características de penetração, agressividade, élan, oportunismo acrescidas de mais classe, de mais objetividade e, até, de mais brilho. De vez em quando, ei-lo a fazer o fino do futebol, a dar de calcanhar, a praticar um virtuosismo inacreditável. Ontem, um tricolor, a estrebuchar de entusiasmo, rugia-me: — "O Waldo é um Puskas!" E foi além: — "O verdadeiro Puskas é o Waldo!" Acima de tudo, porém, o que me empolgou, na batalha de Bariri, foram as três bolas que a trave defendeu, brilhantemente. Todo mundo, isto é, todos os que não eram tricolores, clamaram: — "Leiteria! Leiteria!" Ao que eu respondo: — quem sabe? Vamos admitir que seja leiteria, e daí? Eis a verdade: — porque não teve leiteria a Hungria perdeu da Alemanha, o Brasil perdeu do Uruguai e, ainda, sábado, o América empatou com o São Cristóvão e caiu da liderança. Ninguém, jamais, foi campeão sem leiteria. Ainda o exemplo do América: — é um quadro notável, sem dúvida. Tem futebol para dar e vender. Mas o seu reinado de líder é o que há de mais precário, de mais efêmero. Da primeira vez, foi ponteiro por sete dias e, agora, por um período pouco maior. Ainda por cima, deu-se ao requinte de esbanjar, contra o São Cristóvão, um pênalti, vejam vocês, um pênalti! Não há dúvida — existem dois quadros que estão muito botafoguenses: — o América e o Flamengo. Do Vasco, não se pode dizer o mesmo: — está firme na ponta e venceu, ontem, com uma autoridade de líder, sem conceder ao adversário um único e escasso gol. Já se rosna que o Fluminense é leiteiro. Ótimo, ótimo. Ele não tem vergonha da sorte. Teria, sim, a vergonha inversa, ou seja, a vergonha do azar. Quanto a mim, quero isso mesmo: — que a nossa leiteria funcione, que se escancare, que se arregale. Pois sem leite, sem um mínimo de leite, o sujeito não pode nem atravessar a rua, sob pena de ser atropelado por uma carrocinha de chicabon.*

27/10/1956

---

* No Campeonato Carioca, o Fluminense goleou o Olaria por 5 x 0 (21/10/1956), gols de Waldo (3) e Pinheiro (2). O goleiro Castilho levou três bolas na trave e fez jus a sua fama de leiteiro. Leiteria era a sorte do goleiro que contava com o vento, a trave ou qualquer outro fator para fechar seu gol.

a goleada da raiva

49

A meu ver, o fato mais crucial

da rodada foi a goleada, sábado, do Flamengo sobre o São Cristóvão. Era lógico, normal, legítimo que o Rubro-negro vencesse. Tinha mais categoria, mais tradição, mais autoridade. O que surpreendeu e, na verdade, abalou a cidade, foi o duro impacto do escore. Há goleadas e goleadas. Digamos que o São Cristóvão perdesse de cinco, de seis e, até, de sete. Sete poderia ser o limite. Mas o que aberrou de todos os cálculos, o que extravasou de todos os prognósticos foi a barbaridade do placar: — 12 x 2! Sejamos francos: — ninguém esperava que o São Cristóvão caísse de tanto. Acresce uma agravante: — o quadro de Figueirinha vinha de dois resultados estupendos: — a vitória sobre o Bangu e o empate com o América. E aqui pergunto: — por que exatamente 12, por que exatamente uma dúzia e não um pouco menos? É fácil explicar: — porque foi a goleada da raiva. Eis a verdade: — não houve, no triunfo rubro-negro, nenhuma maldade, nenhuma crueldade, nenhum sadismo gratuito. Direi mais: — à medida que ia enfiando os gols, o Flamengo não pensava no São Cristóvão, absolutamente. O São Cristóvão, ali, era um simples e inocente bode expiatório. Na verdade, o Flamengo, sábado, fez gols contra os que duvidavam dele e do tetra, contra os que negavam a camisa, contra os que o davam por morto e enterrado. Foi a resposta do Flamengo, o seu desafio a tudo e a todos. Daí a tremenda dramaticidade do jogo. Todas as goleadas se parecem, todas as goleadas têm um nítido parentesco entre si. Há um momento em que o quadro bem-sucedido experimenta o tédio, o fastio de tantos gols. Desinteressado do marcador, entrega-se, de corpo e alma, ao baile. Mas, sábado, no Maracanã, não houve baile. O escore progressivo não amorteceu o apetite do Rubro-negro, não o sanou. Pelo contrário: — ele queria mais, sempre mais, como se cada gol lhe servisse de enérgico excitante, de insuperável afrodisíaco. Eis o que caracteriza a goleada dos 12 gols: — ela não teve nenhum traço humorístico. O Flamengo jogou sério, de cara amarrada, do primeiro ao último segundo. Em momento nenhum, quis achincalhar o adversário. Só fez 12 porque não pode enfiar 15 ou 30. O último gol foi feito em cima da hora. Sei que muita gente quer retirar, da vitória rubro-negra, a sua inegável expressão. Objeta-se que ele venceu apenas o São Cristóvão. Em primeiro lugar, o São Cristóvão estava credenciado por dois grandes feitos recentes. E, além disso, não importa o adversário. Certas contagens estão acima de qualquer dúvida ou sofisma. Como discutir com um marcador tão violento, tão exasperado? Eis a verdade: — o Flamengo é o autor de um feito inédito em toda a história do Maracanã. Por outro lado, há quem diga que ele, depois de fazer tanto contra o São Cristóvão, talvez não faça nada contra o Vasco. Veremos, veremos. De qualquer maneira, uma coisa é certa: — o Flamengo precisava fazer algo de insólito, de extraordinário, que restaurasse a sua autoridade de candidato ao tetra. Precisava mostrar a si mesmo e aos outros que o tetra não morreu, que o tetra vive e sobrevive. A rigor, eu não saberia dizer se o Rubro-negro jogou bem ou mal. Nem importa. O que sei é que ele jogou com alma, o que equivale dizer: — jogou com a camisa. Vejam o mastro rubro-negro: — lá está ela içada, desfraldada, aos ventos da vitória. Não se iludam: — o time que venceu de 12, seja quem for, é capaz de tudo.*

3/11/1956

* No Campeonato Carioca, o Flamengo goleou o São Cristóvão por 12 x 2 (26/10/1956). É até hoje a maior goleada da história do Maracanã. Os gols foram de Evaristo (5), Índio (4), Luiz Roberto, Paulinho e Joel. Nonô e Neca descontaram para o São Cristóvão.

vitória Fla-Flu

50

Eis a verdade, amigos: — o Vasco não esperava a derrota. E quando veio o gol do Índio, o gol mágico, encantado, à guarani de Índio, o que o Vasco sentiu, antes da dor, antes do desespero, foi o espanto irremediável e total. Perante uma platéia de cerca de duzentas mil pessoas, o clube de São Januário era, sobretudo, um time espantado. Por exemplo: — o arqueiro Carlos Alberto, que chegara a encostar a mão na bola, caiu de joelhos e, assim ficou, de joelhos e atônito, por muito tempo. Dir-se-ia que o gol de Índio era um altar, diante do qual ele se prostrava. Enquanto isso, os rubro-negros atiravam no chão o seu artilheiro e erguiam, em cima dele, uma pirâmide humana. Mas vejamos o panorama de toda a jornada. O Vasco podia perder, podia empatar. O Flamengo, não. O Flamengo não teve, ontem, nem o reles e universal direito do empate. O empate não bastava: — era preciso a vitória. Nunca ninguém e insisto: — nunca um time precisou tanto de uma vitória. O Vasco arriscava a sua sorte numa única e solitária peleja. Ao passo que o Flamengo arriscava mil vezes mais do que isso, arriscava todo um campeonato, ou antes, um quarto campeonato. Entrou em campo debaixo do seguinte dilema: — vencer ou morrer para o tetra. Explica-se assim que o jogo tivesse uma dimensão a mais: — a dimensão trágica. Muito bem: — começa o *match* e sentimos que os dois times estão amarrados. De um lado, é o juiz que apita, com sádico rigor, qualquer falta e, por vezes, a simples intenção de falta. De outro lado, há a própria emoção da partida, desfigurando-a. O sarrafo cantou continuamente, e vamos e venhamos: — a violência é inerente às grandes pelejas. Um clássico frio já o é muito menos. E tanto o Vasco como o Flamengo perseguiam a bola com fanática disposição. De vez em quando, um jogador entrava, de sola, ou caçava, ceifava, dizimava o adversário, a pontapés. Sei que isso pode ser e é condenável, mas não há dúvida que a raiva dos 22 homens deu um colorido muito especial à batalha. Terminou o primeiro tempo com 0 x 0 no marcador. Pergunta-se: — quem jogou melhor? O Vasco ou o Flamengo? Não, ninguém jogou melhor do que ninguém. A bola ia lá e cá e cada quadro suava com o mesmo brio e a mesma abundância. Embora não jogando um tetracampeonato, nem mesmo um campeonato, o Vasco dava tudo, também. Veio a etapa complementar. Passa-se o tempo e nada de gol. O *match* parecia petrificado no empate. Por momentos, o clube de São Januário chegou a dar impressão de melhor entrosamento, de mais perfeita coordenação. Bellini, na zaga, tinha qualquer coisa de sólido, de maciço, de inexpugnável como uma bastilha. Sentia-se que tanto um adversário como outro podiam vencer. O Flamengo tinha, porém, um elemento extratático, extra-esportivo, em que os outros não acreditam e ele sim. Refiro-me ao apelo ao sobrenatural que, na luta do tetra, o Rubro-negro vem renovando, com apaixonada tenacidade. Durante toda a semana, fartei-me de ver o riso, a ironia, o achincalhe com que se falava da fé rubro-negra e dos seus santos. Mas que sabemos nós das forças obscuras e incontroláveis que estão por trás dos gols em cima da hora? Quando Índio recebeu a bola, aos 41 minutos e meio, estava de costas para o arco adversário. Em torno dele, atrás e na frente, a pequena área estava entupida pelos adversários e pelos próprios companheiros. Aqui formulo a hipótese: — naquele instante, não teria ele recebido um bafejo, um estímulo, uma interferência do sobrenatural para liquidar a partida? De costas, numa meia bicicleta que, a partir de ontem, deve figurar em todas as antologias escolares, ele pôs a bola no fundo das redes. Quem sabe se a fé rubronegra está certa e nós, errados? Pois bem: — enquanto todos viam o gol do Índio, eu via coisa diferente: a ascensão do Fluminense, o novo líder absoluto.

10/11/1956

o desfigurado Fluminense

51

A batalha definiu-se, contra o Fluminense, no primeiro minuto. Minto: nos primeiros trinta segundos, exatamente. Vejam vocês: — trinta segundos bastaram para liquidar o líder de sete dias. Mas examinemos o lance fatal. Foi assim: — na primeira carga do Bangu, Zizinho, de fora da área, atira. Foi, sem dúvida, um tiro violento. Mas, de longe, muito longe. Que faz Castilho? Apenas isto: — apanha a bola e larga. Devia, em seguida, agarrá-la, de novo. E, no entanto, o arqueiro tricolor parou, ficou só espiando. Conclusão: veio Wilson e empurrou, docemente. Era o primeiro gol do Bangu e, ao mesmo tempo, a derrota do Fluminense. Sentiu-se, ao longo de toda a partida, que o quadro sangrava ainda, que não se recuperara ainda do memorável, do histórico "frango". Eis a verdade, amigos: — o melancólico, na peleja de domingo, é que, antes de suar, antes de fazer força, antes de lutar, o Fluminense recebeu o golpe mortal. Mas não foi só. Aos 26 minutos, aconteceu o seguinte: a bola ficou dançando diante do arco tricolor. E, ainda uma vez, falha Castilho. Falha pelo seguinte: — porque não foi na bola, não tomou conhecimento dela, não agiu, não atuou, não funcionou. Finalmente, o couro veio parar nos pés de Wilson, que não teve maiores problemas e marcou o segundo tento. Pergunto: — que se pode esperar de um time que é assim atingido, duramente, por duas falhas clamorosas do seu arqueiro?

Continua o jogo e a verdade é que o Fluminense não esgotara ainda o seu martírio. Dois minutos depois e, portanto, aos 28 minutos, vem uma bola alta, que Pinheiro e Zizinho vão disputar. A bola escapa de ambos. Zizinho corre e Pinheiro estaca. Pode ser cômico, mas é a verdade: — enquanto o grande atacante apanhava a bola e partia, rumo a Castilho, o beque tricolor abria os braços misticamente para o árbitro. Por que e a troco de quê, não se sabe, ao certo. Só que parece, Pinheiro julgou-se vítima de uma falta. Se houve mesmo a falta, confesso: — eu não saberia dizê-lo. E, de resto, como é que um jogador da categoria e da tarimba de Pinheiro incide numa ingenuidade tão espantosa? Onde se viu um time parar antes do apito do juiz? Quem o mandou antecipar-se? Resultado: — Zizinho penetrou decisivamente e colocou no canto, como quis. Para o estômago de um líder, era demais: — 3 x 0 em 28 minutos de jogo! No meu canto, eu imaginei que o Bangu ia desenvolver, ampliar o marcador. Com 3 x 0 nas costas, o Fluminense não tinha o élan, a autoridade, o espírito do líder. Pelo contrário: — era uma pobre equipe aberta, escancarada, indefesa. O Bangu pôde fazer, a partir do frango inicial, o futebol que quis. Mas é o caso de saber: — se ele teria jogado tanto se não tivesse ocorrido, aos trinta segundos, o colapso de Castilho. O próprio arqueiro foi, até o fim, uma sombra de si mesmo. Houve um momento em que atiraram em gol. Por felicidade, a bola bateu na trave. Mas Castilho não se mexeu, não saltou, não arrancou um pé do chão, numa passividade total e irremediável. No Bangu, Zizinho fazia e desfazia, dava passes de museu, devastava a defesa contrária, armava os seus, era o dono do campo. Deu cortes em Pinheiro, que sacudiam o Maracanã. E não há dúvida: — domingo, o Fluminense vivia a sua tarde da derrota. Tudo dava certo para o Bangu e errado para ele. Até Nadinho resolveu fechar o gol. Era um Zamora,* elástico, acrobático, voador. O desabamento foi tão completo, tão unânime, que nem Waldo funcionou. Salvaram-se, talvez, Telê e o chamado Fifi. Telê fez aquele lindo gol solitário, de bicicleta. Mas eu tenho uma esperança, amigos, uma secretíssima esperança: — quem sabe se a derrota de domingo não é a moldura de nossa vitória sobre o Vasco?

17/11/1956

* Ricardo Zamora foi goleiro da seleção espanhola no Mundial de 1934 e é considerado um dos maiores de todos os tempos na posição.

os apavorados do futebol

52

Sim, amigos: — o pânico insta-lou-se no campeonato da cidade. Por toda parte, esbarramos, tropeçamos em times apavorados. Por exemplo: — o jogo Madureira x Bangu. Eu não estive em Conselheiro Galvão, mas atrevo-me a afirmá-lo: — o Bangu perdeu de puro terror cósmico. Era um concorrente ao título e, nesta fase do certame, as equipes estão trêmulas, e eu quase dizia histéricas. O que o Bangu sofreu, domingo, foi, exatamente, a derrota do pânico. Também no Maracanã vimos um espetáculo de pavor recíproco e tremendo. Do primeiro ao último minuto, o *match* foi disputado sob o signo do medo. Por que o sarrafo cantou, sistematicamente? Por causa do medo. Explico: — medo de perder a partida, medo de perder o campeonato. Até o juiz e os bandeirinhas eram outros tantos apavorados. Em General Severiano, o Botafogo quase perde — vejam vocês: — da Portuguesa. O primeiro tempo terminou com um marcador apavorante: — Portuguesa 1 x 0. Foi preciso que, na segunda etapa, Didi, com sua tremenda clarividência, criasse a situação de gol e decretasse o empate. Depois, veio o pênalti, que o mesmíssimo Didi cobrou com uma lucidez e uma classe geniais. O Botafogo pôde, finalmente, triunfar bem, por 4 x 1. E, no entanto, foi ainda o pavor que complicou, que dramatizou, para o Alvinegro, numa partida que devia ser tão simples, tão macia. Mas voltemos ao Maracanã: — eu falei no medo do Fluminense e do Vasco. No caso do Tricolor, houve, além do fator emocional, um erro tático e técnico que desfigurou a sua atuação. Pirilo mexeu em todo o ataque, deslocou jogadores, introduziu modificações que não convenceram, absolutamente. Sejamos justos: — Léo, fora dois ou três lampejos, conseguiu ser tão estéril como o Escurinho das últimas atuações. Com a agravante: — era um Escurinho sem velocidade. Mas as deficiências individuais importam menos: — importa mais a falta irremediável de conjunto, na linha. Faltou-lhe estrutura e cada qual agia segundo os caprichos da própria iniciativa. Resultado: — o ataque, embora com muito mais volume de jogo, não decidia, não penetrava. Cada atacante tricolor prendia a bola até perdê-la por isso justamente: — porque não havia entrosamento. Quanto ao Vasco, viveu, sobretudo, a tragédia do líder. Aliás, o fenômeno não é exclusivo de São Januário. Todos os clubes que passaram pela ponta acusaram o mesmo pânico. Dir-se-ia que ninguém está maduro para a liderança. Vejam o que fez o Vasco, domingo: — ao terminar a batalha, a euforia cruz-maltina foi uma coisa medonha. Quem devia estar radiante era o segundo colocado, por ter empatado com o líder. Mas não: — o Tricolor saiu de campo meio frustrado, com um gosto de fel na alma. Já o clube da Cruz-de-Malta promoveu um verdadeiro carnaval. Pergunto: — foi lógica esta euforia? Não me parece. E pelo contrário: — o alívio prova que o quadro pisou o gramado sem confiança em si mesmo e na vitória. Tanto assim que delirou com um sóbrio, um parco empate. Melhor fez meu time, que saiu de campo com relativa amargura. Empatara com o grande esquadrão cruz-maltino, mas isto não lhe bastava: — queria a vitória. Por outro lado, a insólita alegria vascaína revela um estado de espírito muitíssimo perigoso, e direi mesmo: — fatal. O Vasco precisaria ter jogado com a ênfase, a autoridade, a confiança de um ponteiro autêntico e não acidental. Além do mais, vamos e venhamos: — não é com empates que se ganha um campeonato. Enquanto os outros se devoram, há alguém que se infiltra, que penetra, que avança: — é o Botafogo. O Vasco, o Fluminense, o América, o Flamengo, o Bangu parecem ter jogado com um objetivo: — favorecer a ascensão alvinegra.* Hoje, já podemos falar no ex-azar do Botafogo. Olhem para o alto: — nunca brilhou tanto a estrela solitária.

24/11/1956

* Os jogos foram disputados no dia 18/11/1956: Vasco 0 x 0 Fluminense; Madureira 4 x 2 Bangu; e Botafogo 4 x 1 Portuguesa.

a vitória canicular

53

Antes do jogo, o meu amigo e

confrade Augusto de Melo Pinto, botafoguense nato e hereditário, veio soprarme, ao ouvido: — "Temos que segurar o Pinga! O perigo é o Pinga!" E insistia, com o olho rútilo e o lábio trêmulo: — "Não podemos largar o Pinga!" A palavra do meu fraternal colega soou-me, a princípio, como um frívolo e irresponsável palpite. E, de fato, ele esquecia Válter, Livinho e todos os outros para fazer de Pinga o símbolo humano mais completo e mais autêntico do Vasco. Pois bem: — começa o jogo e, pouco depois, eu verificava que o meu amigo, sem querer e sem saber, estava sendo profético. A derrota do Botafogo começou, realmente, em Pinga. Senão vejamos: — o ataque de São Januário tem dois craques que exigem cobertura especial e sistemática. Um é Pinga: outro, Válter. É preciso anular Pinga e suas penetrações fulminantes, é preciso anular Válter e impedir a sua ação sábia e clarividente. Com Pinga e Válter contidos, o Vasco está atingido na sua estrutura e será uma paródia, uma caricatura de si mesmo. O meu amigo Gugu queria que se amarrasse Pinga e apenas Pinga. E o Botafogo deixou que tanto o ponta, como Válter se irradiassem, se projetassem em todas as direções. Eis a tragédia do Alvinegro: — a ingenuidade do seu sistema defensivo. Falaram, vociferaram, estrebucharam tanto contra a marcação por zona, e o que vimos ontem? Pinga mais livre, mais solto, mais eufórico que um passarinho. Sempre que apanhava a bola, ele tinha, diante de si, um campo livre e asfaltado para as suas pânicas invasões. Por sua vez, Válter era tratado como um qualquer e podia armar suas jogadas, construí-las, adorná-las, sem maiores atribulações. Examinem os três gols do Vasco. O primeiro resultou da liberdade total que se concedeu a Pinga. Ao atirar, ele era o jogador mais desmarcado do mundo. No segundo, verificou-se um colapso completo da defesa alvinegra que deixou Livinho despontar, penetrar e concluir. O terceiro foi, ainda, mais aberrante. Não havia perigo, não havia problema de gol. Bimba recebe e dá a Válter, de presente, na bandeja, um passe de mãe para filho. Valter não teve maiores dificuldades em colocar a bola no fundo da rede. Terminou o primeiro tempo com o placar de 3 x 1. Ora, o Botafogo teria tempo de reagir, de empatar e, até, de vencer. Mas à medida que se passava o tempo, íamos vendo que tudo dava certo para o Vasco e tudo errado para o Botafogo. Já a capacidade defensiva alvinegra era bastante precária. Além disso, aos vinte minutos do segundo tempo, Bauer machuca-se. Deslocado para a ponta direita, lá permaneceu como uma figura apenas decorativa. Era um pesado desfalque. O Vasco, recuado, aferrolhava-se, apelando para a defesa maciça. Quando o Alvinegro fez o gol de pênalti, esperava-se que ele se atirasse, todo, para frente. Era o momento da gana, da garra, de empatar ou morrer. Verificou-se, então, que, domingo, o Botafogo não devia, não podia vencer. Sim, amigos: — a meu ver, a pior deficiência do quadro, contra o Vasco, não foi a defesa precária, a falta de sorte ou a arbitragem: — foi a falta de alma, da alma que funcionou contra o América. A perspectiva de empate não lhe serviu de incentivo, de afrodisíaco. Continuou jogando em câmara lenta, esquecido de que o *match* valia um campeonato. Argumentará alguém com o calor. Improcede a desculpa. Primeiro, porque o Sol castigou, indiferentemente, os dois adversários. Segundo, porque não somos esquimós para refugar a temperatura tropical. Não, meus amigos: — existe outra explicação para o triunfo canicular do Vasco. E vem a ser o desespero que faltou ao Botafogo após o gol de pênalti, a paixão que ele não teve. Sem alma ninguém vence, ninguém empata.

1/12/1956

tico-tico tricolor

54

Qualquer "pó-de-arroz"* há de estar satisfeito com o resultado do jogo, mas não com a atuação tricolor. Pergunto: — que apresentamos domingo? Um futebol enfeitado, bonitinho, de passes laterais e para trás, sem penetração e sem velocidade. O Fluminense parecia, mal comparando, o Vasco de Flávio Costa, que praticava também o futebol mais antiprático e mais inatural do mundo. Veio Martim Francisco e temos um Vasco rápido, objetivo, direto, que não faz literatura em campo. Poderão objetar que, assim ou assado, o fato é que vencemos. Não há dúvida: — vencemos. Mas com o joguinho de domingo pode-se ganhar uma partida, nunca um campeonato. Veja o América:— durante anos o tico-tico foi a sua morte, o seu túmulo. O time dava show, exibia um futebol lindo, plástico, artístico. E, no entanto, quem ganhava as partidas decisivas era sempre o adversário. Agora é o meu time que, na reta final, aparece com um súbito e inqualificável tico-tico. Com uma agravante: — um tico-tico lento, lerdo, quase bovino. Houve um momento em que um tricolor, a meu lado, não se conteve e uivou: — "Com esse futebol, o Fluminense não merece ganhar!" O comentário teve o exagero da irritação. Mas o que vimos foi, realmente, exasperante. Tivemos fartos períodos de pressão. E que fazía-

* O Fluminense e seus torcedores absorveram o apelido do jogador Carlos Alberto, um mulato que, numa época em que os negros eram malvistos no futebol, espalhava talco no rosto para embranquecê-lo. Quando pegava na bola, os adversários gritavam "olha o pó-de-arroz".

mos? Vejam vocês: — cruzávamos a bola de uma extrema a outra, a toda hora, e sem que nem para quê? Que se faça isso uma vez na vida e outra na morte, vá lá. Não com a constância de domingo. Essas bolas de ponta a ponta foram a chave sistemática do nosso ataque. Felizmente, para nós, o Botafogo não estava, absolutamente, num grande dia, nem de técnica, nem de sorte. Só Paulinho perdeu, contados a dedo, no mínimo, três gols de passarinho. Imaginem se o Alvinegro tem uma aragem e desanda a fazer os gols que atirou pela janela! Claro que o Fluminense também deixou de marcar, muitas vezes. Mas por culpa do seu próprio futebol. O ataque botafoguense era menos constante e mais ameaçador. Nós parávamos nas imediações da área e começavam os passes para o lado e para trás. Falei da irritação do tricolor que, a meu lado, assistia à partida. Pois bem: — não foi ele o único. Pode-se dizer que, domingo, toda a torcida ficou a cantar o jogo para os nossos jogadores. Nas arquibancadas, cadeira e gerais, ficava dizendo: — "Faz isso! faz aquilo!" Está claro que o time não ouvia e, se ouvisse, não faria do mesmo jeito. Vejamos, porém, alguns dos defeitos mais nítidos, mais taxativos do nosso time: — futebol lerdo; os já referidos passes para os lados e para trás; a mania de prender a bola; a complicação de lances simples; a escassa penetração; a incapacidade de pôr a pelota no chão; a insistência das bolas altas; e, sobretudo, a quase nenhuma vontade de atirar em gol. Eis uma deficiência, que está a exigir de Pirilo uma medida qualquer, imediata: — o ataque do Fluminense não chuta em gol ou chuta pouquíssimo. Prefere estiolar-se numa costura infinita e estéril na pequena e na grande área. Por exemplo: — Oswaldo. Teve uma jogada linda, realmente espetacular, da que resultou o primeiro gol. Na maioria das vezes, porém, jogou errado, jogou como um extrema moderno não deve jogar. O sistema do Botafogo, que é, ainda, nitidamente, a marcação por zona, deixou Oswaldo numa liberdade paradisíaca. Ele, porém, como em ponta do velho futebol, não fechava nunca, não tentava o gol. Mas o pior sintoma do ataque tricolor é, a meu ver, a atuação de Waldo nos últimos jogos. Ele não tem feito gols, sendo, como é, por vocação, por destino, o homem-gol. No jogo de domingo, observou-se esta coisa apavorante: — Waldo recuado, Waldo jogando atrás, Waldo com ares de preparador. Essa, não! Antigamente, ele estava em todas e vivia arrombando as redes adversárias. Eis a verdade eterna: — Waldo só tem sentido, na Terra, como fazedor de gol. Enfim, vencemos por 2 x 0 e vamos torcer para que o Tricolor ganhe o Fla-Flu e para que o América bata no Vasco ou empate com o Vasco.

8/12/1956

o maior Fla-Flu

55

Antes de mais nada, é preciso

fazer o elogio do jogo. Em matéria de Fla-Flu, não se podia desejar nada mais bonito, nada mais apaixonante. Até o último segundo, os adversários correram em campo, molharam a camisa, com uma raça inextinguível. Esse futebol rápido, incisivo, eletrizado, foi de matar. Duvido que, em todo o campeonato, tenha havido, em qualquer outra peleja, uma carga maior de beleza e de emoção. Sejamos justos: — nenhum clássico se compara, em alma, chama, personalidade, ao Fla-Flu. Dito isto, vejamos o resto. Escrevo sempre que nem todas as derrotas humilham, deprimem ou enfurecem. A de domingo, por exemplo. Nós, do Fluminense, perdemos. E, no entanto, vejam vocês: — o Tricolor não perdeu nem na técnica, na tática, nem no sangue. Poucas vezes, terei visto o Timinho* tão harmônico, tão embalado, tão seguro de si e com tamanha autoridade. O que nos matou, no Fla-Flu, foi um contra-ataque bafejado de sorte. Pois bem: — apesar do gol em cima da hora, nem assim o Fluminense se entregou. Partiu, de novo, para frente e lutou, até o último cartucho, com um brio realmente inexcedível. O patético é que, no primeiro tempo, houve, a nosso favor, um lance igual. Vale a pena reconstituir a jogada: — Ary rebate e

* Apelido dado ao Fluminense, no começo da década de 1950, por causa de sua política de contratar jogadores baratos.

cai. Jair Francisco teve a intuição do gol e dá uma magistral cabeçada. Ocorre, então, o milagre: — Ary, que devia estar batido, Ary, que devia estar superliquidado, ergue-se ou mais do que isso: — voa, agarra a bola impossível e tomba de costas, mas agarrado, de unhas e dentes, ao couro. Por mim, confesso que, naquele momento, tive um sentimento profético do que viria depois. Eis a verdade, amigos: — ao sair do Maracanã, domingo, eu não me sentia derrotado, absolutamente. Pelo contrário: — estava satisfeitíssimo com o meu time. É certo que o Flamengo começou com um coração apavorante. Durante vinte e poucos minutos, teve, em campo, um impacto mais firme, mais seguro, mais presença, mais velocidade, mais penetração. Era um grande Flamengo que estávamos vendo, com a camisa em pleno funcionamento. Durante esse período, o Fluminense lançou seus ataques, mas na preocupação maior da defesa. Passa-se o tempo e, então, o meu time começa a crescer. Até o final da etapa preliminar, exercemos uma pressão progressiva. Acabamos o tempo bombardeando, furiosamente, a área rubro-negra. Veio a etapa final e o Fluminense recomeça melhor do que nunca. Firme na sua estrutura, jogando rápido, lutando de corpo e alma, perseguindo fanaticamente a vitória, tinha, indubitavelmente, maior volume de jogo. Diga-se, porém, que, ao elogiar o Fluminense, não quero substituir o triunfo rubro-negro. O Flamengo, domingo, foi admirável na sua fibra, no seu élan e na sua obstinação. Apresentou-se com as suas características eternas. Eu disse que a camisa funcionou e repito: — funcionou. E o Rubro-negro foi no gramado o que devia ser, isto é, o quadro que ainda não renunciou ao tetra. Mas vamos dar a César o que é de César: — o Fluminense não apresentou, em momento nenhum, a aparência de um derrotado. Aqui pergunto: — derrotado como? se acabou lutando, se acabou no ataque e se o último tiro de Pinheiro, o beque tricolor, foi uma bomba contra o arco adversário? Quase atrevo-me a dizê-lo: — ganhou o Flamengo, mas o Fluminense não perdeu. Foi, mal comparando, uma redundância do Fla-Flu do turno. Há um nítido, um taxativo parentesco entre o gol de Evaristo e o de Babá. Em ambas as partidas, o tento rubro-negro resultou de um contra-ataque. Mas, ao ver, domingo, depois do jogo, o Fluminense a caminho da boca do túnel, eu pensava que nunca um time merecera tão pouco a derrota.*

17/12/1956

* O Flamengo venceu o Fluminense por 1 x 0 (9/12/1956), com um gol do atacante Índio.

a formidável agonia

56

Foi um momento de altíssimo patético quando o juiz, no intervalo do jogo Vasco x Bangu,* expulsou Zizinho. Por que a medida extrema, que viria, como de fato aconteceu, desfigurar uma peleja fundamental do campeonato? As razões do Sr. Eunápio de Queirós são meio vagas, meio obscuras. Consta que Zizinho teria dito que S. Sª estava na gaveta de um dos adversários. Ou se não disse, pensou. Então, o juiz não teve maiores dúvidas: — pôs o craque no olho da rua. Isto, antes de reiniciada a batalha. E, assim, o Sr. Eunápio de Queirós, com ou sem motivo, liqüidou o Bangu e a partida. E mais: — liqüidou o tetra. O Tetra! Os outros disputavam um simples e único campeonato. O Flamengo, não. Perseguia, com fanática obstinação, o sonho do quarto campeonato consecutivo. Por isso, eu vos disse que ele sentiu, na carne e na alma, com insuperável dor, a expulsão de Zizinho. À sombra do grande craque, o Bangu fizera um belo primeiro tempo, brioso e técnico, aguerrido e eficaz. Podia perfeitamente ganhar. Mas o quadro que começou o segundo tempo amputado de Zezinho, mutilado de Zizinho, passava a constituir uma ameaça muito mais platônica. De fato, com dez elementos, a equipe de Moça Bonita jogou com desesperado élan. Faltava-lhe, porém, o

* Vasco 2 x 1 Bangu (15/12/1956). Os gols foram de Vavá (2) e Hilton.

jogador clarividente e amadurecido, o criador de passes artísticos e mortais e de tramas alucinantes. Face à vitória do Vasco na véspera, o tetra já sangrava antes da peleja com o Botafogo. Mas vejam vocês:— quem pode perceber os desígnios da Providência Superior que decide o destino das batalhas e dos campeonatos? O Flamengo precisava vencer por dois motivos dramáticos: — por causa do tetra mesmo e, na pior das hipóteses, da vice-liderança. E, no entanto, quis o destino que o Botafogo jogasse, domingo, a sua mais bela partida, em todo o campeonato. — E não foi jogar bem. Qualquer perna-de-pau consegue, eventualmente, "jogar bem". O Alvinegro fez mais do que isso. Pôs alma até nos arremessos laterais. Sim, amigos: — teve uma gana, uma garra, uma vibração constante, uma fúria ininterrupta, como se disputasse uma final de Copa do Mundo. Pode parecer blague, exagero, caricatura. Mas, por exemplo: — o caso do Didi. Todo mundo costuma achar que Didi não faz força e que pinga na camisa uma imitação de suor, que não é a transpiração grossa, oleosa, autêntica dos companheiros. E, de fato, de quando em vez, nós o vemos parado no meio do campo, com um desinteresse e um tédio de Nero de fita de cinema. Domingo, porém, ele se portou como um Telê, trabalhou como um Telê e mais: — num choque com Tomires levou a melhor! Que dizer de Garrincha? Era o homem que perfurava a defesa rubro-negra, que envolvia e desintegrava Dequinha, que soprava como um tremendo vendaval, varrendo tudo. Mas Didi e Garrincha não foram os únicos. O time, de ponta a ponta, jogou bem, arquejou, rilhou os dentes, matou-se no gramado. Sem interesse maior no campeonato, deu a seguinte impressão: — de que era ele, e não o Flamengo, quem estava disputando o tetra. E o Flamengo? Talvez o resultado da véspera tenha congelado um pouco o seu entusiasmo. A meu ver, faltou-lhe, acima de tudo, camisa. Por uma ironia do futebol, quem apareceu, domingo, com a camisa içada, desfraldada, frenética, foi o Botafogo. E, assim, o Vasco ganhou duas vezes: — no sábado e no domingo. Tornou-se o clube da Cruz-de-Malta, com indiscutível merecimento, o campeão da cidade. Segunda-feira que vem, escreverei sobre a fulgurante jornada vascaína. Mas hoje o grande e patético tema é, realmente, a morte do tetra.

24/12/1956

perfil do campeão

57

Sim, amigos, Martim Francisco

tem apenas 28 anos. Ora, aos 28 anos que somos todos nós e cada um de nós? Muito pouca coisa. O jovem está sempre no dilema: — ou é um gênio ou um bobo, ou um Rimbaud ou um débil mental, desses que babam. Depois é que a vida, o tempo vão retocando a nossa crassa e inepta pessoa. A vantagem de Martim Francisco é a seguinte: — não há a menor coerência entre a sua idade e o seu amadurecimento interior. E pelo contrário: — os 28 anos confessos do mineiro são um disfarce de um considerável lastro vital. Admitamos que ele não tenha, ainda, uma pessoal e direta experiência de vida. Mas já viveu bastante pela inteligência, pela imaginação, pela intenção.

Examinem a sua atitude frente ao Vasco e ao campeonato. Não foi, jamais, e estritamente, um técnico de bola. Ele se impôs, aos seus comandados, desde o primeiro instante, pelo jeito patriarcal. Se lhe conferíssemos umas barbas negras e abundantes, ele assumiria toda a aparência física de um patriarca. O time do Vasco vive debaixo da sombra larga e cálida de Martim Francisco. Usei a imagem do patriarca para melhor caracterizar o seu papel junto à equipe. Um técnico de futebol funciona apenas como um técnico de futebol. Essa limitação, porém, é, muitas vezes, fatal. Pelo seguinte: — o rendimento de um jogador, em campo, depende, não raro, de fatores extra-esportivos.

Por exemplo — uma dor-de-cotovelo. Castigado por uma dor-de-cotovelo, um craque já está incapacitado para um simples e reles arremesso lateral. E aqui eu pergunto: — como tratar a frustração amorosa de um jogador? Não há de ser com individual, não há de ser com ginástica, não há de ser com bate-bola. É o momento em que o técnico deixa de ser técnico para se tornar um pouco o confessor, o padre, o psicólogo. Nessas condições, ele passa a exercer o que eu poderia chamar, talvez, de medicina psicológica.

Na minha opinião, a grande força de Martim Francisco está em ser, além de técnico de bola, um técnico de alma. Diante dele, de sua atenção muito lúcida, o craque há de ter a impressão do cliente no divã do psicanalista. O jogador não é apenas jogador, mas também, sobretudo, um homem. Tratado como homem, ele já renderá muito mais como jogador. Martim Francisco só venceu como técnico depois de ter vencido como psicólogo. Sim, amigos: — o técnico tem que ser um consultório sentimental para o craque. Do contrário, não dará, nunca, ao seu time, o élan de um campeão.

Vejam o resultado do seu trabalho dentro do Vasco: — conferiu uma alma à equipe. Ou por outra: — acudindo e resolvendo os problemas íntimos de cada jogador e de todos os jogadores, ele deu ao quadro uma imensa saúde interior. Ao longo do campeonato, o clube da Cruz-de-Malta pode ter falhado tecnicamente, taticamente. Mas nunca lhe faltou o impulso interior para a vitória ou para a luta. O colapso técnico não era acompanhado pelo colapso da alma. Muitas vezes, o Vasco estava sendo dominado pelo adversário, mas sempre dando tudo, sempre molhando a camisa. Jogou umas vezes bem, mal outras, mas teve, sistematicamente, como característica fundamental, uma gana irresistível e, não raro, dramática. Direi mais: — cada partida do Vasco tem sido uma lição de amor ao clube. E que é tudo isso senão o trabalho de Martim Francisco, que soube amadurecer o coração dos seus jogadores para a vitória?

Manchete Esportiva publicou uma fotografia que explica a jornada cruz-maltina, em 56. Refiro-me ao flagrante de Válter chorando, no vestiário. Essas lágrimas de homem e de craque dizem tudo. Quando um jogador chora, não porque perdeu, mas porque acha que jogou mal, está salva a pátria. Um sentimento assim vivo e assim agudo de responsabilidade, que não é de um, mas de todos os cruz-maltinos, teria que levar o Vasco à conquista do título.

29/12/1956

o javali do Vasco

58

O bom do campeonato que pas-
sou foi o seu lado folhetinesco. Não lhe faltou, com efeito, uma série de lances de capa e espada. Entre parênteses: — por "capa e espada" entendo eu tudo o que, na temporada que passou, superou as nossas experiências anteriores. De fato, houve coisas, em 56, de um espetacular ineditismo. Por exemplo: — num *match* de capital importância para o campeonato, o técnico rubro, Plácido, resolveu, em cima da hora, substituir Ivan, Alarcon e Leônidas. Quando o serviço de áudio-difusão do Maracanã anunciou os desfalques voluntários, o público ficou de boca aberta. Eis a verdade, amigos, eis a verdade: — por pouco não põem em campo um quadro de aspirantes. Note-se que os craques excluídos estavam em perfeitíssimas condições físicas, numa escandalosa saúde atlética. Outro episódio inédito, que abalou a cidade, foi o incidente Zizinho x Eunápio de Queirós. Pela primeira vez, na história do futebol terreno, um *match* decidiu-se não durante os noventa minutos, mas no intervalo. Vale a pena recontar o acontecimento, já incorporado à história dos jogos fantásticos. Quando os dois times se preparavam para reiniciar a partida, o Sr. Eunápio de Queirós vem a saber que Zizinho teria dito, ou pensado, que S. Sª estaria interessado na vitória cruz-maltina. Era um vago boato, que outro qualquer teria desprezado. Mas o Sr. Eunápio de Queirós, como se diz vulgarmen-

te, “subiu a serra”. Chamou Zizinho em termos ou num tom que ofenderam o craque. Resultado: — Zizinho deu uma resposta pouco gentil e foi, sumariamente, expulso, antes de recomeçada a batalha. Ora, toda a cidade sabia que Zizinho funcionava como a chave do Bangu. Excluí-lo, naquela altura dos acontecimentos, era, realmente, definir a peleja. Quando se reiniciou o *match*, o seu resultado deixara de ser mistério: — o Bangu teria que, fatalmente, perder, como, de fato, aconteceu. Esses e outros episódios parecidos deram ao campeonato um colorido sem precedentes. E com isso ganhou o Vasco, cujo título cresce de expressão e dramatismo. Na crônica passada, fiz o elogio de toda equipe de São Januário. Fixei, porém, mais o conjunto do que os valores individuais. Hoje, ao voltar ao assunto, ocorre-me perguntar: — quem foi, dentre os 11 jogadores cruz-maltinos, o craque decisivo? Eis o problema que justifica uma certa perplexidade. De uma maneira geral acha-se que a grande figura da equipe vascaína foi Válter. E justiça se lhe faça: — é um jogador extraordinário, que faz um futebol rápido, penetrante, objetivo. Estou em que Martim Francisco pôs, nos pés de Válter, a sorte de muitas batalhas. Mas eu vos digo: — se perguntassem a mim qual o craque mais representativo do Vasco, no campeonato de 56, eu indicaria outro nome. Sim, apontaria o nome e a figura de Bellini. Objetará alguém que Válter, como jogador, tem mais recursos. Admito. Mas, em futebol, nem tudo é técnica, nem tudo é tática. E, a meu ver, o símbolo humano mais perfeito do clube da Cruz-de-Malta, na jornada que passou, é Bellini. Ele exprime todo o élan, toda a gana, toda a garra do seu time. Olhem, panoramicamente, o campeonato e vejam como, em todos os jogos do Vasco, o notável zagueiro foi sempre o mesmo. É o homem que vive os noventa minutos, de cada peleja, segundo a segundo. Para ele, não existe a pelada. Tanto faz jogar contra o Arranca Grama F. C. ou contra o escrete húngaro. Ele não vê o adversário: — vê, sempre, o Vasco. Não se pode imaginar um jogador que se dedique mais a um jogo, que se entregue mais, que lute e que se mate tanto. Plantado na defesa cruz-maltina ele se levanta como uma espécie de bastilha inexpugnável. E eu creio que um Vasco sem Bellini já seria menos Vasco, ou por outra: — seria um Vasco descaracterizado, um Vasco mutilado na sua flama e no seu tremendo apetite de vitória.

5/1/1957

os nossos irmãos suecos

59

Para o futebol carioca o último

domingo foi, na verdade, extraordinário. Íamos ver o AIK, time sueco que, segundo nós, da imprensa, do rádio e da TV, é o campeão do seu país. Mas o título pouco importa. O que vale, no AIK, é a sua cordial, amorável e loura condição sueca. Ora, o sueco representa o antibrasileiro por excelência. Temos a impressão de que, sob o ponto de vista técnico, tático e humano, ele é um inefável doce de côco, um cândido arroz-doce. Nenhuma malícia, nenhuma maldade, nenhuma violência. Pois bem: — essa visão lírica do homem e do futebol suecos devia ter enchido o Maracanã, domingo. Mas um espetáculo esportivo comporta ironias inesperadas e cruéis. O maior estádio do mundo apanhou um público de pelada. Os que lá compareceram eram movidos pelo hábito, pelo vício, pelo automatismo futebol musical. Os outros ficaram, em casa, ouvindo rádio, vendo televisão. Mas justiça se faça ao instinto popular. Sim, amigos: — a estréia do louro, do branquíssimo AIK não teve as características que sacodem a multidão nos seus alicerces. De resto, o futebol dos visitantes caracteriza-se por uma ingenuidade emocionante. Essa mistura de molecagem e ferocidade, de virtuosismo e má-fé, que faz do futebol brasileiro, uruguaio e argentino um show delicioso, não existe no purificado futebol sueco. Desde os primeiros momentos da peleja que eu, na tribuna de imprensa, fiquei ruminando um problema extra-esportivo, ou seja, o prejuízo que vai resultar desta visita tão amiga, tão fraterna. Já vimos que, antes do jogo, ninguém acreditava no futebol da Suécia. E, agora, depois do que vimos, domingo, no Maracanã? Os homens perderam, só, de 5 x 3. Aparentemente, não existe, no citado escore, nada que desmoralize um vencido. Quem perde hoje de 5 x 3 pode, perfeitamente, vencer amanhã. O trágico na batalha foi a atuação dos nossos adversários e a nossa própria atuação. A fisionomia definitiva do *match* foi a seguinte: — uma quase cômica superioridade do Flamengo. Embora com desfalques medonhos e com um quadro que incluía sete aspirantes, o Rubro-negro foi dono do campo. E com uma agravante: — era uma equipe que não sabia o que fazer de tanta superioridade e que se envergonhava de manifestá-la. Eu sempre digo que uma peleja não é o seu placar. Muitas vezes, o que importa é o que o placar não diz, o que o placar não confessa. Por exemplo: os 5 x 3 de domingo não dão uma idéia, nem aproximada, do que foi o jogo. O Flamengo não venceu de mais porque não quis. Para não ampliar o marcador, que fez ele? Driblava a torto e a direito, retinha a bola, complicava, perdia-se num premeditado tico-tico. Não quis, em momento nenhum da partida, aniquilar o adversário, humilhá-lo, ofendê-lo. Nada disso, e nem ficaria bem ao Flamengo, no seu papel de anfitrião, castigar tanto um convidado. Poderão objetar que, no segundo tempo, o cândido AIK reapareceu com mais élan. Sim, atirou-se mais para frente. Mas vamos reconhecer: — era, se assim posso dizer, uma agressividade consentida. Os visitantes podiam entrar porque o quadro carioca abria-lhes as portas, com a mais clara e taxativa das cordialidades. Só imagino se os nossos jogassem para valer: — teríamos tido, domingo, no Maracanã, um escore trágico. Mas foi bom assim, isto é, foi bom o limite dos 5 x 3. O próprio público não queria o massacre do AIK. Basta dizer o seguinte: — era tão cruel a superioridade rubro-negra que, a partir dos primeiros vinte minutos, o Maracanã começou a aplaudir, alegremente, os suecos. Sempre que eles realizavam uma jogada menos ruim, a torcida rubro-negra vibrava. Eu estava vendo a hora em que o próprio Flamengo acabaria perpetrando um gol contra, para adoçar a boca dos visitantes. Sim, amigos, os suecos são bons. Pena é que a bola os atrapalhe.

12/1/1957

o irritante Flamengo

60

Clube irritante, o Flamengo: De

vez em quando, há quem cochiche pelas esquinas: — "O Flamengo deve". Eu ouço e calo. Entre parênteses, sou o admirador enternecido de todos os que devem, seja gente, seja clube. De resto, olhemos o território nacional, em toda a sua extensão. Difícil encontrar um brasileiro sem dívidas. Insisto: — um brasileiro sem dívidas é o que há de mais utópico, inexequível e, mesmo, indesejável. Que clube ou pessoa poderia atirar no Flamengo a primeira pedra? Ninguém. Nós vivemos e sobrevivemos à base das dívidas que contraímos, com uma espontaneidade tão amorável e tão brasileira. Além disso, porém, o Flamengo é irritante por outros motivos. Um deles, é a sua torcida. Uma vez, eu estava no Maracanã, em tarde de vitória rubro-negra. À saída, eu vi passar a multidão flamenga. Virei-me para um amigo próximo e rosnei-lhe: — "Foi essa turma que fez a Revolução Francesa." Talvez um rubro-negro, individual e isoladamente, seja um ser como qualquer outro. Mas quando se incorpora à torcida do clube, não sei que toque, que retoque o transfigura. Os rubro-negros quando se juntam são, de fato, irresistíveis. Dêem-lhes um 14 de julho e eles derrubarão bastilhas a pontapés.

O Flamengo também é irritante por causa de sua tremenda popularidade. Não há outro clube que mereça os diminutivos do carinho popular. É o "Mengo", para todos os efeitos. Por outro lado, os jornais o chamam de "o mais querido". De fato, nenhum clube é amado por tantos. E se, na verdade, deve como dizem, sejamos justos: — suas dívidas acrescentam-lhe um traço, a mais, de inenarrável simpatia.

Agora mesmo, está ocorrendo um fato que explica o Flamengo e a sua tremenda autoridade afetiva junto ao povo. Refiro-me ao incidente do Honved. Sabe-se como as coisas aconteceram. O Rubro-negro combinara com o Honved uma temporada no Brasil. Tudo assente e combinado, acontece o imprevisto. Um funcionário qualquer, da Federação Húngara, telefona para a FIFA e comunica o seguinte: — que o Honved não podia jogar no Brasil coisa nenhuma. A FIFA agiu como lhe competia, isto é, informou à nossa CBD acerca do telefonema. Vejam vocês as ironias das relações humanas. Com um simples e indireto telefonema, Budapeste cobriu de pânico todo o futebol brasileiro. A pusilanimidade começou do alto, bem de cima, ou seja, da CBD. Com efeito, a nossa entidade máxima não se permitiu o luxo de estudar, debater um caso que, evidentemente, apresentava características especiais. Se um vago, um anônimo funcionário dera uma ordem, através dos chiados do telefone internacional, nós, aqui, devíamos acatá-la, com a subserviência mais alvar e mais abjeta. Não ocorreu a ninguém ponderar que, no momento, a Hungria é uma pátria caçada a pontapés. Lá, ninguém representa ninguém. Mas o pânico é o que há de mais aliciante. Um herói está sempre só. Mas o medroso arranja, logo, uma legião de adeptos. Outros dirigentes, outras autoridades babaram de medo. E parecia só restar ao Flamengo o caminho da capitulação. Por isso mesmo, eu disse e repito: — clube irritante, o Flamengo. Não liga para telefonemas, nem para telegramas. Em vez de se cingir a um formalismo idiota e, mesmo, vil, adotou uma atitude à Tartarin, mas de um Tartarin que corresse, de verdade, ao encalço do perigo. Jogaria de qualquer maneira. Os bobos, os pusilânimes começaram a falar em "disciplina", em "princípios". Há vezes, porém, em que cabe uma rija, uma salubre, uma nobre indisciplina. Sim, amigos: — o tabu disciplinar não funciona, quando há, em causa, valores mais altos. Temos que admitir, porém, o seguinte: — é muito irritante um clube que assim nos desafia e assim nos humilha com tão crespa e irredutível personalidade. Ninguém lhe perdoa esse charme, esse panache, essa indobrável alma, essa triunfal virilidade. É o herói, talvez o único herói do futebol brasileiro. O povo o acompanha por isso mesmo, porque adora o heroísmo.

Há momentos em que um clube deixa de ser uma coisa impessoal, associativa, recreativa, estatutária e passa a reagir como gente. No caso de Honved, temos que admitir, do fundo do nosso despeito e da nossa irritação: — o Flamengo abusa do direito de ser homem.

19/1/1957

irresistível Flamengo

61

Quando o serviço de audiodi-
fusão anunciou a equipe do Flamengo, o público ficou sem saber se ria, se chorava. De fato, a formação rubro-negra era, a um só tempo, cômica e pungente. Que espécie de chance poderiam ter os Babás, os Henriques, os Moacir contra os Puskas do Honved? O Flamengo atirava garotos contra o *métier*, a classe, o virtuosismo dos húngaros. Era uma aventura pânica, uma experiência, se assim posso dizer, suicida. Pois bem: começa o jogo. E, com surpresa e quase com irritação geral, esfarela-se, à vista de todos, o maciço favoritismo dos visitantes. Sim, amigos: o Flamengo, com seus aspirantes, é que parecia o Honved, é que parecia o escrete húngaro. Os Babás, os Henriques é que pareciam os Puskas. Os gols começaram a entrar. Terminou o primeiro tempo com um marcador, que não deixava de ser apavorante: 3 x 1, a favor dos quase juvenis rubro-negros. A multidão já não entendia nada. Fora, lá, com o seguinte objetivo expresso: ver a surra que o Honved ia dar no Flamengo. Em vez disso, assistia ao massacre técnico e tático dos magiares. Vem o segundo tempo e nada muda a fisionomia do jogo. O escore final, 6 x 4, com seu ar de bola de meia, de pelada, não chega a constituir um banho. Nem o banho está no marcador, mas no jogo. Foi uma lavagem de bola, de futebol, que os meninos da Gávea infligiram

aos visitantes. Resta a pergunta: por que a partida assumiu, contra todos os cálculos, características tão insólitas?

Tratei de ler os jornais de domingo. Verifiquei o seguinte: cada cronista apresentou uma imagem própria da partida. Segundo uns, o Honved está "gordo", segundo outros "desambientado", ou, então, com "saudades da família". O que ninguém se lembrou foi de atribuir o resultado ao mérito do Flamengo. Sim, o *match* foi o que foi, e não o que se esperava, porque demonstramos uma devastadora superioridade. Não foi o Honved que jogou mal: foi o Rubro-negro que jogou muito melhor. Nas vitórias fáceis, o derrotado parece, logicamente, fora de forma física, técnica e, até, moral. Pois claro! Tudo o que o vencido faz sai mal, torto, falho. Por outro lado, a euforia do ganhador sufoca o élan do antagonista. Raciocinemos, amigos: os húngaros pareceram lerdos, pesadões, ineptos, porque os Babás, os Didas, os Paulinhos disparavam-se com uma velocidade, uma penetração de balas.

É fácil explicar, também, a perplexidade quase dolorosa do público. Por ocasião do mundial da Suíça, os jornalistas patrícios mandaram, de lá, uma versão desfigurada da nossa peleja com a Hungria. Segundo se escreveu, os húngaros venceram, naquela época, porque eram imbatíveis. E, no entanto, a verdade era bem outra. O nosso escrete entrou, para os 4 x 2 de Berna, num estado vizinho do histerismo. Imprestável emocionalmente, não estava em condições de vencer nem um time de botão. Mas, sábado, deu uma medida autêntica do nosso futebol. O que vimos foi, de fato, o cotejo do futebol húngaro e brasileiro, ambos com as suas características fidedignas. Falar em "desambientação" de um time que tem *métier* internacional, que deu um banho na Inglaterra, em Londres, é um pouco forte. E, além disso, se eles estavam "desambientados", vamos e venhamos: o Flamengo pôs, em campo, quase o time de aspirantes.

O brasileiro gosta muito de ignorar as próprias virtudes e exaltar as próprias deficiências, numa inversão do chamado ufanismo. Sim, amigos: somos uns Narcisos às avessas que cospem na própria imagem. Mas certas vitórias merecem total respeito. Por exemplo: a de sábado. A garotada rubro-negra deu-nos uma lição maravilhosa, que é a seguinte: o futebol brasileiro, jogando o que sabe, observando as suas verdadeiras características, é o melhor do mundo.

26/1/1957

derrota brasileira

62

O Flamengo perdeu, sábado,

no Pacaembu, para o Honved. Por uma ironia do placar, repetiu-se o escore da estréia húngara. Só que, desta vez, inverteram-se os papéis: — quem saiu vencedor foi Honved, quem saiu perdendo, o Flamengo. Antes, porém, de entrar no mérito da partida, cumpre ligar o resultado do *match* ao seu local. De fato, já é tempo de se admitir uma verdade indiscutível do futebol brasileiro: — o Pacaembu é o túmulo, o sepulcro, o mausoléu de qualquer time carioca e, particularmente, do Flamengo. Sempre que o Rubro-negro joga lá é certo ou quase — perde e quase sempre de goleada. Confirmando a tradição aziaga, o clube da Gávea disputou, no Pacaembu, a revanche com o Honved e perdeu em condições quase catastróficas. Basta dizer o seguinte: — andou perdendo de 6 x 1, vejam vocês, 6 x 1! Consumada a derrota, cumpre examiná-la, em todos os seus aspectos. Não é, todavia, a parte técnica e tática da partida que interessa mais. O que importa fixar, acima de tudo, é a sua repercussão. No primeiro jogo, reagimos de maneira inesperada e tocante. A vitória rubronegra foi uma surpresa total. Com uma agravante: — jogara o quadro carioca com pesados desfalques, e vou além: — praticamente, com sua equipe de aspirantes. Pois bem: — no dia seguinte, as manchetes, os títulos, os subtítulos eram hasteados a meio pau. Cada crônica não era bem crônica: — era um soluço gráfico, um gemido impresso. Era evidente: — chorava-se uma vitória como se fora uma desgraça. O que se disse, o que se escreveu foi patético. Ninguém quis atribuir o triunfo aos méritos do Rubro-negro e do futebol brasileiro, que ele representou com insuperável élan. A imprensa, o rádio e a televisão preferiram achar que o Honved estava fora de forma, gordo, barrigudo e, além do mais, com saudades da família. Mas, por trás das desculpas, das explicações, dos sofismas, percebia-se o crepe, a dor, a frustração. Dir-se-ia que o Honved era o brasileiro, e o Flamengo, o húngaro. Muito bem: — sábado, no Pacaembu, mediram forças, novamente, os aspirantes do Flamengo com os mundiais do Honved. E venceram os do escrete húngaro. Ora, com o resultado anterior, cada cronista chorara a derrota como se fora uma autêntica viúva do Honved. Não se podia andar nas redações sem se esbarrar, sem se tropeçar nelas, as viúvas. Agora, o Flamengo perde e que vemos nós? Os meus caros confrades despem-se da tristeza inconsolável. São viúvas de Franz Lehár, alegres, sapecas, assanhadérrimas. Resta perguntar: — por quê? Sábado, enquanto o Flamengo perdia no Pacaembu, eu assistia, no Maracanã pequeno, à luta Carlson x Leão de Portugal. E, então, o locutor do estádio, Jayme Ferreira, começou a anunciar os gols do Honved — primeiro, segundo, terceiro, quarto, cinco, meia dúzia. Cada tento húngaro era recebido com tremenda ovação. À medida que a goleada se caracterizava como tal, a massa exultava. Por toda parte, eu só via caras resplandecentes. Então, verifiquei que não são os meus colegas os únicos. O desamor à vitória, o amor à derrota constituem um traço, talvez, do próprio caráter nacional. Estamos sempre procurando discutir os nossos triunfos. Atribuímos os nossos êxitos à sorte e nunca aos nossos méritos. Só acreditamos e só aceitamos, sem restrições, os fracassos. É verdade — a derrota é o nosso poderoso excitante, o nosso eficacíssimo afrodisíaco vital.

2/2/1957

a derrota triunfal

63

O que mais admira, em nós,

jornalistas, é a desenvolta irresponsabilidade com que escrevemos as nossas barbaridades. Por exemplo: a propósito do jogo Flamengo x Honved, um matutino de domingo escreve o seguinte: — "depois do segundo tento, o calor tomou conta da rapaziada magiar..." Leio isso e mergulho numa desesperada meditação. Cabem duas perguntas. Primeira: — "Só fazia calor para os húngaros e para o Flamengo, não?" Segunda: — "Antes do segundo tento, fazia frio no Maracanã, nevava no Maracanã?" O confrade poderá alegar que os brasileiros gostam do calor. Mas nem isso, nem isso! Não há ninguém, no mundo, que odeie tanto o calor como o brasileiro. Num verão, o que mais se houve ou melhor: — só se houve brasileiro xingando o calor, praguejando contra o calor. Fica assim demonstrado que existe, aqui, há 457 anos, uma total incapacidade de adaptação física e mental ao calor. Dir-se-ia que, em passadas encarnações, cada brasileiro foi um siberiano de capa, galocha e guarda-chuva. O nosso pobre suor nos envergonha, nos humilha e nos inferioriza. Mas se percebe, com implacável transparência, a intenção do colega que inventou um calor unilateral, só para os húngaros. O que ele quis foi negar o mérito da reação rubro-negra. E, com esse objetivo, dividiu o *match* em dois períodos: — até o segundo tento magiar, vimos um jogo refrescado, refrigerado; mas a partir do momento em que os rubro-negros reagem, rompe uma inesperada canícula, que só os húngaros sentem e os brasileiros não. É, como se vê, uma delirante versão da peleja. Mas o citado colega deu, sem querer, um retrato exato da nossa crônica escrita, falada e televisionada. E vou além: — um retrato do homem brasileiro em geral. De fato, o nosso traço mais vivo e característico é a tendência para a autonegação. Qualquer vago insucesso induz o brasileiro a flagelar-se a si mesmo. Símbolo pessoal e humano do Brasil é aquele patrício que vivia anunciando: — "Eu sou uma besta! eu sou um quadrúpede de 28 patas!" Não bastava ser uma besta, não lhe bastava ser um quadrúpede: — precisava, intransigentemente, das 28 patas bem ferradas. Passando ao plano do futebol, que têm feito o rádio, o jornal e a televisão? Apenas isto: — reduzir a zero os méritos do futebol brasileiro, que o Flamengo tem representado, e exagerar, ao infinito, os méritos do Honved. Aqui pergunto: — que direito cabe a nós, cronistas, de tratar os nossos jogadores na base do desestímulo e da injustiça? Digo "injustiça" e repito: — treda e torva injustiça. Basta um pouco de raciocínio honesto. Senão vejamos: — quais foram os adversários de sábado no Maracanã? O aspirante enxertado do Flamengo e o escrete mundial da Hungria. Considerando-se o contraste de experiência e categoria que existe, teoricamente, entre um e outro, o resultado lógico da batalha seria a vitória húngara por uns 18 x 0. E, no entanto, o aspirante enxertado do Flamengo jogou de igual para igual e mais do que isso: — depois do segundo tento adversário, cresceu em campo, empatou e, na etapa final, encurralou o antagonista. Era a imaturidade aguerrida de garotos brasileiros contra o sábio *métier* internacional dos reis do futebol. O *keeper* húngaro, no segundo tempo, teve de agarrar até pensamento. No fim, venceu o Honved, a duras penas, por um suado, um arquejante escore: — 3 x 2. E aqui começa a bárbara injustiça que cometemos contra o fulgurante esforço rubro-negro. Os jornais acham do outro mundo o imerecido triunfo do escrete húngaro sobre o aspirante do Flamengo. E ninguém se lembra de fazer justiça à flama com que um quadro quase juvenil, um quadro ainda na puberdade, venceu uma vez o Honved e perdeu duas outras, gloriosamente. Eu compreendo que a temporada húngara induz qualquer um a ser idiota. Façamos, porém, uma tentativa de inteligência. E, então, chegaremos à visão certa da batalha de sábado. É a seguinte: — não foi o Honved que venceu o Flamengo por 3 x 2. Foi o Flamengo que venceu o Honved por 2 x 3.

9/2/1957

o triunfo maravilhoso

64

Seria uma injustiça não come-çar pelo Sr. Musitano a crônica de cariocas x paulistas.* Não foi nem bom, nem mau juiz. Atrevo-me a dizê-lo: não foi nem juiz. Durante os noventa minutos e, sobretudo, no primeiro tempo, ele se portou como um desgrenhado torcedor paulista. Sim, amigos: um torcedor de apito na boca. Chegou a ser comovente, chegou a ser grandioso o descaro, quase olímpico, com que o Sr. Musitano ignorou quatro pênaltis bandeirantes. Tenho visto juiz errar. Afinal de contas, o erro é inerente à nossa torva e atra condição humana. E se o Sr. Musitano tivesse errado, apenas errado, eu estaria daqui espargindo sobre ele o meu desautorizado perdão. Mas o homem foi de uma parcialidade implacavelmente lúcida. Viu os pênaltis melhor do que nós e passou por cima deles. Eu disse quatro. Foram, talvez, mais. Talvez cinco, talvez meia dúzia. Sabemos que a impunidade gera a reincidência. E bobos seriam os nossos adversários se não aproveitassem a torcida do Sr. Musitano. Pois bem: os cariocas venceram. Note-se: não foi uma vitória suada e arquejante, de um, de dois ou, mesmo, de três. O tão execrado escrete de Pirilo venceu por goleada. Vejam bem: não concedeu aos visitantes a graça de um gol único e solitário, que seria o piedoso "gol de honra". Aqui pergunto: por que o primeiro tempo terminou

* Campeonato Brasileiro de Seleções, no Maracanã (10/2/1957). Rio de Janeiro 4 x 0 São Paulo. Os gols foram de Índio (3) e Joel. O árbitro foi o paulista Antonio Musitano.

em branco? Por causa do já tão referido Sr. Musitano e, também, de Pinga. No princípio do *match*, praticaram, contra os cariocas, um desses pênaltis que não admitem dúvida, sofisma, um pênalti que qualquer outro juiz, no mundo, teria apitado, sumariamente. O árbitro, que estava torcendo furiosamente, não marcou a penalidade máxima. Felizmente, a bola sobrou para Pinga. Ora, o ponta vascaíno não há de ser um virtuose, mas tem a seguinte especialidade terrena: sabe fazer gols. Quando a bola se ofereceu, à feição, para o seu tiro de misericórdia, calculei: "Essa está no barbante!" E Pinga conseguiu não fazer o tento que qualquer perna-de-pau marcaria, com um pé nas costas. Aliás, justiça se lhe faça: ao longo de toda a partida, Pinga não demonstrou o mais tênue, o mais remoto interesse pelo jogo. Enquanto os companheiros, todos os companheiros, sem exceção, matavam-se em campo, ele não corria, não suava, não disputava uma bola. Atrás de mim, um torcedor berrava: "Altair! Altair! Dá um bico no Pinga!" Seja como for, foi uma vitória perfeita, uma obra-prima de vitória. Eu falei num Sr. Musitano. Mas eis a verdade, amigos, eis a pungente verdade: preciso pluralizar. O escrete de Pirilo tem encontrado, desde o primeiro jogo, uma série de Musitanos. Ninguém o apoiou, ninguém o incentivou, todos o negaram. Fomos ao Maracanã, ainda domingo, não para levar-lhe a nossa simpatia, a nossa solidariedade. Cada um de nós, antes da partida, era um Musitano sem apito. Se ocorresse o triunfo paulista, como se esperava, todos nós reservávamos no fim uma vaia medonha. Além disso, os dirigentes desertaram, misteriosamente. Foi bom esse desestímulo total, muito bom. Ao entrar, no Maracanã, o time estava nu, só e com frio. Não tinha imprensa, nem rádio, nem televisão, nem torcida. Diante de tal abandono, era o caso de perguntar: escrete de quê? Ou de quem? Talvez "escrete de ninguém". Mas justamente porque ninguém lhe concedia crédito, nem mérito, o quadro de Pirilo, com exceção do desinteressado Pinga, atirou-se para a luta, com um desespero sagrado. Por sua vez, o público lembrou-se de que aquilo era a representação carioca. E começou a gritar. Era a torcida, enfim, que se manifestava, larga, generosa, incoercível. Imagino a surpresa do Sr. Musitano, que estava, ali, expressamente para apitar uma vitória paulista e que teve que engolir quatro gols cariocas. Antes do jogo, um sujeito fez, para mim, o seguinte vaticínio, na hipótese do triunfo bandeirante: "Vão linchar o Pirilo!" À saída, encontro o mesmo cidadão, resplandecente. Olhei e vi tudo: no desvario do triunfo, ele seria capaz de contornar o Maracanã, trotando, e montado pelo ex-execrável Pirilo.

16/2/1957

humilhação e máscara dos cariocas

65

Começo anunciando a grande

e humilhante verdade: — merecíamos perder o jogo de domingo. Sei que, no final, os cariocas empreenderam uma arrancada final, quase suicida. E só não enfiamos o gol do empate porque, nos minutos extremos do *match*, Deus foi mineiro. Mas a honesta verdade é que, durante quase todo o transcurso da partida, o escrete de Minas apresentou um futebol mais rápido, mais armado, mais incisivo e, sobretudo, mais raçudo. Vejam vocês: — recebemos, em nossa própria casa, uma lição de gana, de garra, de personalidade. Por que empatamos e quase perdemos?* Vejamos as razões do nosso melancólico comportamento. Primeiro, entramos em campo pensando nos paulistas. Os mineiros não existiam e o jogo de domingo era um simples detalhe. Conclusão: — funcionou o espírito do "já ganhou", quer dizer, do "já ganhamos". Era, já, a máscara. E se me perguntassem porque empatamos, eu responderia: — "Máscara, pura máscara e só máscara." Seja do ponto de vista individual, seja do ponto de vista coletivo, o escrete teve uma atuação indescritível. Por exemplo: — a defesa. Digamos que um Paulinho se tenha salvo, embora com restrições;

---

* Campeonato Brasileiro de Seleções, no Maracanã (18/2/1957). Rio de Janeiro 2 x 2 Minas Gerais. Os gols foram Pinga e Joel, para o Rio de Janeiro, e Gunga (2) para Minas Gerais.

ou Pompéia. Os demais, sem exceção, falharam da maneira mais infantil. Edson esteve irreconhecível. Falhou, inclusive, em quase todas as bolas altas. Deixou-se envolver, driblar, bater, da maneira mais gritante. Altair sofreu um baile ininterrupto. Perdia nas bolas altas, nas bolas baixas, deu-se ao luxo de furar, de passar errado. Outro que jogou assombrosamente mal: — Clóvis. As falhas em que incorreu foram tantas, que a única explicação é a seguinte: — está absolutamente fora de forma física e técnica. Dequinha teve períodos em que não viu a cor da bola. Em suma, amigos: — não funcionou a defesa carioca. Quanto ao ataque, justiça se lhe faça: — embora jogando melhor do que a defesa, não atingiu nem mesmo um nível sofrível. Durante todo o jogo, observou-se a ingenuidade com que os nossos atacantes se deixam marcar ou se fazem marcar. Não se deslocavam, amarravam-se aos marcadores e só agiam quando lhe punham a bola nos pés. Mas renda-se justiça ao esforço de Joel, Índio e Waldo, que tiveram bonitos lampejos. Vejamos os mineiros: — apareceram em uma grande tarde. É pena que, na própria Belo Horizonte, se tenham deixado bater pelos paulistas. Mas explica-se: — lá, o Mendonça Falcão soube fabricar o clima necessário. Gritou tanto, esperneou, vociferou que os locais, embora em casa, jogaram sob a chamada coação irresistível. O mineiro perdeu, em suma, porque estava com medo de ser chamado canibal. Foi, mal comparando, o mesmo fenômeno de inibição ocorrido com Bigode no Brasil x Uruguai, de 50. Domingo, porém, eles deram tudo e, inclusive, baixaram o sarrafo em muitas ocasiões. Sem o problema de máscara, que nos liquidou, eles se atiravam para frente, dispostos a tudo. Lutaram mais do que os cariocas e momentos houve em que chegaram a comover pela flama irresistível. Confesso, amigos: — assim que percebi, no primeiro tempo, o nosso fracasso defensivo, tratei de torcer pela catástrofe menor, que era um empate. Saí do estádio imaginando: — e se estivéssemos jogando, em São Paulo, contra os paulistas! e se estivéssemos no Parque Antártica e não no Maracanã! Mas não creio que, quarta-feira, sejamos essa imitação de escrete. Ensina a nossa experiência vital que um fracasso sempre anuncia uma grande atuação próxima. Pergunto se o amargo empate de domingo não traduz o vaticínio da vitória final. Seja como for, o time não há de afivelar a máscara para os paulistas. E, sem máscara, o carioca é como o chinês de anedota: — precisa dez para segurar.

23/2/1957

escrete suicida

66

Aos seis minutos do segundo

tempo, com o placar de 1 x 0, a favor dos paulistas, Índio dá a Waldo, de presente, uma dessas bolas imortais. Waldo ficou, sozinho, diante do arco adversário, cara a cara com Gilmar. E que faz o comandante carioca? Pára a bola no peito e, com inaudita ferocidade, enche o pé. Era impossível, humanamente impossível, que o gol não entrasse. Uma dona de casa marcaria naquelas condições. Waldo, porém, praticou o milagre: mandou a bola às nuvens. Imaginem vocês: — se a bola entrasse, aos seis minutos da etapa complementar, já com os cariocas em desesperada recuperação, a história do jogo poderia ter sido outra. Sim, amigos: — empate viria dar, ao nosso escrete, o caráter, a personalidade, a autoridade que nos faltaram no Parque Antártica. Um quadro não tem direito de perder certas bolas. A frustração de gols feitos liquida moralmente uma equipe. Aliás, o mesmo Waldo esteve duas vezes mais com a partida nos pés. Uma delas foi numa confusão de área. A bola sobra para o *forward* tricolor. Ei-lo, de novo, inteiramente livre, com o arco bandeirante à sua disposição. Era só empurrar. E, novamente, Waldo enche o pé. Com assombro universal, a bola sobe, magicamente. E lá se foi outro gol para as nuvens. A terceira oportunidade assassinada ocorreu quando ainda Waldo, e sempre Waldo, escapa, em condições excepcionais. Corre, aproxima-se da meta adversária e quando teria, de fatalmente, marcar, atira mal, permitindo a defesa de Gilmar. Nesses três gols falecidos, nesses três gols estrangulados está o retrato do escrete carioca que enfrentou o paulista. Num *match* decisivo, a equipe que atira pela janela tantos gols de criança não pode sonhar com a vitória. É, se assim posso dizer, um quadro suicida. Por outro lado, cabem várias observações que elucidam a atuação do nosso time. Em muitas ocasiões verificou-se o seguinte: — praticávamos um jogo ofensivo nitidamente parecido com o tico-tico. Passes para os lados, para trás, uma costura exaustiva e estéril, sem o menor resultado prático. Em suma: — pouquíssima profundidade no lançamento do ataque carioca. Enquanto isso, o futebol bandeirante era mais rápido, incisivo e ameaçador. Jogavam os locais à base de penetração e de velocidade com uma estrutura mais firme, uma coordenação mais harmônica e eficaz, um dinamismo mais constante e irresistível. Erraria, porém, quem colocasse a peleja do Parque Antártica em termos estritamente táticos e técnicos. Houve também o problema emocional que influiu de maneira capital no desfecho do campeonato. Um retrospecto de ambos os quadros nos dará uma imagem fidedigna de um e outro. Os paulistas perderam uma única vez e não empataram nenhuma. Os cariocas tiveram três empates. Dois com os mineiros, um com os pernambucanos. Ora, três empates constituem um sintoma definitivo. Atrevo-me a dizer que o empate é um resultado mais depressivo do que a própria derrota. A derrota tem um dramatismo que a salva, que a viriliza. Ela desperta, no vencido, o élan da revanche. Já o empate suscita, apenas, uma sensação desesperadora de impotência. Os três empates anteriores petrificaram, nos cariocas, toda a gana, toda a garra, todo o otimismo para a última e decisiva batalha. O que se percebia, quarta-feira, no nosso escrete, era o time que acredita pouco em si mesmo e menos ainda na vitória. Porque Waldo perdeu três gols feitos? A meu ver, por causa do pessimismo geral da equipe, pessimismo inconfesso, mas atuante. Qualquer gol exige um mínimo de fé. É a fé que dá ênfase a um time, que o faz ranger os dentes e que insufla o arremesso para a vitória. Mas um quadro que carrega um lastro de três empates não podia ser campeão.*

2/3/1957

* Campeonato Brasileiro de Seleções, no Parque Antártica (20/2/1957). São Paulo 2 x 0 Rio de Janeiro, com gols de Pagão e Zito. A seleção paulista conquistou o tricampeonato.

o Brasil em Lima

67

Sim, amigos: — o Sul-Ameri-

cano de Lima, em 57, tem para nós um sentido maior que o estritamente esportivo. Antes de mais nada, é preciso ligar as duas datas: — 53 e 57. Quatro anos já se passaram. Pois bem: — continuam vivos, em todos nós e em cada um de nós, uma série de episódios lamentáveis, e eu diria mesmo: degradantes. De fato, nossa atuação no anterior certame continental de Lima foi uma aventura sinistra. Houve de tudo: — indisciplina, que resultou numa anarquia deslavada; jogadores condicionando seu rendimento ao "bicho"; e um total e inesquecível fracasso técnico e esportivo. O patético da questão é que tínhamos, como agora, um "plantel" de primeira ordem, talvez o melhor que se podia organizar, aqui, naquela época. E, apesar disso, fomos batidos ignominiosamente. O nosso escrete constituiu uma torva caricatura do futebol brasileiro. E a impressão que nos ficou, até hoje, foi a de um mafuá autêntico.*

Hoje, voltamos a Lima. E o que dramatiza a nossa atual representação é que ela carrega nas costas um passado que deve ser redimido, ou, por outra, apagado até o último vestígio. Se Lima foi, em um momento de nossa história

---

* O Brasil sofreu três derrotas no Campeonato Sul-Americano de 1953, em Lima, no Peru: uma para o Peru, 0 x 1 (19/3/1953) e duas para o Paraguai, 1 x 2 (27/3/1953) e 2 x 3 (1/4/1953).

esportiva, o túmulo de nosso futebol, que se transforme agora num teatro de apoteose. Levamos um "plantel" estupendo. Note-se, ainda, que integram a presente representação vários craques do antigo escrete, inclusive o mestre Ziza. Esses elementos terão motivos pessoais para tentar uma ampla e espetacular reabilitação. Um selecionado, porém, não se reduz à sua base técnica. Da vez anterior, éramos, tecnicamente, o melhor quadro do campeonato. E por que fracassamos?

Eis a verdade: faltou-nos comando. Faltou o homem que unificasse tantos valores, que controlasse emocionalmente a equipe, que lhe desse uma harmoniosa estrutura, um rendimento técnico e tático de que precisávamos para vencer. Mas justamente porque não funcionou o comandante, nunca o Brasil foi tão mal representado. Viu-se, em Lima, um escrete sem autoridade, sem personalidade, sem caráter, que era envolvido e batido e não sabia ou não podia esboçar uma reação.

Desta feita, mudou o comandante. E não há dúvida que é sobre ele que recai a grande responsabilidade. Responsabilidade acrescida por um passado que, como vos disse, precisa ser realmente lavado. Brandão teve tudo para ser bem-sucedido. Foi ele, em pessoa, quem escolheu os craques, ele quem formou todo o "plantel". O Conselho Técnico da CBD não se permitiu ao luxo de uma sugestão, de uma insinuação. Engoliu todos os nomes que o técnico preferiu e impôs. Em suma: Brandão conseguiu o que é uma faca de dois gumes: a carta branca. Se a carta branca facilita a ação do técnico, amplia, por outro lado, a sua responsabilidade. Com a sua autonomia total, Brandão surge, aos nossos olhos, como o homem que vai responder, perante a opinião esportiva do país pelo sucesso ou insucesso. Será o único responsável por uma coisa ou outra: — pelo triunfo ou pela derrota. O fracasso do anterior Sul-Americano de Lima constitui uma lição de futebol e de vida, que todos nós devemos assimilar. Essa experiência, que sofremos na carne e na alma, tem o aspecto positivo de um alerta. Não seremos apanhados de surpresa, o que já é muito.

Por mim, confesso: — considero a nossa próxima campanha com o maior e o mais lúcido otimismo. E se o Brasil voltar de lá campeão, eu serei o menos espantado dos brasileiros.

9/3/1957

presidente Hilton Santos

68

A derrota de Hilton Santos

teria sido um desastre para o Flamengo. Digo isto e explico: não que faltassem ao seu competidor eleitoral qualidades magníficas. O Sr. Carlos Soares Pereira é uma excelente figura. Mas não bastava no caso particular da eleição rubro-negra. A condição de Flamengo exige um tipo específico, uma soma de virtudes especiais, uma série de características únicas. Como definir um rubro-negro? Vejamos: Gilberto Cardoso era um deles. E Gilberto Cardoso era um presidente de clube que não se parecia com nenhum outro. Onde quer que aparecesse, sentia-se, nele, não o médico, não o cidadão e nem mesmo o homem Gilberto Cardoso — era, acima de tudo e antes de tudo, "o presidente do Flamengo". A capacidade de se impessoalizar, de se entregar a uma função, de viver um cargo, de encarnar um clube e de amá-lo desesperadamente — eis o que deve marcar o supremo dirigente rubro-negro. E, nessa base, Gilberto Cardoso foi mais que "um" presidente, foi "o" presidente por excelência, por destino, por vocação. Só se realizou em verdade, só alcançou sua plenitude, a euforia absoluta, quando assumiu a presidência. Viveu e morreu pelo Flamengo.* E vamos e venhamos: viver por uma coisa é talvez fácil. O belo, o patético, o

---

* Gilberto Cardoso sofreu um infarto momentos depois de ver o time de basquete do Flamengo conquistar o Campeonato Carioca de 1955, no Maracanãzinho, com uma vitória dramática sobre o Sírio, quando faltavam apenas vinte segundos para o final da partida.

definitivo é morrer por ela. A meu ver, Hilton Santos pertence à mesma linha de Gilberto Cardoso. É, como o presidente morto, um rubro-negro nato. Eis a verdade, amigos: um rubro-negro não se improvisa, não se faz da noite para o dia. Ou ele traz para a vida um conjunto de qualidades bem definidas, bem caracterizadas, ou será sempre um rubro-negro precário, sem uma autenticidade profunda e definitiva. Por outras palavras: a condição de Flamengo é um problema de destino. O rubro-negro terá de sê-lo para todo o sempre, quer queira, quer não. Por exemplo: dizem que as finanças do clube deixam a desejar. E daí? A ordem administrativa seria uma virtude medíocre, que faz falta aos outros e ao Flamengo, não. Vou além: a popularidade do Rubro-negro decorre de suas afinidades conosco. Uma dessas afinidades, um desses vínculos, é a referida desordem administrativa, que também funciona na nossa vida pessoal e coletiva. Quando ouço falar nas "dívidas do Flamengo", confesso: quero-o mais por causa disso. As nossas dívidas traduzem um élan vital que não se contém dentro de limites petrificados. E o sujeito, ou o clube, que não deve nada, que está mesquinhamente em dia é, na verdade, um soturno pobre-diabo, indigno de nossa simpatia. Os desafetos rosnam que o Flamengo deve aos dentistas, aos médicos dos seus jogadores e mais: que deve aos seus próprios jogadores. Ótimo, ótimo. Assim ele se parece mais com todos nós e cada um de nós. Torna-se mais pessoal, mais humano, mais carne, mais alma. No dia em que o Flamengo pusesse em ordem suas finanças perderia muito de sua autenticidade, assim como o brasileiro sem dívidas e sem empréstimos já seria muito menos brasileiro. Para que o clube conserve o seu panache, a sua generosa euforia, o seu apetite vital é preciso que tenha uma certa irresponsabilidade administrativa. Hilton Santos sempre me pareceu rubro-negro, muito rubro-negro. Não o conheço pessoalmente: fui-lhe apresentado, uma vez, muito de passagem. Mas desde a primeira vez em que o vi, eu senti, nele, o rubro-negro nato e eterno. Anda vestido como nós, com os mesmos ternos, os mesmos sapatos que nós usamos. Seu ar é de um senhor distinto. Mas sempre temos a impressão de que o paletó, a camisa de linho, a gravata são o numeroso disfarce da camisa rubro-negra que devia pender, muito mais autenticamente, do seu peito. Estejamos certos: ele não vai desfigurar "o mais querido", não vai descaracterizá-lo, não vai matar a espontaneidade dos seus defeitos e de suas qualidades. Sim, amigos: o Flamengo continuará Flamengo, apenas Flamengo e para sempre Flamengo.

23/3/1957

luta contra a “máscara”

69

O que mata no rádio é a emoção

ininterrupta. Em campo, o sujeito tem as pausas reconstituintes dos laterais, dos *fouls*, das contusões e, em suma, de qualquer falta que o árbitro venha a consignar. E assim o torcedor consegue recuperar-se. Mas uma irradiação tritura e sufoca, porque não pára. São noventa minutos compactos, noventa minutos maciços. E, no fim do *match*, o torcedor está mais suado e mais arquejante que qualquer craque. Sua exaustão emocional atinge o extremo limite do cansaço humano. De resto, justiça se faça ao locutor esportivo: é a maior imaginação de nossa época. Não pensem que ele seja um escravo da seca e estreita veracidade. Nunca. Ele põe em cada lance o acréscimo de sua tremenda fantasia. Uma coisa é o jogo que a gente vê, outra o jogo que a gente ouve. O embate realmente visto não chega aos pés do que ouvimos. Não sei, francamente, porque o ouvinte não morre umas três vezes durante uma irradiação. O locutor não lhe dá uma folga e o massacra, com impactos sucessivos e quase mortais. Digo isto, a propósito do jogo Brasil x Equador. Como todo mundo, eu sentei-me, ao pé do rádio, para ouvi-lo. Antes não o fizesse. A partir do apito inicial, o nosso caro *speaker* disparou-se como um tiro. Ora, o *match* foi uma delícia para nós. Através de todo o seu desenrolar, não houve um único e escasso problema. Enfiamos sete gols. Podíamos ter feito mais. Mas a goleada tem uma característica inevitável: acaba dando o tédio do gol. Por isso, por causa da monotonia, é que não chegamos à exorbitância dos 10, dos 11, dos 12 x 1. Pois bem: apesar da facilidade com que a partida se ofereceu ao Brasil, o locutor vibrou como nunca. E não nos concedeu uma pausa para respirar. Dramatizava tudo que acontecia. Rilhava os dentes, estrebuchava, como um canastrão do velho teatro. Ouvindo a transmissão, mais uma vez eu constatava uma eterna verdade teatral: nós só gostamos do melodrama. Abominamos a sobriedade, seja no palco, seja no rádio. Dir-se-ia que a nossa emoção só desperta ao poder de uivos, de guinchos, de berros. Viva o *speaker* que infundiu tanto dramatismo a uma pífia, a uma chocha pelada internacional! Vejamos, porém, o jogo. Aparentemente, o resultado é uma indicação de nossas esplêndidas possibilidades no certame. Mas eu confesso: quando vi aquela dissipação, aquela orgia de gols, fiquei meio apreensivo. Explico: de uma maneira geral, a goleada não constitui um estímulo para o brasileiro. Qualquer um de nós está sempre a um milímetro da máscara. Um êxito, sobretudo o êxito fácil, dá ao homem brasileiro a ilusão da invencibilidade. Por exemplo: o Mundial de 50, que perdemos aqui. E por que perdemos? Justamente porque, na penúltima partida, derrotamos de banho, derrotamos de lavagem a Espanha. Se tivéssemos vencido duramente, por um escore apertado, a partida final viria a ser, inevitavelmente, uma apoteose. Teríamos batido a "Celeste" de seis, de sete, de oito. Mas foi a goleada que quebrou a flama brasileira, que nos matou o impulso para a batalha decisiva. Contra o Uruguai, apresentamos um time que era uma torva e treda caricatura do nosso futebol. Por tantos motivos, a vitória sobre o Equador justifica um certo pânico. Faço de mim para mim a pergunta: vamos cair numa máscara deslavada? Eu sei que o Equador era tido como fraco. De qualquer maneira, porém, sete gols são sete gols. A meu ver, a grande luta de Brandão há de ser contra uma euforia excessiva e fatal. O importante, o decisivo é impedir que alguém se "mascare". Deve haver otimismo sim, mas sóbrio, controlado, viril. Se jogarmos normalmente, sem o espírito do "já ganhou", ou do "já ganhamos", dispostos a cavar, a suar a vitória, o Sul-Americano de Lima será nosso, podem ter a certeza disso, meus amigos.

30/3/1957

a pobre derrota

70

O que houve com o Brasil x Uruguai, quinta-feira, tem uma nítida e taxativa relação com o Mundial de 50. Perdemos o título máximo por quê? Porque tínhamos vencido, dias antes, a Espanha, de sete. A goleada subiu-nos à cabeça, deu-nos uma euforia suicida. Ao entrarmos, para o último compromisso, que devia ser uma mera formalidade, éramos campeões, para todos os efeitos. E perdemos da maneira mais inesperada, brutal e humilhante. Passam-se os anos e a situação se repete, com pequenas variantes. Enfrentamos a mesma "Celeste" depois de outra goleada. Os 9 x 0 contra a Colômbia, realmente, pareciam cobrir de condecorações o peito do escrete. Como em 50, tudo parecia antecipar a vitória brasileira. O quadro estava em forma espetacular, com um moral tremendo. E havia, além do mais, um outro fator considerável: ao contrário de 50, a equipe uruguaia era uma paródia de si mesma e estava longe de exprimir o poderio máximo do seu país. Tínhamos obrigação de vencer e perdemos. Diante da derrota que, possivelmente, nos custará o título, cabe insistir na pergunta: por que perdemos? Em primeiro lugar, porque nada há de mais desmoralizante para o futebol brasileiro que a vitória fácil. Reparem: depois de um grande triunfo, o craque do Brasil perde o élan, a gana, a garra e, numa palavra, a personalidade. Pelas nossas características pessoais, não temos o direito de lavar ninguém de

9 x 0, sob pena de uma queda imediata, vertical e irremediável. Quem escutou a irradiação há de ter percebido que nós fomos derrotados, não pelos 3 x 2, mas pelos 9 x 0. Além disso, houve mais: os frangos que Gilmar se permitiu, com a maior e mais cordial tranqüilidade. Falemos, também, no colapso de uma defesa, que não marcava, que foi um sossego para os uruguaios. Mas teria sido a defesa a única culpada? Não nos parece. Eis a verdade: o ataque também não funcionou. Faltou-lhe penetração, faltou-lhe velocidade, faltou-lhe decisão para o gol. A linha brasileira parava nas proximidades da grande área uruguaia. Não ia até lá. De resto, durante todo o jogo não fez outra coisa senão reincidir numa costura estéril e desesperadora. Estariam os brasileiros intimidados pelos zagueiros e médios uruguaios, que são duríssimos, nas imediações do seu arco? Não saberíamos dizê-lo. Seja como for, uma coisa é certa: não é com tico-tico que se vence um time bravo e combativo como o do Uruguai. A meu ver, porém, os defeitos acima emanaram de uma deficiência maior e irremediável. Refiro-me à direção técnica, que se omitiu da partida ou por outra: só veio a interferir tarde demais. A derrota não se improvisou. Ela se desenhava desde os primeiros momentos da partida. A partir dos primeiros vinte minutos, Brandão teve, diante de si, a fisionomia definitiva do *match*. Cabia-lhe, então, antecipar-se à derrota. Mas, em vez de fazer as substituições, que poderiam dar à equipe do Brasil uma estrutura mais harmônica e poderosa, cruzou os braços. Tal como Flávio Costa no Brasil x Uruguai de 50. Naquela ocasião, Flávio não podia substituir, é certo. Mas podia, sim, influir na peleja com sucessivos recursos táticos. Brandão não mudou ninguém e por outro lado deixou que o escrete ficasse petrificado nos mesmos defeitos. Acordou quando já estávamos liquidados. Fizemos dois gols fulminantes, mas, nessa altura, o nosso mal não era técnico, nem tático: era uma crise de vontade, de entusiasmo, de personalidade. Por que não substituíram logo Zizinho se era evidente que ele estava congelando o nosso ataque? Não há dúvida: a direção técnica só funcionou diante do irremediável. Foi uma derrota completa: técnica, tática e psicológica, frente a uma “Celeste” desfigurada pelos desfalques. Diante de um fracasso tão feio, a única atitude possível, para todos nós, é a seguinte: observar um minuto de vergonha. Nada mais.

6/4/1957

21

a tragédia de Lima

71

No comentário da peleja Brasil x Uruguai, eu pedia aos meus leitores que observassem, não um minuto de silêncio, mas um minuto de vergonha. De fato, fora uma derrota indesculpável e humilhante. O escrete perdera em tudo: — na técnica, na tática e na fibra. Jogamos sem alma, sem paixão, sem personalidade. Com uma equipe muito inferior, o Uruguai quase nos inflige uma goleada. Pois bem: pensei eu que o revés frente à "Celeste" viesse a constituir um estímulo para os nossos jogadores. Calculei que, no seu brio ferido, o quadro nacional desse tudo, e muito mais, no jogo contra a Argentina. Mas eu estava enganado, amigos! Se jogamos mal contra o Uruguai, muito pior contra a Argentina. E o minuto de vergonha, que eu solicitara dos leitores, tornou-se irremediavelmente escasso. A dura verdade é que, diante dos 3 x 0, precisamos, não de sessenta segundos, mas de uma meia hora de boa, salubre e recuperadora vergonha. As grandes derrotas internacionais têm a seguinte conseqüência trágica: implica todos nós e cada um de nós. Nós as sofremos na carne e na alma. Note-se que eu não me refiro ao fracasso técnico e tático. Qualquer time pode jogar pedrinhas. Mas o que realmente avilta é o colapso do material humano. Nós fracassamos como alma, como vontade; como fé, como coragem. Examinemos o panorama da batalha, — através dos noventa minutos, o escrete não fez nada, absolutamente nada. Envolvido, batido, superado, aceitou o próprio aniquilamento sem tentar, sem esboçar uma reação. Fomos incapazes de um esgar de desespero. Repetia-se, em Lima, o fenômeno já observado em tantas ocasiões: a queda não do jogador, mas do homem brasileiro. Teria sido melhor, para nós, que estivesse, lá, não um pomposo escrete, mas um timinho qualquer, que soubesse vestir com mais élan a nossa pobre camisa. Houve, antes de mais nada, a pane psicológica irremediável, que não se admite, nem se perdoa em homens como Zizinho, como Didi, como Edson, que têm o seu *métier* internacional. O interessante é que um quadro menos pretensioso, feito à base do América, esteve em Buenos Aires, e, lá, empata, quase vence a seleção Argentina. Mas como eu ia dizendo: além do colapso psicológico, fatores técnicos e táticos influíram, decisivamente, no rendimento da equipe. Há não sei quanto tempo que todo o mundo desaconselha uma formação que inclua Zizinho e Didi. Esses dois homens, numa mesma linha, só conduzem a um resultado: a petrificação do ataque, que não anda, não corre, não penetra. São dois preparadores, que impedem a penetração e a velocidade do jogo. Enquanto enfrentamos times mais fracos, a dupla pôde apresentar um rendimento satisfatório. Mas jogando contra os uruguaios, contra os argentinos era óbvio, era evidente, que não deviam funcionar juntos. E, no entanto, Brandão só se lembrava de substituir um ou outro quando a partida já adquirira a sua fisionomia definitiva. Assim foi contra os uruguaios, assim foi contra os argentinos. Aliás, o capítulo das substituições justifica reparos especiais. No último jogo, Joel estava fracassando, visivelmente. Por que não lançar Garrincha, que, pelas suas características, teria uma função num embate decisivo como foi Brasil x Argentina? Pois bem: Brandão preferiu usar Dino, que não viu bola, e esquecer Garrincha. E Edson, que não tinha condição de jogo? E Olavo, que se deixou envolver como uma criança? O pior de tudo, porém, foi a ingenuidade dos recursos táticos atirados pela nossa direção técnica. Stabile soube conceber e executar um tipo de jogo que, no momento, era o que mais lhe convinha. Conclusão: em todos os noventa minutos, o seu time dominou o campo. O nosso ataque, contra os uruguaios e contra os argentinos, não varava, não perfurava a área adversária. Ficava de longe, estiolando-se num tico-tico estéril e infantil. Em todo caso, amigos, ainda estamos com sorte. Perdemos de três, e poderia ter sido de mais. Mal trabalhados técnica, tática e psicologicamente, escapamos, não há dúvida, de uma goleada astronômica.

13/4/1957

lição do Peru

72

Sim, amigos: vivemos, em Lima,

a grande tragédia do futebol brasileiro, em todos os tempos. Qual delas? perguntarão. Eu explico. Refiro-me à nossa incapacidade de fazer gols. Se o Brasil não é, ainda, campeão mundial, se não venceu todas as suas partidas internacionais, é, simplesmente, porque não sabe finalizar. Reexaminem todos os nossos jogos aqui e no exterior. E vejam o seguinte: o craque brasileiro é insuperável, único, quase divino, até o momento de concluir. Enquanto não chega na área do adversário, ele faz o que quer da bola, improvisa, inventa jogadas geniais. Mas quando se vê diante dos três paus e lhe basta empurrar, apenas empurrar, eis que o domina e o asfixia a mais treda e torva inibição emocional. Ou manda o couro por cima, ou pelos lados ou, então, atrasa para o goleiro adversário. Assim se explica que nem sempre o domínio de um time brasileiro se traduza em gols. Às vezes, dominamos os noventa minutos em vão, quer dizer, sem marcar nada. E não cabe a menor dúvida de que o futebol brasileiro é o que perde mais gols no mundo. Daí a ternura da multidão pelos artilheiros. Nós gostamos dos construtores de placar, mesmo que o seu futebol seja primário ou discutível. Ainda agora, no Sul-Americano, funcionou, como nunca, a nossa impotência frente ao arco inimigo. Não me venham falar das goleadas que infligimos ao Equador, etc. Os 9 x 0 pouco exprimem, se considerarmos o desnível dos contendores.* De fato, o Brasil só observa um certo controle emocional quando enfrenta um perna-de-pau nato e hereditário. Então, sim, adquire uma euforia que vai do começo do ataque à sua finalização. Mas se jogamos contra um Uruguai, mesmo desfalcado, ou uma Argentina, em ponto de bala, não acertamos o pé. Vejam o jogo de sábado contra o Peru. O franciscano empate de 1 x 1 não diz o que foi o jogo, não dá uma imagem fiel da peleja. Na verdade, exercemos, ao longo dos noventa minutos, um domínio compacto. Mas a importância da peleja, o feito recente do Peru sobre o adversário, o fato de ser o jogo em Lima, tudo isso traumatizou o selecionado. Desta feita, tivemos gana, tivemos garra. Mas a chamada superioridade técnica e territorial apenas nos livrou da derrota. Conseguimos um empate modestíssimo e por quê? Apenas por isso: porque continuamos a ser o futebol que perde mais gols neste século. Referem os locutores e os telegramas as vezes inumeráveis em que, por uma finalização ingênua, perdemos tentos certos. Uma vez, foi Evaristo que, na pequena área, inteiramente só, deu um chutinho de cambaxirra, para que o goleiro contrário o recolhesse, com cínica tranqüilidade. Joel também fartou-se de estragar oportunidades incríveis. Era o descontrole, quase histérico, que ocorre ao atacante brasileiro na hora da decisão. Por outro lado, como se não bastasse esta deficiência nata e hereditária, houve, em Lima, uma agravante: o nítido e indiscutível fracasso da direção, que não soube dar, ao selecionado, a estrutura necessária. Conservou-se, ao máximo, a formação Zizinho-Didi, que poderia funcionar contra adversários menos categorizados, mas que era de todo contra-indicada nos jogos contra os uruguaios e os argentinos. Manteve-se um Edson, que não apresentava condição de jogo, e deixou-se uma muralha como Bellini na cerca. Um jogador decisivo como Garrincha, que se caracteriza pela penetração e velocidade, só jogou na partida final. Conclusão — nos cotejos que, realmente, decidiram o certame, o ataque brasileiro era um sossego, um repouso para o antagonista. Do ponto de vista tático, fomos de uma falta de imaginação, de invenção, de eficiência que dava pena. Temos que admitir a gritante, a irrecusável verdade: fracassamos em Lima, inclusive no empate com o Peru. Vamos ver se, domingo, aqui, ungido pela torcida, estimulado pela presença colossal do Maracanã, o selecionado terá mais sorte.

20/4/1957

---

* No Campeonato Sul-Americano de 1957, em Lima, o Brasil goleou o Equador por 7 x 1 (21/3/1957) e a Colômbia por 9 x 0 (23/3/1957).

a sinistra vitória

73

Vejam vocês: 1 x 0! Mas não

importa muito, não importa nada o marcador. Fosse de meio a zero, de zero a zero, de um a um, de dois a um. Aceitaríamos qualquer resultado: — a vitória, a derrota ou o empate. O que não aceitamos é a exibição que nos foi oferecida pelo escrete brasileiro, ontem, no Maracanã, contra o Peru. Tenho visto jogos que terminam, também, pelo escore mínimo, mas que têm um élan, uma grandeza, um dramatismo qualquer. Mas o 1 x 0 de ontem está atravessado na nossa garganta.* Eu falei, mais acima, em escrete e pergunto: — será escrete um time sem estrutura, sem personalidade, sem autoridade? Insisto: — será escrete, será "o nosso" escrete aquilo que nós vimos contra os peruanos, aqui, na nossa casa e, mais do que isso, na nossa cara? Tenho minhas dúvidas. A meu lado, durante o *match*, alguém dizia: — "Não é o Brasil que está jogando mal: — é o Peru que está jogando bem." Engano. O Peru manteve-se de pé porque estávamos de cócoras. Nunca em condições normais e repito: — nunca em condições apenas sofríveis, o escrete peruano poderia igualar-se e ameaçar o do Brasil. O nosso adversário não tem realmente categoria para um Brasil, uma Argentina, um Uruguai. Objetarão que, há pouco, na última peleja do

* Jogo que classificou o Brasil para a Copa do Mundo de 1958, na Suécia.

Sul-Americano, bateu a Argentina. Mas sabemos que este resultado foi uma aberração. O Peru jogava em casa, sob o estímulo de uma torcida feroz, açulado por esta torcida. Por outro lado, já campeã, a Argentina quebrara um pouco o próprio panache. Normalmente, os nossos adversários de ontem teriam de perder, folgadamente, para os argentinos. E se, contra nós, quase empataram, e, vou mais longe, quase venceram, é porque o escrete que vimos não exprime, nem de longe, nem por aproximação, o futebol brasileiro. Vou mais longe: — em nenhum momento da peleja sentimos, em campo, o futebol brasileiro. Houve alguns lampejos individuais fulgurantíssimos. Por exemplo: — o maravilhoso gol de Didi, feito em folha-seca. Ou ainda: — as fabulosas arrancadas de Garrincha; ou também — a compacta bravura de Bellini. Mas o futebol não vive de iluminações pessoais. Um time tem que ser, como tal, um conjunto harmônico e potente. E justiça se faça ao técnico da seleção que, ao fim de toda uma campanha, não conseguiu apresentar nem isto: — um conjunto. Eis a verdade que, a título de lição, precisamos assimilar, urgentemente: — o quadro brasileiro não constitui um conjunto. São 11 jogadores que não se entendem, não se harmonizam e cada qual isolado dos demais e tomando as suas iniciativas próprias, sem o mais vago, o mais tênue sentido ou intenção de esforço associado. A defesa não socorria o ataque, o ataque não socorria a defesa, ninguém socorria ninguém. O meio-de-campo era um patético deserto de brasileiros e povoado só de peruanos. Em suma: apresentamos uma equipe que não era bem uma equipe, e a que não se insuflou alma, nem se deu uma base técnica, tática e psicológica. Como se não bastassem as brutais deficiências de organização, houve inacreditáveis panes individuais: — Gilmar estava impraticável, levando o pânico a todo o time. E Roberto? Que fazia ali Roberto? Como jogou mal! E Zózimo? Dir-se-ia um jogador inexperiente, que nunca tivesse entrado num escrete. No ataque salvaram-se Garrincha, Didi e Joel — este último pelo espírito de luta. Terminado o jogo, eu fiquei vendo a saída da multidão, que tinha qualquer coisa de fluvial no seu lerdo escoamento. Íamos todos tristes. E pior do que isso: — íamos humilhados. Cada torcedor levava para casa a sensação vaga, obscura de que se estava praticando um crime contra o futebol brasileiro, de que se estava talvez assassinando o futebol brasileiro. — Houve qualquer coisa de funeral na vitória brasileira.

27/4/1957

o furioso Botafogo

74

Passo por cima dos 4 x 1 do

América x Corinthians para me ocupar dos 2 x 0 do Botafogo x Portuguesa, que me parecem um fato esportivo bem mais denso, bem mais dramático. E por que "dramático"? Porque há sempre, nas vitórias do Alvinegro, uma pungência, um patético que faltam às demais. Vejam os triunfos de um Vasco, ou de um Fluminense: — parecem uma contingência normal de qualquer competição. Mas o Botafogo é diferente. Dir-se-ia que o êxito exige, de si, uma maior abundância de suor e de lágrimas. Tudo é mais difícil para o Botafogo e o povo, com seu instinto agudo, costuma dizer: — "Há coisas que só acontecem ao Botafogo!" Exato. Basta examinar o seu triunfo, no sábado passado. Eu vos digo: — qualquer outro time, com o mesmo volume de jogo, teria batido a Portuguesa de dez. Insisto: — dez, no mínimo! Pode parecer exagero. Mas a verdade é que, praticamente, o quadro paulista não existia em campo. Era como se o Botafogo estivesse jogando sozinho. E a contagem de 2 x 0 não traduz, nem de longe, a presença irresistível do Alvinegro e a "ausência" compacta do seu antagonista. Eu imagino um Flamengo com o mesmo estado de graça que, sábado, transfigurou o clube da rua General Severiano. Desculpem, mas não acredito que o Rubro-negro tivesse perdido os gols que Paulinho, Cañete, Quarentinha assassinaram. E o Botafogo só venceu de dois, e nada além do dois, por isso mesmo: — porque é o Botafogo, ou seja, o clube patético por excelência. Tem contra si a fatalidade, mesmo quando assombra, mesmo quando esmaga, mesmo quando arrebenta. Uma vitória que devia ser uma brincadeira, quase endureceu; uma contagem, que devia ser torrencial, ficou espremida nos 2 x 0. É um marcador que chega a ser humorístico diante de tantos gols atirados pela janela! Face à atuação do Alvinegro, sábado, eu fiquei pensando: — "Imagine se ele joga sempre assim!" É fato: — o Botafogo de sábado é invencível. Apresentou um futebol que, eu vos afirmo, sem receio de exagero, alcançou um nível mundial. Parecia o escrete húngaro, não o escrete húngaro, húngaro como ele é, mas como pensávamos que ele fosse. Por exemplo: — Didi jogou uma barbaridade. Deu uma meia dúzia de passes que deviam ser recolhidos, imediatamente, a um museu. Assim é o extraordinário jogador. De vez em quando, leva a torcida a uma irritação histérica. É quando, por um motivo qualquer, ou sem motivo nenhum, resolve não caprichar. Nesses ocasiões, só falta ler jornal no meio de campo. Sábado, porém, Didi estava tocado, atuado, transfigurado. Em vez do tédio de outras vezes, sentia-se, nele, uma vontade militante, um dinamismo irresistível. Deu-nos um futebol não só artístico, mas de uma eficácia diabólica. E, então, eu verifiquei o seguinte: — um homem como Didi é fundamental num time. É preciso que ele funcione para que os outros o acompanhem. Quando ele realmente participa, quando se dá, quando se entrega, verifica-se o milagre: — o quadro transforma-se num Corpo de Baile. Outro que foi um monstro: — Garrincha, com as suas arrancadas fulgurantes. Suas fugas levavam o terror à defesa adversária. Repito: — não fosse a candura com que Paulinho, ou Cañete, ou Quarentinha malbaratavam os gols, aos borbotões, e eu não sei, francamente não sei, o que seria da Portuguesa. Falei da Portuguesa. Mas amplio: — o que seria de nós se o Botafogo jogasse sempre assim? Como Fluminense que sou e, portanto, como adversário do Botafogo, eu me agarro a uma esperança, que me parece bem procedente. A tragédia do Alvinegro, através dos tempos, tem sido a falta de um mínimo de constância, de fixação num nível certo. Não lhe custa baquear num dia, para assombrar no outro e tropeçar no seguinte. Com esses altos e baixos, que lhe são inerentes, é que ele vai permitindo a recuperação dos adversários. De qualquer forma, convém pôr as barbas de molho.

4/5/1957

o coice sublime

75

Eis a verdade: — cada um de nós, "pó-de-arroz", estava precisando de uma alegria como a de sábado. Vencemos um clube da categoria e da tradição do Palmeiras. E não de um, nem de dois, nem de três, nem mesmo de quatro. Foi de cinco, amigos, exatamente de cinco. Acresce a coincidência — a vitória chegou na hora certa, quando já desesperávamos de tudo e de todos. Tínhamos sofrido um Fla-Flu que nos valeu por uma torva e treda humilhação. Uma onda de derrotismo varria o meu clube. Tricolores já me tinham vindo rosnar, ao ouvido: — "Pirilo não entende bolacha de futebol!" E, súbito, ocorre a goleada redentora. Quer queiram, quer não, o Fluminense ostenta a dupla condição de líder e de invicto. Pode-se objetar que só jogamos duas vezes. Exato. Mas vamos admitir: — é um belo, um esplêndido, sobretudo, um eufórico começo. Aliás, foi uma típica rodada Fla-Flu. Sábado, o Tricolor; domingo, o Rubro-negro. Para mim, como cronista, ambas as vitórias deviam ter o mesmo valor. Infelizmente, isso a que chamamos de isenção, de objetividade, de imparcialidade não existe. O que é o suposto imparcial, em futebol, senão o torcedor inconfesso, que traz o seu clube no bolso, bem escondidinho? Para mim, como Fluminense taxativo, o triunfo de sábado foi completo. Um feito que não precisa de um acréscimo, de um retoque. A começar pelo primeiro gol. Sim, amigos: — o primeiro gol de Waldo foi um show à parte. Era uma bola que não devia entrar, que não podia entrar. Mas Waldo faz, de vez em quando, o inesperado, o mágico, o sublime. E, sábado, deu-se ao luxo — vejam vocês — de recolher a bola com o calcanhar, fazendo o gol de coice! Esse tento inverossímil, por si só, explica o resto da batalha. Certos gols têm o poder de dar a uma peleja uma fisionomia definitiva. Foi o que aconteceu, sábado: — um coice pôs abaixo o Palmeiras. Daí por diante, qualquer profeta de meia-tigela teria previsto a vitória inapelável do Fluminense. Pode-se dizer que, além do tento de Waldo, houve uma série de fatores decisivos. Um deles, foi a inclusão de um goleiro novo no Timinho. De fato, tínhamos descoberto um *keeper* que, por si só, justificava qualquer debacle tricolor. Era como se ele, na sua pungente candura, escancarasse o arco e convidasse todas as bolas: — "Entrem, entrem!" E, realmente, entrava tudo. Aqui pergunto: — que espécie de élan, de garra, de otimismo, podia ter a equipe se tínhamos, atrás, um arco indefeso? O simples fato da estréia de Vitor Gonzalez libertou o resto do quadro de suas insanáveis angústias. Houve, também, outra estréia: — Ivan, que veio tornar mais sólida e mais harmônica a nossa estrutura defensiva. Em suma: — com mais conjunto, mais alma, mais penetração, e com Waldo marcando gols de calcanhar, o Fluminense começou a triturar o Palmeiras. Enquanto o Timinho crescia em campo, operava-se, nas arquibancadas, gerais e cadeiras, a ressurreição da torcida. Sim, amigos: — a torcida tricolor era, nos últimos jogos, uma amarga sombra de si mesmo. Por toda a cidade, esbarrava-se, tropeçava-se em "pós-de-arroz" amargos, azedos, deprimidos. E digo mais: — fomos para o Maracanã na prévia e irredutível certeza de que íamos levar na cabeça. Felizmente, o coice sublime mudou o nosso panorama interior. Examinem as caras dos tricolores: — resplandecem por toda a cidade. Muitos já olham além do Rio-São Paulo e antecipam a visão do campeonato carioca. Eu disse, mais acima, que o triunfo sobre o Palmeiras não merecia um único e escasso retoque. Mas já retifico: — caberia um retoque, sim. Refiro-me à facilidade do triunfo. Para o brasileiro, não é bom uma goleada. E eu talvez preferisse uma contagem não tão escandalosa, mas um escore módico, que não assustasse os demais.

11/5/1957

panorama do Rio-São Paulo

76

O Rio-São Paulo ofereceu, afinal, dois grandes jogos na semana que passou. Primeiro: Flamengo x Vasco. Segundo: Fluminense x Botafogo. Vejamos este último. A história do placar dá bem uma medida da batalha. O Fluminense marcou o primeiro, o segundo, o terceiro gol, contra nenhum do adversário. Foi um passeio, um banho, um baile. Mas no segundo tempo, verificou-se que o Botafogo era um falso liquidado. Ergueu-se dos próprios escombros e empreendeu uma desesperada reação, chegando ao empate. O patético da partida está no placar, que de 3 x 0 passou a 3 x 3. Que dizer do meu time ou, por outra, que dizer do meu Timinho? Não há dúvida — o Fluminense perdeu uma peleja ganha. Os 3 x 3 assumiram para a nossa torcida proporções catastróficas. Eu não penso assim. O time que nos deu aquele maravilhoso primeiro tempo constitui, a meu ver, uma promessa e uma ameaça. Promessa para nós e ameaça para os outros. É preciso apenas que o Timinho consiga uma fixação naquele nível ou, então, num nível aproximado. Imaginem: se o Fluminense passa a jogar como o fez na etapa inicial do *match* com o Botafogo, quem poderá vencê-lo, quem? Por outro lado, o empate amargo teve o resultado prático de uma lição. E, com efeito, aprendemos que o baile só é cabível no fim e nunca no meio ou no começo. Ora, começamos a bailar ainda no primeiro tempo, com mais da metade do jogo pela frente. Se Deus quiser, nunca mais haveremos de incorrer numa ingenuidade assim suicida. Quanto ao Flamengo x Vasco, foi, sem a menor dúvida, um dos maiores jogos dos últimos tempos e, até agora, o maior espetáculo do Rio-São Paulo. Aliás, diga-se de passagem, Flamengo x Vasco tem um sensível parentesco do Fla-Flu. Um e outro são jogos que se colocam acima do puro e simples plano técnico e tático. Mesmo com 22 pernas-de-pau, o Fla-Flu apresenta sempre uma grandeza específica e irresistível. Assim, o Flamengo x Vasco, que é sempre caprichado, no sentido da emoção, da gana, da garra. É uma rivalidade autêntica, que ninguém precisa simular. Venceu o Vasco por 1 x 0. Mas nos grandes jogos o resultado passa a constituir um reles detalhe. Que interessa a vitória de um ou de outro? O que, realmente, empolga, é o espetáculo em si mesmo, é o show de paixão genuína e ininterrupta, é o ar passional de todos os lances. Geralmente, um *match*, ainda os mais disputados, têm seus inevitáveis momentos de tédio. Não foi assim o último Flamengo x Vasco. Foi, de princípio ao fim, algo como uma batalha de vida e de morte. Um simples e vagabundo arremesso lateral parecia um fato transcendente. Nas arquibancadas, cadeiras e gerais, o público saboreava cada jogada com o deleite de quem chupa chicabon. Eu já tive oportunidade de dizer, em crônica anterior, que, ao soar o apito final, a sensação que nos ficou foi de que ninguém perdera, ninguém ganhara. Ou por outra: ficou-nos a sensação de que ocorrera uma dupla e prodigiosa vitória. De fato, a exibição de cada um dos adversários valeu por um triunfo. E estou convencido de que rubro-negro algum saiu, do estádio, humilhado. Há derrotas que são, pelo contrário, estimulantes, inspiradoras. Para o público, a partida teve, também, uma vantagem: elucidou-o sobre as possibilidades de ambos os concorrentes, tanto para o presente Rio-São Paulo, como para o próximo campeonato carioca. Já sabemos que o Vasco e o Flamengo são grandes concorrentes a ambos os títulos. Assim como o Fluminense, do primeiro tempo com o Botafogo, também o é. E o Botafogo? A goleada que sofreu, frente ao Santos, deixa-nos perplexo. De resto, o Alvinegro é o mais imprevisível dos times. Nunca se sabe quando vai assombrar, nunca se sabe quando vai jogar pedrinhas. Voltando ao *match* Flamengo x Vasco: O Flamengo confirmou sua atuação ao liquidar, no próprio Pacaembu, o Corinthians, por 4 x 0. O Vasco, não. O Vasco desiludiu, completamente, apanhando por 3 x 0.

18/5/1957

o gol de Waldo

77

Vejam vocês a colheita do Fluminense nos seus dois últimos compromissos: vitória sobre o Flamengo e vitória sobre o Corinthians, ontem. Houve, é verdade, o empate com o Botafogo, que não estava nos cálculos de ninguém. E, de fato, quando terminou a partida, com aqueles humilhantes 3 x 3, a nossa torcida saiu, de campo, a meio pau. Ninguém entendia um empate depois dos 3 x 0 da primeira etapa. E eis a verdade: a última impressão é a que fica. Ao sair do Maracanã, tínhamos da partida a imagem do segundo tempo. Esquecemos a fase inicial, que tinha sido, de fio a pavio, inteiramente tricolor. Mas enquanto todo mundo esbravejava, eu tratava de encarar os fatos com um máximo de objetividade. Cheguei, então, à seguinte conclusão: — o quadro que fizera um primeiro tempo tão espetacular merecia que lhe tirássemos o chapéu. O Fla-Flu veio demonstrar que a inclusão de Vitor Gonzalez e de Ivan dera ao Tricolor uma nova estrutura, mais firme e mais harmônica. Ivan era, justamente, o homem que faltava para equilibrar a equipe. Qualquer vitória é gostosa, mas justiça se lhe faça: — a vitória num Fla-Flu é sublime. Acresce uma circunstância, que valoriza o feito do Fluminense. O Flamengo vinha de duas grandes atuações: — contra o Vasco, em que, apesar de derrotado, agigantou-se em campo, numa demonstração emocionante de garra; e contra o Corinthians, no Pacaembu, peleja que venceu de banho. Ambos os jogos pareciam conferir ao Flamengo uma autoridade toda especial. Confesso: — fui para o Maracanã seriamente temeroso. O *match* teve a dimensão de todo Fla-Flu. Foi um grande espetáculo. Desde os primeiros minutos, porém, o Fluminense apresentou um ar de vencedor. Seu ataque tinha mais penetração e não tardaria a revelar mais senso de gol. É verdade que, de ponta a ponta do encontro, o Flamengo portou-se como um grande, também. Dava tudo em cada lance, como se aquilo fosse uma luta de vida e de morte. Mas quando eu vi o comandante Waldo fazendo dois gols, pensei: — "A vitória é nossa!" Sim, amigos: — tenho observado que a chave do Fluminense é Waldo. Sabemos que o Tricolor está com a estrela do triunfo no peito quando Waldo resolve acertar o pé. Foi assim o Fla-Flu e foi assim na batalha de ontem, contra o Corinthians. A coisa pior do mundo é jogar com o último colocado de qualquer coisa. Como lanterninha do Rio-São Paulo, o Corinthians me apavorava mais do que o próprio escrete húngaro. Era um grande clube que tinha sido humilhadíssimo nos seus últimos compromissos. É preciso temer o humilhado! O humilhado é capaz de tudo e direi mais: — é capaz de um crime. Vejam vocês: — apanhando de 2 x 0, o Corinthians chegou a empatar! E houve um momento em que eu disse para mim: — "As coisas estão pretas! As coisas estão pretas!", E, realmente, estavam pretíssimas. Foi, então, que despontou Waldo, com seu ímpeto tremendo. O jogo aproximava-se do seu final. Imaginem se, numa escapada solitária, o Corinthians marca um gol, imaginem! Pois bem: — o *keeper* paulista apanha uma bola e resolve brincar com Waldo na pequena área. Ora, Waldo não brinca, Waldo joga sério. Há de ter tido a intuição da oportunidade inesperada. E foi o que se viu: — fez, em cima da hora, o gol que nos viria salvar de um empate calamitoso. O meu amigo e confrade Luís Costa viu, na televisão, o tento incrível, digno de uma antologia de escola pública. Com o olho rútilo e o lábio trêmulo, o colega vem dizer-me: — "O Waldo é o Zizinho!" Eu ouço Luís Carlos e calo. A rigor, nem sei como Waldo marcou aquele gol. A impressão que me ficou foi a de que ele decidiu a nossa vitória, de costas, vejam vocês, de costas! E a partir do momento em que Waldo resolve marcar gols de costas, eu não sei, francamente não sei, quem poderá deter o Fluminense neste Rio-São Paulo. Não resta dúvida: — continua sendo uma indescritível delícia sair de campo líder e invicto. Até agora (e convém bater na madeira), o Fluminense não apanhou de ninguém e está disparado na ponta.

25/5/1957

fabuloso empate

78

O panorama do presente Rio-

São Paulo tem sido uma revelação. Súbito, percebemos que não há, nos dois maiores centros do futebol brasileiro, um único time que apresente um mínimo de regularidade. As grandes potências do certame, como o Vasco, o Santos, o América, o Palmeiras, o Flamengo são suscetíveis de ganhar e de perder, de banho. Ao longo do torneio, os altos e baixos dos concorrentes destacam-se de uma maneira evidente e, até, espetacular. Eu comecei dizendo que o Rio-São Paulo não apresenta um único quadro em condições. Enganei-me. Há uma equipe sim, que, do primeiro ao último compromisso, vem demonstrando um rendimento, por assim dizer, fixo. Refiro-me ao Fluminense. Sim, amigos: — ainda ontem, jogando no Pacaembu, o Tricolor tirou o pão da boca do Santos; arrancou o empate de uma batalha que parecia perdida. Tudo indica que o clube da rua Álvaro Chaves será o campeão. Está desgarrado, com uma considerável vantagem sobre os demais concorrentes. Mas toda a nossa experiência ensina que, em futebol, tudo é possível. E não está nos meus cálculos gozar, por antecipação, um triunfo futuro. Uma coisa, porém, é certa: — seja qual for o desenlace do atual certame, o Tricolor provou que é o concorrente mais forte, mais constante de uma estrutura mais harmônica e mais poderosa. Basta dizer o seguinte: — já vencemos ou empatamos com todo mundo e ninguém nos venceu. Qualquer "pó-de-arroz", por mais humilde e obscuro que seja, pode exibir, ostentar, como uma medalha, sua dupla condição de líder e de invicto. Diziam que nós só ganhávamos aqui. Pois bem: — fomos ao Pacaembu e ganhamos do Santos, lá. Insisto: — ganhamos do bicampeão paulista. Dirá alguém que não houve vitória, mas apenas empate. Ao que eu respondo, imediatamente: — o empate de 2 x 2, conquistado em cima da hora, no Pacaembu, foi para todos nós e cada um de nós, mais que uma simples e normal vitória. Sim, amigos: — entre um triunfo de 10 x 0 (dez!) e aqueles 2 x 2, no finzinho, que parecia decidida a peleja, eu preferia mesmo o empate tão glorioso. Tudo, no *match*, desfavoreceu o Fluminense. Primeiro, o local da peleja. Qualquer time de fora pode jogar, impunemente, no Maracanã. O Maracanã é, mal comparando, um doce de leite. Já o Pacaembu, não. O jogador carioca tem, contra o Pacaembu, uma invencível, uma atroz inibição. No fundo, o pessoal do Rio acha que, em São Paulo, só pode vencer, ao passo que, aqui, ainda ontem, o Corinthians fez-nos o favor de vencer o Vasco. Eu sei que, ultimamente, o Pacaembu tem fracassado na sua função de túmulo dos times cariocas. Restava, porém, a seguinte hipótese, qual seja a da reabilitação do estádio bandeirante nas costas do Tricolor. E, com efeito, o desenvolvimento da batalha fez supor que seria assim. O Santos, com a sua autoridade de bicampeão local, entrou como um leão, de juba flamejante. Jogou mais do que o Fluminense no primeiro tempo, e mais do que isso: — infligiu-nos um gol contra nenhum. E ainda: — no início do segundo tempo, o Santos ampliou a contagem: — 2 x 0. Ora, esses 2 x 0, no Pacaembu, deviam liquidar o ânimo do meu time. Mas eis a verdade, que cumpre acatar: — o Fluminense, além de tudo mais, é um time de fibra, de sangue, de alma. Perdendo de 2 x 0, marcou o primeiro gol, através do monumental Telê e, depois, aos 44 minutos, empata. Como foi realmente bom, gostosíssimo esse empate assim arrancado, assim extraído, a alicate! Notem que crescemos na etapa final. Dizia-se que o Fluminense começava e acabava no primeiro tempo, que vinha para o segundo tempo com o futebol esgotado. Ontem, oferecemos uma lição: — de técnica, de tática, de entusiasmo. Lutamos até o fim, até a última gota da batalha. E outra coisa: — 2 x 2 sem nenhum gol de Waldo! Imagine se Waldo estivesse nos seus dias de copiosa, de torrencial inspiração. Teria sido um show caprichadíssimo.

1/6/1957

timinho ou timão?

79

Neste Rio-São Paulo, que o Flu-minense acaba de levantar, demos uma lição de futebol. Pergunto: temos um time de cobras? Absolutamente. E pelo contrário: não há vedetismo no quadro. Onde encontrar um Zizinho, um Didi, um Jajá ou qualquer um desses nomes ofuscantes, que obscurecem e humilham todos os demais? Até Pinheiro está na cerca, por medida, segundo creio, disciplinar. No "plantel" tricolor, encontramos Altair, Roberto, Beto, Jair Francisco, Jair Santana. Cobra, ou cobríssima, é um Ivan, ou um Telê. Chamar Waldo de "cobra", seria, talvez, forçar a natureza, pois há quem discuta se ele joga bola ou se é apenas um fazedor de gols. Mas vejam: com vagas exceções, o nosso time é modesto ou, como quer a nossa torcida, um timinho. E, com esse timinho, arrancamos, de São Paulo, no próprio Pacaembu, um fabuloso título.

"Timinho", disse eu. Mas vamos arrancar a máscara, amigos, vamos arrancar a máscara da modéstia, da humildade. "Timinho" por quê? Uma equipe que atravessa o certame e chega à vitória final sem uma única derrota, só com vitórias ou, na pior das hipóteses, com dois empates honrosíssimos, essa equipe, dizia eu, não é "Timinho" nem aqui, nem na China. É um Timão. Foi, sem a menor dúvida, uma jornada maravilhosa. Enquanto os demais soçobravam, ganhando aqui e perdendo ali, incapazes de um rendimento fixo, o Fluminense não mudava, era sempre o mesmo. Note-se: não se tratava somente da pura técnica, da pura tática. Era classe, era futebol, sim, mas com muita alma, muita vontade de vencer. O clube, a que chamam "Pó-de-Arroz", deu uma demonstração de gana, de garra, de indomável fibra. Decidimos o título onde? Aqui, no doce, no idílico, no bucólico Maracanã? Não. No Pacaembu. De fato, os dois resultados que permitiram a conquista do título foram obtidos na própria casa do adversário. Primeiro, empatamos com o Santos, o bicampeão paulista. Depois, levamos, de roldão, a Portuguesa.

A Portuguesa! Sejamos justos com o nosso quadro. Nada há que acrescentar ao triunfo de quarta-feira. É uma dessas vitórias acabadas e perfeitas, que não admitem qualquer retoque. Começamos, modestamente, com 1 x 0. Ouvindo a irradiação, eu pensei: "Melhorou! Melhorou!" Não me saía da cabeça que apenas um empate nos valeria o título. E eu confesso: já me dava por satisfeito com esse empate. Mas a equipe está com tanto ânimo, tanta moral, tanto charme, que quis ir além. Não lhe bastava empatar, apenas. Queria vencer. Quando a Portuguesa fez 1 x 1, o Tricolor deu-lhe a réplica fulminante dos 2 x 1. Cá, no Rio, eu vi tudo. E vos digo, amigos: quarta-feira no Pacaembu, o Fluminense era imbatível. Dentro de nós, vibrava a alma da vitória. Depois dos 2 x 1, Waldo não sossegou enquanto não apunhalou o adversário com um terceiro gol.

Três! Era o título que conquistávamos diante do Pacaembu atônito. Foi um delírio. Cada tricolor pulava, no gramado, como índio de fita de cinema. E eu, aqui, pensava em Telê. Foi um dos maiores construtores de nossa vitória. Jogou uma barbaridade, e cabe a pergunta: quando é que Telê não joga uma barbaridade? Os outros variam muito. Jogam bem um dia, enterram no outro. Telê, não: é o imutável. Ou por outra: só muda para melhor. E só não tem uma posição ainda mais alta no futebol brasileiro, porque temos o hábito de vê-lo dar tudo, sempre. Em campo, é, como eu sempre tenho dito, um barqueiro do Volga, capaz de puxar o resto do time, se for preciso. Está na defesa, no ataque e na meia-cancha. Essa máquina de ação, de trabalho, de dinamismo chega a assustar. E se, desta vez, não o chamarem para o escrete, é o fim, amigo, é o fim! Cumpre também não esquecer Waldo. Fez dois gols, de alta classe: o primeiro e o terceiro.

Eu vos digo: campeões do Rio-São Paulo, não vamos parar. Parar por quê? Temos pela frente o campeonato da cidade. Já é tempo de começar a pensar, com vagar e deleite, no título do campeonato carioca.

8/6/1957

o monstro do gol

80

Quando escrevi sobre a conve-niência de ser tricolor, tive de ouvir reclamações indignadas. Conhecidos meus, que torcem por outros clubes, faziam-me parar no meio da rua: — "Deixa de ser mascarado!" E outros rosnavam o vaticínio trágico: — "Essa sopa vai acabar!" Talvez, porque, infelizmente, não há bem que sempre dure. Mas enquanto vivemos esses momentos de euforia ilimitada, permitam-nos que saboreemos cada vitória tricolor como quem chupa chicabon.

Eu disse que "não há bem que sempre dure". Já me inclino, porém, a mudar de opinião. Olhemos o destino do Fluminense. Sua glória é um bem que não acaba e direi mesmo: — um bem imortal. Nós vibramos, de preferência, com o futebol. Mas reparem: — no seu desenvolvimento harmônico e irresistível, meu clube brilha em todos os esportes. Sofre suas derrotas eventuais, claro. Mas perde aqui para ganhar ali. No fim de cada temporada, a soma dos seus triunfos é muito maior que a de insucessos. Dir-se-ia que vencemos por força de uma predestinação irredutível. Ainda agora, no Rio-São Paulo, foi o que se viu. Uma campanha que foi quebrada por um único revés. Terminamos o certame como líder absoluto e invicto. Enquanto os outros acusavam altos e baixos, o Fluminense observou uma constância de rendimento realmente impressionante. E nem se diga que temos uma equipe de "cobras".

Absolutamente. Difícil topar com um "cobra" no Timinho. É uma formação eficiente, sim, porém modesta. Muitos não compreendem que, sem nomes, sem cartazes, sem astros, tenhamos feito tanto.

Mas explico: — um clube como o Fluminense, com a tradição do Fluminense, independe de homens. Em muitas oportunidades de sua história, ele, com um quadro de pernas-de-pau, tem conseguido triunfos memoráveis. Por quê? É simples: — quando lhe faltam os valores técnicos, o Fluminense joga com a tradição. O passado glorioso, que existe por trás de cada tricolor, infunde-lhe uma autoridade especialíssima. Numa palavra: — com a camisa da Rua Álvaro Chaves, um perna-de-pau já o será muito menos.

Depois do Rio-São Paulo, temos mais um exemplo da vocação tricolor para a vitória. Embarcamos para Lima e, lá, enfrentamos o Allianza, que é uma espécie de Flamengo daquelas bandas. Pois bem: — começou o jogo e o Allianza, sob o incentivo feroz da torcida, marcou dois gols. Vejam vocês o panorama alarmante: — 2 x 0 em campo estrangeiro! Mas com os grandes clubes ocorre um fenômeno psicológico muito interessante: — aqui e alhures, ele exerce uma autoridade a que poucos saberão resistir. De resto, vínhamos da vitória sensacional do Rio-São Paulo. Partimos dos 2 x 0 para a vitória. A desvantagem inicial, longe de constituir um desestímulo, foi, pelo contrário, uma inspiração. Eis outra característica dos campeões autênticos: — transformar o insucesso num ponto de partida para o triunfo. Assim fez o Fluminense. Acabou o jogo, com o escore de 4 x 3 a nosso favor.

Resta assinalar que Waldo marcou, para nós, três gols! Não um ou dois, mas três. É outro predestinado. Depois de arrombar por 13 vezes as redes adversárias, no Rio-São Paulo, o homem vai para fora e continua com a obsessão, a volúpia, o sadismo do gol. E enquanto ele, o criador de placar, vai perfurando tudo, forma-se um escrete e não se põe Waldo. Como admitir esta omissão que ninguém entendeu, ninguém? Várias explicações são apresentadas. Para uns, a culpa foi de Pirilo; para outros, da CBD; outros ainda responsabilizam o Fluminense. Uma coisa, porém, é certa: — não é com explicações que se joga futebol. Queríamos ver o comandante tricolor no escrete, porque a verdade é a seguinte: — ele é o dono da posição.

Tremendo esse Waldo! Muitos craques brasileiros sofrem, no estrangeiro, de tremendo descontrole emocional e jogam pedrinhas. Waldo, não. Em Niterói, na Patagônia ou na Groenlândia, é o mesmíssimo monstro do gol.

15/6/1957

vitórias do Brasil

81

A semana passada foi copiosa

em vitórias internacionais para o futebol brasileiro. Façamos as contas: — vencemos Portugal, no Maracanã, e a Argentina, no Pacaembu, com uma circunstância que se deve ressaltar: — apresentamos dois escretes, duas formações e sendo que nem uma nem outra traduziam o poderio máximo do nosso futebol. Vejamos, em primeiro lugar, o *match* Brasil x Portugal. Antes de mais nada, é preciso reconhecer a categoria da equipe lusa. Ela viera de um espetacular triunfo sobre o escrete italiano e por um escore altamente expressivo: — 3 x 0. Esse feito, e outros mais, demonstram que o "onze" português deixou, há muito, de ser um timinho. Vale por um sólido conjunto que se faz sentir no futebol mundial, podendo jogar de igual para igual com as grandes equipes modernas. E a verdade é a seguinte: — o jogo com os lusos, terça-feira, no Maracanã, justificava um certo pânico. O escrete, que incumbiram Pirilo de formar, não merecia a nossa confiança. Sua formação apresentava uma série de pontos falhos. E mais do que isso: — era um time sem conjunto. Diga-se, desde logo, porém, que não cabia a Pirilo nenhuma culpa pela possível má atuação do quadro. Como sempre, fizera-se a equipe à base de pura e irresponsável improvisação. Faltara a Pirilo tudo: — desde tempo material, para amadurecer o escrete, até os jogadores ideais para cada posição. Muita gente permitia-se o vaticínio: — "O Brasil vai perder." E, no entanto, vejam vocês: — ganhamos, apesar de tudo e de todos, apesar das deficiências e dos desfalques que desfiguraram o nosso time. Diga-se, porém: — jogamos bastante mal. O padrão apresentado não se aproxima, sequer, do nível verdadeiro do nosso futebol. Em primeiro lugar, como era previsto, faltou-nos conjunto. Enquanto Portugal surgia, em campo, com um futebol construído, harmonioso, o escrete do Brasil tinha que viver das qualidades individuais dos seus jogadores. Acresce que os atacantes paulistas falharam. Bons, na linha, estavam Didi e Garrincha. Os demais fizeram um jogo confuso, sem objetividade, sem sentido prático. Em suma: — o ataque não foi, absolutamente, um todo harmônico. Mais firme a defesa, embora as falhas constantes de Jadir. Resta a pergunta: — por que, ainda assim, vencemos? A explicação é fácil: — vencemos, não obstante a desorganização, a ausência de jogadores capitais, porque resta-nos um saldo considerável de superioridade sobre o futebol português. Os nossos caríssimos adversários melhoraram muito, é certo, mas não alcançaram ainda o nosso nível. Quanto ao jogo contra a Argentina, vamos admitir, antes de começar: — é sempre agradabilíssimo derrotá-la. Os argentinos são os nossos maiores rivais na América do Sul. Há brasileiro que diga: — "Eles são melhores." Mentira. Sempre que jogamos, contra os portenhos, em condições normais, triunfamos. Os resultados de Lima foram anormalíssimos. De fato, no Sul-Americano, o escrete foi, por uma série de motivos, uma caricatura de si mesmo, uma paródia do futebol brasileiro. Não logramos nem a metade do rendimento que seria de esperar. No *match* do Pacaembu, quarta-feira, o escrete estava, mais uma vez, longe de exprimir o nosso valor. Não houve preparo e nem, ao menos, apresentamos uma formação satisfatória. Tudo obedeceu à velha técnica nacional do "embrulhe e mande". Com tudo isso, dominamos a partida e construímos um placar que não permite dúvidas. Essas duas vitórias, de tanta categoria, num espaço de 48 horas, dão uma medida da potencialidade do futebol brasileiro. O Brasil tem um plantel tão fabuloso que permite a formação de vários escretes, capazes de feitos notabilíssimos no plano do esporte internacional. Imaginem se esse potencial estupendo tivesse uma organização à altura de sua qualidade. O Brasil ainda não se tornou campeão do mundo de teimoso que é.

22/6/1957

por que perdeu o Brasil?

82

Enquanto o Vasco assombra a

Europa, o escrete brasileiro, aqui, nas nossas barbas, dá-se ao luxo de perder, para os argentinos, de 2 x 1.* O escore, que é sóbrio e digno, pouco importa. O que vale a pena considerar são as condições da derrota. Em primeiro lugar, cumpre-me esclarecer: — citei o caso cruz-maltino porque o contraste é, sem a menor dúvida, altamente expressivo. Pergunto: — por que, no Velho Mundo, o Vasco vai devastando, dizimando os adversários, na sua rajada de vitórias? É simples: — o clube de São Januário está assim brilhando porque não carrega nas costas a inépcia da CBD. E a nossa primeira providência deve ser a de procurar a imagem do futebol brasileiro, não na humilhação de ontem, mas no feito camoniano dos craques de São Januário. O que vimos, ontem, no Maracanã, não passa de uma caricatura de futebol. A rigor, não sei se merecemos o revés. O escrete jogou mal, não há dúvida. Ou por outra: — o escrete não jogou bem, nem mal. Foi uma equipe sem conjunto, o que equivale dizer: — não foi uma equipe, não funcionou como tal. O jogador brasileiro apanhava a bola e não sabia o que fazer da bola. Raramente terei visto passes tão sistematicamente errados. Apanhávamos o couro para quê? Para entregar, tranqüi-

---

* Partida da Copa Roca, no Maracanã; Argentina 2 x 1 Brasil (7/7/1957). Os gols foram de Labruna, Juarez e Pelé, e o jogo marca a estréia de Pelé na Seleção Brasileira.

lamente, nos pés do inimigo. E mais do que isso: — nas próprias penalidades, estendíamos para os argentinos. Ora, isso ocorre quando falta, precisamente, conjunto, quando jogadores não se conhecem entre si e quando cada qual faz o quer. Nas derrotas muito amargas, a tendência natural da torcida é caçar, por toda parte, os culpados. Pergunto: — quais os responsáveis pelo fracasso de ontem? Amigos, os 2 x 1 constituem um mistério muitíssimo transparente. Antes do jogo, já se sabia que, fosse qual fosse o seu resultado, os jogadores não seriam culpados de nada. Não tiveram conjunto, nem poderia tê-lo. Não se pode exigir conjunto de um time que se formou sob o signo da improvisação. Sem preparo nem técnico, nem tático, nem psicológico, que poderia fazer o nosso pobre escrete senão apanhar mesmo? Basta dizer o seguinte: — 72 horas antes do seu duro compromisso internacional, o quadro brasileiro faz seu primeiro treino contra o infanto-juvenil do Botafogo. É ou não é um escárnio? Em seguida, põem o quadro pra treinar com o Canto do Rio. E, finalmente, no domingo, enfrentamos a equipe argentina. Como se não bastasse tudo o mais, resta assinalar que o ataque brasileiro só teve dois reservas! Vejam vocês: — dois! Ao passo que a linha adversária trouxe, para cá, um reserva para cada posição, num total, é óbvio, de 22 homens. Diante disso, importa pouco fazer considerações sobre o desenvolvimento técnico do *match*. Os nossos já fizeram muito. Perderam de dois, só de dois, por causa da nossa classe individual indiscutível. E é incrível que, apesar de tudo, tenhamos lutado bem. Direi mais: — com um pouco de chance, com um sopro de sorte, teríamos até ganho. Pois o gol do triunfo argentino veio no apogeu da reação brasileira. Estávamos exercendo pesada pressão. Empatamos e partíamos para a vitória, quando ocorre uma falha imperdoável de Castilho. Em vez de atirar para a frente, ele resolve passar com a mão. E manda a bola aos pés de um adversário próximo. Daí, dessa bola, de presente, partiram os argentinos, para o tento que lhes daria o triunfo. Esse 2 x 1 ficaram cravados, em nossa alma, até o cabo. E quando o escrete brasileiro saiu anteviamos com todas as forças. Mas vaiados por quê? Muito mais culpada foi a CBD, que faz escrete, sempre, com a mesma improvisação irresponsável; que ao meio-dia pede ao América jogadores para às 14 horas; e cujo Conselho Técnico escolhe sempre mal, sempre errado. Ou acabamos com essa frenética irresponsabilidade ou, então, meus amigos, o Brasil jamais será campeão de coisa alguma, nem de cuspe a distância.

13/7/1957

banho de bola

83

Vejam vocês como é tremenda

a resistência do escrete. A CBD, na sua pertinácia homicida, tem feito tudo para enterrá-lo. E há momentos, com efeito, em que a entidade máxima consegue levar a melhor. Foi assim no Sul-Americano de Lima. Assim também no primeiro jogo com a Argentina, pela Copa Roca. Face aos baques eventuais da seleção, nós pensamos que ela vai se deitar, vai se acomodar no túmulo cavado pela CBD. Mas, quando menos se espera, eis que o escrete reage, estrebucha e desfralda uma juba de leão enfurecido. Foi o que ocorreu, quarta-feira passada, no Pacaembu.* A equipe de três dias, ou quatro, a equipe improvisada e quase suicida, estava pisada nos seus brios brasileiros. Sem treino, sem conjunto, sem estrutura, sem nada resolveu dar um banho na Argentina. E nós sabemos que um craque patrício zangado é uma força incontível. Foi o que se viu: conseguimos, apesar do despreparo, uma vitória realmente empolgante. Não tanto pelo escore, que foi relativamente sóbrio. Vencemos de dois e podia ter sido de cinco. Mas o que importa, muito mais do que a contagem módica, é o show de bola. Via-se, de uma maneira inequívoca e, até, espetacular, que o jogador brasileiro é muito superior, realmente, ao argentino. Por exemplo: o

* Disputa da Copa Roca, no Pacaembu; Brasil 2 x 0 Argentina (10/7/1957). Os gols foram de Pelé e Mazzola.

duelo de Luizinho e Rossi. Eis a verdade: Luizinho fez o que quis e o que não quis de Rossi. Passou-lhe a bola por entre as pernas, não sei quantas vezes; deixou-o falando sozinho. E o grande Rossi, com seu desespero impotente, batido, humilhado, inspirou a gargalhada cruel da massa. Outro astro: Pelé. É o Domingos da Guia do ataque. Garoto ainda, com 17 anos incompletos, tem uma autoridade de gênio da pelota. Ainda outro: Mazzola. Fez o segundo gol, depois de comer vários adversários, inclusive passando pelo ex-grande Rossi. Agora imaginem se não existisse a CBD para atrapalhar, a CBD no seu esforço obstinado para matar o futebol nacional! Sem a criminosa inépcia da CBD já seríamos campeões do mundo, há muito tempo.

20/7/1957

meu personagem da semana: Didi

84

Adolfo Bloch sugere que eu escolha "o meu personagem" de cada semana. É uma boa idéia e que tem a considerável vantagem de unir futebol e teatro. Para os bobos, não existe a menor relação entre uma coisa e outra. Ilusão. Existe, sim. O futebol vive dos seus instantes dramáticos e um jogo só adquire grandeza quando oferece uma teatralidade autêntica. Pode ser uma pelada. Mas, se há dramatismo, ela cresce, desmedidamente. Foi o que aconteceu com Fluminense x Madureira, sábado último. Tecnicamente, não se podia desejar um espetáculo mais franciscano. E o que o salvou, e lhe conferiu uma dimensão insuspeitada, foi, justamente, a tragicidade daquele 0 x 0, que já se eternizava. E a euforia tricolor, quando Escurinho fez o gol solitário, pertence ao tipo de emoção, de espasmo que o teatro deflagra.

Se acontece assim com os jogos, também com os jogadores. O que interessa à imaginação popular é o jogador-personagem, ou seja, aquele que apresenta uma nítida condição dramática. Por exemplo: vou inaugurar a minha nova seção com Didi. Os ingênuos enxergarão, nele, apenas o craque. Engano. É algo mais. Didi se projeta com maior violência porque, acima de tudo, vale como "o personagem". Examinem a sua figura e, mais do que isso, o seu comportamento esportivo, social e humano. Racialmente, tem um físico de linhas bem caracterizadas. Daria, brincando, um soberbo príncipe etíope de rancho. Ou um Paul

Robeson com menos barriga e mais juventude. Dir-se-ia que o palco o chama. Por outro lado, seu comportamento esportivo não se parece com o de ninguém. Não se podia desejar um jogador mais surpreendente. Quando se espera que ele dê tudo, ele não dá nada. Sim, amigos: não é sempre que Didi tem molhado a camisa. Por vezes, ele se desinteressa, se desprende do jogo. Está em campo, mas não participa. E o pânico de todos é que, em plena batalha, ele acabe lendo um gibi, enquanto os outros se matam. E quando o ódio a Didi atinge proporções jamais sonhadas, ele, apesar de todo o tédio, faz uma jogada que transfigura a sorte da batalha e dá a vitória ao seu quadro. Outras vezes, ninguém mais devotado, mais dinâmico, eu quase dizia heróico. E como se não bastasse tudo isso, há mais: o seu ordenado. Didi está ganhando, por mês, 120 contos. Talvez os 120 sejam apenas 70, talvez. Mas eu insisto na primeira hipótese, ainda que seja falsa. Afinal de contas, as coisas só ficam realmente interessantes quando lhes fazemos o retoque, o acréscimo da imaginação. Pois bem: o sujeito que passa a ganhar tal importância deixa de ser um qualquer. Torna-se um "personagem". E vejam vocês como o salário influi, até, na aparência física da pessoa. Depois que Didi abiscoita 120 por mês, eu o vejo como se pendesse, do seu peito, a túnica de um "Rei Lear". Os exagerados, os fantasistas chegam a dizer o seguinte: dopado pelo novo ordenado, Didi está, agora, se lavando numa banheira digna de Cleópatra, e com puríssimo e efervescente leite de cabra.

Agora explico porque ele é o meu primeiro personagem da semana. Por todos os motivos já citados e mais: pelo maravilhoso gol que ele marcou no Olaria, ontem. Vale a pena descrever o lance antológico. Houve um *foul* e, se não me engano, contra o próprio Didi. Ele mesmo vai bater. Faz-se, em Álvaro Chaves, um silêncio ensurdecedor. O time do Olaria, em peso, toma a única providência que lhe cabia: formou, maciçamente, diante do arco. Não havia uma brechinha por onde pudesse entrar nem pensamento. Só faltou que viessem também, reforçar a inexpugnável muralha, o juiz, os bandeirinhas. Então, Didi fez o que era de se esperar de um jogador que passa a ganhar 120 contos. Praticou a mais dramática folha-seca jamais sonhada por um ser humano. Segundo gol do Botafogo!* Depois dessa folha-seca, eu já me inclino a achar que os 120 já não bastam, que Didi está ganhando pouco, que o Botafogo precisa aumentar-lhe o ordenado.

24/8/1957

---

* Campeonato Carioca de 1957. Estádio das Laranjeiras. Botafogo 2 x 0 Madureira. Os gols foram de Paulo Valentim e Didi.

meu personagem da semana: Zizinho

85

Se é verdade que eu, como dramaturgo, tenho uma nítida e taxativa preferência pelos tipos monstruosos, devo escolher Zizinho para meu personagem da semana. É, incontestavelmente, um "monstro do futebol", mesmo quando joga mal, mesmo quando joga pedrinhas. Por exemplo: ontem, contra o Canto do Rio, ele não fez nada. Minto: fez um gol.* De fora da área, com uma autoridade indiscutível. Foi este talvez o único lampejo de sua altíssima classe. No mais, ele não lembrou o virtuoso monumental. Mas o verdadeiro craque não precisa jogar bem. Quem precisa matar-se em campo é o perna-de-pau. Sim, amigos: que pode dar, de si, o perna-de-pau senão isto mesmo, ou seja, um esforço animal, que vara os noventa minutos, de ponta a ponta? Já o craque, não. Basta estar em campo. Essa simples e mesmo passiva presença física já implica, na pior das hipóteses, num apoio emocional, decisivo para os companheiros. Vejam o Bangu. É uma equipe inundada de novos. Mas estes se transfiguram com a proximidade de Zizinho. O mestre sem idade, isento de tempo, dá-lhes confiança, élan, otimismo. E mesmo quando não joga, Zizinho influi. Eis outra característica

---

* Campeonato Carioca de 1957. Estádio das Laranjeiras. Bangu 5 x 1 Canto do Rio. Os gols foram de Mario (2), Calazans, Ilton e Zizinho. Darci Santos descontou. O Canto do Rio, clube de Niterói, disputou o Campeonato Carioca de 1941 até 1964.

do monstro do futebol: atua também pela ausência. Como Cid que, mesmo depois de morto, ganhava batalhas, o craque ausente também decide a sorte dos jogos. A propósito, convém recordar uma batalha internacional do Brasil. Transcorreu todo o primeiro tempo e o placar escandalosamente em branco: 0 x 0. No intervalo para o segundo tempo, resolvem incluir Zizinho e o alto-falante anuncia que ele jogará. Foi o bastante. Antes de recomeçar a partida, o Brasil já era o vencedor "porque Zizinho ia jogar". Dito e feito. Ziza mudou toda a fisionomia do *match*. Ao impacto de sua presença, o Brasil cresceu em campo e esmagou o adversário. E se aconteceu assim no escrete, imagine no Bangu. No Bangu, os outros se abrigam à sombra do fabuloso companheiro como autênticos pintinhos. Mas eu disse que ele influía também pela ausência. Exato. Até de casa, lendo jornal, ele parece teleguiar os jogadores mais jovens. Outra característica que faz de Zizinho um monstro: a idade. Sabe-se como é o tempo do futebol. Passa muito mais depressa que o do relógio e das folhinhas. Por exemplo: 35 anos. Fora do gramado, o sujeito que tem 35 anos é um ser em plenitude. Começa a sua maturidade e ele trabalha, rende, ama como nunca. E, no entanto, os mesmos 35 anos representam, para o futebol, a velhice extrema e inimaginável. Que idade tem Zizinho? Uns 36. Acresce que, nesta altura dos acontecimentos, ele deve enganar, deve subtrair alguns anos. Seja como for, outro qualquer, aos 36 anos, estaria gagá de todo para o futebol e seria, mal comparando, uma Maria Cachucha. Mas Zizinho, pelo contrário. Ele sempre decide. Ontem jogou mal. Muito bem. Mas não tenhamos ilusões: estava lá e isso foi o bastante. Sua presença dinamizava a equipe tão jovem, tão imatura e lhe dava a necessária autoridade. Podia sentar em campo, podia abrir um jornal. E seria, do mesmo jeito, uma figura militante e irresistível. Hoje, só os bobos não percebem a eternidade de Zizinho. Não se trata de um craque que resiste ao tempo mais que os outros. Eis a verdade: ele independe do tempo. Outros que começaram com ele já sumiram até o último vestígio e hão de viver nalguma chácara suburbana, criando barriga e galinhas. Eu, por mim, confesso: de vez em quando, penso que Zizinho já jogava ao tempo da vacina obrigatória, da febre amarela e do fuzilamento de Mata Hari. Não envelhece para o futebol. É eterno, amigos, é eterno. Por isso, merece que eu o escolha para meu personagem da semana.

31/8/1957

meu personagem da semana: torcida alvinegra

86

Quando entrei no Maracanã,

domingo, meu confrade Arnaldo Niskier, que já estava lá, cochichou-me: — "Os 17 torcedores do Botafogo compareceram!" Eu olhei em torno e, de fato, vi duas ou três caras que não iam ao Maracanã, desde a vacina obrigatória, o fuzilamento de Mata Hari e a febre amarela. Esse passado antediluviano, que assim rompia no presente, deu-me o que pensar. Então, resolvi que o meu personagem da semana, hoje, seria não o Botafogo, mas a sua torcida. O meu colega estimou em 17 pessoas os alvinegros existentes no mundo. Esse exagero caricatural, porém, não deixa de ter o seu fundo de veracidade. E, de fato, manda a verdade que se diga: — a torcida alvinegra é pequena. Equiparada à do Flamengo, à do Vasco, some, desaparece. Mas apresenta uma característica que falta às demais. É, por excelência, a torcida patética. Nem todo mundo pode imaginar o que é "ser Botafogo". Vejam um vascaíno, um rubronegro e um tricolor. Eles se parecem entre si como soldadinhos de chumbo. Reagem diante da derrota, da vitória e do empate de maneiras bem parecidas. Suas euforias e depressões são equivalentes. Mas há, no botafoguense, coisas que só ele tem e que o distinguem de tudo e de todos. Eu falei no patético que me parecia ser a virtude mais pessoal e intransferível do botafoguense autêntico. Sim, amigos, é um ser que sofre e que, mais do que isso, gosta de sofrer e paga para sofrer. Vejam Bebiano, que vale como um admirável símbolo pessoal e humano do Botafogo. Eu escrevi, acima, que o botafoguense paga para sofrer. Pois bem: o benemérito botafoguense subvenciona larga e generosamente o próprio sofrimento. E um Paulo Azaredo, ou Sérgio Darcy, ou qualquer outro há de ser assim, também. No fundo, existe, no alvinegro nato, um pouco do Jeremias, de Portinari. Ele só está feliz e realizado quando arranca os cabelos e chora lágrimas de esguicho. Desta feita, porém, o alvinegro há de estar espantadíssimo. O time já não lhe inflige as decepções de outros tempos. Está vencendo ou, na pior das hipóteses, empatando. E, além do mais, desponta, furiosamente, como líder. O Botafogo olha e vê o quê? A perspectiva feérica do título. Seja como for está quebrada a rotina do sofrimento. É uma experiência nova para quem adquirira o hábito, o vício, quase a volúpia das calamidades sistemáticas. Mas o triunfo tem isto de bom: — acorda e, muitas vezes, ressuscita o torcedor infiel, que só aparece nas vitórias. Um Bebiano há de estar presente em qualquer circunstância e, sobretudo, na adversidade. É de uma fidelidade exasperada, que impressiona e, não raro, comove. Mas nós sabemos que Bebiano é uma exceção gritante. A maioria deserta com os desenganos, os fracassos. Como, porém, o time está fazendo bonito, botafoguenses, que pareciam mortos, enterrados passaram por uma verdadeira ressurreição. E, ontem, no Maracanã, tropeçava-se, por toda parte, em velhinhos duma espetacular inatualidade, desses que confundem a "asiática" com a "peste bubônica". E não só velhinhos. Gente moça, também, e uma torrente de alvinegros que estavam escondendo jogo e só agora desfraldam o seu amor clubístico. Os 17 já não são mais 17. Houve o milagre, amigos, a multiplicação da vitória. Ontem, viu-se esta coisa sem precedentes: — os supostos 17 do Botafogo enfrentando, de igual para igual, a massa rubro-negra.* E digo mais: — quando o Botafogo entrou em campo, foi uma barbaridade de fogos, de bombas. A fúria alvinegra sacudia o Maracanã, nos seus alicerces. Então, eu verifiquei que a inferioridade numérica não tem sentido em futebol. Com menos gente, a torcida alvinegra fez tanto ou mais estardalhaço que a multidão rubro-negra. Por isso, eu a transformei no meu personagem da semana.

7/9/1957

---

* Campeonato Carioca. Flamengo 3 x 3 Botafogo (1/9/1957). Gols de Henrique, Moacir e Dida, pelo Flamengo; Quarentinha (2) e Paulinho, pelo Botafogo.

meu personagem da semana: Waldo

87

O meu personagem da semana

só pode ser um: — Waldo. Olhem o panorama da rodada. Ele surge, inapelavelmente, como o monstro absoluto. Na véspera do Fla-Flu, escrevia eu: — "Ah, se o Waldo acerta o pé!" Sim, amigos: — a vitória ou a derrota do meu time depende muito de Waldo. Se ele joga bem, tudo o.k., tudo azul. E nem precisa marcar gols. Basta que entregue, na medida, para o companheiro melhor colocado. Reparem: Waldo está sempre presente nos gols do Fluminense. Ainda ontem, Telê marcou o terceiro para o quadro. Mas a alma do gol foi, indiscutivelmente, Waldo. Ele deu um jeito de colocar Telê, sozinho, diante do arco adversário. Era só empurrar, e direi mesmo: — um sopro faria a bola rolar, docemente, até o fundo das redes flamengas.

Mas vejam vocês as ironias do futebol. Hoje, Waldo está por cima. Seu nome é desfraldado nas manchetes. E não se abre um jornal que não esteja, lá, a sua fotografia. Mas quando Waldo começou, houve uma unanimidade feroz. O Fluminense, de cima abaixo, do presidente ao porteiro, uivava contra ele. E direi mais: — também a imprensa, o rádio e a televisão o apontavam como um perna-de-pau nato e irremediável. E justiça se lhe faça: — como perdia gols! De certa feita, fiz, a bico de lápis, a conta das oportunidades que ele atirava pela janela. Contei 17! Dezessete gols que o Fluminense deixara de marcar por culpa exclusiva de Waldo. Lembro-me de que, até eu, ou eu mais do que os outros, vivia dizendo horrores do rapaz. Para mim, ele era, sobretudo, o bode cego. Mas Waldo tem, felizmente, como traço de caráter, a tenacidade. Não desanima. Luta, até o fim, e morrerá em campo, se for preciso. Outro qualquer teria desanimado face à resistência da torcida, da crônica escrita e falada, de todo mundo. Waldo, não. Eis a sua vantagem: — é inexpugnável às críticas. E não só às críticas, mas aos pontapés, a tudo. Quantas vezes ele é caçado em campo? Dão-lhe solas homicidas, caneladas inenarráveis. E, no entanto, sobrevive. Digo "sobrevive" e especifico: — sem revidar. Waldo não retribui pontapé contra pontapé. Absolutamente. Podem ceifá-lo, dizimá-lo, massacrá-lo, e ele continuará preocupado com a bola, só com a bola. Os outros irritam-se, exasperam-se, praguejam e urram. Waldo, nunca. Ele possui a qualidade única, talvez, em nosso futebol, de só cuidar da vitória e nunca de si mesmo. Não tem tempo de se zangar ou de pensar na própria segurança. E, nesse sentido, vamos convir que não possui uma mentalidade profissional. O profissional comum é o que se cuida, o que se poupa, o que se economiza. Na hora de levar um chute nas canelas, ele pula fora, com uma agilidade e, até, um charme de bailarino. Não fará, jamais, os sacrifícios extremos. Por exemplo: — não fará o que fez, certa feita, o beque Espanhol do Vasco. Numa peleja, se não me engano, com um quadro húngaro, Espanhol deixou que lhe fraturassem a perna para evitar um gol. Foi um belo, um lindo suicídio. Não deixou entrar o gol, mas ficou liquidado para o futebol. Eu estou certo de que, para decidir uma partida, Waldo faria o mesmo, isto é, teria o mesmo ímpeto suicida.

Pode parecer que eu estou dramatizando. Nem tanto, amigos, nem tanto. Assim é o nosso comandante. Ontem, por exemplo, no Fla-Flu, ele construiu a vitória. O seu primeiro gol, cobrindo Ari, foi uma rapsódia. O lance teve tudo: — um clarividente oportunismo e, além disso, que categoria, que estilo! O segundo gol foi outra rapsódia: e vos digo que vale a pena reconstituir o lance. Alguém, talvez Escurinho, atirou forte e Ari largou. Waldo não teve meias medidas: — deu um tiro que arrombou as redes do Flamengo. No terceiro, ele enganou toda a defesa adversária abrindo as pernas para a bola passar. Resultado: — Telê ficou, só, diante do arco. A rigor, seria: — Waldo 3 x 1 Flamengo.* Mas ele foi tremendo não só pelos gols que fez, como pelos gols que deixou de fazer. Eis a verdade: — perdeu bolas inacreditáveis. Por umas e outras, eu o promovo a meu personagem da semana.

14/9/1957

---

* Campeonato Carioca. Fluminense 3 x 1 Flamengo (8/9/1957). Com gols de Waldo (2) e Telê. Dida descontou.

meu personagem da semana: José Lins do Rego

88

O meu personagem não é um

jogador, nem um time, nem uma torcida. É um morto. E será inútil acrescentar-lhe o nome, porque todos já o identificaram. Trata-se, com efeito, de José Lins do Rego ou, como era universalmente conhecido — do Zé Lins. Homem da literatura, do esporte e, sobretudo, homem, em toda a plenitude desta condição. Morto e, no entanto, parece mais vivo do que muitos que andam por aí, que circulam, que batem nas nossas costas e contam piadas. Não resta dúvida que "morrer" significa, em última análise, um pouco de vocação. Já falei nos vivos tão pouco militantes que temos vontade de lhes enviar coroas ou de lhes atirar na cara a última pá de cal. Esses têm, sim, a vocação da morte. Mas homens com a tremenda, a brutal vitalidade do Zé Lins não nasceram para morrer. Fomos, todos, enterrá-lo no chão muito doce de São João Batista. Mas é como se não existisse a mínima relação entre o funeral e Zé Lins, entre o caixão e o grande romancista. Geralmente, o bom escritor brasileiro não acredita em futebol, é um desconfiado do futebol. E conta-se o caso daquele poeta que, levado à força para um jogo, apontava o campo, aos berros: — "Que é aquilo? que é aquilo?" Foi socorrido e descobriu-se que "aquilo" era a bola. Zé Lins não pertencia a esse tipo de intelectual, de laranja, e fez-se íntimo do esporte que é a paixão do povo. E não ia para o campo com a displicência superior de quem se coloca muito acima da plebe ululante, da plebe alvar. Absolutamente. Ele torcia tanto ou mais que qualquer torcedor ignaro. E ninguém mais passional, ninguém com maior capacidade de se entregar à torcida, como se um gol do Flamengo fosse a coisa mais transcendente do mundo.

Sim, amigos: — quem o conheceu sabe que ele vivia cada gol, cada pênalti, cada falta, direi mais, cada lateral. A vitória, a derrota ou o empate deixava de ser a simples e normal contingência de uma competição. Era algo de patético, de inesquecível. Nas perpétuas, na tribuna de honra, ou, anonimamente, nas arquibancadas, ele fazia um esforço físico e emocional maior do que o dos jogadores, em campo. Vi-o, muitas vezes, depois das batalhas. Fosse qual fosse o resultado, eis a verdade: — o triunfo ou o revés o transfiguravam. Sofria tudo, o mínimo incidente, de uma maneira quase física. Acompanhava o time, nas suas agonias e nas suas vitórias. Era uma presença ativa, vibrante, que não faltava nunca.

Conseguiu uma integração tão autêntica com a torcida que jamais foi um cartola para o zé-povinho. Havia entre ele e o torcedor anônimo, o torcedor pé-rapado, o torcedor borra-botas, uma confiança, quase carinho. Para a multidão, não era o "doutor", nem mesmo o escritor, mas o Zé Lins. Era tratado pela torcida de igual para igual, como se fosse também um pé-rapado, também um borra-botas. E vamos e venhamos: — só se é grande homem quando se adquire familiaridade com o homem da rua, quando se é chamado de Zé Lins, simplesmente.

Nome bom e amigo, auditivamente gostoso e eu quase diria jocundo: — Zé Lins! Ele, morto, de fardão, desfigurado pela agonia, tranqüilo na sua morte, pode espantar o torcedor do Flamengo. Sim, o torcedor rubro-negro estava habituado ao seu riso imenso. Nas vitórias do time, valia a pena ouvi-lo rir. Era uma gargalhada como não houve outra na Terra: — de violento sotaque nordestino, mas tão pessoal, tão dele, tão inalienável. Normalmente, seria um triste. Mas que alegria rubro-negra quando o quadro vencia!

O Flamengo mandou pôr sua bandeira à meio pau. Mas essa manifestação oficial não foi tudo. O que importa é a dor, ou espanto, ou a incompreensão do torcedor diante do grande homem que deixou de rir. E sempre que o Flamengo vencer lá estará o silêncio da gargalhada que não se escutará nunca mais.

21/9/1957

meu personagem da semana: Zezé Moreira

89

Sim, amigos: — o meu persona-
gem da semana só pode ser Zezé Moreira. Vejam vocês as ironias tremendas do futebol. Zezé parecia morto, parecia enterrado. E, de repente, eis que o falso morto, o falso enterrado vence, não um pé-rapado qualquer, mas um líder invicto. Sábado, o Canto do Rio, que, na surdina, vem fazendo uma briosa campanha, derrubou o Fluminense. E, depois do jogo, cabia a pergunta: o Zezé Moreira ainda vive? Ainda existe?

Vive, sim, senhor. Escorraçado do Botafogo, andou sumido. Súbito, vem a notícia de que o Canto do Rio o contratara. Seria o fim? E, de fato, ninguém entendia que o técnico do Pan-Americano fosse acabar, melancolicamente, em Niterói. Parecia a decadência profunda, inapelável. E, no entanto, o Canto do Rio oferecia a Zezé Moreira um clima ideal de trabalho. Um técnico controvertido tem que soçobrar num grande clube. Um grande clube vive de ondas insuperáveis. Cada diretor é uma fonte inestancável de palpites. E não só o diretor: a esposa, a amante, o vizinho, o chefe do diretor. Todos mandam, todos concorrem para deflagrar o caos absoluto. Foi assim no Fluminense. Lá acontecia o seguinte: rosnava-se contra Zezé e a marcação por zona as 24 horas do dia. No Pan-Americano, a mesma coisa. E, no Chile, ele só conseguiu o título invicto porque mostrou-se inexpugnável. No Botafogo, teve que travar uma luta de todos os dias e de todas as horas. Por fim, o jogador perdera, de todo, a confiança no técnico e no seu sistema. Todos vinham rosnar-lhe, ao ouvido: "Zezé não entende pitomba de futebol!" Enfim, o técnico saiu, e vamos e venhamos: fez muito bem. Com tanta onda, nem Jesus Cristo conseguiria trabalhar direito.

O Canto do Rio foi uma solução ideal, a meu ver. Zezé é teimoso e, entre parênteses, vos digo: só os teimosos vencem. Ninguém faz nada na vida sem uma pertinácia obtusa. E um clube pequeno permite que Zezé seja teimoso, em paz. Por outro lado, o craque de um Canto do Rio, ou de um Bonsucesso ou Madureira, é muito mais suscetível de ser orientado. Há, nele, essa humildade que torna possível a disciplina. E Zezé Moreira há de estar conseguindo do jogador do Canto do Rio toda a docilidade que seu sistema exige.

No jogo de sábado, o público só via os dois times. Eu, não. Atrás do Canto do Rio, eu sentia a presença ativa, militante, criadora de Zezé Moreira. Escrevi, no dia mesmo da partida, uma crônica, em que advertia aos jogadores do meu time: abram o olho! abram o olho! Queria me referir à participação de Zezé na batalha. Eu o via não apenas como um técnico, não apenas como um tático, mas como um homem cheio de armadilhas, de alçapões. Na minha crônica, estava escrito que o Canto do Rio era o favorito. Ninguém acreditou e todos acharam graça. Mas a história de todos os campeonatos ensina que os pontos decisivos são os que os grandes perdem para os pequenos. De resto, nós erramos nos nossos critérios hierárquicos. Em campo, todos se nivelam. Ninguém é grande, ninguém é pequeno. Qualquer um pode vencer qualquer um. Além do mais, eu temia que o Fluminense pisasse o gramado com a ilusão fatal de superioridade. Hoje, consumada a derrota, eu sinto que meu time foi para o Maracanã na prévia certeza do triunfo. E o futebol não perdoa nenhuma máscara, por mais leve, por mais tênue que possa ser.

Zezé soube tirar um sábio partido de todas as características técnicas e psicológicas da peleja. Ninguém acreditava no Canto do Rio: só ele. E quando acabou a batalha, estava todo mundo espantado. Por toda parte, eu só via caras atônitas. Só uma pessoa não se espantava com 1 x 0* e o admitia, com extrema e feliz naturalidade: Zezé Moreira, o meu personagem da semana.

28/9/1957

---

* Campeonato Carioca. Maracanã. Canto do Rio 1 x 0 Fluminense (21/9/1957). Gol de Zequinha.

meu personagem da semana: Escurinho e Castilho

90

São seis da tarde. Acabo de chegar da tremenda vitória que nos devolveu a liderança. Vencemos o Botafogo, até então líder e até então invicto, 1 x 0. Pode parecer um escore mofino, sumítico, esquálido. Para mim basta. Eu me daria por satisfeito se, em vez de um, fosse meio a zero. De volta do estádio, sento-me à máquina e pergunto, a mim mesmo: — quem é o meu personagem da semana? Instalada a dúvida ponho-me a pensar. Reexamino os dois times e concluo que o meu personagem da semana são dois: Escurinho e Castilho. Mas por que Escurinho e por que Castilho? Vejamos. Sou um dos que, uma vez por outra, clamam contra Escurinho. E vamos e venhamos: ao longo de sua carreira, no meu time, Escurinho tem perdido gols, aos borbotões. Lembro-me que, de certa feita, numa pelada, ele abusou do direito de perder gols. De frente para o arco vazio, com o goleiro batido, sozinho, a bola nos pés, Escurinho mandava às nuvens. Se, nesse jogo, ele tivesse marcado um décimo do que podia e devíamos, teríamos vencido por 40 x 0. Retirei-me do estádio vociferando: "É o pior do mundo! o pior!" E fui além: neguei ao nosso ponta qualquer vestígio de inteligência. Para mim, a inteligência de Escurinho era a velocidade, só. Mas nada como um dia depois do outro. Vem o Fluminense x Botafogo, *match* crucial, desses que podem decidir a sorte de um campeonato. E, com o gol do Fluminense, o único fabuloso, recebi, em cheio, uma lição de futebol e de vida. Por exemplo: aprendi que isso a que chamamos inteligência é uma questão de dia, e, sobretudo, de momento. Somos inteligentíssimos em determinado dia ou momento e burríssimos antes e depois. Felizmente, para todos nós que confessamos nossa condição de pós-de-arroz natos e hereditários, o dia ou o momento de inteligência de Escurinho foi o do gol. Vejamos, porém, o lance: Escurinho recebe a bola e eu calculo: "Vai furar o céu!" Engano, amigos, torvo e atro engano. Como estava soando o seu momento de inteligência, ele não atirou de qualquer maneira. Pelo contrário. Caprichou na jogada. Cortou um defensor adversário, escolheu um canto e mandou lá, com uma exatidão genial. Note-se: Escurinho usou, justamente, a "ceguinha", ou seja, a sua direita que, segundo os eternos descontentes, não serve nem para tomar bonde. Eu, então, deliberei: vai ser meu personagem da semana. Agora, Castilho. Atrevo a dizê-lo: foi o maior homem em campo. No primeiro minuto da partida, o Botafogo arrombou as defesas tricolores e quase entra com bola e tudo. E só não houve o tento porque o nosso Castilho teve uma deslumbrante saída de gol, digna de Leonardo da Vinci. Conclusão: Defendeu uma bola chutada na cara. Mais sensacional, porém, foi o pênalti em Garrincha. Quando o juiz apitou a penalidade máxima, eu vi, ali, a falência da vitória e, mais do que isso, a falência de todas as nossas esperanças ao título. Pois bem: Didi coloca a bola. Se fosse outro, eu não diria nada. Mas era Didi, o homem das folhas-secas, o homem dos 120 contos. Ora, um pênalti é, acima de tudo, um problema de inteligência. Venceria o que, naquele instante, fosse o mais inteligente. No meio de um silêncio ensurdecedor, Didi atira e Castilho defende. Insisto: Defende porque estava num momento de inteligência, e Didi, não. Mais tarde, há uma penalidade, perigosíssima, contra o Botafogo. Forma-se a barreira alvinegra, à qual se incorpora Didi. Mas no momento da cobrança, por Telê, Didi corre em tempo de tirar com a cabeça a bola que ia entrando. Que foi essa inspiração senão um momento de inteligência? Mas voltemos a Escurinho e Castilho. Deram a vitória que talvez signifique o campeonato. São, portanto, os dois monstros da semana.

5/10/1957

meu personagem da semana: Dida

91

Vou dizer as iniciais do meu

personagem da semana: Dida. Atrás de minha cadeira, durante todo o Flamengo x Vasco, um rubro-negro bufava: "Mas é um monstro! Que monstro!" O "monstro" era Dida. Reparem neste curto, brevíssimo apelido, tão íntimo e de um flagrante sabor carioca e juvenil. Dida dá idéia de menino, de garoto. Mas vejam: da fusão de duas sílabas, nasceu um dos mais formidáveis jogadores do Brasil. Eu me lembro do aparecimento de Dida, à sombra do tricampeonato. Jogava nos aspirantes e era apenas uma promessa. Um dia, Don Fleitas Solich olha aquele menino, de um ímpeto mortal, e terá dito com os seus botões, em castelhano: "Vou por esse cara contra o Vasco!" Sim, amigos: O chamado "clássico dos milhões" tem sido uma fatalidade na vida do meu personagem da semana. Foi, com efeito, salvo erro, num Vasco x Flamengo, que Dida despontou como craque. Nos aspirantes, era um espetáculo. Mas jogar embaixo é uma coisa, em cima é outra. Seria prudente atirá-lo num jogo de crucial responsabilidade? Com tranqüilo e cordial otimismo, Don Fleitas arriscou. Pôs em campo, contra o mesmo Vasco, a ala Dida-Babá ou seja: dois garotos. Foi uma temeridade, não há dúvida, mas que atingiu em cheio, o centro do alvo. Didi e Babá arrombaram a defesa cruz-maltina. Eli, então em plena forma, não viu nem a cor da bola. A partir de então, Dida arremessou-se para o sucesso e ninguém o segurou mais, nunca mais. Eu respeito muito o craque que, num cotejo de tal importância, dá-se ao luxo de fazer três gols. Na véspera, Léo, do Fluminense, liquidou o Olaria com outra rajada de gols: três, também. E graças aos três de Léo, somado ao único de Escurinho, é que não entregamos a ponta do Flamengo. Mas voltemos a Dida. Observando suas arrancadas, seus deslocamentos fulminantes, suas intuições luminosíssimas, eu imaginei um escrete brasileiro formado de 11 Didas, isto é, 11 jogadores com a mesma agilidade, o mesmo dinamismo, a mesma flama, a mesma garra. Para o Vasco, ontem, ele foi um problema constante. Como marcar um jogador que, pelas suas características desconcertantes, é realmente imarcável? Como segurá-lo, se ele se dispara como uma bala? Foi Dida, a meu ver, quem começou a desintegrar a defesa vascaína. Quando eu vi a sua irresistível penetração, disse de mim para mim: "O Vasco está perdido!" E, de fato, os defensores cruz-maltinos têm uma solidez maciça que não pode acompanhar a fulgurante agilidade dos Didas. Ele passava, ele envolvia, ele desmontava, com meticulosa ferocidade, a retaguarda adversária. Eu digo "ele", mas convém não esquecer os outros monstrinhos que, na linha rubro-negra, mergulhavam na batalha com élan parecido. Aliás, a grande sabedoria de Don Fleitas foi a de ter transformado o Flamengo num arsenal de Didas. Ele acabou com o craque que, ao entrar em campo, afivela uma máscara de ferro. O Flamengo vive e sobrevive porque se despiu de qualquer máscara. Vejam o Dida de ontem e de sempre. Seu futebol é o da paixão, do amor, da velocidade. Correu o tempo todo, sem parar, como um coelhinho de desenho animado. Todos os seus gols foram lindos. Mas o último constituiu um show extra. Dizem que ele o marcou em *offside*. Mentira. Lutou com Belini, sim, mas muito atrás, dando-lhe total condição de jogo, estava Paulinho. E, após bater Bellini, Dida coloca a bola de maneira genialíssima, em folha-seca. No fim de tudo, a massa rubro-negra, que tem um clarividente instinto para distinguir seus heróis, clamava o seu nome: "Dida! Dida!" A multidão consagrava o monstro da tarde.* E vamos e venhamos: ninguém foi, ontem, tão Flamengo, tão rubro-negro, como Dida, o meu personagem da semana.

12/10/1957

---

* No Campeonato Carioca de 1957, no Maracanã, o Flamengo goleou o Vasco por 4 x 1, com três gols do atacante Dida. Henrique ainda marcou para o Rubro-negro e Pinga descontou para o Vasco.

meu personagem da semana: Mário Filho

92

Bem que o meu personagem da semana podia ser o juiz da partida Bonsucesso x Fluminense. O jogo foi marcado por três vergonhas, duas das quais de exclusiva responsabilidade de S. Sª. Refiro-me ao gol anulado de Robson e ao pênalti em Escurinho, que ele ignorou. A terceira vergonha foi a quantidade de gols que o Fluminense achou de perder. De qualquer maneira, o juiz valeu como a grande figura do *match*. E, na verdade, o Fluminense empatou com S. Sª. Mas eu não farei o Sr. Gualter Gama de Castro meu personagem da semana. Por um motivo muito simples: ocorreu, ontem, a abertura dos Jogos da Primavera. Trata-se de um espetáculo único no mundo, da maior olimpíada feminina da Terra. E o personagem da semana só pode ser o jornalista Mário Filho, o homem que criou este fabuloso acontecimento. Falo no diretor de *Jornal dos Sports* e pergunto, de mim para mim: quem é ele? Vou responder. Mário Filho é nosso contemporâneo. Nós falamos com ele, nós o cumprimentamos, nós o vemos cara a cara. Daí resulta que nem sempre temos uma idéia do que ele representa, do que ele vale. Façamos, porém, uma tentativa para colocá-lo dentro da grandeza de sua vida e de sua obra. Dele se pode dizer que foi, sozinho, a "Semana da Arte Moderna" do nosso jornalismo esportivo. Hoje, a parte esportiva do jornal é uma potência. Um jogo de futebol só tem, na imprensa, o limite de sua importância. Dão-lhe primeiras páginas, manchetes, o diabo. Mas no tempo em que Mário Filho começou, tudo era diferente. O *match* mais transcendente merecia uma vaga notícia, uma notícia espremida num cantinho de página. O fato esportivo estava longe de merecer o relevo quase histérico que a imprensa, toda, lhe empresta, atualmente. Mário Filho fez do futebol, por exemplo, um assunto de tremendo interesse jornalístico. Operou uma revolução de alto a baixo, que alterou a forma gráfica, a expressão verbal, a cobertura fotográfica, a maneira de ver os jogos e de valorizá-los. Esta crônica, porém, não pretende reconstituir, minuciosamente, a sua obra toda. Quero apenas falar dos Jogos da Primavera. Amigos, eis a verdade: antes da olimpíada feminina, que Mário Filho criou, não havia primavera no Brasil. As quatro estações eram uma só: o verão. Nesta Sibéria invertida, morria-se de calor os 12 meses do ano. Hoje, o que nós sabemos da primavera devemos aos Jogos que são mais válidos, mais persuasivos do que todas as folhinhas. Insisto: antes de Mário Filho, quando a folhinha anunciava a primavera, a gente duvidava e com razão. O céu continuava com o seu azul cordial e exasperado e as flores eram as mesmas de sempre. Nem uma dália a mais, nem uma dália a menos. Com os Jogos, as flores passaram a ter uma importância secundária ou nula. E vamos e venhamos: a imagem numerosa de 16 mil moças representam mais a primavera do que todas as rosas do céu e da terra. Ontem, eu estava no Fluminense superlotado e vos digo: à sombra de tantas meninas, dizia, de mim para mim: "Isto é que é a primavera!" Por outro lado, os Jogos representam uma lição incisiva, que devemos assimilar, urgentemente. Com secretíssima vergonha, o brasileiro se julgava um povo feio, irremediavelmente feio. E o espetáculo de ontem ensinou-nos que, a moça do Brasil, pelo menos a moça do Brasil, é a mais linda do mundo. A beleza tem o seu limite. Há um momento em que a mulher bonita não pode ser mais bonita. Eu vos digo: as meninas dos Jogos da Primavera estavam, justamente, no limite extremo da beleza. Concluo perguntando: quem, a não ser Mário Filho, o homem que inventou a primavera, no Brasil, merecia ser hoje o meu personagem da semana?

19/10/1957

meu personagem da semana: Mandi

93

Hoje, eu pensei em transformar

o América no meu personagem da semana. E vamos e venhamos: o América faz-me lembrar o Jeremias, de Portinari, desgrenhando os cabelos e atirando lágrimas de esguicho. Está apanhando de Deus e todo mundo. E eu, francamente, não sei onde ele vai parar. Mas o América é um personagem múltiplo, que inclui, no mínimo, 11 jogadores e os reservas. Não acredito em tragédia coletiva. Prefiro escolher o herói individual e solitário. E um nome já me ocorre. Refiro-me a Mandi. Isolo-o do América passo a fixá-lo na sua grandeza de herói trágico. Para caracterizar a sua situação dramática, vem-me outro exemplo bíblico: Jó. E, de fato, só mesmo Jó, com a sua constelação de calamidades, dá uma idéia do que Mandi está sofrendo no América. Antes de mais nada, precisamos situá-lo na sua solidão tremenda. É o estrangeiro só e indefeso e numa palavra: o homem realmente trágico. E, no entanto, nem sempre foi assim. Quando Mandi entrou no América, pela mão de Giulite, foi uma apoteose. E, de fato, ele, com a sua maciça autoridade internacional,* bem que merecia uma confiança total. Americanos vinham sussurrar-me: "Com Mandi, o negócio vai melhorar!" Mas o futebol e a vida têm ironias imprevisíveis. O

* Gyula Mandi foi técnico da seleção húngara, de Puskas e Kocsis entre outros craques, vice-campeã mundial na Copa do Mundo de 1954.

técnico, de sábio, de clarividente *métier*, não teve sorte nenhuma. O América, que já estava ruim, ficou péssimo, pior do que nunca. E ninguém conseguia fixar uma relação entre a incontestável experiência de Mandi e os fracassos americanos consecutivos. Para mim, que sou um eterno curioso de todos os problemas técnicos e humanos do esporte, o caso de Mandi deu o que pensar. Comecei a perguntar a um e outro: "De quem é o fracasso? De Mandi ou do time?" Era esta, de fato, a grande ou, por outra, a única questão. Mas, ontem, finalmente, com o *match* América x São Cristóvão, eu entendi, subitamente, tudo.* Em primeiro lugar, a atuação americana foi o fim. Raras vezes, terei visto um quadro jogar tão espetacularmente mal. Falei do time, em geral. E que dizer de alguns elementos que estavam, evidentemente, abaixo de qualquer crítica e cujo comportamento, em campo, era um achincalhe ao público e à própria camisa? Está claro que existe, para qualquer jogador, o direito democrático de jogar pedrinhas, de vez em quando. Mas há um limite para tudo. Um profissional não pode ultrapassar esse limite. Um exemplo: um craque rubro fez, por duas vezes, o seguinte: porque não teve, de momento, para quem passar, largou a bola e voltou. O confrade Luiz Renato é testemunha do fato. Ele clama: "Eu vi! eu!" E aqui pergunto: um clube pode exigir tudo do seu técnico, menos milagre. E seria milagre absoluto vencer alguém nas condições em que se encontra a equipe americana. E não é um revés eventual, que pode acontecer ao melhor time do mundo. Absolutamente. O "onze" rubro fez do fracasso uma rotina. Joga pedrinhas sistematicamente. E pior do que isso: tem-lhe faltado qualquer vestígio de coração. Digamos: salvam-se do colapso uns dois ou três, no máximo. O resto não ganha, e, pior, não queria ganhar, em hipótese alguma. Mas se a partida foi um mísero espetáculo, algo se salvou. Refiro-me a um episódio que ocorreu após o *match*. O quadro rubro saiu de campo vaiadíssimo pela parte social. Eu calculava: "São capazes de linchar o Mandi!" De fato, é uma eterna mania brasileira responsabilizar o técnico pelas derrotas. Mas a nossa vida é tecida de enganos, de equívocos. Quando Mandi apareceu, em vez do massacre, a parte social do América fez-lhe tremenda ovação. E não foi tudo: Mandi chorou, amigos, Mandi chorou! Ora, eu só acredito em amor que chora. E vendo aquelas lágrimas de homem, eu acreditei no amor de Mandi pelo América.

26/10/1957

---

* Campeonato Carioca. São Cristóvão 2 x 1 América. Campos Sales (20/10/1957). Gols de Miguel e Ivan. Geraldo descontou para o América.

meu personagem da semana: Joãozinho

94

Na última noite do mundial de

basquetebol, várias pessoas, de ambos os sexos, vieram cochichar-me: — "Põe a Ludmila no personagem da semana!" Era uma idéia. Mas, sábado, à saída do Maracanãzinho, tropecei numa multidão compacta em torno de um lotação especial. Fui espiar e dei com a "Joãozinho", que foi, no certame, a anti-Ludmila por excelência. Homens, mulheres e crianças estavam ali, como que magnetizados. E eu, então, subitamente, vi tudo: — o autêntico "personagem da semana" era não a fabulosa Ludmila, que é, no momento, a namorada mental de milhares e eu quase dizia de milhões de brasileiros. A "personagem", dizia eu, era a "Joãozinho". Num cotejo entre as duas, verificaríamos o seguinte: — o interesse jornalístico pende mais para a "Joãozinho". Afinal, quem é e o que é Ludmila: uma mulher bonita. E, felizmente, estamos numa cidade em que esbarramos, por toda parte, com mulher bonita, às dúzias. Sim, amigos: — se fôssemos fazer uma meticulosa pesquisa, encontraríamos, no Rio, Ludmilas, aos borbotões. Mas a "Joãozinho" é algo sem precedentes. Onde encontrar outra "Joãozinho" que não seja a própria? Revirem a cidade, remexam-na, ponham-na de pernas para o ar, recorram aos anúncios classificados. E teremos de confessar, humilhadíssimos, que não há aqui, nem alhures, nada que se possa ombrear com a "Joãozinho". A começar pelo nome, que a alegre imaginação da cidade lhe conferiu. Sejamos justos: — chamar de "Joãozinho" a Nera, da equipe norte-americana, é um achado genial. Mas tudo na "Joãozinho" parece ser exceção. Assim que a vi, fiz os meus cálculos: — "É um *cowboy* perfeito!" Mas ao formular uma hipótese assim gratuita e assim fantasista, mal sabia eu que estava atingindo, em cheio, o alvo da verdade. Posteriormente, colhi informações definitivas. O pai da "Joãozinho" tem, não sei em que lugar dos Estados Unidos, um rancho tremendo. E ela teria se criado num ambiente de faroeste num desses lugares em que os "mocinhos" dão trezentos tiros com as mesmas balas. Por outro lado, contam-me que, desde garotinha, ela está acostumada a lidar com bois. Pegá-los à unha seria a sua vida, um hábito, uma rotina. Daí a sugestão, que ela nos oferece, de um *cowboy* jogando basquetebol. Ao passo que a Ludmila, se visse um boi brabo, ou um pele-vermelha atirando flechas incendiárias, ou o "mocinho" dando seus trezentos tiros, Ludmila entraria em pane, em colapso. Por tantos motivos, foi o que se viu: — a "Joãozinho" estava em todas. Sem ela, a equipe americana sofreria um desfalque no seu élan, na sua autoridade e, mesmo, no seu charme. Lembro-me de que, em pleno jogo, contra a Rússia, "Joãozinho" sofreu um acidente. Ou por outra, "acidente" digo mal. Na realidade, levou uma "trombada" de lotação. Uma russa colidiu contra ela e eu escutei: "Matou!" Outra qualquer teria saído, de campo, em maca ou rabecão. Mas "Joãozinho", no faroeste derruba, a tapa, bois brabos. Embora um pouco amarrotada, fez das tripas coração e acabou partindo, de novo, para a vitória. Amigos, só pode ser "Joãozinho" o meu personagem da semana.

2/11/1957

meu personagem da semana: a cusparada

95

Amigos, é óbvio que eu tenho que catar, entre os 22 elementos do Canto do Rio x Flamengo, o "meu personagem da semana". Digo "22 elementos" e já retifico: 23. De fato, seria uma injustiça, e das mais crassas, não incluir o árbitro Malcher entre as figuras cogitáveis. Ele marcou dois pênaltis e, não satisfeito, determinou uma expulsão. E um juiz que faz tanto está, indubitavelmente, assumindo uma grave responsabilidade, perante Deus e perante os homens. Sim, ele poderia ser meu personagem, se eu não tivesse escolhido outro. E o patético é que, desta vez não se trata de gente. Insisto: o meu personagem da semana não pertence à triste e miserável condição humana. É, e com escrúpulo e vergonha o confesso, uma cusparada. A vida dos homens e dos times depende, às vezes, de episódios quase imperceptíveis. Por exemplo: o jogo Canto do Rio x Flamengo, que foi tão árduo, tão dramático para o Rubro-negro. Antes da partida, havia rubro-negros olhando, de esguelha, e com o coração pressago, o time da vizinha capital. É certo que o Canto do Rio não esfrega na nossa cara grandes nomes, grandes cartazes. Mas nós sabemos que está lá, por trás, dispondo, o Zezé Moreira. Convém temer o clarividente *métier*, a sábia experiência do vencedor do Pan-Americano. Começa o *match* e logo se percebe que o Flamengo teria de molhar a camisa. O Canto do Rio fez o jogo que rende, que interessa: bola no chão, passe rasteiro, penetração, agressividade. Termina a primeira etapa com um escandaloso 1 x 0, a favor do Canto do Rio. Cá fora, vários rubro-negros se entreolhavam, em pânico. Imaginem se o Flamengo cai da liderança, como de um trapézio. Mas vem o tempo final e o Rubro-negro consegue, com um gol notabilíssimo de Henrique, o empate. Mas não bastava. Um empate significaria, do mesmo modo, a humilhação de um segundo lugar. Continua a tragédia. E, de repente, com a bola longe, nos pés de Jairo, se não me engano, há um incidente na área do Canto do Rio. Alguém chuta alguém. Malcher, de uma só cajadada, mata dois coelhos: expulsa Floriano que lhe pareceu culpado e assinala pênalti contra o Canto do Rio. Amigos, eu confesso: tive pena do Canto do Rio, porque o árbitro o punia duas vezes pela mesma falta. Achei que era justiça demais, castigo demais. Vem Moacir e desempata: Flamengo 2 x 1. Inferiorizado no placar e com dez elementos, lá parte, outra vez, o Canto do Rio. Jogo duro, viril, disputado com gana e, eu quase diria, com ódio. Faltando quatro ou cinco minutos para acabar a batalha, ocorre, contra o Flamengo, o pênalti que, para muitos, foi de compensação. Devia ser empate, ou seja: o resultado que viria pôr abaixo, da ponta, o Flamengo. Foi então que Dida teve uma lembrança maléfica e, mesmo, diabólica. Estava a bola na marca fatídica. Dida aproxima-se, ajoelha-se, baixa o rosto e vai fazer o que nem todos, na afobação, percebem. Para muitos, ele estaria rezando o couro. Mas eis, na verdade, o que acontecia: Dida estava cuspindo na bola. Apenas isso e nada mais. Objetará alguém que este é um detalhe anti-higiênico, antiestético, que não devia ser inserido numa crônica. Mas eu vos direi que, antes de Canto do Rio x Flamengo, já dizia aquele personagem shakespeariano que há mais coisas entre o céu e a terra do que supõe a nossa vã filosofia. Quem sabe se a cusparada não decidiu tudo? Só sei que lá ficou a saliva, pousada na bola. O que aconteceu depois todos sabem: Osmar bate a penalidade de uma maneira que envergonharia uma cambaxirra. Atirava o Canto do Rio pela janela, a última e desesperada chance de um empate glorioso. E ninguém desconfiou que o fator decisivo do triunfo fora, talvez, a cusparada metafísica de Dida, que ungiu a bola e a desviou, na hora H.

9/11/1957

meu personagem da semana: Martim Francisco

96

Depois de não sei que jogo,

nove sujeitos foram escorar Martim Francisco, no portão de São Januário. Queriam, talvez, caçá-lo a pauladas. E quando Martim apareceu, e viu aquelas caras incendiadas de ódio, deu um pulo para trás e puxou uma vasta garrucha. Os sujeitos esbravejavam: — "Seu isso! Seu aquilo!" Então, ele não conversou. Empunhando a arma, e tendo, nos lábios, a espuma de justa cólera, Martim pôs o inimigo para correr. Isto diante das alegorias oceânicas dos azulejos. Eu não estava lá, mas a reconstituição do episódio, feita por terceiros, encheu-me as medidas. Prometi a mim mesmo: — "Martim vai ser o meu personagem da semana." Um homem que arranca um revólver assume, incontinente, um ar de *cowboy*. E, no entanto, vejam vocês: — ninguém mais anti-*cowboy*, ninguém mais anti-faroeste que Martim Francisco. É um cordial, um lírico e sua voz acaipirada, seu inconfundível sotaque mineiro, seu jeito manso são o disfarce de uma implacável lucidez. E se, apesar da amenidade do seu temperamento, ele pôs um revólver no bolso, se fala em dar tiros, eu imagino o que esse homem não sofre, imagino o que não sofreu. Pergunto: — qual foi, exatamente, a tragédia de Martim Francisco? Ei-la: pertencer a um grande clube. Eis uma verdade eterna do futebol e do esporte em geral: — o que caracteriza o grande clube não são as virtudes, mas uma série de defeitos específicos e definitivos. Por exemplo: — lá, todo mundo manda. É cada diretor, é a esposa do diretor, a amante, o vizinho. E como pode viver o técnico, respirar, trabalhar, se os palpites o perseguem por toda a parte, se os palpites o caçam até na intimidade do lar? Contam-me que Martim Francisco era submetido, inclusive, a um inexorável cerco telefônico. Em casa, quando o telefone bate, há duro impacto. As pessoas se entreolham e se crispam. Vão atender e, do outro lado da linha, alguém despeja uma torrente de obscenidades.

Ora, nada pior do que o ódio telefônico. Falei dos nove sujeitos que esperavam Martim Francisco. Mas justiça se lhes faça: — eram inimigos materiais, físicos, suscetíveis de coação, de covardia e, numa palavra, suscetíveis de correr ou de apanhar. Mas uma voz é uma voz e nada mais do que isso. Como dar-lhe uma bofetada, ou cuspir-lhe em cima, ou fazê-la ajoelhar-se e pedir perdão? E o que ocorreu com Martim Francisco foi isto: — massacraram-no, auditivamente, com essa constância do ódio fanático. Por isso, ele, com toda a sua índole pastoril de mineiro, lá pôs um revólver no bolso ou no cinto. Mas como intimidar uma voz ou, melhor, muitas vozes, como vará-las a tiros? Falam de sua barba crescida, entre loura e ruiva, que lhe dava um ar de Cristo lívido e triste. Mas vamos e venhamos: — o sujeito que acaba de ouvir uma obscenidade, no telefone, não pode vir para um espelhinho, escanhoar-se, fazer-se bonito, pôr-se fotogênico. O que ele quer, como o "mocinho" de faroeste é dar tiros, em todas as direções, trezentos tiros. E, de resto, Martim tem um defeito realmente grave e realmente imperdoável: — é inteligente. Tudo lhe poderiam perdoar, menos isso. O indivíduo que esboçar um esgar de inteligência há de ser, sempre, um solitário e um escorraçado. Um idiota está sempre acompanhado de outros idiotas. Mas nenhum ser é menos associativo do que o inteligente. Vejam o meu personagem da semana: — no momento, é, no futebol brasileiro, o homem que está mais só. E o que lhe dói mais, na carne e na alma, não é bem o que fizeram a ele pessoalmente, mas aos seus. Talvez Martim preferisse ser esquartejado, salgado e pendurado como o Tiradentes, de Portinari, contanto que ninguém telefonasse para a casa dele. Torturar a família, não. Ele tem dois filhos, um já nascido, outro por nascer. E, depois de espiar, no berço, o seu garoto, pedalando o ar, eu entendo a fúria de Martim, eu justifico a sua gana de sair, pela rua, dando tiros.

16/11/1957

meu personagem da semana: Waldo

97

Depois do jogo Botafogo x Flamengo, vou eu saindo da tribuna de imprensa quando alguém me atraca. Era um torcedor, eufórico, iluminado, que vinha me soprar a sugestão: "O personagem da semana deve ser o Altair!" Eu falei em sugestão. Pois foi, praticamente, uma exigência. E concordo em que, na véspera, Altair comeu a bola. Apresentou um futebol extremamente simples, prático, construtivo e, ao mesmo tempo, espetacular. Numa palavra: jogo para o time e para a arquibancada. Sim, o torcedor que me deu a idéia, e que deve ser algum "pó-de-arroz" frenético, tem a sua razão. Altair podia ser, perfeitamente, "o meu personagem da semana". Podia. Mas... e Waldo? Waldo! Amigos, eu vos declaro: o momento mais patético da partida foi o do pênalti que Waldo bateu. A batalha estava empacada num empate, e no mais triste e mais branco dos empates, que é o de 0 x 0. O Tricolor jogava melhor, é certo. Mas o meu quadro está sofrendo de uma fatalidade horrenda nestes últimos compromissos: o fato de jogar muito não o impede de perder 35 gols por partida e de acabar empatado e, até, derrotado. Por isso, o pênalti caíra-nos do céu, e a torcida "pó-de-arroz", com o olho rútilo e o lábio trêmulo, já estava disposta a saborear o gol como quem chupa um chicabon. A bola é colocada no lugar, o árbitro apita e Waldo perde o pênalti! Aqui eu vos digo: o simples fato de ter perdido o pênalti já conferia a Waldo o mérito suficiente para ser "o meu personagem". A meu lado e, em todo o estádio, como se praguejou, amarga e abundantemente, contra Waldo! E vou mais longe: naquele instante, ele não era bem o Waldo, mas o ex-Waldo. O companheiro, que estava comigo, assumiu, por um momento, um ar profético e anunciou: "Vamos perder!" E repetiu com a voz cava e o tom profundo: "Vamos perder!" Já no primeiro Canto do Rio x Fluminense tínhamos apanhado. E uma nova derrota, para o mesmo Canto do Rio e para o mesmíssimo Zezé Moreira, parecia-me uma provação, só comparável às de Jó. O que nem eu nem a nossa torcida sabíamos é que tinha sido ótimo o pênalti perdido. Digo "ótimo" para o Fluminense e para o próprio Waldo. Explico: a partir desse momento, ele foi outro em campo, foi aquele Waldo dos áureos tempos, o Waldo que varava, arrombava, dizimava as defesas inimigas. Atirou-se para frente e levou tudo de roldão, tudo! Houve um momento em que se arremessou, para o couro, e com tal apetite, com uma gana tão homicida, que eu imaginei se ele não iria estraçalhar a bola nos dentes. Não estraçalhou, não assassinou a bola, mas fez dois gols, e note-se: houve um intervalo de apenas dois minutos entre um e outro. Dois gols! O Fluminense enfiou mais três num total de cinco. Mas a partida se decidira nos dois primeiros, ou seja, os gols de Waldo. Lavou-se, purificou-se do pênalti perdido e, hoje, a torcida tricolor pode bradar: "Este, sim, é o verdadeiro Waldo!" Digo "verdadeiro" e vou explicar. O Waldo dos últimos *matches*, que perdia gols aos cachos, que não fazia gol nenhum, que ficava atrás preparando, que deixara de ser o artilheiro, seria um sósia, uma imitação, uma paródia e não ele mesmo. O autêntico é o que vimos, sexta-feira, decidindo uma batalha em 120 segundos e escancarando o caminho da goleada. Reparem no seguinte: Garcia estava apanhando tudo, até pensamento. E se Waldo não voltasse a ser ele mesmo, não voltasse a ser o verdadeiro Waldo, não sei o que seria de nós. Jogávamos bem, fazíamos um futebol que era um desenho, um bordado, uma aquarela, mas sabemos que só se ganha com gols. Tenho a impressão de que Waldo estava sob um encanto qualquer, sutil e maléfico, que o liquidava como artilheiro. A fonte dos gols secara como uma bica da zona sul. Mas o pênalti perdido serviu-lhe de incentivo, de afrodisíaco. E quebrou-se o encanto funesto. Eis porque eu escolhi o verdadeiro Waldo para ser meu personagem da semana.

23/11/1957

meu personagem da semana: Juiz Viug

98

Chego na redação e faço um teste. Chamo o pessoal, que ainda trazia o suor do Maracanã; pergunto: — "Quem é o meu personagem da semana?" Houve uma unanimidade maciça: — "O juiz!" De fato, sejamos justos: — o Sr. Viug foi, em toda a partida, uma figura. A partir da expulsão de Alarcon, eu, na tribuna de imprensa, senti-lhe a nítida, a indubitável vocação para "meu personagem". Com uma agravante: — ele não se contentou com tão pouco. Uma expulsão só era por demais insatisfatória para o seu apetite. Ao primeiro ensejo, põe também o Pavão no olho da rua. Já no episódio de Alarcon, S. Sª conseguiu, de golpe, aniquilar a beleza e o dramatismo da partida. Com a inferioridade numérica do América, que se podia esperar de uma peleja assim desfigurada? Lembro-me de que um torcedor rubro, a meu lado, rosnou o vaticínio lúgubre: — "O América vai perder de banho!" Eu também achei que dez americanos não bastavam para resistir à agressividade de 11 rubro-negros. Mas o Sr. Viug estava, lá, dispondo. Expulsou Pavão, como quem diz: "O negócio equilibrou outra vez!" Dez a dez, em campo. Outro torcedor sopra ao meu ouvido: — "Elas por elas e uma mão lava a outra!" A meu ver, porém, nenhuma força humana ou divina podia salvar uma partida assassinada. Eu disse "assassinada" e repito: — assassinada. Mas vejamos se foi justa ou não a expulsão de Alarcon. As opiniões variam ao infinito. Uns viram Alarcon "pisar", como um lobisomem, a cara de Zagallo. Outros juram que não, que absolutamente. No intervalo do primeiro para o segundo tempo, um rubro chama-me de lado e cochicha: — "Alarcon pisou, mas sem intenção." Faço espanto e o outro explica e reconstitui, nos seus detalhes mais imperceptíveis, o lance: — "Alarcon perdeu o equilíbrio e pisou em qualquer lugar!" Por fatalidade, o "qualquer lugar" era a cara de Zagallo. No incidente de Pavão, um rubro-negro veio demonstrar-me, por A mais B, que a cara de Canário é que tinha agredido o pé de Pavão. E, nesse duelo, de cara com pé, o ponta rubro desmoronara como um prédio de Santa Teresa. Mas, como eu ia dizendo: — estava lá o Sr. Viug, velando. E veio, correndo, com dedo espetado: — "Rua! rua!" Outro qualquer, em ambos os casos, teria optado talvez por uma ameaça incisiva, que só se concretizaria na hipótese da reincidência. Não o árbitro de ontem, que parece ser homem de sólidas certezas. Enquanto os outros viam os dois *fouls* o Sr. Viug viu mais, ou seja: a imponderabilíssima intenção que deflagrou o pé de Alarcon na cara de Zagallo e o de Pavão na cara de Canário. Convenhamos: — "ver" uma intenção é algo de patético na vida de um juiz. Mas S. Sª não esgotara ainda o seu repertório. Um árbitro medíocre teria ficado por aí, feliz e saciado. Perto, já, do final, portanto, do desfecho, e quando parecia consumado o triunfo rubro-negro, eis que Sr. Viug inflige um pênalti ao Flamengo. Aqui pergunto: — houve ou não o pênalti? O problema não é bem da existência da falta máxima. Pênaltis existem, e sempre existirão, às dúzias, aos borbotões. O duro é marcá-los e, sobretudo, nos grandes clássicos, nas pelejas que poderão decidir o título. E justiça se faça ao Sr. Viug: — foi implacável. Por mim, eu confesso que não saberia dizer se foi pênalti ou não. Para a ótica americana, não houve jamais uma falta assim tão clamorosa; para a ótica rubro-negra, tudo não passou de um monstruoso cinema. O fato é que, assinada a penalidade máxima, o Sr. Viug pôs o Fluminense para cima e o Flamengo para baixo. Vejam vocês o destino agradabilíssimo do Tricolor. Primeiro, 22 homens, depois 20 e, por último, 21 (árbitro incluso) suaram 9 minutos por ele. Mas a partir da segunda expulsão, todas as minhas dúvidas se dissiparam: — o meu personagem da semana só podia ser o juiz da peleja.

30/11/1957

meu personagem da semana: Rubens

99

Eis as iniciais do meu perso-
nagem da semana: Rubens. Com a vitória do Vasco, ontem, sobre o Fluminense, ele se projetou, de novo, violentamente. Fez apenas um gol, dirão. Sim, mas o gol que decidiu a partida e liquidou o Tricolor. E, no entanto, vejam vocês: antes da chance, meio apiedada, que lhe concederam em São Januário, Rubens era um astro semi-apagado. Ainda sofria, na carne e na alma, a humilhação que lhe infligiram, em Pernambuco. Lá, como se sabe, ele foi considerado imprestável e, como tal, devolveram-no para cá. Que diferença abismal entre o Rubens que chegou, do Norte, escorraçado, e o "Dr. Rubens" feérico, espetacular, que ofuscava tudo e todos no Flamengo. Pois bem: foi dado oficialmente como morto, enterrado, para o futebol. Passaram-lhe um inequívoco, taxativo, atestado de óbito. Até que o Vasco resolve fazer uma experiência macabra: incluir o suposto cadáver no time. Rubens começa a jogar e ninguém acredita nele. E, no entanto, estava em curso o processo de sua ressurreição. Ontem, contra o Fluminense, Rubens voltou a ter o esplendor do antigo "Dr. Rubis". Seu gol merece uma estátua, tal a sua classe irresistível. Mas vejamos o lance, que bem justifica a meticulosa reconstituição. Rubens apanha a bola no meio-de-campo ou quase. Muito bem: apanha a bola e vem correndo. Penetra com a autoridade de um ex-cadáver, de um ex-defunto. Outro jogador qual-

quer teria passado. Rubens, não. Ele percebeu que o adversário, os companheiros e todo mundo esperavam o passe. E, de fato, enquanto Rubens avança, a defesa tricolor, com uma ingenuidade suicida, recua, sem lhe dar combate. O craque age, então, como craque; percebe que o direito, o certo, é continuar. E não dá a bola a ninguém. Continua varando o campo adversário como uma bala. No arco, está Castilho. Notem bem: Castilho, que já fizera defesas sensacionais, espera também que Rubens passe. E, súbito, do meio da rua, o craque vascaíno percebe que é chegado o momento de fulminar. Despeja o tiro. Surpresa total: para Castilho, para todo o Fluminense, todo o Vasco, toda a torcida, todo o estádio. Com a idéia fixa de um passe que Rubens não daria, desmoronou o Fluminense. A meu lado, alguém tentou desculpar Castilho, argumentando: "Ele não esperava!" Mas eis o erro fatal do goleiro tricolor. Qualquer um pode deixar-se surpreender. Menos o que está, lá, debaixo dos três paus, para agarrar tudo. No dicionário do arqueiro, a surpresa chama-se gol. Deflagrada, de longe, a bola seria defensável, se Castilho, num lapso imperdoável, não estivesse de olho no passe. A meu ver, o tiro inesperado de Rubens foi mortal para o Fluminense. Eu vi meu time torcer-se, desabar, estrebuchar como um César apunhalado. Coube a Pinga, mais tarde, noutra pane da defesa tricolor, enfiar o que seria, convencionalmente, o tento da vitória. Mas a batalha decidiu-se, ali, quando Rubens, com sábio *métier*, clarividente oportunismo levou a bola como quis, penetrou, passeou diante de uma defesa magnetizada. E aconteceu o que era de se prever: o gol de Rubens desmantelou psicológica e tecnicamente o Tricolor. A defesa que se deixa iludir, como uma cambaxirra, num lance crucial, perde a autoridade e fica entregue às baratas. No segundo tempo, Pinga pôde apunhalar o Fluminense, com um novo gol, porque teve, pela frente, uma defesa já abatida. Pode-se apontar muitos fatores de derrota: um Pinheiro péssimo, um Telê irreconhecível (fez a sua pior partida em todo o campeonato), um Waldo confuso e perdido, um ataque sem agressividade, sem penetração, que desperdiçava gols de passarinho. Mas eis a verdade: quem liquidou a questão, com sua tremenda categoria pessoal, foi meu personagem da semana, Rubens Josué da Costa, o ex-cadáver do futebol.

7/12/1957

meu personagem da semana: Léo

100

Se eu saísse, de porta em porta,

perguntando pelo "meu personagem da semana", todos diriam, numa compacta unanimidade: — "Léo! É Léo!" Eis a verdade: — com esse nome lírico de Leão da Metro, ele fez, domingo, um gol fabuloso, que talvez valha o campeonato. Falei, atrás, em Leão da Metro que não morde, nem assusta ninguém. Mas Léo, domingo, ao pular para cabecear, foi uma fera de verdade. E se o Fluminense for o campeão, estejam certos: — o título nasceu ali, no salto tremendo de Léo.

Mas vejamos quem é e como é o meu personagem da semana. Diga-se, de passagem, que ele não começou bem o jogo, isto é, começou muitíssimo mal. De certa feita, ficou só, absolutamente só, diante de um gol que arreganhava sua boca imensa de sete metros e quebrados. Muito bem. Léo podia ter escolhido o canto, podia empurrar, podia colocar, podia encher o pé, podia fazer o que bem quisesse. Ocorreu algo, porém, que escapou ao nosso entendimento. Talvez Léo tenha experimentado a sensação do *offside*; talvez tenha ficado esperando o apito. Por esse motivo ou outro qualquer, o fato é que ele assassinou uma dessas oportunidades que só aparecem uma vez na vida, outra na morte. Sim, amigos: — era um desses gols que até uma cambaxirra faria.

Um "pó-de-arroz" que torcia, a meu lado, uiva: — "O Léo é o pior do mundo! Vá ser ruim assim no raio que o parta!"

E, de fato, ele tem essa capacidade suprema: — perde oportunidades de criança e, outras vezes, faz o impossível. Os exagerados estimam em 48 a média de gols feitos que o homem perde por jogo. Mas, a partir do momento em que Léo fracassou na boca do arco, fiz os meus cálculos: — "Está liquidado!" Só muito dificilmente ele poderia recuperar-se de uma falha tão catastrófica. O meu irmão Mário Filho observou que o destino ofereceu, domingo, aos dois artilheiros do campeonato — Léo e Dida — a oportunidade de decidir o jogo e, talvez, por carambola, o campeonato. Também no segundo tempo, e pouco antes de Léo, um poder sobrenatural pôs a bola nos pés de Dida e rosnou-lhe, ao ouvido: — "Vai, rapaz! Vai e faz teu gol!" Sob um incentivo misterioso e potente, Dida atirou-se para frente. Na sua estonteante mobilidade, abriu a defesa tricolor. Deslocou um, dois e penetrou, irresistivelmente. No meu canto, eu calculei que, se entrasse aquela bola, adeus campeonato. E, de fato, Dida ficou cara a cara com Castilho. Era a hora de encher o pé e massacrar as redes tricolores. Mas a verdade é que, ao finalizar, faltaram pernas a Dida. Atirou, sim, mas sem a potencialidade que o momento exigia. E perdeu a vitória.

A oportunidade de Léo despontou quando o empate parecia consumado. O jogo chegara a esse estado de absoluto cansaço físico, técnico, emocional. O sentimento do empate estava em todas as almas. E, súbito, há um escanteio. Ora, direis, o que é um escanteio? Pouco mais do que nada. A cada partida, 10, 15, 20 escanteios estéreis. E ao executar Escurinho o tiro de canto ninguém previu nada.

E então viu-se Léo correr. Creio mesmo que, antes da partida do tiro, ele já corria, como se o instigasse uma certeza profética. Eu disse que ninguém previra nada. Menti: — houve quem previsse e se antecipasse: — Léo. O lance foi uma dessas coisas inesquecíveis. Veio a bola, bem alta, e não bastava pular. Era preciso algo assim como um vôo. E, já que era preciso, Léo voou. Foi um salto como nas histórias em quadrinho. Eis o que viu o público: — Léo tornar-se alado, parar no ar, cabecear de uma altura inverossímil. Ari pulou também e, naturalmente, com a vantagem dos braços e das mãos. Mas não voou como Léo e falhou. O atacante tricolor cabeceou. Ora, há cabeçadas e cabeçadas. A de Léo foi mortífera. Aliás, depois daquele vôo sobre-humano, nenhuma força humana ou divina evitaria o gol mortal.*

Dizia-me, domingo, um rubro-negro, ainda estrebuchante da derrota: — "Este gol valeu o campeonato!" Eis porque, apesar do nome de leão inofensivo, de Leão da Metro, eu faço de Léo o meu personagem da semana.

14/12/1957

* Campeonato Carioca, no Maracanã (8/12/1957). Fluminense 2 x 1 Flamengo, com gols de Telê e Léo. Henrique descontou.

meu personagem da semana: Waldo

101

Vasco x Flamengo sempre foi

um clássico passional e desgrenhado. O torcedor já saía de casa, para o campo, rilhando os dentes. Desta feita, porém, o clássico sofrera um desgaste no seu dramatismo. Na véspera, as vitórias do Botafogo sobre o Madureira e do Fluminense sobre o Bangu tiraram do páreo tanto o Vasco como o Flamengo. Só se fala no Fluminense, só se fala no Botafogo. Eis porque o patético triunfo rubro-negro comoveu menos. O escore foi alto, foi espetacular, mas a cidade quer saber quem vai levantar o título, se o Alvinegro, se o Tricolor.

Seria impossível descobrir no Vasco x Flamengo o meu personagem da semana. Ele há de estar entre os 22 homens de Botafogo x Madureira ou entre os 22 homens de Fluminense x Bangu. E, súbito, um nome me ocorre e me cerca por todos os lados. Tento esquecê-lo e passar adiante. Mas o nome volta. Vou dizer-lhe as iniciais: — Waldo. De fato, reexaminem a partida, através dos seus noventa minutos. De início, o Fluminense sofre um gol que, convenhamos, foi uma imensa estupidez. O caso é que Escurinho passa a bola para um companheiro. Mas o companheiro não era companheiro coisa nenhuma: — era um adversário que, de posse do balão, corre, penetra, numa dessas velocidades irresistíveis e fatais. Conclusão: — gol para o Bangu, no limiar da partida. A torcida fluminense estrebuchou, num pânico tremendo. Alguém rosna, perto de mim: — "Perdemos o campeonato!" Foi então que, no meio do campo,

Waldo se lembrou de que era Waldo. Sentiu na carne e na alma a nostalgia dos gols que não fazia mais. Calculo eu que ele há de ter trincado os dentes e, de olho rútilo e lábio trêmulo, arrancou. Ora, de uns jogos a esta parte, ninguém acreditava mais em Waldo, todo mundo achava que Waldo era um ex-Waldo, um simples e reles ex-Waldo.

Mas quando o Fluminense precisou quem liquidou a questão? Waldo, sempre Waldo. E com o gol de Waldo já as caras tricolores resplandeciam, outra vez. Mas durou pouco a nossa alegria: — novo gol do Bangu. Há certas contrariedades, certos desgostos, em futebol, que geram as úlceras irremediáveis. Acredito que, ao marcar o Bangu o seu segundo gol, várias úlceras hão de ter desabrochado em diversos estômagos tricolores. Eu confesso, humildemente, que cheguei a desesperar. O time estava jogando bem e muito melhor que o adversário. Mas que importa o puro futebol quando a sorte nos persegue, por toda parte?

E, então, novamente Waldo surgiu. Ele avançava e decidia, não como o Waldo atual, mas como o Waldo antigo. Sim, amigos: — quem estava em campo, sábado, era o indomável, o tremendo Waldo dos gols. O Fluminense precisava de um gol. Waldo tratou de cavá-lo, contra tudo e contra todos. E quando ele, afinal, arrombou as redes do Bangu, com uma violenta cabeçada, eu disse, de mim para mim: — "O Fluminense não perde mais!" Estivesse lá, não o Bangu, mas o escrete húngaro, ou russo, e ganharíamos da mesma maneira e com a mesma categoria esmagadora. Não sei se repararam, mas o Fluminense, na segunda etapa da partida, estava em franco estado de graça. Acima do rendimento técnico e tático da peleja, houve uma euforia desesperada, que tornava o quadro tricolor, naquele momento, imbatível.

E partiu de Waldo a fabulosa reação. Vencemos por 4 x 2, ou seja, o mesmo escore da vitória alvinegra. Mas eu vos digo: — o que liquidou o Bangu foram os dois primeiros gols, que Waldo encaçapou com a garra dos seus melhores dias.* Acresce uma circunstância que valoriza e dramatiza o feito de Waldo: — a sua ressurreição aos olhos da torcida atônita. Davam-no como morto. E, de repente, o falso defunto surge com uma vitalidade arrasadora.

Eis porque, depois de fazer um levantamento dos 44 homens que disputaram Botafogo x Madureira e Fluminense x Bangu, eu escolho Waldo para meu personagem da semana.

21/12/1957

---

* Campeonato Carioca, no Maracanã (14/12/1957). Fluminense 4 x 2 Bangu. Gols de Waldo (2), Róbson e Telê. Luís Carlos e Mário marcaram para o Bangu.

meu personagem da semana: Paulinho

102

Depois da fabulosa goleada

botafoguense, a escolha do meu personagem da semana deixa de ser problema. É Paulinho, só pode ser Paulinho. E aqui eu pergunto: quem é o Paulinho? Antes do jogo era um e agora, outro. Seu nome passou a exigir uma pronúncia mais enfática. E, no entanto, vejam vocês: até há bem pouco tempo era um sujeito irritante. Quantos gols perdia por jogo, quantos! Parecia, mal comparando, um Waldo talvez piorado. Sabe-se que, nos primeiros tempos, a especialidade de Waldo era perder gols que uma cambaxirra faria. Pois bem: Paulinho não lhe ficava atrás. Sempre que, por circunstâncias jornalísticas, eu vi jogos do Botafogo, o Paulinho atirava, pela janela, oportunidades deslumbrantes. Debaixo dos três paus, ele mandava por cima, pelos lados, mas, dentro, nunca. Num espanto profundo, eu perguntava a um e outro: "Como pode? Como pode?" E Paulinho não estava longe de me parecer um caso perdido. Justiça se lhe faça, porém: perdendo 15 gols por um que fazia, Paulinho jamais deixou de ser um jogador raçudo. Lutava de fio a pavio, até a última gota de suor. Corria em campo como um coelhinho de desenho animado e, além disso, nunca fugiu do pau. Ora, o público venera os craques sem medo e que molham, encharcam a camisa, numa honesta e máscula transpiração. E como Paulinho suava mais que os outros, como tinha brancas hemorragias de suor, todo mundo o respeitava, inclusive eu. Sim, Paulinho nunca brincou em serviço. Em cada partida, faz um honrado esforço de noventa minutos. Domingo, finalmente, chegou o grande dia de Paulinho. Senão vejamos: um jogador que enfia cinco gols, na última batalha, na batalha que vai decidir a guerra, esse jogador é um monstro. Depois da peleja, vejo um alvinegro gemendo. A princípio, pareceu-me que seria uma cólica. Engano. Não era cólica: era espanto. E, com efeito, ele ainda pasmava para a exorbitância numérica de tantos gols conseguidos por um único cidadão. O botafoguense bufava: “Cinco! Cinco!” Outro alvinegro veio cochichar-me, ao ouvido: “Viste aquele gol de letra que Paulinho fez?” Tomo um susto: “De letra?” E, de fato, na minha dolorosa e ignara perplexidade, eu não me lembrava de nenhum gol de letra. Mas, como Paulinho meteu tantos, comecei a admitir que tivesse enfiado um de letra, também. Só depois é que dei pelo equívoco. O chamado gol de letra fora o de bicicleta. Conto o episódio para que vocês observem o fenômeno. Já há quem esteja idealizando os tentos de Paulinho. Os cinco gols já nasceram históricos. Retocados por uns e outros, eles invadem o folclore. A lenda e a anedota estão funcionando, desde domingo. Daqui a pouco, quando se contar a história dos cinco gols, não se saberá discernir entre a ficção e a realidade. O meu personagem da semana é, desde domingo, uma dessas glórias súbitas que, de vez em quando, rompem num domingo de futebol. Antes do jogo, quem era a vedete, a prima-dona, a estrela máxima do ataque alvinegro? Didi. Com seu magnífico tipo racial de príncipe etíope de rancho, ele se destacava, furiosamente. Logo depois, vinha Garrincha, que Mandi considera, e eu também, o maior ponta-direita do mundo. Paulinho valia, sobretudo, pela desesperada abnegação do seu esforço. Estava, porém, bem abaixo do Didi e do Garrincha. Mas, a partir do momento em que Malcher pôs um ponto final na partida de domingo, Paulinho já não está mais abaixo de ninguém. Pode erguer a cabeça e bater no peito: “Eu sou eu!” Imagino que, domingo, ao entrar em campo, ele não era um jogador como qualquer um, como qualquer outro. Era alguém em estado de graça ou, ainda, em estado de anjo. Sua tremenda euforia não foi de jogador, nem mesmo de gente. Só mesmo um anjo faria tantos gols num jogo decisivo. Vejam bem: minuto a minuto, foi de um fôlego bestial. Não parava. Ele, sozinho, nas suas penetrações alucinantes, bastava para dinamizar a peleja, para dramatizá-la. Foi com ele que começou a desintegrar-se a defesa tricolor. Ah, o duelo de Paulinho com Pinheiro! Foi algo de trágico. Eu vos digo:

Pinheiro atrás de meu personagem, parecia uma maciça, uma compacta catedral perseguindo um coelhinho. E como Paulinho cortou, envolveu, ceifou, dizimou e devastou Pinheiro! Alguém me dizia, depois da batalha: "Não fosse o Paulinho, teríamos empatado de 1 x 1 e seríamos campeões!" Mas houve Paulinho e, diante dos 6 x 2, do histerismo numérico do escore, a vontade que dá a qualquer um é sentar no meio-fio e chorar. Não há raciocínio possível contra a goleada cósmica. E convenhamos: os cinco gols de meu personagem da semana deviam estar, desde domingo, numa vitrine de museu.*

28/12/1957

* Campeonato Carioca, no Maracanã (22/12/1957). Botafogo 6 x 2 Fluminense. Os gols foram de Paulinho Valentim (5) e Garrinha, para o Botafogo e Escurinho e Waldo para o Fluminense.

meu personagem da semana: Carlito Rocha

103

Chegou, enfim, o momento de fazer de Carlito Rocha meu personagem da semana. Quer queiram, quer não, ele está atrelado ao fabuloso triunfo alvinegro sobre o Fluminense. E aqui pergunto: — qual teria sido a contribuição carlitiniana para o título? Eu próprio respondo: Carlito ligou o jogo ao sobrenatural, pôs Deus ao lado do Botafogo e mais do que isso: — pôs Deus contra o Fluminense.

E, com efeito, três ou quatro dias antes do clássico, um jornalista foi provocar o velho Rocha. Ora, Carlito nunca teve meias medidas, nunca. Bastaram duas ou três perguntas estimulantes para que, dentro dele, rugisse a imoral paixão botafoguense. Em vez de soltar declarações convencionais, o homem abriu a alma de par em par. Contou, entre outras coisas, que vira e ouvira Deus. É raro, muito raro, que venha alguém a público confessar uma visão. Geralmente, temos vergonha e, mais do que isso, medo das nossas visões. E, antes de mais nada, cumpre reconhecer a coragem de Carlito Rocha. Disse ele que Deus viera anunciar-lhe a vitória do Botafogo. Um vaticínio divino é algo mais que um palpite de esquina. E, no entanto, vejam vocês, nem o jornal que publicou a reportagem, nem o leitor, nem a torcida, ninguém acreditou, nem em Carlito, nem na visão, nem mesmo em Deus. As declarações do velho Rocha, tão honestas e incisivas, pareceram, a nós, impotentes da fé, uma simples e cruel piada do jornal. E um amigo, pó-de-arroz como eu, veio perguntar-me:

— Viste o Deus de Carlito?

Eu não tinha visto o jornal, ainda. Mas as palavras do meu amigo ficaram ressoantes, em mim: — "Deus de Carlito!" E, subitamente, eu compreendia o seguinte: — não há um Deus geral, não há um Deus de todos, não há um Deus para todos. O que existe, sim, é o Deus de cada um, um Deus para cada um. Por outras palavras: — um Deus de Carlito, um Deus do leitor, um Deus meu e assim por diante. Ao falar, com um esgar de pouco caso, no "Deus de Carlito", o meu amigo anunciava uma verdade, sem querer. Eu imagino que, até o dia da batalha, tenha dito o diabo do velho Rocha. Riam dele, de alto a baixo. Pobres de nós, que não sabemos respeitar as grandes paixões! E ninguém queria perceber o que era óbvio: — graças a Carlito, criava-se uma relação entre o Botafogo e o sobrenatural, e o clássico decisivo passava a adquirir um pouco de eternidade.*

Vem o jogo. Com a nossa obtusidade de ateus, tínhamos da batalha uma visão crassamente realista. Só cuidávamos dos aspectos técnicos, táticos e físicos. Eu próprio vivia perguntando, a um e outro, na minha aflição de "pó-de-arroz": — "O Léo joga? O Léo não joga?" Em suma: — pensava em Léo, em Pinheiro, em Cacá, ou Waldo, mas não chamava o "meu" Deus. Ao passo que o velho Rocha é muito sábio, quando acrescenta a qualquer pelada do Botafogo a dimensão de sua fé. Eu não vi, nem ouvi, durante toda a semana do jogo, um tricolor falar em Deus. E por quê? Pelo seguinte: — achamos que Deus não se interessa por futebol! Portanto, nós o excluímos das atribuições da nossa torcida. Domingo, nunca houve um clube tão sem Deus como o Fluminense. Ora, nenhum brasileiro consegue ser nada, no futebol ou fora dele, sem a sua medalhinha de pescoço, sem os seus santos, as suas promessas e, numa palavra, sem o seu Deus pessoal e intransferível. É esse místico arsenal que explica as vitórias esmagadoras. Por tantos motivos, eu acredito, piamente, na contribuição de Carlito para o perfeito, o irretocável triunfo alvinegro. E, de resto, como não gostar do Deus do velho Rocha? Deus tão cordial, íntimo, terno que se incorporou à torcida botafoguense, que viveu com a torcida botafoguense aqueles eternos noventa minutos! Enquanto nós não tivemos nada, não tivemos ninguém. Mais esperto, o Flamengo entretém as suas relações com o sobrenatural, através de São Judas Tadeu. E quanto a Carlito, ninguém merece tanto, como ele, agora, o título de meu personagem da semana.

4/1/1958

* Presidente do Botafogo entre 1948 e 1961, Carlito Rocha era supersticioso ao extremo e usava suas crendices para motivar os jogadores.

meu personagem da semana: Manuel Faria

104

Amigos: — vou catar o meu personagem da semana entre os concorrentes da São Silvestre. Examino a lista de corredores e tropeço em nomes mundiais, nomes com sotaque, inclusive o de Vladimir Kutz, estrela máxima da prova. Kutz! Campeão, isto é, campeão olímpico de 5 mil e 10 mil metros, atleta do ano, ele devia dar um passeio na raia, um banho nos outros concorrentes. Mas disputa-se a corrida e quem ganha? Pasmem: — um rapaz luso, Manuel Faria, que, embora vencedor do ano passado, não chamava a atenção de ninguém, senão de alguns patrícios fanáticos. Até a hora da largada, as manchetes, as primeiras páginas e as irradiações davam feroz exclusividade a Kutz. Por toda parte, só se lia, só se ouvia Kutz. E o atleta russo foi uma fixação coletiva irritante. Dir-se-ia, que, na prova, era o concorrente único. Esperava-se talvez que só ele corresse e que os outros marcassem passo como uma carrocinha de chicabon. E quando acaba a prova, eis que ninguém vê Kutz. Procura-se daqui, dali, e nada. Teria sido raptado no meio do caminho? E, súbito, alguém o descobre, alguém o aponta num franciscano oitavo lugar. Era pouco, convenhamos, era muito pouco para quem veio dizimar, ceifar, devastar os demais concorrentes. O vitorioso estava ali, e se chamava Manuel, como tantos que conhecemos. Não há brasileiro, vivo ou morto, que não seja conhecido, amigo ou parente de um Manuel qualquer. Ouvir esse nome é, já, para nós, um amorável hábito auditivo. E, no entanto, vejam vocês: — o que, inicialmente, alijou Manuel Faria das preferências jornalísticas foi o fato de se chamar Manuel Faria. Diante de Kutz, de um Hedwig, de um Chiclet, de um Posti e, mesmo, de um Suarez, que pensar de um Manuel, que pensar de um Faria? E vamos e venhamos: — um Manuel está sempre mais próximo da anedota do que da glória. Mas desde o primeiro momento da prova, ocorre o seguinte: — o luso Manuel Faria desatualiza-se. Despontou, não como um simples e reles contemporâneo nosso, mas como uma daquelas figuras camoneanas que, em antigos mares, fendiam as procelas com rijos palavrões. Argonauta de asfalto, de paralelepípedo, de ladeiras paulistas, quem o poderia bater, se ele era imbatível? Foi devorando, um a um, os seus adversários, inclusive o maior de todos, o fabuloso Kutz. Mas até o meio da prova, ninguém percebera a verdadeira dimensão do Manuel, ninguém desconfiara que era o neto retardatário das descobertas. Ao terminar, continua a obtusidade da imprensa, do rádio e da televisão. Basta dizer o seguinte: — todos continuam mais interessados na derrota de Kutz do que na vitória de Manuel. Sente-se na imprensa uma amarga frustração. E, de fato, cada repórter e cada locutor tinham ido, ali, ver o triunfo fácil e feérico de Kutz. Vem um Manuel, vem um Faria, e retira-lhe o pão da boca. Que fazem então os jornalistas e os locutores? Querem saber por que perdeu o homem que, teoricamente, não podia perder, nem a tiro. Houve um jornal que, no Rio, apresentou as cinco razões do inconcebível fracasso. Cinco razões ou cinco hipóteses. Primeira: — bolhas nos pés; segunda: — alimentação; terceira: — ignorância do itinerário; quarta: — as ladeiras paulistas; quinta: — o calor. Em suma: — a imprensa apresenta todas as razões, todas as hipóteses, menos a que se impõe com uma evidência objetiva e até espetacular, ou seja: — que Kutz perdeu porque Manuel ganhou. Até o momento em que escrevo estas linhas, ninguém percebeu isso, ninguém! Nós, jornalistas, temos uma deficiência, que vem a ser a estreita, a crassa objetividade profissional, que nos impede de ver em Manuel Faria o argonauta do asfalto. "Do asfalto", disse eu. Mas, acredito que, ao vencer a prova, ele estaria com o cheiro típico dos mares nunca dantes navegados. Assim é o lusíada Manuel Faria, o meu personagem da semana.

11/1/1958

meu personagem da semana: Archie Moore

105

O meu personagem da semana

é, hoje, um gorducho. Trata-se de Archie Moore, campeão mundial de boxe, na categoria meios-pesados. Dele, eu sabia muito pouco, isto é, sabia apenas que, com um bofetão, derrubara outro campeão mundial, Rocky Marciano. Mas não imaginava que Archie fosse tão gordo ou, melhor, tão barrigudo! A imagem que fazemos de um pugilista é a de um sujeito ágil, elástico, acrobático. Custa crer que um cidadão rotundo como um abade da Brahma possa ser boxeador e, ainda por cima, o maior do mundo, na sua categoria. É o que acontece com o meu personagem da semana. Quando eu o vi despontar, na televisão, tomei um susto. Teoricamente, sua figura parecia acusar uma escandalosa incompatibilidade com a nobre arte. Um boxeador deve usar as pernas com agilidade de bailarino ou, mesmo, de sílfide. Ora, ninguém mais anti-sílfide que o nosso Archie Moore. E eu, antes de sua exibição, comparava-o a uma pipa com luvas. Mas vejam vocês: — a barriga constitui um falso defeito. Nós temos contra ela um preconceito ignaro, de total improcedência. Shakespeare, que era mais sagaz e mais alfabetizado do que nós, desconfiava dos magros, só dos magros, e jamais levantou qualquer suspeita contra o gordo. O velho William estava com a razão. Há nos barrigudos uma imensa, uma inestancável cordialidade. Eles pingam simpatia como um guarda-chuva encharcado. Ao passo que, por uma funesta coincidência, os canalhas são sempre magros.

Archie Moore! Quando o vi assim gordo e, se me permitem a sinceridade, quase patusco, tive vontade de chamá-lo de "velhinho", de "meu chapa", à boa maneira carioca. Sua cara, de ventas heróicas, de barbicha teatral e de beiços raciais, sua cara, dizia eu, podia sugerir um Otelo maligno. Mas logo a barriga anulava a primeira impressão. Sim, amigos: — Archie Moore tem a barriga de um bom, de um manso, de um franciscano. Dá sopapos, dá tapas, porque assim o exige a sua própria subsistência e a dos seus. E, na exibição que fez na TV, deu-nos ele uma cabal demonstração de sua bondade de gordo. Vejamos como ocorreu o episódio. Durante a exibição, ele não queria malhar muito o *sparring* e se limitava a entreter o público e o telespectador com o seu maravilhoso jogo de pernas e as suas esquivas geniais. Mas o outro sentia-se meio humilhado, meio ofendido de ser um reles *sparring*. Começa a se inflamar; ataca, furiosamente. Dir-se-ia uma cambaxirra a dar bicadas num elefante. Eu não sei o que foi que houve. Só sei que, em dado momento, Archie Moore dá-lhe um bofetão. Em casa, o telespectador estrebuchou, como se fora ele o atingido, ele o massacrado. E, no ringue, o tresloucado *sparring* desaba. Mas note-se: — foi o mais pungente dos desabamentos, porque o rapaz caiu sentado. Vamos e venhamos: — "cair sentado" é a mais torva e atra experiência que o homem pode sofrer, no seu curto estágio terreno. Foi aí, neste episódio de singular dramatismo, que o meu personagem da semana fez sentir a bondade que escorre, como óleo, de suas banhas inexauríveis. Em vez de passar adiante, ei-lo que se curva, ei-lo que se debruça, ei-lo que recolhe o adversário fendido. Carrega-o no colo, agasalha-o na sua bondade de gorducho e só faltou lhe enfiar na boca uma chupeta. Foi arrepiante e sublime. Mas vejam vocês a outra face dos gordos. Dias antes da primeira data da luta, Archie Moore vai comer peixe, em São Paulo. Ora, o gordo só é cruel na mesa, diante do prato, com o guardanapo a pender-lhe do pescoço. O meu personagem viu a comida na sua frente e arremessou-se. Agrediu o peixe, assassinou-o, devorou-o. Poder-se-ia dizer, a título descritivo, que o molho da vítima escorria-lhe bestialmente da boca para a barbicha. Muito bem: — acaba o almoço e Archie Moore sai. Mas, ao se dirigir para o elevador, sofre o que nós, brasileiros, chamamos nó-de-tripa. E desaba, cai sentado, ignominiosamente, posto abaixo por um simples peixe estragado.

18/1/1958

meu personagem da semana: Luizão

106

Face à derrota triunfal de Lui-zão, eu o promovo a meu personagem da semana. Enfrentou Archie Moore, o campeão mundial de categoria, e o fez de igual para igual, com uma coragem brasileira e tão brasileira que nos deu a vontade de cantar "Nós somos da pátria amada". Mas coisa curiosa! Eu formava da batalha a seguinte imagem: uma cambaxirra contra um javali. Obviamente, a cambaxirra era Luizão, e o bestial javali, Archie Moore. Pois bem: há a luta e o que vemos nós? O brasileiro transfigura-se. Dá a louca nele, e o caro patrício atira-se contra o outro, dá-lhe murros tremendos, quer ceifá-lo, dizimá-lo, devastá-lo. Houve momentos em que, na sua tresloucada coragem, na sua bravura suicida, ele precisava de dez para segurar, como o chinês da anedota. Ora, Archie Moore é, precisamente, o homem que derrubou Rocky Marciano. Acertou-lhe um bofetão tão seguro que o adversário desabou como um edifício de Santa Teresa. Não ficou, de Rocky, um tijolo em pé. É verdade que, em seguida, ele se reconstruiu, se levantou. Mas os fotógrafos presentes puderam fotografá-lo de quatro, ignobilmente de quatro, em plena lona. E eu pensava, durante a luta de sábado: o mesmo bofetão, que pusera abaixo Marciano, devia massacrar o meu personagem da semana. Mas o tempo ia passando e nada de Luíz Ignácio dar de cara no chão. Pelo contrário: estava cada vez mais petulante, mais brabo, mais desaforado. E eis que o público já não entendia mais nada. Tinha ido ver não uma luta, mas a simples e inapelável matança do inocente. E, no entanto, houve ocasiões em que não se sabia quem era o americano e quem era o brasileiro, quem era o campeão do mundo e quem não era o campeão do mundo. E não fosse a barriga de Archie Moore, que tanto o distingue, e a confusão seria irremediável. No oitavo *round*, a perplexidade do espectador era dolorosa. Teoricamente, Luizão devia estar esquartejado como o Tiradentes, de Portinari, devia estar com as suas postas de carne penduradas. Mais eis que, contra todas as presunções, o brasileiro continua de pé, maravilhosamente de pé, e nem lhe falta um braço, nem uma perna, nem uma orelha, nada, enfim. Se apanha, revida; se leva um tapa, dá outro. Há um certo descaro empolgante na desenvoltura com que um mísero brasileiro se equipara a um campeão do mundo. E termina a luta. Luizão não precisou recolher no chão os próprios cacos, pois não lhe faltava caco nenhum. Estava prodigiosamente íntegro, irritantemente completo. Esperava-se que Archie Moore fizesse, do nosso patrício, uma noite de São Bartolomeu. Nada disso. A noite de São Bartolomeu saiu-lhe pela culatra. E, na pior das hipóteses, houve o seguinte milagre: o homem que pusera Rocky Marciano de gatinhas não lograra infligir um único e escasso tombo ao nosso patrício. Deram a vitória a Archie Moore, por pontos. Malograra-se o nocaute que era um vaticínio universal. E que fazemos nós? Em vez de rilhar os dentes num deslumbramento cívico, nós removemos a nossa admiração do patrício para o americano. As manchetes babam de êxtase pelo campeão. Rádio, tevê, todos falam na maravilhosa atuação de Archie Moore. E ninguém admite que o triunfo do americano seja menos belo que a feérica derrota do nosso patrício. Via de regra, o brasileiro me lembra certo amigo meu. Era um Fulano que só se sentia feliz e realizado quando podia berrar, aos quatro ventos: "Eu sou uma besta! Eu sou um animal! Eu sou um quadrúpede de 28 patas!" E não podia viver, ou sobreviver, sem essa constante e eufórica autoflagelação. O brasileiro que exalta mais a vitória de Archie Moore que o feito de Luizão repete o meu amigo citado, isto é, está se atribuindo aquelas 28 patas. Seja como for e digam o que disserem: na batalha de sábado, o maior foi o meu personagem da semana.

25/1/1958

meu personagem da semana: João Havelange

107

Alguém vem soprar-me: — "O personagem da semana é o João Havelange, não é?" Respondo: — "Exato." E, com efeito, o presidente da CBD é, sem sombra de dúvida, a grande figura do momento esportivo. Com o sobrenome belga, o olho azul, a polidez de modos e de palavras, ele trava a batalha do escrete brasileiro. E direi mais: — o destino da seleção, na Suécia, depende da sua resistência pessoal. Se ele vacilar, se transigir, se acomodar-se, daremos, novamente, com os burros n'água. Mas não creio que o Sr. João Havelange venha a constituir uma desilusão a mais, entre tantas que já sofremos. Falei, acima, em polidez. Mas essa polidez constitui um disfarce de uma indomável força interior. Reparem na atitude que ele conserva, mesmo no apogeu das crises: — é, se assim posso dizer, uma calma intensa, ativa e militante. Enquanto, lá em São Paulo, o Sr. Paulo de Carvalho empunha o estandarte da baderna, e se esganiça e descabela, o Sr. João Havelange, aqui, não esboça uma careta, nem cede uma vírgula. E sem histeria, sem dar murros na mesa, com uma cordialidade irredutível. Não se diga que é um frio, um empalhado, um incomovível. Absolutamente. Apenas sucede que nenhum impacto rompe a sua unidade interior. E, nele, a paixão é extremamente lúcida e criadora. Agora mesmo que vemos nós? O meu personagem está numa batalha, cuja frente é múltipla. De um lado, tem que fazer face ao tenebroso Conselho Técnico que, justiça se lhe faça, vem fazendo tudo para enterrar o nosso futebol. De outro lado, ruge a pessoa do Sr. Paulo de Carvalho. Ora, o Sr. Paulo representa, justamente, uma mentalidade que não pode sobreviver. Enquanto existirem os Paulos de Carvalho o Brasil não será nem campeão de cuspe a distância. E funciona, ainda, um terceiro *front*, da maior periculosidade: — a dos jornalistas e locutores que se aglutinam em torno do Sr. Flávio Costa e o querem infligir ao nosso escrete. Traçado o panorama da batalha, verificamos que o Sr. João Havelange passou a ter um papel histórico no futebol brasileiro. Sem querer e sem saber, a sua atitude está enterrando uma época e inaugurando outra. O Sr. Paulo de Carvalho e os outros, que lhe formam o cortejo, representam um passado que não dá mais nada, que foi espremido até a última gota como um limão seco. E não foi em vão que os superados, os ultrapassados preferiam o Sr. Flávio Costa que é o símbolo mais perfeito daquele passado. Já o Sr. João Havelange traduz um esforço para atualizar o futebol brasileiro, para organizá-lo em termos modernos. Antes de mais nada, é um presidente da CBD que não admite, em hipótese nenhuma, que o Sr. Paulo de Carvalho ou o Sr. Mendonça Falcão lhe venham dar ordens. E vamos e venhamos: — um presidente da CBD que se dispõe a exercer a sua autoridade, já é um fato novo e revolucionário. Via de regra, e salvo umas escassíssimas exceções, os outros transigem, acomodam numa trama de interesses, de conveniências e de conivências, que chegam a dar arrepios e urticárias. Os que querem vitalizar o passado, apóiam o Sr. Paulo de Carvalho, como se o regime da CBD fosse vice-presidencialista. O paredro paulista estaria certo, com sua insubordinação declarada; e errado o Sr. João Havelange usando uma autoridade que lhe é própria, inalienável, indiscutível. A indisciplina e a inversão hierárquica estão sendo aplaudidas pelos que querem enterrar o Brasil no Mundial da Suécia. Mas aí está o Sr. João Havelange. Com sua polidez viril parece disposto a impedir que mandem para fora um escrete já derrotado. E, por isso, por essa tranqüila resistência, por essa lúcida coragem, eu o vejo como o meu personagem da semana.

1/2/1958

meu personagem da semana: Livinho

108

O meu personagem da semana

tem, desta feita, um nome inesperado: — Livinho. E, com efeito, quem poderia imaginar que, de repente, ele rompesse das sombras, ele, o desprezado, o escorraçado, o malquerido? Desde que marcou o gol da vitória do Vasco, em Montevidéu, contra o Nacional, começou a sua ressurreição. Livinho faz pensar naquele verso de fado que diz assim: — "Tenho o destino marcado" etc., etc. Houve um momento, com efeito, em que ele surgia nos jornais, nos palpites de esquinas e de botecos, como o jogador marcado do futebol brasileiro. Sim, Livinho foi o personagem de uma crise shakespeariana no seio do Vasco. Pergunto: — por que caiu Martim Francisco? Por causa de Livinho. Acusava-se o grande técnico de querer enfiá-lo no time a muque. O desgaste de Martim, o desgaste do seu prestígio perante a diretoria e a torcida resultou de Livinho, que, segundo se dizia, era uma de suas fixações. Foram ambos odiadíssimos: — o técnico e o jogador. Vascaínos, daqui e d'além-mar, não podiam ouvir falar em Livinho sem que, de imediato, lhes caísse da boca a baba elástica e bovina da raiva. E como o ódio é de uma fidelidade mais fanática que o amor, a torcida só pensava nele e só falava dele. Eu, com a minha dramaturgia no sangue, já imaginava o seguinte: — a qualquer momento, iam caçar Livinho, na rua, a pauladas.

A queda de Martim Francisco pareceu liquidar, também, a sorte de Livinho. O técnico podia ser suscetível ainda de recuperação, já que tinha outros meios de sobrevivência. Mas nunca vi ninguém tão morto ou por outra: — nunca vi um morto tão enterrado, para o futebol, como o foi Livinho, naquela ocasião. Novamente, eu, que sou um fúnebre, imaginei que o craque ia acabar apanhando papel no meio da rua. Fosse como fosse: — a família cruz-maltina estava, de novo, em paz, e a torcida numa felicidade de cambaxirra. Por outro lado, uma coisa parecia óbvia: — se Martim caíra por causa de Livinho, nenhum técnico se lembraria de pô-lo no time. Pois bem: — passa-se o tempo. E, súbito, volta-se a falar de Livinho, mas já sem ódio, sem ressentimento e, até, com simpatia, quase com ternura. É que a vida e o futebol têm suas ironias imprevisíveis. Quantas vezes o Judas da véspera não é, 24 horas depois, aclamado como um César?

Mas vejamos o que aconteceu com Livinho. O Vasco jogou, sábado, com o Nacional. E todos nós sabemos como é duro e como é amargo para o estrangeiro jogar na briosa terra uruguaia. Começa o jogo e o Nacional se atira para frente, com uma ferocidade irresistível. Não sei se aos 10, se aos 12 ou 14 minutos, o Vasco sofre o primeiro gol. Termina o primeiro tempo com o marcador de 1 x 0, a favor dos locais. Na etapa final, o Nacional, numa arrancada homicida, enfia mais um: — 2 x 0! Era demais e parecia definida a sorte cruz-maltina na batalha. E quando a torcida já antecipava uma apoteose, eis que o Vasco começa a reagir. Passou a jogar com raiva, de dentes rilhados. Ah, o brasileiro zangado! O Nacional, atônito, viu o primeiro gol cruz-maltino e, depois, o segundo. Empatada a peleja! O Vasco é, em campo, um leão de juba frenética. Até que, fora do campo, vem a ordem: — "Entra, Livinho!" Livinho no lugar de Almir. Fora uma substituição simbólica, já que ele pouco ou nada poderia fazer. A partida vivia seus últimos minutos. Mas, acontece que Livinho, que fora o jogador mais humilhado e ofendido do futebol brasileiro, sonhava com seu momento de glória. Viu, ali, a sua chance. Rangeu os dentes e partiu. Num instante, sentiu-se que a sua entrada viera dinamizar, vitalizar a já cansada ofensiva cruz-maltina. Corria atrás da bola como se cada lance fosse de vida e de morte. Até que, em dado momento, Livinho tem um clarividente lampejo e percebe que é chegada a hora, a grande hora. A bola está a seus pés e faltam, se tanto, uns dez segundos para acabar. Ele se dispara como um tiro. Finta um. O goleiro vem, ferozmente, ao seu encontro e Livinho fuzila: — gol! Ah!, quando a bola morreu nas redes, ele pôde chorar, enfim, as lágrimas da ressurreição.

8/2/1958

meu personagem da semana: Taylor

109

Eis que meu personagem da semana é, desta feita, um Taylor. "Mas que Taylor?", há de perguntar o leitor, numa irremediável perplexidade. E, de fato, não há, em todo o futebol brasileiro, um único e escasso Taylor. Mas eu vos digo: — o meu atual personagem da semana não é daqui e, se não me falha a memória, jamais atuou em campo brasileiro. Acrescento: — é inglês e acaba de morrer, à sombra de grandes labaredas. Estava na delegação do Manchester, que voltava para a pátria. Frustrado no seu vôo, o avião varreu um ou dois telhados, explodindo. Isso em Munique e, logo, em todo o mundo, as manchetes incorreram no mesmo lugar-comum: "De luto o futebol inglês!" Tito telegrafou para a rainha, a rainha telegrafou para não sei quem e entre as vítimas estava o meu personagem: — o Taylor morto.

Eis a verdade: — a morte parece conferir um especialíssimo manto aos seus eleitos. Não há morto sem importância. Dir-se-ia que, ao morrer, qualquer cidadão põe um ar de Rei Lear. Eu disse "rei" e insisto: — rei. E o que aconteceu com Taylor, ao cair o avião, foi que adquiriu, imediatamente, uma nova dimensão. Mas vejam: — ele já é eterno e nós ainda somos mortais.

Taylor! Pergunto a mim mesmo se, por acaso, não teria vindo, aqui, algum dia, num desses clubes ingleses que nos visitaram. Consulto um companheiro que me informe: — "Nunca jogou aqui." E é pena. Agora que morreu gostaríamos de o ter visto, correndo, molhando a camisa, fazendo o metódico, o construído, o despojado futebol inglês. Futebol que se caracteriza por uma implacável honestidade.

Ele morreu e ninguém o viu. Ou por outra: — só o viram os poucos brasileiros que estiveram em Wembley, naquele funesto Brasil x Inglaterra. Taylor jogou pelos britânicos e, por duas vezes, arrombou as redes brasileiras. Em suma: — ele colaborou para uma das mais duras humilhações do nosso futebol. Não tanto o escore de 4 x 2, mas as características da derrota é que ainda hoje nos envergonham. Realmente, diante dos ingleses caímos em inibições convulsivas. O que se viu foi um pobre Brasil, sem um único lampejo. Mas o tempo passa e eis que Taylor morre. E nós que não o vimos, que não o aplaudimos, nem o vaiamos, sentimos que Taylor deixou de ser um estranho. Sim, a morte deu-lhe a fisionomia exata, a face fidedigna, o ríctus certo. O verdadeiro rosto é o último. O homem da rua, que o ignorava, cochicha para os conhecidos: — "O Taylor morreu!" Entre nós e os mortos cessam os limites de polidez, de cerimônia e de suspeita que separam os vivos uns dos outros.

E há uma circunstância que parece distingui-lo de todos os outros mortos e de todos os outros vivos: — ele marcou, como já referi, dois gols contra nós, em Wembley. Naquela ocasião, confesso que estrebuchei de raiva cívica. Se fosse um, mas dois, logo dois! Ora, nada se compara ao ódio que, de momento, açula o torcedor sempre que o adversário põe um gol como um ovo. A fúria rompe, sobe das nossas profundezas como uma golfada atroz. Assim eu odiei Taylor quando perdemos em Wembley. Digo "eu" e acrescento: — o resto do Brasil. Cerca de dois anos depois, cai um avião, Taylor morre, e há, em nós, uma transformação.

Os mesmos dois gols, que outrora nos enfureceram, tecem entre nós e Taylor uma relação mais cordial e mais comovida. Dir-se-ia que, ao vazar o arco brasileiro, ele estava, em verdade, prestando uma homenagem ao Brasil. Sentimos quase gratidão pela derrota que ele e os companheiros nos infligiram. E ao imaginá-lo, vestido de fogo, no avião que decepou o telhado, experimentamos um pouco a nostalgia da morte. É como se só existisse entre nós e Taylor esta diferença: — ele já morreu e nós somos uns mortos frustrados.

Em Wembley, era um ser em plenitude. Quem se lembraria de lhe soprar ao ouvido: — "Você vai morrer, Taylor!?" Os que vão morrer cedo deviam ter uma marca, um distintivo, um estigma material. Mas, como não há esse estigma, a morte de Taylor cobriu o mundo de espanto.

15/2/1958

meu personagem da semana: Manuel dos Santos

110

Se eu quisesse, teria, hoje, uma

meia dúzia de personagens da semana. Digo "meia dúzia" e já retifico: — mais, muito mais. É que vem ocorrendo, nos últimos dias, uma abundância inédita de heróis brasileiros. Heróis invictos do basquete; heróis eufóricos da natação. Sim, amigos: — eu poderia catar, na quadra ou na piscina, uma série de patrícios nossos, que ainda enxugam o nobre suor da vitória. Mas entre tantos, entre todos, eu escolho, precisamente, o Manuel dos Santos, que se projetou, em Montevidéu, como um valor de categoria mundial.

Manuel dos Santos! Há certos nomes que exprimem e elucidam toda uma personalidade e, mais do que isso, todo um destino. Por exemplo: — Napoleão. Eis um nome que tem um lampejo cruel de baioneta. Mas o nome de Manuel dos Santos não diz nada, não transmite nenhuma idéia de qualidade pessoal e humana. E, pelo contrário: — pensa-se, imediatamente, num Manuel de anedota alegre. E, todavia, o assim chamado Manuel dos Santos é uma extraordinária figura. Apareceu, em Montevidéu, como um desconhecido irremediável. Perguntava-se: — "Quem será este Manuel? quem será este dos Santos?" Mas assim que ele caiu n'água, transformou-se numa dessas estrelas súbitas, que, na sua luz própria, e absorvente, ofusca as demais. Sentiu-se, desde logo, que ele não cabia num nome tão simples, tão pouco enfático. Sim,

Manuel transbordava de um nome pequeno demais para contê-lo. Por outro lado, diante de sua velocidade natatória, a gente admite que o homem tenha sido peixe algum dia. Não se compreenderia um Manuel dos Santos se não existisse, no ser humano, o apelo de um passado marinho, submarinho ou submarino. É essa nostalgia de águas sepultas que atira o nadador para a conquista dos recordes supremos. Nós, que somos do asfalto, não compreendemos um ser, como o nosso campeão dos 100 metros livres, tão prodigiosamente aquático. "Aquático" disse eu e o repito. Pois ele, cá fora, é um puro e simples exilado. Quando se preparou, com os demais concorrentes, para a primeira prova, quem poderia imaginar que o seu passado de peixe ativava-se dentre dele? Mas ao começar a nadar, percebeu-se, instantaneamente, que não era igual aos outros. Havia, entre Manuel e as águas, uma relação mais íntima e profunda e eu quase dizia: havia um parentesco real. Um nadador pode competir com um semelhante. Mas eis a vantagem de Manuel dos Santos: — ao atirar-se n'água, há entre ele e os demais uma violenta dessemelhança. Como vencê-lo? Como igualar ou superar sua velocidade alucinante?

Hoje, ele está, gloriosamente, nas manchetes. E é pena que seu nome tão cordial, tão íntimo e quase alegre pareça contra-indicado para um êxito mundial. Mas ninguém percebeu, ainda, a razão de sua glória. Atribuem o seu sucesso a motivos puramente técnicos e esportivos. Ainda não se viu que tudo se deve a uma relação quase nupcial que existe entre o nadador e as águas. Não sei bem como defini-lo: — será um ser fluvial? marinho? que será Manuel dos Santos? Começou agora e a sua idade convencional, ao que me informam, é esta: — 17 anos. Está deixando de ser menino. Mas talvez esses 17 anos não representem uma idade autêntica. Pois é preciso acrescentar-lhe o já referido passado oceânico que o homem tem em si, quer queira, quer não.

Até onde irá esse rapaz que se chama liricamente Manuel? Não será difícil um vaticínio. No Sul-Americano, ele chegou aos 56,6. E não foi tudo. Teria feito mais se os concorrentes assim o exigissem. Mas creiam: — em qualquer competição natatória, ele terá, sempre, a cumplicidade de todas as águas. E, por isso, porque será campeão mundial, eu faço, dele, o meu personagem da semana.

28/2/1958

meu personagem da semana: Pelé

111

Depois do jogo América x San-tos, seria um crime não fazer de Pelé o meu personagem da semana. Grande figura, que o meu confrade Laurence chama de "o Domingos da Guia do ataque". Examino a ficha de Pelé e tomo um susto: — 17 anos! Há certas idades que são aberrantes, inverossímeis. Uma delas é a de Pelé. Eu, com mais de 40, custo a crer que alguém possa ter 17 anos, jamais. Pois bem: — verdadeiro garoto, o meu personagem anda em campo com uma dessas autoridades irresistíveis e fatais. Dir-se-ia um rei, não sei se Lear, se "Imperador Jones", se etíope. Racialmente perfeito, do seu peito parecem pender mantos invisíveis. Em suma: — ponham-no em qualquer rancho e sua majestade dinástica há de ofuscar toda a corte em derredor.

O que nós chamamos de realeza é, acima de tudo, um estado de alma. E Pelé leva sobre os demais jogadores uma vantagem considerável: — a de se sentir rei, da cabeça aos pés. Quando ele apanha a bola, e dribla um adversário, é como quem enxota, quem escorraça um plebeu ignaro e piolhento. E o meu personagem tem uma tal sensação de superioridade que não faz cerimônias. Já lhe perguntaram: — "Quem é o maior meia do mundo?" Ele respondeu, com a ênfase das certezas eternas: — "Eu." Insistiram: — "Qual é o maior ponta do mundo?" E Pelé: — "Eu." Em outro qualquer, esse desplante faria rir ou sorrir. Mas o fabuloso craque põe no que diz uma tal carga de convicção que ninguém reage e todos passam a admitir que ele seja, realmente, o maior de todas as posições. Nas pontas, nas meias e no centro, há de ser o mesmo, isto é, o incomparável Pelé.

Vejam o que ele fez, outro dia, no já referido América x Santos. Enfiou, e quase sempre pelo esforço pessoal, quatro gols em Pompéia. Sozinho, liquidou a partida, liquidou o América, monopolizou o placar.* Ao meu lado, um americano doente estrebuchava: — "Vá jogar bem assim no diabo que o carregue!" De certa feita, foi, até, desmoralizante. Ainda no primeiro tempo, ele recebe o couro no meio do campo. Outro qualquer teria despachado. Pelé, não. Olha para frente e o caminho até o gol está entupido de adversários. Mas o homem resolve fazer tudo sozinho. Dribla o primeiro e o segundo. Vem-lhe, ao encalço, ferozmente, o terceiro, que Pelé corta, sensacionalmente. Numa palavra: — sem passar a ninguém e sem ajuda de ninguém, ele promoveu a destruição minuciosa e sádica da defesa rubra. Até que chegou um momento em que não havia mais ninguém para brilhar. Não existia uma defesa. Ou por outra: — a defesa estava indefesa. E, então, livre na área inimiga, Pelé achou que era demais driblar Pompéia e encaçapou de maneira genial e inapelável.

Ora, para fazer um gol assim não basta apenas o simples e puro futebol. É preciso algo mais, ou seja, essa plenitude de confiança, de certeza, de otimismo que faz de Pelé o craque imbatível. Quero crer que a sua maior virtude seja, justamente, a imodéstia absoluta. Põe-se por cima de tudo e de todos. E acaba intimidando a própria bola, que vem aos seus pés com uma lambida docilidade de cadelinha. Hoje, até uma cambaxirra sabe que Pelé é imprescindível na formação de qualquer escrete. Na Suécia, ele não tremerá de ninguém. Há de olhar os húngaros, os ingleses, os russos de alto a baixo. Não se inferiorizará diante de ninguém. E é dessa atitude viril e, mesmo, insolente de que precisamos. Sim, amigos: — aposto minha cabeça como Pelé vai achar todos os nossos adversários uns pernas-de-pau.

Por que perdemos, na Suíça, para a Hungria? Examinem a fotografia de um e outro times entrando em campo. Enquanto os húngaros erguem o rosto,

* Partida do Torneio Rio-São Paulo, no Maracanã (26/2/1958). Santos 5 x 3 América. Os gols foram de Pelé (4) e Pagão. Alarcon, Canário e Hilton marcaram para o América.

olham duro, empinam o peito, nós baixamos a cabeça e quase babamos de humildade. Esse flagrante, por si só, antecipa e elucida a derrota. Com Pelé no time, e outros como ele, ninguém irá para a Suécia com a alma dos vira-latas. Os outros é que tremerão diante de nós.

8/3/1958

meu personagem da semana: A camisa rubro-negra

112

Na furiosa batalha de ontem,

no Pacaembu, Dida fez um gol, Henrique outro e Duca o da vitória. Escolher um dos três para meu personagem da semana seria pessoalizar uma vitória que não é deste ou daquele, mas de todos. Ou por outra: vitória impessoal da camisa.

Em primeiro lugar, está o adversário, que, por si só, valoriza, ao extremo, a vitória rubro-negra. Uns dizem que o Santos é o melhor time do Brasil. Eu sei que os eternos descontentes rosnam: "— A defesa do Santos é uma droga, não vale nada!" Exagero, como se vê. E mesmo admitindo que assim seja, uma coisa todos reconhecem: — o ataque santista é uma potência mundial. Digo mais: — é uma linha de escrete e com uma tremenda, uma medonha capacidade de arrombar a rede alheia. Além do mais, o Santos atuava em casa, ou seja, no Pacaembu. Qualquer jogador carioca, ao entrar no Pacaembu, trata de se benzer, de alto a baixo. Todos sabem como é duro, como é amargo, vencer, lá. De sorte que o grande adversário dos cariocas que jogam em São Paulo é o próprio Pacaembu. O craque do Rio, antes de fazer um gol, ou de incorrer numa falta, ou de dar uma canelada, pensa em todas as garrafadas que poderá receber, do pescoço para cima. Eis o gostoso, o bonito, o sublime da vitória rubro-negra: — foi arrancada de um fabuloso adversário e no temibilíssimo Pacaembu. Dito isto, está dito tudo. Trata-se, pois, antes de mais nada, de uma jornada que se caracteriza, acima de tudo, pela indomável bravura flamenga. Reparem: — não há nada a mudar, nada a retocar no feito rubro-negro. Por exemplo: — a marcha do placar. Foi o Santos que abriu o marcador: — 1 x 0, gol, se não me engano, de Pepe. Eu, cá no Maracanã, vi as coisas mal paradas para o líder do Rio-São Paulo. Em seguida, Pelé amplia para 2 x 0. Fiz, então, meus cálculos: — "O Flamengo está liquidado!" E não dei, confesso, não dei um vintém furado pela sorte do Flamengo. Mas passa-se o tempo e logo verifico, com vergonha e remorso, que andara mal ao subestimar, de maneira tão crassa, tão ignara, a flama rubro-negra. Ou por outra: — eu via o jogo do Pacaembu em seus puros termos técnicos e táticos. Mas, quando joga, o Flamengo tem, além do futebol, um outro valor mais alto. Refiro-me à camisa que não é, como querem alguns, demagogia sórdida. Não. E não creio que exista, no futebol brasileiro, algo de tão ativo, militante, imbatível como a camisa rubro-negra. Note-se, porém: — ela só funciona nas grandes ocasiões. Quando a derrota arreganha os dentes para o Flamengo, ei-lo que se desfralda, irresistivelmente. Foi, justamente, o que aconteceu ontem. Ao marcar o Santos o seu segundo gol, desenhou-se para o clube da Gávea a perspectiva pura e simples da goleada. Imaginem o Flamengo, com todas as suas pompas de líder, recebendo um banho, no Pacaembu. Fazia-se necessário e urgente um milagre. Içou-se, então, a camisa imortal. Primeiro, o gol de Henrique. Imagino que há de ter sido um tento à velha maneira flamenga, coroando uma arrancada mortal. Acabou o primeiro tempo com a vantagem ainda dos santistas: — 2 x 1. Na etapa derradeira, veio Dida e enfiou o gol do empate: — 2 x 2. Eu, no Maracanã, deduzia que estava em pleno funcionamento o milagre. Mas o Santos tinha ainda muito tempo na frente para desempatar. Pois bem: — a camisa não se precipitou. Deu tempo ao tempo. E, no último minuto, quando o empate parecia inevitável, eis que Duca mete no Santos o desesperado, o quase trágico gol da vitória. Então, diante de todos, o vice-campeão tombou como um César apunhalado. Simples razões técnicas e táticas não explicam a reação furiosa. Eis por que o meu personagem da semana é, desta vez, uma camisa.

15/3/1958

meu personagem da semana: Vasco da Gama

113

Da vez passada, fiz da camisa rubro-negra o meu personagem da semana. Foi esta uma maneira de criar um herói múltiplo e impessoal. Por outras palavras: — o herói passou a ser não um jogador do Flamengo, mas o próprio Flamengo e todo o Flamengo. Agora, face o jogo Fluminense x Vasco, o problema é parecido. O Vasco infligiu-nos uma goleada sádica. Perdemos de seis, imaginem meia dúzia! Mas como separar, isolar um dos craques cruz-maltinos, se toda a equipe funcionou com uma admirável estrutura, firme e harmoniosa? E, assim, como no caso do Flamengo x Santos, eu não individualizo a vitória de quinta-feira e transformo o Vasco no meu personagem da semana.

Por que venceu o Vasco e por que perdeu o Fluminense? Eis uma derrota sem mistério, eis uma derrota transparente. O Fluminense perdeu porque, de jogo para jogo, reincide nos defeitos de sempre. O nosso quadro está usando uma nova modalidade de tico-tico. Ao meu lado, quinta-feira, um "pó-de-arroz" esbravejava: — "Olha como eles jogam: — passes para os lados, passes para trás!" Dito e feito: — assim jogava o Fluminense com uma desesperadora inocência. Uma cambaxirra não seria mais ineficaz, nem mais cândida. Sim, amigos: — temos um ataque que não entra, que não penetra, que se exaure num futebol de passarinho. Enquanto isso, enquanto o Fluminense se limitava a um tico-tico bonitinho, o Vasco se atirava, todo, para o triunfo. Que abismo entre um time e outro! O clube de São Januário apresentou um futebol que se caracterizava pela rapidez, objetividade, penetração. Nada de literatura, de conversa fiada, mas um jogo incisivo, prático, irresistível.

E houve, também, o problema de autoridade. Sabemos que ninguém é nada na vida, que ninguém vence ninguém sem um mínimo de autoridade. Foi esta outra e considerável vantagem cruz-maltina. O Vasco teve autoridade e o Fluminense não. O Fluminense foi, ao longo dos noventa minutos, uma equipe deprimida, que não acreditava em si mesma, que só acreditava no adversário. Ao passo que o sentimento da vitória jamais abandonou o clube da Cruz-de-Malta. Examinem os gols do Vasco. Foram, em sua maioria absoluta, tentos que decorreram de jogadas simples e rápidas. Dois ou três passes bastavam para desintegrar a defesa tricolor. O que se ouvia, por toda parte, no Maracanã, era "pó-de-arroz" praguejando: — "A nossa defesa está uma gracinha!" Exato. Convém, porém, não discriminar. No Fluminense, ninguém jogou melhor do que ninguém. Houve uma pane total, que arrastou todo mundo. Inofensivo ambos: — o ataque e a defesa.

Ao passo que poucas vitórias, nos últimos tempos, como a do Vasco, terão sido de uma qualidade mais intensa e mais pura. Aliás, o próprio escore basta para transmitir uma fidelíssima imagem da batalha. O jogo está todo no marcador. O Vasco teve um comportamento, em campo, que justifica a contagem torrencial. Foi meia dúzia e eu vos digo: — poderia ter sido mais. Por outro lado, a batalha serviu para mostrar que o clube de São Januário tem bastante personalidade para aspirar, ainda, ao título. Eu sei que é difícil arrancar este Rio-São Paulo do Flamengo. O Rubro-negro disparou-se como uma bala. Mas seja quem for o campeão, parece-me evidente o seguinte: — o Vasco que liquidou o Fluminense, o Vasco dos 6 x 1, leva, consigo, a alma das vitórias. Vejam: — através dos noventa minutos, conservou a mesma batida, a mesma garra, o mesmo élan. Jamais deixou de ser o Vasco, ao passo que o Fluminense não foi Fluminense em momento nenhum.

Eu poderia fixar, individualmente, alguns dos craques cruz-maltinos. Eis a verdade, porém: — seria injusto exaltar uns e não todos. Esta vitória não representa o feito de alguns. Quem derrubou o Fluminense não foi este ou aquele, mas o próprio Vasco, na generosa totalidade do seu esforço e com a flama de sua alma imbatível. Eis porque, hoje, eu digo que o meu personagem da semana é o Vasco da Gama.

22/3/1958

meu personagem da semana: Moacir

114

Depois do jogo Flamengo x Botafogo, fui para o alto da rampa. Lá, fiquei vendo passar a torcida rubro-negra que tinha algo de fluvial no seu lerdo escoamento. E, súbito, ouço alguém dizer a alguém: — "O Moacir custou dois mil réis e o Didi dois milhões!" Sem querer e sem saber, o torcedor anônimo acabava de traçar uma síntese incisiva, luminosa, da batalha. Pois o jogo foi um pouco a desforra do mil réis contra o milhão. O abismo irredutível que existe entre uma quantia e outra parece explicar muita coisa. De um lado, a gana frenética e plebéia de um Moacir; de outro lado, o esforço regiamente pago de um Didi. Ou, por outras palavras, o suor contra o ouro.

Eu disse Moacir e poderia acrescentar: — Dida. Sim, amigos: — Dida é outro craque baratíssimo. Custou ao Flamengo, praticamente, nada. E, em campo, ao longo dos noventa minutos, corria, de um lado para outro, como um coelhinho de desenho animado. Eis a lição dos 4 x 0* — as grandes vitórias imortais hão de estar molhadas num suor copioso e barato. Os salários nababescos, dignos das *Mil e uma noites*, constituem um funesto desestímulo. Eles causam um desgaste fatal no jogador. E é quase humilhante para um Didi

---

* Torneio Rio-São Paulo, no Maracanã (20/3/1958). Flamengo 4 x 0 Botafogo. Gols de Dida, Henrique e Tomé (2) contra.

ter que molhar a camisa, matar-se em campo, esfolar-se, como qualquer pé-rapado, como qualquer borra-botas.

Já um Moacir, um Dida, ou Henrique, tem um permanente e irresistível élan vital. Pergunto: — não houve mistério ou, por outra, o mistério foi de uma transparência total. O Flamengo venceu o Botafogo porque se lançou na batalha como se estivesse disputando não o modesto Rio-São Paulo, mas o Mundial da Suécia. Dir-se-ia que Moacir disputava a bola como se fosse devorá-la, fisicamente. E, súbito, o jogo como que adquiriu, para cada craque rubro-negro, uma dimensão mundial. E Moacir, com suas disparadas, foi, em muitos momentos, um símbolo exato do jogador flamengo, e digo mais: — do jogador brasileiro. Parece que Feola não estava, lá, no meio da multidão, vendo a partida. E foi pena. Porque, contra o Botafogo, o Flamengo fez, exatamente, sem tirar nem pôr, o que o escrete brasileiro deve fazer na Suécia. Assim devemos jogar na Europa, para arrancar dos húngaros, russos, ingleses o título de campeões do mundo. Sim, amigos: — cumpre-nos imitar o Flamengo, na sua flama indomável, na sua agressividade imbatível, nas suas penetrações implacáveis. Quando eu vi Moacir desencadeado, concluí, para mim: — "Este é o jogador brasileiro!"

Digo "jogador brasileiro" por todos os motivos; inclusive pelo que custou ou, melhor, pelo que não custou ao Flamengo. Eis a verdade: — num país pobre, como o nosso, o craque da bola deve ser barato. O preço de Moacir, isto é, o precinho de Moacir passa a ser um reflexo de nossas condições de vida. Vejam as reações do brasileiro: — quando, por sorte ou por azar, ele começa a ganhar muito, torna-se um deprimido, um melancólico, um merencório. E se o nosso Moacir ganhasse 70, ou 120 mil cruzeiros por mês, havia de andar, em campo, com um tédio de Nero de fita de cinema. O dinheiro excessivo nos intoxica e liquida. É preciso não aumentar o ordenado do brasileiro.

Justamente porque não custou nada ou custou pouco ao Flamengo, é que Moacir vale muito, vale tanto. Vejam: — não há, nele, a menor relação entre o entusiasmo e o preço, entre a velocidade e o salário, entre o suor e as luvas. Às vezes, eu o imagino na Suécia. Tenho certeza de que se, por causa de um gol fosse indispensável quebrar as duas pernas, fraturar a base do crânio, afundar todas as costelas, ele o faria. Eis a lição que, no Rio-São Paulo, o Flamengo tem dado: — é com homens assim que se faz um escrete. E porque Moacir, o craque de dois mil réis, vale dois milhões, eu o promovo a meu personagem da semana.

29/3/1958

meu personagem da semana: Rubens

115

Antes de apresentar o perso-nagem da semana, desejo falar, rapidamente, de Mário Filho, o personagem do Rio-São Paulo. Foi ele, de fato, o inventor do grande certame. E, sábado, diante da massa apavorante que encheu o Maracanã noturno, eu pensava em Mário Filho como criador de multidões. Em torno do estádio, todas as ruas, todas as esquinas soltavam golfadas de gente. Pouco antes do jogo, ao microfone, o locutor Valdir Amaral fixava a relação entre o espetáculo de Vasco x Flamengo e a figura do diretor de *Jornal dos Sports*.

Mas deixemos o personagem do Rio-São Paulo e vejamos, especificamente, o personagem da batalha. É preciso catá-lo entre tantos, entre todos. Pergunto: será Bellini, que foi uma espécie de bastilha inexpugnável? Não resta dúvida: Bellini poderia ser o personagem máximo da noite. Mas eu sofro, no momento, de uma fixação maior. Refiro-me a Rubens. Alguém objetará que, afinal de contas, Rubens pouco fez, além do gol. Acontece, porém, o seguinte: havia entre todos os outros jogadores e o jogo uma relação normal e estritamente esportiva. Já com Rubens essa relação era mais profunda, complexa e eu quase dizia trágica. No carro em que fui para o estádio, um rubronegro rosnava, com o coração pressago: — "Rubens é capaz de fazer uma falseta com o Flamengo!" O que parecia uma hipótese gratuita, ou um frívolo palpite, foi, na verdade, um vaticínio, uma antecipação profética. Sem querer e sem saber, o torcedor estava definindo os sentimentos de Rubens em face da peleja e do Flamengo. Eis a verdade: Rubens tinha razões especialíssimas e amarguradas para tentar a "falseta" prevista. Qualquer psicólogo de bolso ou de galinheiro há de imaginar as suas intenções ao pisar o gramado. Os outros, todos os outros, queriam jogar uma partida, vencê-la, se possível, ou, na pior das hipóteses, empatá-la. Rubens, não. Ia disposto à revanche, ao desforço pessoal. E por quê?

O Flamengo foi um clube fatal na vida de Rubens. Todos se lembram de quando, no auge da glória, Solich o escorraçou do time por medida, segundo creio, disciplinar. Ele era, na ocasião, o celebérrimo "Dr. Rubis". A torcida gostava, inclusive, dos seus defeitos. Com um virtuosismo meticuloso, ele prendia a bola, em fintas infindáveis, que atrasavam o jogo e quebravam o dinamismo do time. Mas seu estilo era tão plástico, ágil e brilhante, que magnetizava a multidão. Certa feita, vi, com meus próprios olhos, o seguinte: um rubro-negro, a meu lado, com os olhos vidrados, uma baba elástica e bovina a pender-lhe dos lábios. Tudo porque Rubens estava dando um show, no momento. Pois bem: em plena saturação da glória, vem Solich e o coloca na cerca, pondo um garoto em seu lugar. O pior não foi isso. O pior é que o garoto não fracassou, pelo contrário: por uma dessas ironias crudelíssimas do futebol, o ataque melhorou sem Rubens, tornou-se mais rápido, mais objetivo, de uma penetração mais irresistível. Ora, mais humilhante do que ser barrado é não fazer falta. E eu imagino que Rubens há de ter rangido os dentes, numa dessas fúrias impotentes, num desses ódios medonhos e inofensivos. E não foi só. Mais tarde, o Flamengo, com uma impiedade de Nero de fita de cinema, deu-lhe o golpe máximo: mandou-o para Pernambuco como ferro-velho. Mas o destino reservava ao grande jogador uma provação só comparável às de Jó. Lá, ele fracassa, espetacularmente. Veio, do Recife, devolvido como imprestável, como inválido. Parecia espremido até a última gota, como um limão seco. O mundo, porém, dá muitas voltas. E eis que, um belo dia, Rubens põe a camisa do Vasco. Hora a hora, seu espírito é trabalhado pelo sentimento de vingança. Até que chega a noite de sábado último. O que valorizou e dramatizou o papel de Rubens, no Vasco x Flamengo, foi o seu ressentimento atroz. No meio do jogo, há uma penalidade, que Rubens vai cobrar. Ele o faz voluptuosamente e com tão monstruoso êxito que a bola arromba as redes flamengas. Era o gol ou, mais do que isso, a desforra: ele se vingava do Flamengo, de Solich e ainda mais: da torcida rubro-negra, que o esquecera. Mas veio o gol de Luís Carlos para semi-invalidar o de Rubens. Elas por elas e uma mão lava outra.* E, ao terminar o jogo, Rubens sai de campo quase vingado, quase quite, quase satisfeito. Ora, a vingança que se realiza, que se consuma, perde a força. É justamente pela dor de frustração que Rubens merece, desta vez, o título de meu personagem da semana.

5/4/1958

---

* Torneio Rio-São Paulo, no Maracanã (9/3/1958). Flamengo 1 x 1 Vasco. Gols de Luís Carlos (Flamengo) e Rubens (Vasco).

meu personagem da semana: Almir

116

Examinem a vitória do Vasco

sobre a Portuguesa. Antes de mais nada, o escore que, na sua abundância numérica, define a monstruosa superioridade cruz-maltina. Eis a verdade: não foi bem uma vitória, foi um banho, de alto a baixo. O Vasco lavou a Portuguesa numa banheira de Cleópatra. E com um detalhe que valoriza e dramatiza o feito vascaíno. Esse banho, essa lavagem, essa surra ocorreu no Pacaembu, campo que, ainda outro dia, foi o cavo túmulo das esperanças rubro-negras. Por outro lado, convém frisar que o Vasco venceu como quis, dando, através dos minutos, um feérico show de bola. Em suma: um triunfo perfeito, irretocável, definitivo.

Muito bem: batida a Portuguesa, levantado o Rio-São Paulo, resta-me um problema único: catar, entre os 22 homens da batalha, o meu personagem da semana. E um nome se impõe, decisivamente: Almir. De fato, Almir fez três gols num total de cinco, e temos que admitir que esta é uma contribuição espetacular.* Três gols exprimem quase uma goleada. E, além disso, ele apresentou um grande futebol. A respeito desse jogador miúdo e irresistível, que se

* Torneio Rio-São Paulo, no Pacaembu (6/4/1958). Vasco 5 x 1 Portuguesa. Gols de Almir (3) e Vavá (2). Ocimar descontou para a Portuguesa e o Vasco foi campeão.

dispara como uma bala e tem a penetração de um tiro, as opiniões divergem muito. Os adversários têm-lhe horror. Por exemplo: consta que um zagueiro famoso anda jurando: "Na primeira oportunidade, quebro a perna de Almir! Piso a cara de Almir!" Por sua vez, o torcedor de outros clubes não o pode ver nem pintado. O jornal, o rádio e a TV, embora reconhecendo o futebol de Almir, também condenam a sua indisciplina. Segundo o testemunho dos seus adversários, ele, em campo, faz o diabo. Não se contenta em driblar o antagonista, em arrombar-lhe as redes. Faz questão de irritá-lo, de humilhá-lo, de levá-lo à exasperação mais profunda. Outro dia, eu vi um jogador, numa dessas cóleras obtusas e sagradas, vociferar: "Cuspiu-me na cara!" E repetia, para os circunstantes atônitos: "Cuspiu-me na cara!" Instintivamente, passou a mão pela face, como se lá estivesse a saliva do outro.

Essa irritação quase internacional contra o meu personagem da semana dá o que pensar. Tentemos uma revisão dos defeitos que lhe atribuem. Em primeiro lugar: a indisciplina. É indisciplinado. Muito bem. E aqui eu pergunto: quem é disciplinado neste país? Eu próprio respondo: ninguém. De resto, se vamos tirar do brasileiro a indisciplina, que é uma das suas mais fidedignas características nacionais, ele perderá muito do charme, do panache. Ainda agora, estamos vendo que, no esporte brasileiro, a indisciplina começa de cima, começa do alto. Um exemplo: o Sr. Paulo de Carvalho, numa violenta subversão hierárquica, vive a desafiar a autoridade presidencial do Sr. João Havelange. E se um vice-presidente da CBD ignora os próprios limites, não admira que Almir faça o mesmo. Eu acho que existe, entre Almir e todos nós, um equívoco. Formamos do jogador de futebol uma imagem inexeqüível. Nenhum craque, nem daqui, nem da Inglaterra, nem da Cochinchina, perde a sua condição humana. É certo que Almir xinga. Mas todos nós sabemos que os jogadores cospem horrores entre si. Portanto, Almir não é o primeiro nem o último que, em campo, vive atrás dos adversários como um pequeno Bocage. Pergunto: quem consegue evitar a pornografia em pleno fogo de uma batalha.

Amigos, dia virá em que faremos justiça a Almir. Direi mais: apesar dos seus defeitos, ou por isso mesmo, eu o vejo como um exato símbolo pessoal e humano do futebol brasileiro. Qualquer jogador nosso tem um pouco de Almir. E será um erro nefando querer que ele jogue como um inglês. Primeiro, porque ele soçobraria miseravelmente. Segundo, porque nem o inglês joga como inglês. Ou por outra: também o inglês sabe dar sua botinada, soltar o seu nome feio, bramir o seu xingamento, quando as coisas andam mal. Quando a Inglaterra se encontra com a Escócia, há até tiro e ninguém liga para as convenções disciplinares. Nós é que temos vergonha de nossa condição humana e, mais do que isso, de nossa condição de brasileiros.

Feola ainda não convocou Almir sob o argumento de que ele pode dar alteração, na Suécia. Vejam vocês: em 50 contra o Uruguai, houve o mesmo critério suicida. Pegaram Bigode e o desfibraram com tantas ordens que, na hora H, ele não sabia o que fazer da bola. Ele e os outros. Sim, mandamos para campo um escrete apavorado que correu do berro de Obdulio Varela.* Almir não deixa de ser um Obdulinho. Com os seus defeitos brasileiríssimos, enfiou, na Portuguesa, três gols. Quando se desencadeia, precisa de dez para segurar como o chinês da anedota. E termino perguntando: que faz Feola que ainda não convocou o meu personagem da semana?

12/4/1958

* Capitão da seleção uruguaia na Copa do Mundo de 1950 que, com muita raça e técnica, foi fundamental na vitória sobre a seleção brasileira, por 2 x 1, no Maracanã.

meu personagem da semana: Gradim

117

Da vez passada, o meu perso-nagem da semana foi um vascaíno, Almir; e, agora, é outro vascaíno, Gradim. A principal característica de Gradim é, como todos sabem, a discrição. Ou melhor ainda: — a humildade. Eis um técnico quase imperceptível de tão humilde e de tão discreto. Vejam os outros. São diferentes. Fala-se do Fluminense e pensamos em Pirilo. O Flamengo é Solich; o Bangu é Gentil; o Botafogo é Saldanha. Cada técnico se projeta como um símbolo pessoal e humano do seu clube. Mas Gradim, não. Dir-se-ia que os técnicos passados do Vasco são mais presentes. Quando vamos a São Januário pensamos em Martim Francisco, em Flávio e no pontapé que Gentil levou por ter levantado um campeonato. Custa-nos crer que Gradim seja, atualmente, o homem que leva o clube da Cruz-de-Malta para a vitória ou para a derrota. Olha-se Gradim como se ele fosse, em dado momento, um simples tapa-buraco, precário, transitório. Nem todos querem vê-lo como o técnico efetivo e definitivo.*

Mas não tenhamos ilusões: — a modéstia quase doentia de Gradim é o disfarce, apenas o disfarce, de um imenso valor. E se ele se esconde e fala baixo é porque tem, digamos assim, pudor de si mesmo, vergonha de suas qualidades que são tantas e raras. Reparem na sua maneira de ser, tão macia e cordial. Todos os outros técnicos, com raríssimas exceções, são autores de

---

* Francisco de Souza Ferreira, conhecido como Gradim, foi treinador da equipe juvenil do Vasco durante anos. Na primeira oportunidade no comando da equipe profissional conquistou um título.

crises tremendas. Ainda agora, o Mandi viveu um drama pavoroso. Era técnico sem sê-lo. Não mandava nada no América. Era o último a saber das providências que outros tomavam, abusivamente, à sua inteira revelia. Em suma: — pode-se dizer que Mandi foi, no clube rubro, o grande e irremediável inocente. Mas a diretoria o olhava, de alto a baixo, como se ele tivesse a culpa de todos os fracassos da equipe. Em conseqüência, durante meses, houve a dúvida geral e patética: — "Sai? Não sai?" Por fim, saiu. Mas, até as outras torcidas, até os neutros já se irritavam com a crise rubra. Eis a verdade: — com Gradim não ocorreria isso jamais. Porque ele vale, acima de tudo, como o amortecedor, por excelência. Seu jeito doce, sua ininterrupta cordialidade, seu gênio sem violência, seu coração sem ira não irritam ninguém. Não sei se Gradim é mineiro. Talvez não seja. Mas sugere, muitas vezes, o mineiro de anedota, com uma aparente ingenuidade que dissimula uma astúcia diabólica. "Ingenuidade astuta" talvez seja, realmente, o mistério de sua personalidade. É tão hábil que põe as próprias virtudes em segundo plano, que não esfrega na cara de ninguém as próprias virtudes. E, com isso, evita o fero e alheio despeito. Gradim conseguiu, realmente, um milagre: — não ser invejado por ninguém.

Ora, o Vasco é o clube onde todos querem mandar. Isto é um defeito ou, por outra, isto é um traço de grandeza. Só os grandes clubes passam pelas grandes crises. E o técnico de temperamento, cheio de suscetibilidades, irascível e ressentido acaba condenado, fatalmente. Sob esse aspecto, justiça se lhe faça: — Gradim é o comandante de que São Januário estava precisando. Vejam: — ninguém briga com ele e ele não briga com ninguém. Ouve e cala. Ao contrário de sessenta milhões de brasileiros, que falam pelos cotovelos, que vivem pingando palpites, ele cultiva um sábio silêncio. Se quer repreender um craque, em vez de humilhá-lo, de ofendê-lo, leva-o para um canto e, lá, cochicha-lhe o sermão necessário e recuperador. Sabemos que, em voz baixa e sem testemunhas, pode-se ciciar os piores insultos sem magoar ninguém. O que irrita no desaforo não é o desaforo em si mesmo: — é a testemunha que o escuta e vai espalhar pelos conhecidos.

E, assim, com o seu valor sem alarde, Gradim está adquirindo uma autoridade macia e tremenda. A campanha do Vasco no Rio-São Paulo bastaria para consagrar qualquer técnico. E mostrou, sobretudo, o seguinte: — que a humildade de Gradim é, como eu já disse, o disfarce de uma imensa capacidade criadora. Por isso, bem merece ser o meu personagem da semana.

19/4/1958

meu personagem da semana: Didi e Guiomar

118

E, súbito, a CBD toma uma pro-vidência patética: — baixa uma ordem impedindo que qualquer jogador leve a mulher à Suécia. Ora, a finalidade da medida é de uma cândida transparência. Só um cego de nascença não vê que se trata de separar Didi de Guiomar, de obstar que ela o acompanhe ao próximo Mundial. Está claro que Didi pagaria todas as despesas de Guiomar; está claro, do mesmo modo, que ela ficaria fora da concentração, apenas como torcedora de Didi e do Brasil. Ainda assim, a entidade máxima faz finca-pé. Didi está diante do dilema: — ou a Suécia ou Guiomar.* Não importa que a CBD volte atrás, que revogue a decisão errada e, sobretudo, inumana. Seja como for, Guiomar já foi transformada num autêntico fato jornalístico, e merece que eu a apresente como meu personagem da semana.

Pergunto: — Por que a arbitrariedade contra Didi e Guiomar?

Explico: — Existe, contra ela, um preconceito militante, agressivo e eu quase diria internacional. Examinem a improcedência de certas antipatias, de certas irritações. Por exemplo: — ela trata a todos com uma cordialidade quase doce. E, no entanto, basta que Didi fracasse numa folha-seca, ou desperdice

* Inconformado com a decisão da CBD e em solidariedade a Guiomar, Didi chegou a enviar uma carta a entidade solicitando dispensa da Copa do Mundo de 1958.

um pênalti, ou faça um passe errado, para que a torcida a responsabilize. Vejam vocês as ironias do futebol: — ela devia ser responsável, por igual, pelos defeitos e pelos méritos de Didi. Mas não. Se Didi falha é Guiomar, se não falha é Didi. Ninguém admite que ela possa representar, no futebol do craque, um poderoso estímulo, um incentivo total. Pelo contrário: — atribuem-lhe um papel funesto. Segundo a nossa maledicência fácil e irresponsável, se Didi não faz mais gols é porque, atrás dele, está a influência nefanda de Guiomar.

Mas vamos imaginar, aqui, uma outra hipótese: — Didi sem Guiomar. Nós sabemos o que é um homem sem sua mulher. Notem: — não é qualquer mulher, não é um flerte, não é um namoro, não é uma aventura, mas algo que independe de tempo, um vínculo irredutível e, eu tenho mesmo vontade de dizer, eterno. Tanto é verdade que ninguém consegue imaginar Didi sem Guiomar e vice-versa. Dir-se-ia que os dois constituem um ser único, indivisível. E o que a CBD quer, justamente, é amputar um do outro, é fazer a cisão intolerável de duas metades. Convenhamos: — já Didi seria menos Didi, ou por outra: — não seria Didi. Seria meio Didi, desfalcado na generosa totalidade do seu ser.

Imaginemos o craque na Suécia. E mais: — imaginemos o craque sem Guiomar. O juiz apita uma penalidade, nas imediações da área, contra o adversário. Didi vai cobrar. É o momento justo e patético da folha-seca. Mas, como executá-la, se há, entre Didi e Guiomar, terras e águas, se há entre os dois um irredutível oceano? E, de resto, como exigir uma folha-seca de um jogador que foi arrancado de seu amor, arrancado de sua paixão? Bem se vê que a CBD não entende nada de psicologia e nunca amou em sua vida. Ela vê o craque como tal, apenas. E nem desconfia que o jogador é, antes de tudo, um homem, e que, nessa base, a condição humana está implicada em todos os seus defeitos e virtudes?

Dirá alguém que Didi e Guiomar brigam muito e que os bate-bocas, em casa, influem na produção, em campo. Mas os conflitos de um casal são inevitáveis e, mais do que isso, estimulantes. E quem nos diz que as brigas domésticas não inspiram Didi, não o transfiguram, não o virilizam nas batalhas da cancha? De vez em quando é preciso que um casal se engalfinhe. É sadio e atrevo-me mesmo a dizer: — é sublime. E porque um não pode viver sem o outro, seja na Suécia, seja em Vigário Geral, hoje o meu personagem da semana são dois: — Didi e Guiomar.

26/4/1958

meu personagem da semana: Feola

119

Nenhum gordo gosta de ser gordo. Sobe na balança e tem um incoercível pudor, uma vergonha convulsiva do próprio peso. E, no entanto, vejam: — pior do que ser gordo é o inverso, quer dizer, pior do que ser gordo é ser magro. Digo isto a propósito de Feola, o meu personagem da semana. Ele está em Araxá e eu aqui. A despeito da distância, porém é como se eu o estivesse vendo com a doce, a generosa cordialidade que é o clima dos gordos de todos os tempos. E aqui pergunto: — um Feola magro teria sido melhor para o escrete?

Não creio e explico. É preciso ver os magros com a pulga atrás da orelha. São perigosos, suscetíveis de paixões, de rancores, de fúrias tremendas. E, até hoje, que eu me lembre, todos os canalhas que eu conheci são, fatalmente, magros. Acredito que Feola esteja no profundo e amargo arrependimento de ser gordo. Mas, se assim for, temos de admitir a sua ingenuidade. Pois uma de suas consideráveis vantagens de homem e, atrevo-me a dizê-lo, de técnico está nesta circunstância, que ele deplora e repudia. Numa terra de neurastênicos, deprimidos e irritados, convém ter o macio, o inefável humor dos gordos. A banha lubrifica as reações, amacia os sentimentos, amortece os ódios, predispõe ao amor. Nós temos, aqui, um preconceito, de todo improcedente, contra a barriga. Erro crasso. Na verdade, há uma relação sutil, mas indiscutível, entre a barriga e o êxito, entre a barriga e a glória. Examinem a figura de Napoleão como Imperador. Era ele, na ocasião, algum depauperado? Não, senhor. Pelo contrário: — os quadros mostram a inequívoca e imperial barriga napoleônica. E uma das coisas que me levam a acreditar no Brasil como campeão do mundo é o fato de termos, finalmente, um técnico gordo.

O leitor pode perguntar, com certa irritação: — e que importância tem que o técnico seja magro ou não? Muita. De fato, dirigir um escrete, no Brasil, é um dos mais pesados encargos terrenos. O sujeito está cercado de palpites, por todos os lados. Digo "cercado de palpites" e acrescento: — de palpiteiros. O técnico tem, no mínimo, duzentas irritações por dia. E, além do mais, não há função mais polêmica. Tudo o que ele faça suscita debates, no país inteiro. Há sujeitos que vivem, dia e noite, tramando a sua desgraça. E das duas uma: ou ele tem uma inexpugnável sanidade mental ou acaba maluco e a família não sabe. Só um gordo, repito, possui, por natureza, a euforia necessária para resistir às crises de um escrete.

Por exemplo: — observem o comportamento de Feola em Poços de Caldas e Araxá!* Nada o perturba, nada o irrita. Não subiu pelas paredes nenhuma vez, não gritou, não xingou a mãe de ninguém. Sabemos que há técnicos, no Brasil e, por coincidência, magros que acham bonito e eficaz tratar o craque a pontapés. Feola, nunca. Podem fazer todas as ondas do céu e da terra. Ele permanecerá com sua alegria imbatível — constante, ininterrupta alegria. E esse bom humor quebra e desmoraliza qualquer resistência. De resto, não desafia, não discute, não ofende. Faz o que quer, e só o que quer, da maneira mais discreta, insidiosa e, direi mesmo, imperceptível. Não se sente a autoridade de Feola que, entretanto, é militante, irredutível. Sim, amigos: não esbraveja, não estrebucha, nem todos percebem que ele é o único que manda, o único que decide. E ninguém se iluda: — a sua abundante cordialidade de gordo é o disfarce de um maquiavelismo benéfico e criador. Esse técnico sem histeria, insuscetível de irritações fazia falta num futebol de emotivos, de irritados, como o nosso.

Eu disse que Feola não perdia nunca o bom humor e já retifico: há uma maneira, sim, de enfurecê-lo. É chamá-lo de gordo. Então, ele pula e esbraveja como um caluniado.

3/5/1958

---

* A primeira fase de preparação da Seleção Brasileira para o Mundial de 1958 foi feita em Araxá e Poços de Caldas, em Minas Gerais.

meu personagem da semana: Moacir

120

Todo jogador devia ter contra

si uma guilhotina, pronta para decepá-lo do escrete. Vejam Didi. Ontem, gastou a bola. Não fez gol nenhum. Mas deu, no mínimo, uns dez passes geniais, que deviam ser convertidos em outros tantos dez gols. Agora pergunto: por que o grande craque surgiu em todo o esplendor do seu virtuosismo? Eu explico: por causa de Moacir. O meia rubro-negro representa no destino do nosso Didi a guilhotina de que falei. Didi, que enxerga longe, já percebeu que não pode se permitir o luxo de um cochilo. Moacir está por trás de cada um dos seus erros, como uma constante, uma ininterrupta ameaça.*

Por essas e outras, é que, pela primeira vez, eu faço de um ausente o meu personagem da semana. "Ausente", disse eu e já me inclino a uma retificação. De fato, sem ter integrado a nossa equipe, Moacir nos deu, continuamente, uma sensação de presença quase física. Por que Didi suava tanto? Por que molhava a camisa? Por que oferecia seus passes numa bandeja irrepreensível? Eu já disse e repito: por causa de Moacir. É como se o craque alvinegro o tivesse incorporado. E vamos e venhamos: só pode ser uma figura extraordinária o jogador que Didi, com toda a sua categoria, respeita e, mais do que isso, teme. Eis porque eu dizia,

---

* Moacir, jogador do Flamengo, disputava a posição com Didi. Ele foi titular nos dois últimos amistosos realizados no Brasil contra a Bulgária: no Maracanã (Brasil 4 x 0), gols de Moacir (2), Dida e Joel; e no Pacaembu (Brasil 3 x 1), gols de Pelé (2) e Pepe, Todor Diev descontou.

no início desta crônica, que cada elemento titular do selecionado devia ter nos seus calcanhares um Moacir. Se assim fosse, cada qual se agarraria, com unhas e dentes, às respectivas posições. Ninguém se lembraria de fazer doce e todos lutariam, pelo Brasil, com desesperado amor.

Mas vejamos o meu personagem da semana. Ele não vale, apenas, como o estimulante, o excitante, o afrodisíaco de Didi. Possui qualidades outras que, desde já, o põem no nível dos maiores do nosso futebol. Alguém objetará que falta a Moacir *métier* mais apurado. Outros dirão que, a despeito de sua agressividade, é por demais verde. Protesto. Absolutamente. Ou por outra: não protesto, porque a juventude de um Moacir, de um Dida é, a meu ver, uma vantagem estupenda. Se eu fosse Feola, trataria de entupir o escrete de novos. Há coisas, em futebol, que só um novo faz, com suas disparadas malucas. E, sobretudo, no ataque. Admito que a defesa exija figuras mais amadurecidas, de um *métier* mais seguro e clarividente. Já o ataque precisa de um élan, de uma garra e, numa palavra, de uma alma imbatível. Um jogo de campeonato do mundo não é uma partida clássica. Pelo contrário: reclama de cada jogador mais do que a simples classe, uma poderosa força de caráter. Ainda agora, tivemos uma lição de futebol e de vida com o primeiro embate entre argentinos e paraguaios, que estes últimos venceram. Os argentinos partem de um equívoco, isto é, que a vitória depende, exclusivamente, de classe. Nem tanto, amigos. E a prova está que, com um pouco menos de futebol e muito mais de sangue, os paraguaios esmagaram o lerdo e caprichado virtuosismo adversário.

Um jogador como Moacir não é apenas um craque. É óbvio que ele já se impôs como craque. Mas, além disso, ou mais do que isso, ele vale como um símbolo do futebol brasileiro. Assim devem jogar todos os outros, ou seja, com a mesma fusão de alma e categoria, de agressividade e clarividência. O simples virtuose terá um papel muito menos operante ou, digamos assim: apenas ornamental. Ao passo que um Moacir, com sua furiosa penetração, as suas escapadas fulgurantes, decide uma partida. Eu acho que, para o escrete, o ideal seria um ataque assim raçudo, assim dinamizado. A experiência, a ponderação, o equilíbrio ficariam detrás, tornando a defesa inexpugnável. Na frente, na zona do gol, funcionaria um tipo de jogador que tivesse, ainda, um "charme" de menino, de garoto. Ontem, contra os paraguaios, nunca houve um ausente tão presente. Acreditem: Didi correu como se Moacir estivesse atrás dele. Não foi nenhum paraguaio o pior adversário de Didi. Foi Moacir, o meu personagem da semana.

10/5/1958

meu personagem da semana: o torcedor

121

Hoje, o meu personagem da semana é uma das potências do futebol brasileiro. Refiro-me ao torcedor. Parece um pobre-diabo, indefeso e desarmado. Ilusão. Na verdade, a torcida pode salvar ou liquidar um time. É o craque que lida com a bola e a chuta. Mas acreditem: — o torcedor está por trás, dispondo.

Escrevi, acima, que o torcedor não é um desarmado e provo. De fato, ele possui uma arma irresistível: — o palpite errado. Empunhando o palpite, ele dá cutiladas medonhas. Vejam o primeiro jogo contra os paraguaios. Vencemos de cinco e podia ter sido de dez.* Fizemos do adversário gato-sapato. Ora, para uma primeira apresentação foi magnífico ou, mesmo, sublime. Mas, quando eu saio do Maracanã, após o jogo, vejo, por toda parte, brasileiros amargos e deprimidos. Mais adiante, esbarro num amigo lúgubre. Faço espanto: — "Mas que cara de enterro é essa?" O amigo rosna: — "Estou decepcionado com o escrete!" Caio das nuvens, o que, segundo Machado de Assis, é melhor do que cair de um terceiro andar. Instantaneamente, vi tudo: — o meu

---

* Taça Oswaldo Cruz, no Maracanã (4/5/1958). Brasil 5 x 1 Paraguai. Os gols foram de Zagallo (2), Dida, Vavá e Pelé, Aguero descontou.

amigo era, ali, sem saber, um símbolo pessoal e humano da torcida brasileira. Símbolo exato e definitivo.

Em qualquer outro país, uma vitória assim límpida e líquida do escrete nacional teria provocado uma justa euforia. Aqui, não. Aqui, a primeira providência do torcedor foi humilhar, desmoralizar o triunfo, retirar-lhe todo o dramatismo e toda a importância. Atribuía-se a vitória não a um mérito nosso, mas a um fracasso paraguaio. Os guaranis passavam a ser pernas-de-pau natos e hereditários. Dir-se-ia que, por uma prodigiosa inversão de valores, sofremos com a vitória e nos exaltamos com a derrota.

E, no entanto, vejam vocês: — o escrete visitante, que nos parecia de vira-latas, acabara de vencer e desclassificar a "Celeste"* e bater a enfática Argentina. Mas para cuspir na vitória brasileira, o nosso torcedor fingiu ignorar a real capacidade, a indiscutível classe do adversário. Veio o segundo jogo, no campo careca e esburacadíssimo do Pacaembu. Houve um empate, que teve, para o Brasil, o gosto de uma semiderrota. Desta vez, porém, nada de choro, nada de vela. Por toda parte, só se viam caras incendiadas de satisfação. Com o olho rútilo e o lábio trêmulo, o torcedor patrício lavava a alma: — "Eu não disse?" Os pernas-de-pau não eram mais os paraguaios, eram os brasileiros. E está-se vendo esta vergonha: — um escrete, que começou vencendo, já é vítima de uma negação frenética. Há gente torcendo para que ele apanhe de banho, na Suécia.

Eis a verdade, amigos: — tratam do craque, tratam da equipe e esquecem o torcedor, que está justificando cuidados especiais. Que estímulo poderá ter um escrete que é negado mesmo na vitória? A seleção não tem saída. Se vence de cinco, se dá uma lavagem, o torcedor acha que o adversário não presta. Se empata, quem não presta somos nós. Durma-se com um barulho desses!

Há uma relação nítida e taxativa entre a torcida e a seleção. Um péssimo torcedor corresponde a um péssimo jogador. De resto, convém notar o seguinte: — o escrete brasileiro implica todos nós e cada um de nós. Afinal, ele traduz uma projeção de nossos defeitos e de nossas qualidades. Em 50, houve mais do que o revés de 11 suspeitos, houve o fracasso do homem brasileiro. A propósito, eu me lembro de um amigo que vivia pelas esquinas e pelos cafés

---

* A seleção uruguaia passou a ser chamada de Celeste Olímpica após ganhar medalhas de ouro nos Jogos Olímpicos de Paris (1924) e Amsterdã (1928).

batendo no peito: — "Eu sou uma besta! Eu sou um cavalo!" Outras vezes, ia mais longe na sua autoconsagração, e bramava: — "Eu sou um quadrúpede de 28 patas!" Não lhe bastavam as quatro regulamentares, precisava acrescentar-lhe mais 24. Ora, o torcedor que nega o escrete está, como o meu amigo, xingando-se a si mesmo. E por isso, porque é um Narciso às avessas, que cospe na própria imagem, eu o promovo a meu personagem da semana.

17/5/1958

meu personagem da semana: Solich

122

Depois de um primeiro tempo

humilhante, em que perdemos por 1 x 0, vencemos, finalmente, a Bulgária, por 3 x 1. Parece que o Pacaembu, cada vez mais esburacado e cada vez mais careca, está-se tornando meio fatal para o escrete. No Maracanã, a nossa vitória foi eufórica a abundante: 4 x 0! Lá, chegamos a estar perdendo por 1 x 0. Mas, enfim, enfiamos mais um triunfo no bolso, o que não deixa de ser um conforto. Até agora, a seleção só teve, contra si, a derrota que lhe foi infligida pelo Flamengo.* E, por falar em Flamengo, eu penso em Don Fleitas Solich. Eu sei que vivemos um momento em que só se fala no escrete. É um assunto absorvente, e eu diria mesmo: — é uma idéia fixa de toda a cidade, ou, por outra, de todo o Brasil. Mesmo os que xingam a nossa seleção, e descrêem das nossas possibilidades, mesmo esses não pensam noutra coisa. Mas o Flamengo é também uma potência. E, sempre há, para o Flamengo, um espaço nos jornais e nas revistas. Eis por que escolhi, hoje, para meu personagem da semana, não um

* Amistoso. Maracanã (11/5/1958). Flamengo 1 x 0 Seleção Brasileira. Gol de Manuelzinho. A seleção atuou no primeiro tempo com a equipe B e no segundo com a equipe A. Quatro jogadores do Flamengo faziam parte da seleção: Zagallo, Dida, Joel e Moacir.

verde-amarelo do escrete, mas um rubro-negro da Gávea. E ninguém é, no momento, mais Flamengo do que Solich.

Sua condição de paraguaio não altera coisa nenhuma, não diminui em nada a sua autenticidade rubro-negra. Basta notar o seguinte: — quando se noticiou a saída de Don Fleitas, houve uma espécie de pânico. Até os neutros, até os indiferentes e, vou mais longe, até os inimigos tomaram um susto. Explica-se o impacto. Geralmente, um técnico é apenas um técnico, isto é, um profissional, que serve eventualmente a um clube. Mas ele é hoje tricolor, como amanhã rubro e depois vascaíno. Em suma: — o técnico significa uma função e não uma mística. No caso, porém, de Don Fleitas há uma diferença essencial. Ele chegou aqui e incorporou-se ao Flamengo. Foi uma fusão completa entre o técnico e o clube. Tanto que, hoje, ninguém entende Solich senão como um homem do Flamengo, ninguém o admite a serviço de nenhum outro clube. Ele apresentava, para sair, um motivo qualquer, que ninguém conhece, mas que todos imaginam. Seria, supõe-se, um motivo pessoal e irredutível. Mas eu já disse que a relação entre Solich e o Flamengo não é estritamente funcional. É um vínculo de amor, de paixão. A prova aí está: — ele saiu e voltou. E assim constatamos, ainda uma vez, que, mais importante do que a função é o sentimento que prende Don Fleitas ao clube. Foi, sim, a fidelidade rubro-negra que o trouxe de volta.

Mas vejamos: — por que se tornou tão insubstituível Solich para o seu clube? Em primeiro lugar, pelas afinidades profundas. Reparem: Solich se parece muito com o Flamengo. Sua personalidade apresenta uma série de características que poderíamos chamar de rubro-negras: — a gana, a garra, o panache, a chama indomável. Quando, em pleno apogeu de Rubens, ele o barrou, definiu toda uma concepção de futebol. De fato, Solich preferia a agressividade de um Dida ao frio virtuosismo do grande Rubens. Por outras palavras: — ele não admite o futebol sem alma. Ora, o que caracteriza toda a tradição rubro-negra é, justamente, a alma imbatível. Desde que Solich entrou no Flamengo que, lá, deixou de existir o jogador frio, displicente, distraído, "mascarado". Todos se atiram para a bola como se fossem, fisicamente, comê-la. Qualquer um rende na sua mão. Quando há um claro entre os titulares, ele o tapa com um aspirante ou um juvenil da posição correspondente. E o substituto age como o titular e com o mesmo tipo de futebol: — rápido, incisivo, viril. Outra qualidade que o meu personagem sabe infundir: numa coragem tremenda, nunca se viu um dos seus garotos fugir do pau. Sim, Don Fleitas valoriza, ao máximo, todas as qualidades do nosso craque. Quando o Flamengo joga, temos a impressão de que ele nos dá a imagem do autêntico futebol brasileiro. Eu gostaria que o escrete levasse, para a Suécia, um pouco da fúria, da raiva, do desespero que Solich transmite aos seus jogadores.

E só uma coisa eu sinto: — é que meu personagem da semana não esteja no escrete. Porque ele é um paraguaio de alma brasileira.

24/5/1958

meu personagem da semana: o escrete

123

Hoje, vou fazer do escrete o

meu numeroso personagem da semana. Os jogadores já partiram e o Brasil vacila, entre o pessimismo mais obtuso e a esperança mais frenética. Nas esquinas, nos botecos, por toda parte, há quem esbraveje: — "O Brasil não vai nem se classificar!" E, aqui, eu pergunto: — Não será esta atitude negativa o disfarce de um otimismo inconfesso e envergonhado?

Eis a verdade, amigos: — desde 50, que o nosso futebol tem pudor de acreditar em si mesmo. A derrota frente aos uruguaios, na última batalha, ainda faz sofrer, na cara e na alma, qualquer brasileiro. Foi uma humilhação nacional, que nada, absolutamente nada, pode curar. Dizem que tudo passa, mas eu vos digo: — menos a dor-de-cotovelo que nos ficou dos 2 x 1.* E custa crer que um escore tão pequeno possa causar uma dor tão grande. O tempo passou em vão sobre a derrota. Dir-se-ia que foi ontem, e não há oito anos, que, aos berros, Obdulio arrancou, de nós, o título! Eu disse "arrancou" como poderia dizer: — "extraiu" de nós o título como se fosse um dente.

E, hoje, se negamos o escrete de 58, não tenhamos dúvida: — é ainda a frustração de 50 que funciona. Gostaríamos talvez de acreditar na seleção.

---

* Final da Copa do Mundo de 1950, no Maracanã (16/7/1950). O Brasil levava a vantagem do empate e perdeu por 2 x 1. Gols de Schiaffino e Ghiggia. Friaça marcou para o Brasil.

Mas o que nos trava é o seguinte: — o pânico de uma nova e irremediável desilusão. E guardamos, para nós mesmos, qualquer esperança. Só imagino uma coisa: — se o Brasil vence na Suécia, se volta campeão do mundo! Ah, a fé que escondemos, a fé que negamos, rebentaria todas as comportas e sessenta milhões de brasileiros iam acabar no hospício.

Mas vejamos: — o escrete brasileiro tem, realmente, possibilidades concretas? Eu poderia responder simplesmente "não". Mas eis a verdade: — eu acredito no brasileiro e pior do que isso: — sou de um patriotismo inatual e agressivo, digno de um granadeiro bigodudo. Tenho visto jogadores de outros países, inclusive os ex-fabulosos húngaros, que apanharam, aqui, do aspirante-enxertado do Flamengo. Pois bem: — não vi ninguém que se comparasse aos nossos. Fala-se num Puskas. Eu contra-argumento com um Ademir, um Didi, um Leônidas, um Jair, um Zizinho. A pura, a santa verdade é a seguinte: — qualquer jogador brasileiro, quando se desamarra de suas inibições, e se põe em estado de graça, é algo de único, em matéria de fantasia, de improvisação, de invenção. Em suma: — temos dons em excesso. E só uma coisa nos atrapalha e, por vezes, invalida as nossas qualidades. Quero aludir ao que eu poderia chamar de "complexo de vira-latas". Estou a imaginar o espanto do leitor: — "O que vem a ser isso?" Eu explico.

Por "complexo de vira-latas" entendo eu a inferioridade em que o brasileiro se coloca, voluntariamente, face ao resto do mundo. Isto em todos os setores e, sobretudo, no futebol. Dizer que nós nos julgamos "os maiores" é uma cínica inverdade. Em Wembley, por que perdemos? Porque, diante do quadro inglês, louro e sardento, a equipe brasileira ganiu de humildade. Jamais foi tão evidente e, eu diria mesmo, espetacular, o nosso viralatismo. Na já citada vergonha de 50, éramos superiores aos adversários. Além disso, levávamos a vantagem do empate. Pois bem: — e perdemos da maneira mais abjeta. Por um motivo muito simples: — porque Obdulio nos tratou a pontapés, como se vira-latas fôssemos.

Eu vos digo: — O problema do escrete não é mais de futebol, nem de técnica, nem de tática. Absolutamente. É um problema de fé em si mesmo. O brasileiro precisa se convencer de que não é um vira-latas e que tem futebol para dar e vender, lá na Suécia. Uma vez que ele se convença disso, ponham-no para correr em campo e ele precisará de dez para segurar, como o chinês da anedota. Insisto: — para o escrete, ser ou não ser vira-latas, eis a questão.

31/5/1958

meu personagem da semana: Mazzola

124

Amigos, hoje eu desfraldo

Mazzola como o meu personagem da semana. Podia ser Didi, cujo virtuosismo deixou todo mundo, na Itália, de boca aberta. Um companheiro vem rosnar-me, ao ouvido: — "Didi, quando joga bola, é amargurento!" Outro amargurento: — Garrincha. Ao fazer o quarto gol, ele driblou até pensamento. E, além de Mazzola, Didi e Garrincha, também Dino podia ser içado como meu personagem. Foi dono, não só da meia-cancha, mas da cancha inteira. Devo também falar de Gilmar, que funcionou, debaixo dos três paus, como uma maravilha elástica, acrobática e alada.

Mas eu prefiro Mazzola e explico. Antes de mais nada, coube-lhe enfiar no Fiorentina dois gols que o liquidaram.* Dois gols! Um foi de uma classe danada e o outro também. E, antes disso, o caso de Mazzola veio mostrar que o seu problema era, tão somente, de estímulo. Digo "problema de Mazzola" e amplio: — de todo o escrete. O revés de 50, como se sabe, cravou na nossa carne e na nossa alma uma dor-de-cotovelo imortal. A partir de então, a torcida passou a tratar o escrete a pontapés. O que sucedeu, aqui, com a presente

---

* Amistoso no Estádio Artemio Franchi, em Florença, Itália (29/5/1958). Brasil 4 x 0 Fiorentina, com gols de Mazzola (2), Pepe e Garrincha.

seleção, é típico. Por exemplo: — vencemos o Paraguai de cinco. Banho completo, que não comportava o menor sofisma ou restrição. Pois bem. O público saiu, esbravejante, do estádio. Todo mundo rosnava, descendo a rampa: — "Estou decepcionado!" E eu confesso: — nunca vi um escrete ser injustiçado de uma maneira tão cruel e tão vil. A verdade é que o torcedor patrício, por uma enfermidade emocional que data de 50, está com suas reações erradas: — chora com a vitória e ri com a derrota. Quando, em seguida, num Pacaembu esburacado e careca, e com o Paraguai baixando o pau, empatamos, eu vi, por toda parte, fisionomias incendiadas de satisfação. Dizíamos uns aos outros : — "Não disse?" Negamos o escrete em geral e, em particular, vários jogadores. Um desses era Mazzola.

Mazzola vinha sendo tenazmente negado. Como muitos outros, ele passou a sofrer uma atroz guerra de nervos. Nos treinos ou nos jogos, atuava num péssimo estado emocional. Lembro-me de que, certa vez, Ademir me declarou:

"Mazzola joga muito mais que isso!" E, de fato, ele tropeçava na própria sombra, na bola, no adversário, no companheiro. Era um sub-Mazzola. E por quê? A explicação era simples: — estavam faltando a Mazzola, como, de resto, a toda a seleção, a solidariedade e o apoio da torcida. Ou pior do que isso: — além de retirar o seu estímulo, a torcida se dava ao luxo de vaiar o jogador individualmente e o escrete em conjunto. Por exemplo: — Mazzola não tinha o direito de entregar mal uma bola, de passar com defeito, porque o estádio vinha abaixo. Esta falta de carinho do povo pelo seu time havia de influir no rendimento de cada um e de todos. E Mazzola, no seu país, na sua pátria, sentia uma solidão de desterro, cercado de caras hostis por todos os lados.

Mas a seleção parte e dá-se o milagre: — todos os palpites emudecem. Não mais a humilhação, não mais a vaia, não mais o achincalhe. O próprio Feola pode andar de um lado para outro sem que os gaiatos o chamem, no plural, de "Casas da Banha". É o que não falta na Itália: — líricas e cordiais barrigas, até maiores que a do nosso técnico. Didi aparece e logo a simpatia popular abre as alas para o craque passar. Aqui, o escrete já se sentia no estrangeiro; lá, é como se estivesse em casa. Então, sem apupos, Mazzola cresceu, todos cresceram. No caso de Mazzola, há um detalhe sentimental para os italianos: — houve, lá, um craque que tinha um nome parecido. Mazzola foi recebido de braços abertos, como um irmão, como um patrício. Batem-lhe nas costas; abraçam-no por toda parte. Os garotos exclamam, numa língua cantante: — "Mazzola! Mazzola!" Por isso, ele e os companheiros ganharam alma nova e o resultado foi o que se viu: — um banho num quadro que tem sete titulares do escrete italiano. E Mazzola foi, em campo, um ser fantástico, compacto, maciço, inexpugnável, como um tanque. Eis o drama da seleção: — encontra lá fora o tratamento humano que lhe negamos aqui.

7/6/1958

meu personagem da semana: Gilmar

125

Depois de uma vitória como a de ontem,* é um problema escolher o meu personagem da semana. Penso em Didi, que, com seu nobre tipo racial, parece um príncipe etíope de rancho. Penso em Nilton Santos que, desgarrando da defesa, foi dizimando, até meter um gol fulgurantíssimo. Penso em Mazzola que arrombou, por duas vezes, as redes inimigas. Há também Zagallo, com seu jeito de garoto, suas fintas demoníacas, muito sangue, muito suor pela vitória. Todos os jogadores citados foram estrelas na vitória irretocável de ontem.

Mas há Gilmar e, a meu ver, ninguém merece mais o título de meu personagem da semana. Que fez Gilmar? Apenas isto: fechou o gol. Ora, nós sabemos o papel de um arqueiro numa Copa Mundial. Se todo o time assombra, mas o goleiro falha, não há vitória possível. E, ontem, na rodada inaugural do campeonato, Gilmar defendeu tudo, até pensamento. Entre parênteses, eu confesso que sempre o achei cinematográfico. E, de fato, Gilmar não gosta muito das defesas simples. Estiliza qualquer intervenção e, nisto, é bem brasileiro. O futebol brasileiro é enfeitado como um índio de carnaval. Restava

* Copa do Mundo. Estádio Rimnersvallen, em Uddevalla, Suécia (8/6/1958). Brasil 3 x 0 Áustria, com gols de Mazzola (2) e Nilton Santos.

saber se, no Mundial, assim acrobático e assim alado, ia dar ao escrete a cobertura necessária. Aqui, pouco antes, em entrevista que me concedeu, o velho e autorizado Ademir ponderara: "Nos jogos internacionais, Castilho é preferível." Argumentava Ademir com o exemplo de Batatais. Goleiro formidável, Batatais sofria, no escrete, uma pane emocional. Gilmar que não se parece com Batatais e pelo contrário: é o anti-Batatais.

Houve um lance, no jogo, que exigiu um goleiro fenomenal. Foi por ocasião de uma penalidade assinalada contra o Brasil. Coube ao austríaco Hapel a sua execução. E ele o fez de uma maneira fabulosa, surpreendendo os brasileiros com uma "folha-seca" mortal. Cobriu a barreira e, além disso, colocou a bola num cantinho. Vencíamos por 1 x 0 e, se o tiro de Hapel entrasse, a batalha poderia, instantaneamente, mudar de panorama. E, então, com o seu maravilhoso instinto de arqueiro, antecipou-se à bola. Quando ela chegou e ia entrando, o homem estava lá. O salto que deu foi algo de plástico, de acrobático, de alado. Imagino a raiva impotente dos austríacos diante desse homem inexpugnável, que agarrava tudo. Muitas vezes, Gilmar era fuzilado à queima-roupa e, ainda assim, defendia. E vamos e venhamos: para um time um arqueiro assim dá uma inenarrável sensação de euforia. De ponta a ponta da peleja, ele foi sempre o mesmo, espetacular e imbatível. Não admira que um torcedor, ao meu lado, ouvindo a irradiação, assim definisse Gilmar: "Divino!" E, após a partida, o sujeito saiu, meio ébrio da vitória, ainda rosnando: "O divino Gilmar!"

Repito: fechou o gol e ninguém melhor do que Gilmar, o divino, para ser o meu personagem da semana.

14/6/1958

meu personagem da semana: Garrincha

126

E eis que, pela primeira vez, um

"seu" Manuel é o meu personagem da semana. Com esse nome cordial e alegre de anedota, ele tomou conta da cidade, do Brasil e, mais do que isso, da Europa. Creiam, amigos: o jogo Brasil x Rússia acabou nos três minutos iniciais. Insisto: nos primeiros três minutos da batalha, já o "seu" Manuel, já o Garrincha, tinha derrotado a colossal Rússia, com a Sibéria e tudo o mais. E notem: bastava um empate. Mas o meu personagem não acredita em empate e se disparou pelo campo adversário, como um tiro. Foi driblando um, driblando outro e consta, inclusive, que, na sua penetração fantástica, driblou até as barbas de Rasputin. Amigos: a desintegração da defesa russa começou, exatamente, na primeira vez em que Garrincha tocou na bola. Eu imagino o espanto imenso dos russos diante desse garoto de pernas tortas, que vinha subverter todas as concepções do futebol europeu. Como marcar o imarcável? Como apalpar o impalpável? Na sua indignação impotente, o adversário olhava Garrincha, as pernas tortas de Garrincha e concluía: — "Isso não existe!" E eu, como os russos, já me inclino a acreditar que, de fato, domingo Garrincha não existiu. Foi para o público internacional uma experiência inédita. Realmente, jamais se viu, num jogo de tamanha responsabilidade, um time, ou melhor, um jogador começar a partida com um baile. Repito: baile, sim, baile!

E o que dramatiza o fato é que foi um baile, não contra um perna-de-pau, mas contra o time poderosíssimo da Rússia.

Só um Garrincha poderia fazer isso. Porque Garrincha não acredita em ninguém e só acredita em si mesmo. Se tivesse jogado contra a Inglaterra, ele não teria dado a menor pelota para a Rainha Vitória, o Lorde Nelson e a tradição naval do adversário. Absolutamente. Para ele, Pau Grande, que é a terra onde nasceu, vale mais do que toda a comunidade britânica. Com esse estado de alma, plantou-se na sua ponta para enfrentar os russos. Os outros brasileiros poderiam tremer. Ele não e jamais. Perante a platéia internacional, era quase um menino. Tinha essa humilhante sanidade mental do garoto que caça cambaxirra com espingarda de chumbo e que, em Pau Grande, na sua cordialidade indiscriminada, cumprimenta até cachorro. Antes de começar o jogo, o seu marcador havia de olhá-lo e comentar para si mesmo, em russo: "Esse não dá pra saída!" E, com dois minutos e meio, tínhamos enfiado na Rússia duas bolas na trave e um gol. Aqui em toda a extensão do território nacional, começávamos a desconfiar que é bom, que é gostoso ser brasileiro.

Está claro que não estou subestimando o peito dos outros jogadores brasileiros. Deus me livre. Por exemplo: cada gol de Vavá era um hino nacional.* Na defesa, Bellini chutava até a bola. E quando, no segundo tempo, Garrincha resolveu caprichar no baile, foi um carnaval sublime. A coisa virou show de Grande Otelo. E tem razão um amigo que, ouvindo o rádio, ao meu lado, sopra-me: "Isso que o Garrincha está fazendo é pior do que xingar a mãe!" Calculo que, a essa altura, as cinzas do Czar haviam de estar humilhadíssimas. O marcador do "seu" Manuel já não era um: eram três. E, então, começou a se ouvir, aqui, no Brasil, na praça da Bandeira, a gargalhada cósmica, tremenda, do público sueco. Cada vez que Garrincha passava por um, o público vinha abaixo. Mas não creiam que ele fizesse isso por mal. De modo algum. Garrincha estava, ali, com a mesma boa-fé inefável com que, em Pau Grande, vai chumbando as cambaxirras, os pardais. Via nos russos a inocência dos passarinhos. Sim: os adversários eram outros tantos passarinhos, desterrados de Pau Grande.

Calculo que, lá pelas tantas, os russos, na sua raiva obtusa e inofensiva, haviam de imaginar que o único meio de destruir Garrincha era caçá-lo a pauladas. De fato, domingo, só a pauladas e talvez nem isso, amigos, talvez nem assim.

21/6/1958

---

* Copa do Mundo. Estádio Nya Ullevi, em Gotemburgo (15/6/1958). Brasil 2 x 0 URSS, com gols de Vavá.

meu personagem da semana: Pelé

127

Só os bobos, só os tapados não

enxergam que o Brasil conseguiu, ontem, a sua maior vitória. Digo "maior" porque vencemos, não de banho, não de goleada, mas por um escore magro, esquálido, quase fúnebre: — 1 x 0. O povo queria que enfiássemos uns seis ou sete. Eis a nossa tragédia: — a pura e simples vitória não basta. Desejamos enfeitá-la, pôr-lhe fitinhas e guizos. E o triunfo sem "show", sem apoteose, o triunfo enxuto deixa o brasileiro descontente e desconfiado. Mas eu vos digo, aqui, que ninguém nos ouve: — foi a maior vitória brasileira. Imaginem se, por um absurdo, tivéssemos batido de 15. Íamos enfrentar a França como uns anjinhos, isto é, com uma sensação mortal de invencibilidade. Em 50, perdemos a Copa porque goleamos a Espanha. Amigos, deixemos o banho para a França, que meteu quatro na Irlanda do Norte. Ótimo. E batam na madeira.

Vejamos, porém, quem deve ser, entre os 22 homens de ontem, o meu personagem da semana. Ao terminar o jogo, Leônidas, que vive a negar os méritos do escrete, doutrinava: — Pelé devia ser barrado! Pois é este, justamente este, o personagem da semana. Poderão objetar que Pelé jogou mal. Quem faz, numa quarta-de-final, o gol da vitória, não jogou mal coisíssima nenhuma.* De resto, que autoridade tem Leônidas? Contra a Inglaterra, ao

---

* Copa do Mundo. Estádio Nya Ullevi, em Gotemburgo (15/6/1958). Brasil 1 x 0 País de Gales, com gol de Pelé.

final do primeiro tempo, vinha ele para o microfone clamar: — "Os russos estão jogando melhor! os russos estão mais perigosos!" Pois bem: — Leônidas foi o único camarada, em todo o Velho Mundo, que ignorou o show brasileiro. Enquanto Garrincha bailava, ele se punha a admirar o adversário! E, por isso, eu vos digo: — se Leônidas nega Pelé, ótimo para este. Mas admitamos que Pelé tenha jogado pedrinhas. Fez o gol. Amigos, nada descreve o uivo, o urro que soltamos, aqui, quando o *speaker* atirou o seu berro bestial: Gol! Até aquele momento, o Brasil inteiro, de ponta a ponta, do presidente da República ao apanhador de guimba, o Brasil estava agonizando, morrendo, ao pé do rádio. Imaginem se o adversário, antes de Pelé, tivesse enfiado um gol maluco. Eis a verdade: ia haver uma morte nacional. O Brasil teria desabado, teria arriado, e, posteriormente, teria saído num rabecão. E veio Pelé e fez o milagre. Podia ter enchido o pé. Mas foi genialmente sóbrio. Apenas colocou. E o arqueiro do País de Gales, que estava apanhando tudo, até pensamento, foi miseravelmente enganado. E ficou falando sozinho. Só mesmo Leônidas é quem podia achar que foi pouco esse gol tão sofrido, tão chorado por milhões de patrícios.

Eu falei em uivo, em urro. Sim, amigos: foi um som jamais ouvido, desde que se inventou o homem. Algo de bestial, de pré-histórico, antediluviano, sei lá. Nunca, em nossa curta passagem terrena, conhecemos uma euforia assim brutal. Foi um desses momentos em que cada um de nós deixa de ter vergonha e passa a ter orgulho de sua condição nacional. E pergunto: como esquecer que foi Pelé, um garoto de cor, dos seus 17 anos, quem nos arrancou, ontem, de nossa agonia e de nossa morte? "Garoto de cor", disse eu. Mas um tipo racionalmente nobre como Didi, por exemplo. Pelé em ação, dentro de campo, tem, na sua corrida, a cadência de certos cavalos de charrete, com perdão da imagem. Como Didi, daria também um belo príncipe etíope de rancho. E o bonito é que esse menino não se abafa, nem se entrega. Possui a sanidade mental de um Garrincha. Ao contrário do brasileiro em geral, suscetível de se apavorar face os títulos do inimigo, ele não acredita em nada. Ninguém é melhor do que ele. Tivesse jogado contra a Inglaterra e creiam: havia de driblar até a Rainha Vitória. E, além do mais, foi preciso muita classe para enfiar o gol único e bendito. Debaixo daquela tensão emocional dantesca, só um garoto de raça teria lucidez para colocar, simplesmente colocar, no fundo das redes. Vamos deixar que Leônidas chame Pelé de perna-de-pau. É de pernas-de-pau, como o meu personagem da semana, que o Brasil está precisando para ser campeão do mundo.

24/6/1958

meu personagem da semana: Vavá

128

Eis a verdade: o Brasil estava

devendo a todos nós uma vitória como a de ontem, isto é, uma vitória degaulleada. Vencemos contra tudo e contra todos. Contra os franceses, contra os bandeirinhas, contra o juiz e contra *A Marselhesa*. Digo contra *A Marselhesa* porque houve, na execução de um e outro hino, um golpe baixo contra o nosso. Explico: o estádio, lá, estava cheio de franceses, inclusive as esposas dos craques, que deveriam assistir à derrota brasileira. Pois bem: o nosso Hino Nacional foi tocado, apenas tocado. Não havia, ali, nenhuma multidão para soltar aos quatro ventos: "Ouviram do Ipiranga às margens plácidas..." Ao passo que *A Marselhesa* foi cantada. Mas o nosso Hino não se dobrou e estava, ontem, mais inspirado, mais flamante do que nunca. Confesso, porém, que *A Marselhesa* atirada, assim, na nossa cara, fazia pensar na Revolução Francesa, em cabeças cortadas, em Napoleão. E eu tremi. Mas começou o jogo e o Brasil atirou-se para a vitória. Então senti gosto e cheiro de vitória, em todas as ações.

Mas aqui faço uma pausa para perguntar: quem, no jogo inesquecível, pode ser o meu personagem da semana? Talvez o juiz, que foi, com um descaro mundial, um larápio de alto a baixo, da cabeça aos sapatos. Bateu, como quem bate carteiras, dois gols e dois pênaltis do Brasil. Vamos esquecer, porém, o ladrão, o Raffles de galinheiro, vamos esquecê-lo com essa generosidade que dá a vitória. Tratemos de descobrir, entre os brasileiros, tratemos de catar no escrete o meu personagem. E penso em Vavá, que foi um fabuloso símbolo pessoal e humano do triunfo. Quando o estádio ainda estava ressoante de *A Marselhesa*, Vavá, sem dar a menor confiança à Revolução Francesa, arrombou as redes adversárias. Tínhamos quanto tempo de jogo? Um minuto e meio, se tanto. Admito que esse gol deu-me a seguinte vontade: de me sentar no meio-fio e chorar. Note-se que se dizia maravilhas frenéticas do ataque francês. E nós, aqui, a distância, já rilhávamos os dentes, de pavor. Todavia, contra o Brasil, eis que ninguém vê, concretamente, a linha adversária. A linha adversária mais parecia uma fábula de La Fontaine. E pelo contrário: quem disparou o primeiro gol foi o ataque brasileiro, que, aqui e lá, estava sendo violentamente negado. É verdade que, pouco depois, viria o tento do empate. Mas creiam: foi, tipicamente, uma pane emocional da nossa defesa, pane única em todo o campeonato. Por um momento, e só por um momento, a nossa retaguarda acreditou nos avantes contrários. Em seguida, apagou, eis a verdade: apagou o celebradíssimo ataque francês, com seu genial trio atacante. O Brasil passou a dominar até a última gota do jogo. O segundo gol inimigo decorreu, exclusivamente, de um cochilo que a superioridade no marcador (5 x 1) explica. Amigos, foi uma degaulleada de cinco e, não fosse o juiz um larápio, teria sido de oito.*

E como foi empolgante o coração de Vavá! Há quem diga, inclusive patrícios nossos: "O Brasil não tem caráter! O Brasil não tem moral!" Mas olhem Vavá. Não tem medo de ninguém, medo de nada. Se for preciso, ele dará a cara para o inimigo chutar. É, mal comparando, um Tartarin desgrenhado, que pegasse, à unha, leões de verdade. Ontem, machucou-se, e por quê? Porque entregou a canela para o inimigo fraturar. Foi a canela, como poderia ter sido a base do crânio. Sabe-se que os franceses, furiosos com o deslumbrante baile do Brasil, baixaram o sarrafo. Caçado a pontapés, na área e fora, perseguido quase a pauladas, eis que Vavá sobrevivia ao massacre. Ele e os companheiros. Ora, é desse peito largo e inexpugnável que o escrete brasileiro sempre precisou.

Amigos, não tenham dúvidas: este escrete não é apenas o maior do certame. Digo "o maior", independente do resultado final. É, também, o escrete da coragem. E creiam que Vavá, com sua bravura louca, traduz, como eu já disse, um perfeito, um empolgante símbolo dessa coragem e desse escrete.

28/6/1958

---

* Copa do Mundo. Estádio Rasunda, em Estocolmo (24/6/1958). Brasil 5 x 2 França, com gols de Pelé (3), Vavá e Didi. Fontaine e Piantoni descontaram.

meu personagem da semana: Didi

129

Qualquer jogador do escrete brasileiro podia ser o meu personagem da semana. De Gilmar a Zagallo. De Zagallo diremos apenas o seguinte: estava em todos os lugares ao mesmo tempo. De certa feita, foi, até, interessante. Zagallo salva um gol, sai com uma bola e, em seguida, aparecia lá na frente, lá na área adversária, desintegrando a defesa inimiga. Amigos, ontem o escrete era imbatível. Cada vez que um craque patrício apanhava a bola, partia em todas as direções, como aquele mocinho de fita em série. E, pela primeira vez, numa final de Campeonato do Mundo, um escrete vence de goleada, vence de banho.* Mas como eu ia dizendo: a exibição do Brasil foi tão perfeita, irretocável, que, desta vez, qualquer um podia ser o meu personagem. Por exemplo: Pelé, um menor total, irremediável, que nem pode assistir a filme de Brigitte Bardot. Ao receber o ordenado, o bicho, é o pai que tem de representá-lo. Pois bem: Pelé assombrou o mundo. Não se limitou a fazer os gols. Tratava de enfeitá-los, de lustrá-los. Sim, poderia ser Pelé, o homem desta página. E, todavia, eu penso em Didi. Examinem a sua fisionomia, os seus traços. Há, nele, uma dignidade racial de Paul Robeson. "Grande jogador", dizem todos. Mas não falta os que duvidem do seu caráter, do seu brio, da sua alma. Nos jogos do certame carioca, é comum ouvir-se um torcedor esbravejando:

---

* Copa do Mundo da Suécia. Estádio Rasunda (29/6/1958). Brasil 5 x 2 Suécia. Os gols brasileiros foram de Vavá (2), Pelé (2) e Zagallo. Liedholm e Simonsson descontaram.

"Didi não está fazendo força! Didi está amolecendo!" Quando se tratou de organizar o escrete, quase todo mundo gritou contra Didi. Uns juravam: "Moacir é melhor!" Outros diziam: "Didi não é jogador para a Copa!" Nos treinos da seleção foi vaiado quantas vezes? Acabaram queimando o formidável jogador. Conclusão: ele amarrou a cara e seu comportamento, em todo o Mundial, foi esmagador. Não se podia desejar mais de um homem, ou por outra: não se podia desejar mais de um brasileiro. Ninguém que jogasse com mais gana, mais garra e, sobretudo, com mais seriedade. Nem sempre marcava gols. Mas estava, fatalmente, por trás dos tentos alheios. Era ele quem amaciava o caminho, quem desmontava a defesa inimiga com seus lançamentos em profundidade. Com uma simples ginga de corpo, liquidava o marcador. E nas horas em que os companheiros pareciam aflitos, ele, com sua calma lúcida, seu clarividente *métier* prendia a bola e tratava de evitar um caos possível. Não foi só o jogador único, que os críticos europeus mais exigentes consideram o maior da Copa. Foi algo mais: um homem de bem. O que ele demonstrou, de constância, de fidelidade, de bravura, de entusiasmo, basta para caracterizá-lo um brasileiro de altíssima qualidade humana. A partir deste Mundial, o brasileiro começa a ter uma nova imagem de Didi. Repito: passa a ver Didi como um homem de bem. Pois nós sabemos que nenhum escrete levanta um Campeonato do Mundo sem extraordinárias qualidades morais. De nada adiantará o futebol se o homem não presta. O belo, o comovente, o sensacional no triunfo de ontem está no seguinte: foi, antes de tudo, o triunfo do homem.

Eu já disse que, no formidável e harmônico esforço do escrete, todos parecem merecer uma glória igual. É dificílimo destacar este ou aquele. Mas há, no caso de Didi, certas circunstâncias que projetam o craque, em alto relevo. O torcedor estava errado quando o imaginava incapaz de paixão, incapaz de gana, incapaz de garra. Molhou a camisa, derramou até a última gota de suor, matou-se em campo. Quando o Rei Gustavo, da Suécia, veio apertar-lhe a mão, eu imaginei, ao ouvir no rádio a descrição da cena: dois reis! Pois Didi, como sempre tenho dito aqui, lembra um rei ou príncipe etíope de rancho. Com as suas gingas maravilhosas, ele, em pleno jogo, dava a sensação de que lhe pendia do peito não a camisa normal, mas um manto de cetim azul, com barra de arminho. Assim eu o vejo e assim desfraldo seu nome, aqui, como o meu personagem da semana.

5/7/1958

meu personagem da semana: o escrete

130

Dizem que o Brasil tem analfa-betos demais. E, no entanto, vejam vocês: — a vitória final, no campeonato do mundo, operou o milagre. Se analfabetos existiam, sumiram-se na vertigem do triunfo. A partir do momento em que o Rei Gustavo, da Suécia, veio apertar as mãos dos Pelés, dos Didis, todo mundo, aqui, sofreu uma alfabetização súbita. Sujeitos que não sabiam se gato se escreve com "x" ou não iam ler a vitória no jornal. Sucedeu esta coisa sublime: — analfabetos natos e hereditários devoravam vespertinos, matutinos, revistas e liam tudo com uma ativa, uma devoradora curiosidade, que ia do "lance a lance" da partida até os anúncios de missa. Amigos, nunca se leu e, digo mais, nunca se releu tanto no Brasil.

E a quem devemos tanto? Ao escrete, amigos, ao escrete, que, hoje, é o meu personagem da semana, múltiplo personagem. Personagem meu, do Brasil e do mundo. Graças aos 22 jogadores, que formaram a maior equipe de futebol da Terra, em todos os tempos, graças a esses jogadores, dizia eu, o Brasil descobre-se a si mesmo. Os simples, os bobos, os tapados hão de querer sufocar a vitória nos seus limites estritamente esportivos: ilusão! Os 5 x 2, lá fora, contra tudo e contra todos, é um maravilhoso triunfo vital, de todos nós e de cada um de nós.* Do Presidente da República ao apanhador de papel, do Ministro do Supremo ao pé-

---

* Copa do Mundo. Estádio Rasunda, em Estocolmo (29/6/1958). Brasil 5 x 2 Suécia. Os gols foram de Vavá (2), Pelé (2) e Zagallo. Liedholm e Simonsson descontaram.

rapado, todos, aqui, percebem o seguinte: é chato ser brasileiro! Já ninguém tem mais vergonha de sua condição nacional. E as moças na rua, as datilógrafas, as comerciárias, as colegiais andam, pelas calçadas, com um charme de Joana D'Arc. O povo já não se julga mais um vira-latas. Sim, amigos: — o brasileiro tem de si mesmo uma nova imagem; ele já se vê, na generosa totalidade de suas imensas virtudes pessoais e humanas. Vejam como tudo mudou. A vitória passará a influir em todas as nossas relações com o mundo. Eu pergunto: — que éramos nós? Uns humildes. O brasileiro fazia-me lembrar aquele personagem de Dickens que vivia batendo no peito: — "Eu sou um humilde! eu sou o sujeito mais humilde do mundo!" Ele vivia desfraldando esta humildade e a esfregando na cara de todo mundo. E, se alguém punha em dúvida a humildade, eis o Fulano esbravejante e querendo partir caras. Assim era o brasileiro. Servil com a namorada, com a mulher, com os credores. Mal comparando, um São Francisco de Assis, de camisola e alpercatas. Mas vem a deslumbrante vitória do escrete e o brasileiro já trata a namorada, a mulher, os credores de outra maneira; reage diante do mundo com um potente, um irresistível élan vital. E vou mais além: — diziam, de nós, que éramos a flor de três raças tristes. A partir do título mundial, começamos a achar que a nossa tristeza é uma piada fracassada. Afirmava-se também que éramos feios. Mentira! Ou, pelo menos, o triunfo embelezou-nos. Na pior das hipóteses, somos uns ex-buchos.

E a quem devemos tanto? Ao meu personagem da semana. Ninguém, aqui, admitia que fôssemos "os maiores" do futebol. Rilhando os dentes de humildade, o brasileiro já não se considerava melhor nem de cuspe a distância. E o escrete vem e dá um banho de bola, um show de futebol, um baile imortal, na Suécia. Como se isso não bastasse, ainda se permite o luxo de vencer de goleada a última peleja. Foi uma lavagem total. Outra característica da jornada: o brasileiro sempre se achou um cafajeste irremediável e invejava o inglês. Hoje, com a nossa impecabilíssima linha disciplinar no Mundial, verificamos o seguinte: — o verdadeiro inglês, o único inglês, é o brasileiro. Um Didi, lá fora, observou uma calma, uma polidez, um equilíbrio que fariam morrer de inveja o major Anthony Eden. Amigos, na Suécia quem levou pontapé, do pescoço para cima, fomos nós. E, ainda por cima, roubaram a gente, bifaram os nossos gols, a nossa camisa. Mas tudo inútil, porque o Brasil apresentou o maior escrete do universo, segundo os mais exigentes críticos do mundo. Por fim, a lição do meu personagem. Ele ensinou que o brasileiro é, sim, quer queiram quer não, "o maior".

12/7/1958

meu personagem da semana: Garrincha

131

Amigos, estou diante de um problema, que é o seguinte: — Garrincha foi, há pouco tempo, meu personagem da semana. Poderei repeti-lo, sem irritar os leitores? Eis a verdade, porém: — não se trata de escolher, de optar. Ontem, só houve em campo um nome, uma figura, um show: — Garrincha. Os outros três campeões do mundo estavam lá, também. Mas Didi, Zagallo e Nilton Santos pertencem à miserável condição humana. São mortais e suscetíveis de todas as contingências da carne e da alma. Jogaram por honra da firma e por um dever contratual. Estavam exaustos e no extremo limite de suas resistências emocionais e aléticas. Garrincha, não. Garrincha está acima do bem e do mal. O problema de forma física e técnica não existe para ele, nunca existiu. Como os três outros campeões mundiais do Botafogo, ele foi massacrado por apoteoses consecutivas. Desde Brasil x Suécia que o "seu" Mané está em vigília permanente. E, no entanto, vejam vocês: — apareceu, em campo, com uma disposição vital esmagadora. Ninguém mais ágil, mais plástico, mais alado. Em campo, desde o primeiro minuto, foi leve como uma sílfide.

O futebol era, nesta terra, um esporte passional, sombrio, cruel. O torcedor já entrava em campo vociferando: — "Mata! esfola!" Ontem, porém, no Botafogo x Fluminense, sentiu-se uma curiosa reação: — Garrincha trazia para o futebol uma alegria inédita. Quando ele apanhava a bola, e dava o seu baile, a multidão ria, simplesmente isto: — ria e com uma saúde, uma felicidade sem igual. O jornalista Mário Filho observou, e com razão, que, diante de Garrincha, ninguém era mais torcedor de A ou de B. O público passava a ver e a sentir apenas a jogada mágica. Era, digamos assim, um deleite puramente estético da torcida.

Aconteceu, então, o seguinte: — foi-se assistir a um jogo e viu-se Garrincha. No fim, já as duas torcidas queriam apenas que Garrincha apanhasse a bola e começasse a fazer as suas delirantes fantasias. Então, aplaudiam nas arquibancadas, cadeiras e gerais, com uma euforia de macacas de auditório. Por exemplo: — o meu caso. Eu estava lá, como "pó-de-arroz" nato e hereditário, para torcer pela vitória do Fluminense e contra a vitória do Botafogo; súbito começo a exultar também. Diante de cada jogada de Garrincha, eu experimentava a alegria que as obras-primas despertam.

E, no entanto, vejam vocês: — chamavam este homem de retardado! Só agora começamos a fazer-lhe justiça e a perceber sua superioridade. Comparem o homem normal, tão lerdo, quase bovino nos seus reflexos, com a instantaneidade triunfal de Garrincha. Todos nós dependemos do raciocínio. Não atravessamos a rua, ou chupamos um chicabon, sem todo um lento e intricado processo mental. Ao passo que Garrincha nunca precisou pensar. Garrincha não pensa. Tudo, nele, se resolve pelo instinto, pelo jato puro e irresistível do instinto. E, por isso mesmo, chega sempre antes, sempre na frente, porque jamais o raciocínio do adversário terá a velocidade genial do seu instinto.

No segundo tempo, quase não lhe deram bola. E aconteceu o inevitável: — o Botafogo caiu, verticalmente. O Fluminense podia ter empatado, até. Mas ficamos num joguinho platônico, um futebol inofensivo, de passes para os lados e para trás. Resta saber: — de quem é a culpa? De uma indigência de recursos táticos? Ou faltou-nos um Garrincha, com suas penetrações fulminantes, as suas geniais invenções? No primeiro tempo, botafoguenses e tricolores punham as mãos na cabeça: — "Isso não existe!"

Eu falei, mais atrás, que ele foi, na sua agilidade, algo de muito leve, de muito etéreo. De fato, na etapa inicial, Garrincha deu uma "bicicleta" de sílfide. Terminado o jogo, saímos do estádio com a ilusão de que tínhamos visto não um jogo, não dois times, mas uma figura única e fantástica: — Garrincha, o meu personagem da semana.*

19/7/1958

---

* Campeonato Carioca. Maracanã (13/7/1958). Botafogo 2 x 1 Fluminense. O Botafogo venceu com gols de Paulinho e Quarentinha. Mario descontou.

meu personagem da semana: Babá

132

Desta vez, o meu personagem

da semana não é um campeão do mundo. Vou buscá-lo no jogo modestíssimo, de escasso ou nenhum dramatismo, que o Flamengo e o Canto do Rio disputaram, sábado último.* O marcador não deixa dúvidas: 4 x 0 a favor do Rubro-negro. Uma goleada, como se vê. E o único charme da partida está em que apresentou um Flamengo de juba desfraldada. Durante toda a Taça Jules Rimet nós o tínhamos esquecido. Quase não se falava em Flamengo. Subitamente, ele esmaga o Canto do Rio e a cidade verifica que o Rubro-negro existe, que o Rubro-negro está vivo. Alguém poderá objetar que o Canto do Rio não tem um grande time. Ao que eu respondo: pode não ter um plantel excepcional, mas é uma equipe bem dirigida e que se defende, em campo, com unhas e dentes. Enfiar quatro gols num sólido e harmônico sistema defensivo é uma proeza que convém não subestimar. De uma maneira ou de outra, sabe-se que o Flamengo está no páreo. Derrubou o Canto do Rio e todo mundo deve pôr as barbas de molho.

Quanto ao personagem da semana, creio que só pode ser um e eis aqui as suas iniciais: Babá. Repito: Babá, porque veio tapar um claro aparentemente impreenchível. A saída de Zagallo, para o Botafogo, foi, sem dúvida, uma punhalada no Rubro-negro. Era um grande jogador e não só isso: um jogador

* Campeonato Carioca. Maracanã (19/7/1959). Flamengo 4 x 0 Canto do Rio. Gols de Babá, Joel, Dida e Henrique.

que tinha o panache de campeão do mundo. Mas Zagallo deixou o clube e, hoje, está, em General Severiano, com a camisa alvinegra. Babá foi lançado em sua substituição. E quando começou o jogo eu duvidada que o pequeno ponta pudesse apagar a nostalgia de Zagallo no coração da torcida. Transcorridos os noventa minutos, temos de admitir, para a glória do Flamengo e do próprio Babá: realmente não se sentiu a ausência de Zagallo. Babá atirou-se à batalha com uma gana, uma garra, um élan de antigo titular. Ninguém conseguia pensar em Zagallo. Era como se Babá também fosse um autêntico campeão do mundo.

Eu disse que a partida de sábado foi pouco mais do que uma pelada. Teve, porém, o mérito de mostrar que é enorme a capacidade de renovação do Flamengo. Por vezes, há a ilusão de que o grande clube está comprometido em sua potencialidade. E ele desponta com desesperada energia e uma capacidade de feitos ainda maiores! Quando saiu Rubens, entrou Dida. Era um garoto que vinha ocupar o lugar de um mestre, de um virtuoso e, numa palavra, de um craque que atingira o teto de futebol. E o time nada perdeu com a troca. Pelo contrário: o ataque adquiriu mais penetração, velocidade, objetividade. Repete-se o milagre com Babá. Sábado, viu-se, ainda uma vez, que o Flamengo independe de nomes, de cartazes, de celebridades. E, novamente, o torcedor pensa na lenda da camisa. O Flamengo jamais deixa de ser ele mesmo. Põe o aspirante enxertado contra o Honved, e goleia o fabuloso futebol húngaro. Dir-se-ia que é a camisa, e não o craque, que joga. Muitos juram que, com as cores rubro-negras, tanto faz que o jogador se chame João ou Manuel, Alcebíades ou Assunção. O perna-de-pau já o será muito menos, porque leva, consigo, a chama indomável do clube. Vendo Babá disparar-se como um tiro, eu concluía que os seus méritos pessoais estavam acrescidos e valorizados por um clima, uma aura, uma crepitação, que só o Mengo possui. Com outra camisa, talvez ele fosse menos Babá.

Os descrentes poderão dizer que a exibição de Babá, tão cheia de fantasia, de improvisações fulgurantes, foi fogo de palha. Não creio, amigos. Creio que Babá ainda vai dar muito trabalho neste campeonato. É um garoto que luta com uma febre de lunático. Jamais será um frio, um acomodado. Mesmo quando tomba sobre o Flamengo a sombra da derrota, ele parece crescer pelo desespero. Sua alma é das que não capitulam.

E porque, sábado, jogou no lugar de um campeão do mundo, como se fora outro campeão do mundo, eu o promovo a meu personagem.

26/7/1958

meu personagem da semana: Hélio Cruz

133

Se, na sexta-feira, alguém me

perguntasse: — "Quem é Hélio Cruz?", eu cairia na mais crassa, na mais ignara das perplexidades. De fato, o nome de "Hélio Cruz" não encontraria, em mim, nenhuma acústica. Eu já o vira jogar em outras partidas do São Cristóvão. Mas era um desses conhecidos que a gente desconhece, conhecido que a gente ignora. Sábado, porém, soou a grande hora de Hélio Cruz. O São Cristóvão ia enfrentar o Botafogo, não um Botafogo qualquer, mas um Botafogo potencializado por quatro campeões do mundo. Há quem diga do Alvinegro: — "É o escrete brasileiro!" Nem tanto, amigos, nem tanto. Mas uma coisa é certa: — a presença de Santos, Garrincha, Didi e Zagallo confere ao quadro de General Severiano um charme esmagador.

Houve o jogo e a renda foi uma vergonha. Apenas duzentos e poucos contos. Mas eu explico a arrecadação deprimente: — é que ninguém, na Terra, esperava a derrota do Botafogo. O Alvinegro devia vencer e, segundo todas as presunções, de banho. Por isso, ninguém foi lá. Mas como eu ia dizendo: — estava escrito que o momento de Hélio Cruz era o jogo de sábado. Tudo conspirou, aliás, para lhe dar a grande chance. Querendo fazer do time uma fábrica de dinheiro, o Alvinegro está pondo seus craques para jogar, para suar como se fossem eles uns barqueiros do Volga. Uma equipe tem, como é óbvio, um limite de resistência. E jogadores que atuam aqui e ali, sem uma pausa para recuperação, acabam liquidados. O que vimos, contra o São Cristóvão, foi um Botafogo gasto, que não queria nada com a bola. Perdeu, e pior do que isso: perdeu para um adversário que, em grande parte do jogo, atuou com dez elementos. Convenhamos que foi o que se chama uma derrota feia. Ou será que o Botafogo ainda não percebeu que não importam os tostões que possa arranjar aqui e ali, em excursões caça-níqueis? Não. O que importa é o "bi" e nada mais.

Voltemos, porém, a Hélio Cruz, que eu transformei no meu personagem da semana. Não sei se ele jogou bem ou mal. O que sei é que cravou, no Botafogo, dois gols, o bastante para derrubar o Alvinegro.* Quando o São Cristóvão enfiou o primeiro, ocorreu uma coisa curiosa: — os espectadores perguntavam uns aos outros: — "Hélio Cruz? Mas quem é Hélio Cruz?" E ao chegar, na redação, sou cercado por colegas ávidos: — "Quem é esse cara?" Ninguém sabia e eu muito menos. E o que atrapalhava, ainda mais, era o sobrenome. E, com efeito, nenhum craque usa o nome por extenso. Seria realmente irritante que um arqueiro se chamasse J. B. dos Passos Portela ou J. Pimentel da Fonseca. E eu, na minha perplexidade, perguntava: — por que não apenas Hélio ou não apenas Cruz? Um craque que se chamasse simplesmente Hélio ou simplesmente Cruz não precisaria acrescentar mais uma vírgula ao seu nome. E, no entanto, o artilheiro de sábado é, por completo, Hélio Cruz, como num cartão de visitas.

Vejam vocês as ironias do futebol. Hélio Cruz era, até o jogo com o Botafogo, solidamente desconhecido, maciçamente obscuro. Já marcara outros gols talvez mais bonitos do que os de sábado. Mas ninguém lhe conseguia decorar o nome. Bastou-lhe pôr abaixo o Botafogo para que, imediatamente, todos verificassem que ele era um falso desconhecido, um falso obscuro. O que faltava, apenas, era um fato qualquer que permitisse a fixação do seu nome e de sua figura. Sábado, o meu personagem agarrou, com unhas e dentes, a sua oportunidade. Certos desconhecidos esperam apenas um pretexto para se tornarem célebres. O pretexto de Hélio Cruz foram os dois gols implacáveis. Já ninguém pergunta diante do seu nome: — "Quem é esse cara?" E *Manchete*

---

* Campeonato Carioca, no Maracanã (26/7/1958). São Cristóvão 2 x 1 Botafogo, gols de Hélio Cruz (2), Paulinho descontou.

Esportiva faz, no presente número, o trocadilho: — "Hélio foi a Cruz do Botafogo". Até o sobrenome, que parecia supérfluo, favoreceu a piada. Ora, quando alguém passa a inspirar os trocadilhos anônimos, passa a ser figura folclórica, convenhamos: — está famoso, até segunda ordem. E, além disso, Hélio Cruz teve um mérito espetacular. Derrotou um Botafogo, apesar da fauna, da flora de campeões do mundo. Sejam justos: — ninguém merece mais ser meu personagem da semana.

2/8/1958

meu personagem da semana: Waldo

134

Por pouco, o meu personagem

da semana não foi uma égua. Se Dulce tivesse ganho o *sweepstake*, estaria aqui, com os seus quadris suados, as suas narinas vibrantes e as suas crinas geladas. De fato, na semana que passou, falou-se tanto em Dulce, escreveu-se sobre ela em prosa e verso! Atrevo-me a dizê-lo que jamais uma Dulce foi tão amada, ou por outra: só Inês de Castro foi tão amada! Mas Dulce fracassou ignominiosamente. Foi um bonde, um taioba na raia. Não, Dulce não serve para meu personagem da semana. Passemos adiante. No futebol, temos Garrincha. E que fez "seu" Mané? Apenas isto: quase mata o arqueiro adversário com uma bomba. A vítima teve de ser retirada de campo quase de maca, quase de rabecão. Mas na rodada que passou houve algo de mais arrepiante. Refiro-me ao jogo Madureira x Vasco. A derrota vascaína, por si só, bastaria para conferir à batalha uma dimensão patética. O clube de São Januário era líder e entrou em campo com um desses favoritismos totais e deprimentes. O Madureira devia apanhar e, talvez, de banho. Mas o banho saiu pela culatra. O Vasco não só apanhou de 3 x 1, como despencou da liderança. E, além disso, houve um sururu pavoroso, onde todo mundo deu e onde todo mundo apanhou. O público viu a bordoada cantar em campo. Esse faroeste inesperado parecia um retorno aos tempos de Tom Mix. Foram expulsos Dario e Orlando.

Note-se: de 1500 até os nossos dias, Orlando é o primeiro campeão do mundo a ser expulso. Aqui eu pergunto: vale a pena fazer de Orlando o meu personagem da semana? Eu próprio me respondo: não, não vale a pena. Uma expulsão não é motivo para que um jogador entre nesta página.

Ao mesmo tempo, ocorre-me o seguinte: as primeiras rodadas do campeonato assinalam a revolução dos pequenos. Eis a verdade: nunca os pequenos foram tão pouco pequenos e nunca os grandes foram tão pouco grandes. Dois pequenos estão escandalosamente na ponta: o São Cristóvão e a Portuguesa. Ontem, o Madureira pôs abaixo um grande: o Vasco. Enfim, o futebol carioca vive um momento de confusão. Não se sabe quem é o maior, não se sabe quem é o menor. E, uma vez que o Botafogo, com quatro campeões do mundo, apanhou do São Cristóvão, tudo é possível. Amigos, ninguém é craque, ninguém é cabeça-de-bagre. Todo mundo joga de igual para igual. E eu vos digo: se fosse o caso de escolher um personagem múltiplo, um personagem numeroso, impessoal, eu não teria dúvida em pôr aqui o São Cristóvão ou a Portuguesa. São clubes baratíssimos. Um Didi ganha mais do que todo o time do São Cristóvão ou todo o time da Portuguesa. Acreditem: é a vitória do pequeno ordenado, é a revolta do tostão, do vintém contra o milhão. Será que o jogador precisa ganhar pouco para produzir muito?

Mas quem, entre tantos, entre todos, pode ser o meu personagem da semana? Súbito, desponta um nome esquecido: Waldo. E que fez Waldo para que eu vá arrancá-lo de sua obscuridade? Apenas isto: um gol. Digo um "gol" e já retifico: dois, sendo que, o segundo, o árbitro anulou com uma inépcia tremenda. Ora, havia muito tempo que Waldo não queria nada com o marcador. E sabemos que Waldo sem gol é o anti-Waldo, a negação do Waldo. Toda a torcida estava com a nostalgia dos tempos em que Waldo vivia arrombando as redes inimigas. Não havia jogo em que não enfiasse o seu. E, nos bons dias, chegava a marcar quatro! E, de repente, quis jogar recuado, quis funcionar como armador. Resultado: a fonte de gols secou como uma bica da zona sul. E nós, tricolores, constatamos o seguinte: quando Waldo faz gol, o Fluminense vai bem; quando Waldo não faz gol, o Fluminense vai mal. O importante no jogo de ontem, contra o América, foi a sua atuação dentro das características de finalizador irresistível. Imaginem, amigos, se, daqui por diante, Waldo dá para marcar três, quatro e, até, cinco por jogo?

E porque Waldo voltou a ser Waldo, eu o promovo a meu personagem da semana.

9/8/1958

meu personagem da semana: Décio

135

Acontece que, hoje, o meu per-sonagem da semana é um semi-obscuro, um quase obscuro. E, com efeito, Décio não será um desses desconhecidos totais e irremediáveis. Não. Mas é um nome pouco falado. Falta-lhe a moldura das publicidades escandalosas. Quase nunca sai o seu retrato nos jornais. Mas esse homem, que não inspira manchetes, foi, sem dúvida, a maior figura da batalha Botafogo x Bangu.* E como gasta a bola, amigos, como gasta a bola!

É preciso, de vez em quando, redescobri-lo. E foi o que fizemos, ontem: redescobrimos Décio. Na sua implacável atividade, lembra as laboriosas formigas ou, mais que as formigas, lembra Telê. Aparece em toda a parte ao mesmo tempo, surge na defesa e no ataque e tanto arma como dispara. Como a todo jogador em estado de graça, a bola parecia persegui-lo. Onde quer que estivesse o couro, lá aparecia Décio. Fazia o que queria da pelota, como se esta fosse uma cadelinha amestrada. Falei na sua semelhança com Telê. Mas retifico: — semelhança relativa em termos. Pois Décio tem uma série de características pessoais e intransferíveis. Uma delas é a capacidade estonteante de driblar o inimigo, de envolvê-lo, de ultrapassá-lo inapelavelmente. Por sorte sua, o Botafogo andou num dia amargo. Digo mais: — ontem, o Botafogo

* Campeonato Carioca, no Maracanã (10/8/1958). Bangu 1 x 0 Botafogo. Gol de Rubens.

foi muito pouco botafoguense. Através dos noventa minutos, não sentimos no Alvinegro o panache, a gana, a garra, a penetração dos grandes dias. Enquanto, na Gávea, o Flamengo era um Flamengo em toda a sua exasperada euforia, cá no Maracanã ninguém reconhecia o Botafogo, nem o Botafogo se reconhecia a si mesmo. Seu rendimento foi muito inferior à qualidade de um plantel realmente extraordinário. Estou quase a dizer que os aspirantes alvinegros, na preliminar, jogaram muito melhor do que os titulares, na principal.

Mas voltemos a Décio. Ante um adversário que parecia encarar a derrota com uma certa aceitação fatalista, Décio teve todas as facilidades para desempenhar seu papel no drama do jogo. Em muitas ocasiões, foi uma espécie de solista. Só ele brilhava, como se os próximos, companheiros ou adversários formassem apenas um coro secundário. E vejam vocês a riqueza do futebol brasileiro. De vez em quando, nós esbarramos num Décio inesperado. Agora pergunto: quantos Décios existem pelo Brasil? E que boa colheita, se fossemos catá-los todos!

Eu me lembro dele, no jogo Vasco x Bangu. Com sua finta inapelável e desmoralizante, cortou ou ceifou Bellini de uma maneira tão precisa e cruel, que o grande capitão caiu sentado. Pois bem: — enquanto Bellini assim desabava, Décio saía com a bola, numa penetração irresistível. E mais: — não houve santo que o impedisse de, quase sem ângulo, enfiar um gol espetacular. Este lance, que foi uma obra-prima, na sua execução impecável, define o homem e dá uma idéia de sua enorme variedade de recursos. O Décio de ontem não ficou atrás do que derrubou o Bellini. O mesmo domínio de bola, a mesma diabólica facilidade de improvisação. Geralmente, os craques que usam largamente o drible passam por um, dois e perdem a bola para o terceiro. Décio, não. Vai ceifando os contrários, vai perfurando, vai desbravando. E um desses homens que, sozinhos, desintegram uma defesa e podem decidir um jogo. Grande figura o meu personagem!

Eu disse, mais acima, que ele era um quase obscuro. E como explicar que um jogador assim excepcional não tenha uma fama correspondente? Eu explico: — Décio é, num time, uma espécie de pau para toda obra. Brilha e se dissipa em todas as posições. Ainda não se sabe, ao certo, se é, em definitivo, do ataque, da defesa. Falta-lhe fixação numa coisa só para se categorizar espetacularmente. Seja como for, foi, ontem, o homem do Bangu que mais concorreu, com sua coragem e seu dinamismo, para a dramática vitória. E porque foi a figura máxima da batalha, aqui está ele como meu personagem da semana.

16/8/1958

meu personagem da semana: Wilson Moreira

136

Bem, meus amigos: a solução é

ir buscar o meu personagem da semana em São Januário. O Vasco pulou na ponta. Seus três outros companheiros, o Fluminense, o São Cristóvão e a Portuguesa, despencaram lá de cima. O clube da Cruz-de-Malta desponta, nesta manhã de segunda-feira, num espetacular isolamento. Venceu o Canto do Rio, de 3 x 0.* E aqui pergunto: qual dos seus jogadores deve figurar aqui, como herói da partida e da semana?

O primeiro nome que me ocorre é o de Wilson Moreira. Está no lugar de Vavá, e vamos e venhamos: é duro substituir um Vavá e, sobretudo, um Vavá campeão do mundo. Terá Wilson Moreira envergadura para tanto? Vavá é um desses jogadores que a torcida não esquece. Antes de mais nada, tem o "charme" do goleador. Seu apetite de gol chega a ser uma espécie de tara. Na Suécia, por exemplo, foi, em todas as partidas, uma fera solta, um búfalo tremendo, ou, se permitirem uma terceira imagem, um cossaco do Don ou do Kuban, sei lá. E quando ele partia para o gol, todo mundo saía da frente, porque lá vinha bomba. Essa ferocidade é rara num jogador de futebol. E

* Campeonato Carioca, no Maracanã (16/8/1958). Vasco 3 x 0 Canto do Rio. Gols de Sabará, Laerte e Wilson Moreira.

quando Vavá foi contratado pelos espanhóis, houve o drama: onde catar uma outra fera, um outro búfalo, um outro cossaco? Mas vejam vocês: o Vasco tinha um Vavá à mão. Não foi preciso contratar ninguém, espremer os cofres, torrar milhões. Talvez não exista, em todo o futebol brasileiro, um atacante mais Vavá do que Wilson Moreira.

Atrevo-me mesmo a dizê-lo: talvez Vavá não faça falta, nenhuma falta. Fera por fera, Wilson Moreira também o é. Já o pai, Zezé Moreira, foi, na sua época, um jogador que não fugiu nunca do pau. Podia vir o mundo abaixo que ele se mantinha, em campo, inexpugnável, quase imortal. Pois bem: tal pai, tal filho. A coragem indomável do velho está no rapaz. Digo coragem e tudo mais: a resistência física e de alma, o otimismo quase selvagem, o arremesso para o triunfo. A rigor, só existe entre pai e filho uma dessemelhança: é que um joga no ataque e outro jogava na defesa. No mais, são em tudo por tudo vinho da mesma pipa. Mas como eu ia dizendo: só faltava a Wilson Moreira uma oportunidade para se projetar violentamente. Todo mundo depende de uma oportunidade. Por exemplo: a oportunidade de Napoleão foi a Revolução Francesa. Ele teria sido um mau Napoleão, um péssimo Napoleão, sem o terror, sem as cabeças cortadas. Ora, a Revolução Francesa de Wilson Moreira foi, justamente, a saída de Vavá. É uma dessas oportunidades geniais que decidem o destino de uma criatura. E, agora, pela primeira vez, Wilson Moreira vai poder atirar-se com toda a plenitude dos seus dons de craque nato. Digo "nato" e posso acrescentar: hereditário.

Já no jogo de sábado ele nos deu o melhor e mais dramático gol da tarde. Poderão objetar que o jogo foi uma pelada. De acordo: peladíssima. Mas não há pelada que não apresente seus instantes de grandeza, seus lampejos deslumbrantes. Assim foi o tento de Wilson Moreira. Seus gols nada têm de clássicos. Absolutamente. São passionais, como os de Vavá. Ele põe no chute fatal uma espécie de fúria sagrada. E quando apanhou a bola, para arrombar as redes do Bonsucesso, há de ter sentido, em suas profundezas, a certeza profética do gol. Sim, amigos: o goleador por destino, por vocação, sabe quando vai marcar. Wilson Moreira foi varrendo, ceifando os adversários que atravessaram o seu caminho. Cortou Ricardo duas vezes, de maneira cruel e inapelável. Penetrou furiosamente, sob a perseguição desesperada de Hamilton e Sinval. Podia ter chutado antes ou depois. Mas os goleadores sabem quando a bola amadureceu bastante para o tiro mortal. Finalizou no justo momento. E que bomba, amigos, que bomba! O arqueiro contrário nem viu por onde ela entrou. Era um lance pessoal, mas que, por um momento, dramatizou e deu mesmo à peleja um toque sublime. O futebol vive muito desses gols da paixão, da raiva, da febre. Sorte é a do Vasco! Perde um Vavá e tem um Wilson Moreira para esfregar na cara de todo mundo.

23/8/1958

meu personagem da semana: Dida

137

O placar do Flamengo é de assustar: 8 x 0! Essa abundância numérica significa que o Rubro-negro submeteu o Olaria a um metódico, a um meticuloso, a um hediondo massacre. E o patético é que não foi um time, uma equipe, que construiu o escandaloso placar. Foi um homem, um único e solitário homem que desandou a fabricar gols, a torto e a direito. Esse homem chama-se Dida e eu o apresento, aqui, como o meu personagem da semana.*

Na véspera, ou seja, sábado, um outro craque enfiara quatro. Refiro-me a Didi que, funcionando na frente, na área, acabou com a Portuguesa. Conquistou quatro tentos de antologia. Dida, porém, fez mais: meia dúzia, e, ontem, nenhuma força humana ou divina conseguiria destruí-lo. Muita gente há de pensar que Dida abusou, que não devia ter feito tanto, que podia ter-se limitado aos dois, aos três, ou, como Didi, aos quatro. Mas a verdade é que o aparente exagero tem sua íntima lógica irredutível. De fato, Dida andou passando mal na Copa do Mundo. Na Suécia, o locutor Leônidas apanhou o mi-

* Pelo Campeonato Carioca, no Maracanã (24/8/1958), o Flamengo goleou o Olaria por 8 x 0. Os gols foram de Dida (6), Babá e Henrique.

crofone para dizer horrores a seu respeito. E vamos e venhamos: fora da pátria, o sujeito é mais sensível, mais vulnerável. Qualquer restrição que se lhe faça soa como uma bofetada. E, além disso, nada enfurece tanto como a injustiça. Qualquer paralelepípedo sabe que Dida é um jogador de alta qualidade. Perguntem a uma zebra do Jardim Zoológico: "Dida é um perna-de-pau?" E a zebra responderá, com uma ênfase tremenda: "Absolutamente! Absolutamente!" Pois bem: só Leônidas achou de arrasar Dida, como se este fosse um bonde. Disse, entre outras barbaridades, que ele não podia nem jogar num time de primeira divisão. Falei em injustiça e repito: deslavada injustiça! Só hoje, passado o impacto da Copa do Mundo, é que se compreende a ferocidade de Leônidas. Craque do passado, ele quer ser ainda "o maior". Sofre com os "diamantes negros" ou "brancos", ou "morenos" da atualidade. A glória alheia, em futebol, o ofende e humilha. E, por isso, meteu o pau em Dida. Era como se dissesse: "Ah, meus tempos, meus tempos!"

E o fato é que Dida jogou apenas uma vez na Suécia e voltou, de lá, amargurado. E, aqui, havia quem perguntasse: "Será que Dida acabou?" Muitos julgavam sentir, nas suas últimas atuações, um certo desgaste. Suas velhas características pareciam diluídas. E eis que, ontem, contra o Olaria, o homem voltou a ser ele mesmo. Viu-se, na Gávea, um Dida em plenitude, comendo a bola como nos seus instantes mais puros e triunfais. Dirá alguém que o Olaria não é um grande adversário. De acordo. Longe de mim considerar o Olaria um escrete. Mas uma goleada impõe-se por si mesma, torrencial e irrefutável. Como raciocinar, como argumentar contra a histeria numérica dos 8 x 0? E se atentarmos em que foi Dida, unicamente Dida, o autor de seis dos oito gols, então compreenderemos que estamos em face não de um ex-Dida, mas do próprio. Não há dúvida, amigos. Despontou com a sua furiosa velocidade, e mais: com a capacidade de invadir, de penetrar, de cortar, de envolver e de fuzilar. Mas creiam: o que o inspirava não era apenas o sadismo de um gol atrás do outro. Ele enfiava um gol, e depois outro, e mais outro, como se quisesse fazer uma afirmação para si mesmo. Queria sentir-se um Dida integral e não tenhamos ilusões: foi cem por cento Dida.

Qualquer jogador de futebol, do virtuose ao perna-de-pau, tem suas panes, suas depressões. Dida estaria numa dessas angústias. Mas quem, depois de meter seis gols, não há de sentir-se um triunfador, com um certo charme cesariano, uma certa aura napoleônica? Sim, depois de ontem, Dida baniu de si mesmo, até o último vestígio, o drama da Suécia.

Quando soou o apito final, o aspecto do grande jogador era algo de patético. Tinha o olho rútilo e o lábio trêmulo. Que os outros times tratem de pôr as barbas de molho! Dida voltou a ser Dida e para sempre Dida.

30/8/1958

meu personagem da semana: Zagallo

138

Eu sempre digo que sem alma

não se chupa nem um chicabon. E o grande charme de Botafogo x Flamengo foi justamente este: um jogo entupido de alma. Estou quase a dizer que foi uma abundância de alma sem precedentes. Mesmo nos vagos e reles arremessos laterais havia paixão. E até o juiz, contaminado e transfigurado pela chama geral, até o juiz, dizia eu, apitava com um élan frenético. Houve de tudo: sangue, suor e lágrimas. Machucados, Zagallo, que foi retirado de campo, e Joel, que ainda faria, num esforço quase suicida, o gol de empate. Ora, um jogo assim, de farta e pesada dramaticidade, cria para esta página um problema desesperador. Não há coristas, todos são personagens, inclusive o juiz, inclusive os bandeirinhas. E é quase impossível selecionar, entre 22 ou 25, a figura que possa traduzir o símbolo pessoal e humano da batalha. Um nome me ocorre, instantaneamente: Garrincha. Vejam vocês como todas as crônicas levam fatalmente a Garrincha. A toda hora, a gente esbarra, a gente tropeça no "seu" Mané. Mas vamos e venhamos: como esquecer um sujeito que, ainda no sábado, foi algo de tão mágico, encantado, como, digamos, um anão de jardim. Ou melhor: passando pelos adversários com inverossímil facilidade, lembrava uma sílfide. Sim, amigos: foi leve, alado, diabólico, incorpóreo como uma sílfide. Só lhe faltou mesmo um fundo musical de Chopin. Outro que poderia ser um personagem magnífico: Joel. Esplêndido jogador, que não se entrega, não capitula e que, conforme o caso, sabe baixar o pau. Um craque encouraçado de brio, capaz de morrer em campo pela vitória. E, sábado, Joel estava matando dois coelhos de uma só cajadada: jogava pelo Flamengo e, ao mesmo tempo, para o emissário espanhol que assistia ao jogo. Acabou marcando o gol de empate e justiça se faça à sua viril obstinação. Sim, amigos: a batalha de sábado esteve cheia de personagens da semana. E, súbito, estaco diante de um nome e de uma figura: Zagallo.

Alguém objetará que Zagallo saiu de campo. Ao que eu respondo: por isso mesmo. Nos grandes clássicos, cresce de importância o jogador que é levado quase de maca. Foi o que aconteceu, exatamente, com Zagallo. Desde que vestiu a camisa alvinegra, ele estava devendo ao clube uma dessas atuações definitivas. E, a partir do momento em que o carregaram para fora de campo, eu calculei: "Eis o meu personagem!" Posso fazer do caso de Zagallo a seguinte síntese: foi valorizado e dramatizado pela ausência.

A glória de um craque vive não dos jogos de rotina, mas dos clássicos eternos. O torcedor não se lembra das peladas, mas tem uma memória implacável para as batalhas decisivas. E o sujeito que apanha a bola num Botafogo x Flamengo parece estar chutando para a eternidade. Imaginem vocês a situação de Zagallo, no sábado. Ao pisar o gramado, há de ter pensado: "É hoje!" E, realmente, todos os fatores pareciam fazer da peleja uma experiência crucial. Dir-se-ia que o Botafogo estava jogando toda a sua sorte no campeonato. Já perdera duas vezes e tinha a necessidade mortal da vitória. E, além disso, Zagallo ia jogar contra o Flamengo, o seu ex-clube. Precisava dar tudo e muito mais. Precisava içar, desfraldar, sacudir a sua nova camisa. E, então, após a partida, todos diriam: "Eis um alvinegro até debaixo d'água!"

Pois bem: começa o jogo. Zagallo se atira na batalha. Ele quer ser o Zagallo do campeonato do mundo. Lá, sempre que apanhava a bola, ele fazia lembrar o Tom Mix do cinema mudo: partia em todas as direções. Era o homem que não tinha uma posição porque estava em todas. Despontava atrás, na frente, na meia-cancha e tudo ao mesmo tempo, numa presença múltipla e constante. Zagallo queria multiplicar-se também no Botafogo x Flamengo. E, de fato, tratou de dar tudo. Seu tórax magro esconde um coração, um coração tremendo. Walter Scott, se o conhecesse, diria: "Zagallo, Coração de Leão". E, súbito, o destino o derruba. Fora ceifado e não voltaria mais. Excluído do jogo, Zagallo passou a ser o grande personagem da noite. Do seu peito pendia o manto do herói trágico. Fosse qualquer outro jogo e não teria importância. Vejam bem: ele não podia faltar no seu primeiro jogo contra o Flamengo. E a fatalidade o enxotou de campo no momento em que ele começava a fazer talvez a sua maior partida.

Eu escrevi, mais acima, que o jogo teve sangue, suor e lágrimas. Exato. Mas cumpre especificar: as lágrimas foram de Zagallo. Atirado no vestiário, como num túmulo, ele chorou. Desejaria voltar à luta, nem que fosse de maca, nem que fosse de rabecão. Em campo, os outros davam tudo. Mas eu vos digo: nenhuma presença tão ativa, militante e obsessiva como a ausência de Zagallo, o meu personagem da semana.*

6/9/1958

---

* Campeonato Carioca, no Maracanã (30/8/1958). Flamengo 2 x 2 Botafogo. Gols de Babá e Joel, pelo Flamengo, e Garrincha e Rossi, pelo Botafogo.

meu personagem da semana: Yustrich

139

Bem, meus amigos: hoje, o meu personagem da semana é Yustrich, do América. Digo "Yustrich, do América", como diria "América, de Yustrich". Tenho a impressão de que um já não pode passar sem o outro. Time e técnico formam, nesta altura dos acontecimentos, um ser único, indivisível. E eu vos digo que Yustrich faz-me lembrar muito certo capitão do romance *Beau Geste*. Uma figurinha, esse capitão! No forte, que comandava, no coração do deserto, ele tratava todo mundo a pontapés. Os soldados rosnavam a seu respeito: "É um cavalo de 28 patas!" Isso pelas costas. Mas tinham-lhe respeito e, mais do que isso, terror. Um dia, o forte é atacado. Morre todo mundo, menos um: o capitão. Cercado de defuntos por todos os lados, o homem há de ter matutado: "Estou num mato sem cachorro!" Mas era tinhoso e, como o chinês da anedota, precisava de dez pra segurar. E que faz ele? Apenas isto: pôs uma carabina na mão de cada morto e, como um possesso, ia de cadáver em cadáver, puxando o gatilho e dando assim a ilusão de um exército intacto e imbatível. E quando o inimigo, num pânico frenético, meteu o pé, era sublime de ver-se: aquele homem, único vivo entre mortos, atirava patadas ao chão e rugia palavrões de comover Bocage.

Ora, Yustrich, mal comparando, lembra o comandante de *Beau Geste*. Inicialmente, há, entre ambos, um traço em comum: nem um nem outro são bananas. Quanto a Yustrich, é preciso desembaraçá-lo da lenda. E, realmente, não há figura mais romanceada. Em Yustrich, nunca se sabe onde acaba a anedota e onde começa a verdade. De vez em quando, alguém chega e sopra-me ao ouvido: "Hoje, Yustrich meteu o braço em Fulano! Enfiou a mão em Cicrano!" E se os feitos, que lhe atribuem, têm um décimo de veracidade, convenhamos: o homem é um Rasputin escanhoado, um Nero de fita de Cecil B. de Mille, um Drácula total e irremediável. Mas eu me lembro do capitão de *Beau Geste*. Parecia a própria besta humana, de Émile Zola, e, no fim, saiu-me um herói, da cabeça aos sapatos. Aqui sugiro a hipótese: não será Yustrich uma grande figura? Muitas vezes, o suposto monstro é um herói incompreendido e nada mais. E vejamos onde está a semelhança de Yustrich com o militar do romance. É que ambos trabalharam com mortos. Sim, amigos: o América, que entregaram a Yustrich, podia ter uma aparência de vida, mas era, na verdade, um time morto. Mandi, com todo o seu *métier* internacional, fracassou e por quê? Muito simples: porque é difícil arrancar leite de cadáver. E conclusão: o América só entrava em campo para apanhar. Em vez de estar naquele Museu de Cera, que funcionou no Passeio Público, e onde encontraria o ambiente próprio, a equipe só dava vexame no campeonato. Dizem que Yustrich, nos seus repelões, solta labaredas pelas narinas, como o dragão de São Jorge. Mas vamos e venhamos: há momentos da vida em que o homem tem que virar dragão ou acaba apanhando papel no meio da rua. E Yustrich pegou aqueles jogadores que não reagiam mais, aqueles jogadores de museu de cera, aqueles jogadores empalhados emocionalmente e os incendiou. Foi um milagre. De um momento para outro, o jogador rubro tornou-se um ex-defunto, um ex-cadáver. Atarrachou uma juba e foi um leão em campo. Por exemplo: o empate que o América arrancou do Botafogo teve o "charme" de uma vitória.* Note-se que os rubros estavam perdendo por 3 x 1, e para um Botafogo que é quase um escrete, um semi-escrete. Pois bem: de repente o América rangeu os dentes e partiu para o empate, quase para a vitória. Como negar que, por trás da ressurreição, há o dedo de Yustrich? Objetará alguém que ele podia ser mais delicado. Discordo. Deram-lhe um time que, com algu-

---

* Campeonato Carioca, no Maracanã (5/9/1958). Botafogo 3 x 3 América. Os gols foram de Pampolini, Quarentinha e Garrincha, para o Botafogo, e Canário, Jorge e Romeiro, para o América.

mas ataduras, já não seria time e sim múmia. Ora, a múmia precisa ser bem sacudida para vibrar, outra vez. Hoje, o América põe garra até num arremesso lateral e não se entrega nunca.

É claro que um sujeito assim vociferante há de ser impopular e Yustrich o é. Se fosse candidato a vereador, não teria voto de ninguém, nem o próprio. Mas a sua ferocidade salvou o América. E por isso, porque ressuscitou um time, eu o faço meu personagem da semana.

13/9/1958

meu personagem da semana: Pinga

140

O meu personagem da semana

podia ser o juiz do clássico, o Sr. Antônio Viug. E vamos e venhamos: no futebol o árbitro é uma figura de crucial importância. Os 22 jogadores matam-se em campo, gastam a última gota de suor, dão e levam botinadas. Mas o homem do apito está por trás, dispondo. Todos o xingam, todos. Mas ele se mantém irredutível: é inexpugnável aos insultos. E justiça se faça ao Sr. Antônio Viug: teve a coragem de não enxergar dois pênaltis nítidos. Ou por outra: não foi coragem, mas um medo heróico, um medo sublime. Não marcou os pênaltis a favor do Flamengo e não o faria a favor do Vasco. Eis a minha opinião: o Sr. Antônio Viug acordou, ontem, disposto a não marcar pênalti nenhum. Estou certo de que se ocorresse, ontem, na pequena área de qualquer dos contendores, um matricídio, um patricídio, um infanticídio, ainda assim, o homem não marcaria coisa nenhuma. E, com isso, com essa premeditação e essa intransigência, ele há de ter influído, decisivamente, no jogo e, também, no campeonato. Sabe-se que era importantíssima a batalha de ontem para o certame. Caso vencesse o Flamengo, o campeonato havia de adquirir um novo dramatismo. E o empate só favoreceu mesmo ao Sr. Antônio Viug. No seu terror cósmico da responsabilidade, ele teria preferido um lírico, um platônico 0 x 0. Sim, amigos: o Sr. Antônio Viug podia ser o meu personagem. Mas eu me inclino para um outro e já adianto as iniciais: Pinga. Dizem que os grandes generais não morrem nunca. Por exemplo: na França, quando passa um batalhão, há quem veja as baionetas veladas pela sombra da águia napoleônica. E se os Napoleões, os Alexandres são assim imperecíveis, também os grandes craques, amigos, também os grandes craques! Um desses é Pinga. Reparem: ele tem sido, nas últimas atuações cruz-maltinas, a figura que resolve, a figura que decide. Insisto: na hora da decisão, lá irrompe o velho Pinga, com o seu sábio, clarividente *métier*. Ou faz ou, então, dá o gol, de presente, a um companheiro.

Eu disse "velho" e já vacilo. Será realmente velho um jogador que tem, em qualquer batalha, uma participação assim apaixonada e total? Será velho um jogador que dá tanto, que dá tudo? Não creio. O que nós chamamos idade é, não raro, um preconceito estúpido. Pinga tem melhorado à medida que envelhece convencionalmente. Examinemos sua idade: no mínimo, 34. Convencionou-se que, para o futebol, esses 34 anos exprimem a velhice extrema, inapelável. Vejam vocês: amadurecido para todos os prazeres da vida, o homem pode ser gagá para o futebol. Pinga, não. Façamos um retrospecto de suas exibições nesse campeonato. Ninguém menos gagá. Acresce que, tendo o élan da adolescência, possui também a capacidade física, a resistência, as pernas de um garoto.

Eu sei que Pinga não é o único velho do futebol brasileiro. Não. Há o caso de Zizinho, o de Jajá, de Barra Mansa. Mas um e outro dosam o próprio esforço, economizam as próprias energias. De vez em quando, Zizinho ou Jajá param em campo: só faltam ler jornal, só faltam ler gibi. Mas Pinga corre de verdade. Ou melhor: corre como um coelhinho de desenho animado. Sua classe tem uma base física. E como controlar uma velocidade que perfura tudo como uma bala? Outra coisa: diziam que Pinga era grande jogador, mas covarde. Acusavam-no de fugir do pau. É um exagero injusto. Está certo que Pinga não dê a cara para que a chutem. Mas daí à covardia vai um imenso abismo. Na batalha de ontem, o sarrafo cantou, de parte a parte. Amigos, eu vi jogadores ceifados, dizimados. Pois bem: e Pinga não fugiu de nada, não fugiu de coisa nenhuma. De certa feita, recebeu uma entrada que não foi uma entrada, mas uma tentativa de homicídio. A coisa foi tão violenta que arrisquei, de mim para mim, o vaticínio: "Vai sair de rabecão!" O velho Pinga porém conseguiu sobreviver. De vez em quando, alguns vascaínos e alguns rubro-negros se caçavam quase que a pauladas. Mas o Deus dos clássicos impediu vários óbitos. Alguém poderá objetar que Pinga não marcou nenhum gol. O único tento do Vasco foi uma bomba do novo Delém. Mas aí é que está: nem sempre o gol é só de quem o faz, mas também de quem o prepara, de quem o trama. E convenhamos: toda a premeditação do empate partiu de Pinga.* Teve a luminosíssima intuição do gol e com a sua cabeçada lapidar deu a Delém. Este atirou uma bombada passional que definiu o jogo. E porque, mais de uma vez, salvou o seu time, eu vos digo que Pinga é meu personagem da semana.

20/9/1958

* Campeonato Carioca, no Maracanã (14/9/1958). Flamengo 1 x 1 Vasco. Gols de Dida e Delém.

meu personagem da semana: Mário Filho

141

Amigos, não pensem que eu vou

catar meu personagem da semana no jogo Fluminense x Portuguesa. Para mim, que sou tricolor nato e hereditário, aquilo não foi um jogo, mas uma tristeza. Ou nem tristeza: foi uma vergonha. Seria demais exigir que eu, na minha torva e treda humilhação, apanhasse um jogador exultante da Portuguesa e o convertesse no meu herói semanal. Não, não falarei de Fluminense x Portuguesa. Nem de Botafogo x Madureira. Hoje, vou repousar do futebol e de suas ironias e surpresas. Diante de mim, está um acontecimento maior: os Jogos da Primavera e o seu fabuloso desfile de ontem.

Eu sei que nós, da imprensa, somos uns criminosos do adjetivo. Com a mais eufórica das irresponsabilidades, chamamos de "ilustre", de "insigne", de "formidável" qualquer borra-botas. Isso com as pessoas. Com os fatos, a mesma coisa. Em nossa histeria verbal, enfeitamos os fatos como se eles fossem índios de carnaval. E quando eu chamo de fabuloso o desfile dos Jogos da Primavera pode aparecer que incorro num exagero frenético. Absolutamente. E digo mais: diante do que vi, ontem, em Álvaro Chaves, o adjetivo mais deslavado começa a desbotar e acaba lívido. Amigos, eu tenho pena de quem não esteve lá, no campo do Fluminense. Considero uns pobres-diabos todos os ausentes daquela cerimônia inaugural. O que eles perderam!

O que eles não viram! E vou ser mais incisivo: o sujeito que gastou o domingo no Maracanã, em General Severiano, no Jockey ou mesmo em casa não conhece o brasileiro, tem do brasileiro uma imagem falsa. Eis a verdade: o brasileiro se considera um povo "feio". Aqui, quando se fala em "espanhola", em "italiana", em "americana", há, em todos nós, uma salivação imensa, torrencial. Há indivíduos que assistem a um filme de Gina Lollobrigida e, na saída do cinema, gostariam de trocar a namorada, a esposa, a amante. Pois bem: e, súbito, vêm os Jogos da Primavera e demonstram, por A mais B, que não há Gina Lollobrigida, nem Brigitte Bardot, nem Cleópatra. A verdade que cada brasileiro deve esfregar na própria cara é a seguinte: como a brasileira não há! Sei que isto dito assim pode parecer letra de Catulo da Paixão Cearense. Mas é uma realidade concreta. E se cada um de nós enxergasse um palmo adiante do nariz já teria visto que qualquer namoradinha suburbana, aqui, tem tanto ou mais "charme" que Joana D'Arc. Ora, a primeira e incisiva lição dos Jogos da Primavera é a de ensinar que o brasileiro não é tão feio como o pintam.

Nem se diga que seriam três ou quatro pequenas bonitas. Nunca! Eram vinte mil. Na tarde linda, o espectador atônito saturou-se de beleza. Eu vi gente perguntando: "Mas onde se mete esse pessoal?" Ao que eu respondo: não se mete em lugar nenhum. São meninas que andam nos bondes, nos ônibus, nos lotações; estão nas filas de cinema; tomam café em pé, lado a lado conosco. Apenas sucede o seguinte: nós nos esquecemos de vê-las, de admirá-las. E é preciso uma concentração maciça de vinte mil brotos para que deixemos de ser obtusamente cegos. Por isso insisto: o brasileiro é um povo que não se conhece, que se desconhece, um povo que, a respeito de si mesmo, é de um analfabetismo enciclopédico. Se ele ignora a beleza das próprias mulheres, pode-se imaginar que ignore outros valores de sua vida e de sua terra. Eis o que cada um de nós devia fazer, sempre, de qualquer maneira: assistir ao desfile dos Jogos da Primavera. Seria uma maneira de acreditar mais em si mesmo, de acreditar mais no Brasil e de experimentar a vaidade de ser brasileiro. Porque nada se comparou ao estado de graça, de plenitude, que se apoderou de todos nós que vimos, ontem, vinte mil brotos brasileiros.

Mas ao falar dos Jogos da Primavera eu teria de começar ou acabar em Mário Filho, homem de ação e de imaginação, a quem devemos o formidável espetáculo. Não fosse ele, em tantas outras oportunidades, um criador de fatos, um dinamizador de multidões, e bastariam os Jogos da Primavera para tornar seu nome imortal. Eis por que eu faço, de Mário Filho, o meu personagem da semana.

27/9/1958

meu personagem da semana: Rubens

142

Meus amigos, estou na dúvida:

Fla-Flu ou Botafogo x Vasco? E confesso que, se fosse falar da batalha de sábado, o meu personagem da semana não seria nenhum dos 22 jogadores. Não. E digo mais: o personagem nada teria de humano. Vou dar-lhes as iniciais: seria o urubu que sentou na alma do Fluminense. De fato, há um inequívoco, um indubitável, um horrendo urubu pousado na sorte tricolor. E presumo que o bicho hediondo saiu diretamente da última edição de Augusto dos Anjos para Álvaro Chaves. Do contrário, como explicar as nossas atuações? Nós, com nossa crassa e ignara objetividade, temos a mania de colocar um jogo em termos exclusivamente técnicos, físicos e táticos. Ninguém se lembra que há fatores outros e transcendentes, como por exemplo, o já citado e metafísico urubu. Mas eu não o faço meu personagem porque tenho outro. Chama-se Rubens ou, se quiserem, Dr. Rubis. Está no Vasco, jogou domingo contra o Botafogo e vamos e venhamos: sua atuação foi escandalosa para um sujeito dado como morto e enterrado para o futebol. Sim, amigos: o Rubens que cobrou o pênalti contra o Botafogo, e deu uma bomba miseranda, que liquidou Ernani, é um ex-falecido, um ex-cadáver. Quando o Flamengo resolveu passá-lo adiante, é que, teoricamente, o homem não pertencia mais ao mundo dos vivos do futebol. Rubens foi, então, vendido para Pernambuco. Hoje, pode-se imaginar a sua humilhação tenebrosa. No Flamengo, chegara a reinar. Seria o que, para a torcida rubro-negra? um rei? um deus? Quando ele apanhava a bola, e, com vagar e deleite, punha-se a lustrar, a envernizar, a esfregar a jogada, o torcedor tinha histerismos na arquibancada. Vários sujeitos só iam ao jogo para ver Rubens, o Dr. Rubis! E começaram a aparecer os que torciam, não pelo clube, não pelo time, mas pela pessoa e pela classe de Rubens. É certo que uma escassa e estreita meia dúzia queixava-se do seguinte: que ele prendia demais a bola e atrasava o jogo. Mas a compacta maioria tinha-lhe uma admiração ululante e alvar de macaca de auditório. Pois bem: e, súbito, acontecia com Rubens uma coisa que a experiência humana não conhecera ainda: a decadência no apogeu! O que o Flamengo passou-lhe foi, digamos assim, um atestado de óbito em vida. Enxotado pelo Rubro-negro, lá foi ele para Pernambuco. O destino reservava-lhe uma humilhação ainda mais funda e inapelável. Pernambuco mandou-o de volta, como imprestável, como incapaz! Eis Rubens sem ter onde cair morto. Imediatamente, passou-se a falar a seu respeito como de um craque de museu. Dizia-se dele: "Ah, o Rubens 'era'..." O que não passou pela cabeça de ninguém foi a hipótese de que se tratasse de um falso morto, de um defunto aparente, que escondia, de indústria, qualquer aparência de vida. E justiça se faça ao Vasco: ressuscitou Rubens!

Sim, amigos: com a camisa vascaína, ele foi, pouco a pouco voltando a si mesmo, nascendo para a vida, ou, melhor, renascendo para o futebol: Hoje, já não cabe nenhuma dúvida: vive de novo, vive como nunca, está alcançando uma plenitude de forma técnica superior a dos seus melhores momentos. Se há alguma diferença, será talvez para melhor. Realmente, Rubens libertou-se de um estrelismo, que, no Flamengo, diminuía um pouco o seu rendimento. Não tem mais uma vaidade de prima-dona. Não. Ele não quer brilhar como um Sol absorvente e solitário. Tem um sentimento mais ativo de equipe, de conjunto. Nem sempre faz gols. Mas notem: está por trás, dispondo. É o jogador amadurecido, que superou a fase do virtuosismo irresponsável e negativo. Rubens joga para o time, joga para o Vasco.

Domingo, contra o Botafogo, terá sido menos espetacular, menos exibicionista do que no Flamengo. Mas como soube desenvolver, ao longo dos noventa minutos, uma ação ininterrupta e construtiva!* Eis o que é, acima

* Campeonato Carioca, no Maracanã (28/9/1958). Vasco 3 x 2 Botafogo. Os gols foram de Pinga, Sabará e Rubens, para o Vasco; e Didi e Garrincha, para o Botafogo.

de tudo: o que nós chamamos de armador. Está sempre construindo. Nem sempre é brilhante. Mas vai abrindo, vai rasgando, vai arreganhando as defesas contrárias. Vejamos vocês certas ironias e surpresas do futebol: foi dado como morto, quase lhe mandaram coroas. E ele conheceu a ressurreição. E porque é um falso morto, um ex-falecido, eu digo que Rubens é o meu personagem da semana.

4/10/1958

meu personagem da semana: Fluminense

143

Um amigo meu, "pó-de-arroz"

doente, faz o exagero melancólico: "O Fluminense é pior que o Bela Vista!" Nem tanto, amigos, nem tanto. De fato, justiça se faça ao Bela Vista: é o time mais vazado do mundo, mais vazado que o Olaria.* Ao passo que o Tricolor, aos trancos e barrancos, está-se agüentando, num brioso terceiro lugar (ou quarto). E vamos convir, para nós, nesta altura dos acontecimentos, um quarto lugar soa como um presente caído do céu. Seja como for, uma coisa é certa e serve de modesto consolo: há piores do que o Fluminense. Por exemplo: o já referido Bela Vista. Pena é que o moral da torcida esteja abaixo de zero, e tão abaixo, que, domingo, eu gelei em Álvaro Chaves. E, com efeito, ao entrar no chamado estádio tricolor, eu vi, diante de mim, um deserto imenso e irremediável. Meia dúzia de gatos pingados, inclusive eu. Ora, isso mostra que as últimas atuações do "timinho" espavoriram a torcida. O pessoal está fugindo dos jogos. E há torcedores que, no seu derrotismo, entopem, calafetam ouvidos para não ouvir nem o rádio do vizinho. Ainda domingo, outro "pó-de-arroz" como eu debruça-se no meu ombro e rosna-me: "Coitadinho!" Referia-

---

* O retrospecto negativo do Bela Vista durante sua excursão européia levou o Conselho Nacional de Desportos (CND) a exigir o regresso do time ao Brasil. O clube mineiro chegou a ser goleado por 12 x 1 pelo Newcastle, na Inglaterra.

se ao nosso quadro. Eu compreendi o diminutivo apiedado. Eis a verdade: há certos estados em que um time deixa de irritar, de enfurecer e passa a suscitar, tão-somente, uma profunda compaixão. Mas eu confesso: prefiro a blasfêmia, a praga, o nome feio e, enfim, a cólera, do que esse "coitadinho" quase terno e quase lírico, que ofende mais que uma cusparada.

Como eu ia dizendo: hoje, o meu personagem da semana é, justamente, não um jogador, não um craque, mas um coitadinho. Jogamos domingo contra o Olaria que, como eu já disse, é um quadro quase tão vazado quanto o Bela Vista. A caminho de Álvaro Chaves, eu ia pensando que teríamos, finalmente, a chance de uma goleada. E já imaginava o espanto da cidade ao ver o Tricolor vencendo de banho! Mas há o jogo e não infligimos banho nenhum. Nada disso. Ao terminar a primeira etapa da batalha, eu olhava o placar e não entendia o espetacular e ultrajante 0 x 0. Então, no meu espanto e no meu furor, já admitia todas as hipóteses, inclusive a da derrota tricolor. Imaginem o Fluminense perdendo para o Olaria ou empatando com o Olaria! É verdade que, no segundo tempo, enfiamos 2 x 0. Não era muito, mas já servia. E, então, ocorre um acidente que viria simplificar a coisa para o nosso lado. É que o goleiro do Olaria machucou-se e foi retirado. Esfrego as mãos, numa satisfação sádica e profunda: com dez elementos e, sobretudo, privado do seu *keeper*, o Olaria havia de se escancarar para a goleada. Mas nada disso. Apesar da inferioridade numérica do antagonista, apesar de um goleiro improvisado no arco suburbano, o Fluminense não fez senão um único e escasso tento, de autoria de Waldo, que, diga-se de passagem, tinha perdido uns 45 gols. E não fosse o feito de Waldo, resultado de um frango adversário, e teríamos empacado naqueles 2 x 0 modestíssimos. E o fato é que, na tarde de domingo, atiramos pela janela a chance única de uma goleada. Então, rompeu das profundezas, rompeu das raízes do meu ser uma pena infinita do time que fora já tanto e era agora tão pouco. Eis a verdade, a pura e santa verdade: jamais o Fluminense foi tão coitadinho como domingo. Perdendo a sua vez de golear, o Tricolor surgia como o indubitável, o inequívoco, o insofismável coitadinho de 1958. É certo que está na frente de outros, de muitos outros. Mas um clube como o Fluminense, saturado de glória, coberto de títulos, entupido de triunfos, não pode andar atrás de ninguém. Teria que estar na frente, sempre na frente. E quando ele, acidentalmente, deixa de ser líder, então teremos todo o direito de apontá-lo como um coitadinho.

Não se diga, porém, que faltou alegria à nossa franciscana vitória de domingo. E pelo contrário: houve alegria até demais. Quando acabou o jogo, a torcida invadiu o campo. Vi garotos, de lábio trêmulo e olho rútilo, apalpando um Pinheiro, ou um Waldo, como se um ou outro fosse um César conquistador. Era a vitória que nos subia à cabeça e nos transfigurava. Dir-se-ia uma euforia de campeonato do mundo. E já que um feito tão humilde nos parecia tão deslumbrante, eu me convenci, de vez, que o Fluminense era, de fato, o coitadinho do ano.

11/10/1958

meu personagem da semana: América

144

Amigos, eis a verdade que salta

aos olhos de um cego de nascença: o meu personagem da semana tem de ser ou um jogador do América ou o próprio América. Examinemos a rodada: venceram todos os favoritos, menos o América. O América devia ganhar e perdeu. Perdeu para o Bangu e viu escapar, por entre os dedos, como água, a hipótese de ameaçar o Vasco, na disputa do título. Eu estava lá, em São Januário, e fui testemunha visual e auditiva do fato. Quando soou o apito e se consumou a derrota rubra, eu senti o América desabar, eu senti o América estrebuchar, como um César apunhalado. Insisto: na rodada que passou, o único time trágico foi, realmente, o de Campos Sales. Então, eu especulei: o meu personagem da semana tem de ser e só pode ser o América.

Senão vejamos: tudo concorreu para conferir à sua derrota uma categoria de tragédia. Nós sabemos que o América vem de uma crise tremenda. E só uma coisa me admira, ainda hoje: é que o time tenha sobrevivido. No tempo de Mandi, com efeito, o quadro não se agüentava em pé. Era uma vergonha, amigos, uma dessas vergonhas autênticas e inapeláveis. A equipe possuía, na pessoa de Mandi, um técnico de classe mundial. Mandi chegava da fase áurea do futebol húngaro. Conhecia futebol como a palma das mãos; tinha um genial, um clarividente *métier*. Era de se imaginar que, à sombra de Mandi, até um paralelepípedo aprendesse a jogar bola. Mas ocorria uma coisa interessante: no América daquele tempo, todo mundo mandava. Mandavam o secretário, a mulher do quarto tesoureiro, a vizinha do terceiro vice-presidente, o caçula do presidente. Só uma pessoa, entre tantas, entre todas, não mandava nada, não mandava coisa nenhuma: essa pessoa era, precisamente, Mandi. Um pardal, uma cambaxirra lírica e irresponsável que aparecesse em Campos Sales havia de ter mais autoridade do que Mandi. Conclusão: o América, cercado de palpites por todos os lados, só dava vexame. Era um quadro que já entrava em campo derrotado, um quadro que capitulava antes da resistência. Amigos, hoje, num exame retrospectivo dos fatos, podemos concluir, enfaticamente: no América estava tudo errado, nada estava certo. E eu confesso: sem ser americano e, pois, com a isenção e a objetividade do neutro, eu digo: só um milagre podia salvar o América. Deu-se o milagre. Ou por outra: o milagre chama-se Yustrich. Amigos, o que Yustrich fez com a equipe da camisa vermelha é um milagre deslavado. Sua primeira providência foi a seguinte: virilizar um time que perdera toda a gana, toda a garra, todo o élan. Vejam o América dos nossos dias: joga rangendo os dentes. Luta até o fim, até a última gota da batalha, sem esmorecer jamais. Na hora de baixar o pau, não pensem que seus jogadores dão marcha à ré. De jeito algum. Com Yustrich, o América sabe receber e dar botinada. Pois bem: o América cresceu tanto, nestes últimos tempos, que alguém veio rosnar-me ao ouvido: "O América é o campeão! O América é o campeão!"

As voltas que o futebol dá: até há bem pouco, ninguém dava um vintém furado pelo quadro de Campos Sales. Súbito, aparece alguém para dar moral a esse quadro que caía aos pedaços. Todo mundo começou a cochichar: "O América está com a cachorra!" Ou então: "Deu a louca no América!" Várias pessoas começaram a imaginar que, na sua recuperação furiosa e total, o América poderia vir a ameaçar o Vasco e papar-lhe o título. Em suma: não há a menor relação entre o América de Mandi e o América de Yustrich. Naquele tempo, Mandi não mandava nada; hoje, Yustrich manda tudo.

Muito bem: e quando o quadro estava todo aparelhado, todo engatilhado para a tentativa do título, eis que desponta o Bangu. O América entrou em campo como o franco favorito. Devia vencer, por vários motivos, inclusive porque convinha ao campeonato. Sim, amigos: um América forte, desencadeado, daria ao campeonato o necessário dramático. Mas há o jogo e, antes de terminar o primeiro tempo, Hélio contunde-se e abandona o campo. Eis o América com dez elementos. Essa inferioridade, que não estava, evidentemente, nos cálculos de ninguém, foi-lhe fatal. A derrota rubra começou com a saída de Hélio. Era aquele um momento em que o América não podia dispensar ninguém. Tinha que lançar em campo e perseguir a vitória com a generosa totalidade dos seus recursos. Foi trágico o desfalque inesperado. A partir do momento em que Hélio saiu, aquilo deixou de ser um simples e convencional jogo de futebol: foi a luta de um time contra o destino. E porque perdeu para uma fatalidade superior e inexorável, eu faço do América o meu personagem da semana.

18/10/58

meu personagem da semana: Pichau

145

O meu personagem da semana

podia ser Genivaldo. Grande figura, não há dúvida. Altão, com duas pernas intermináveis, que aparecem artificiais, ele foi bárbaro contra o Vasco. Marcou um gol à Didi, com uma classe inesperada e comovente. Digo inesperada porque, com efeito, Genivaldo não é dado a certas malícias, a certos lampejos. Mas ontem, pelo contrário, o homem esteve requintadíssimo. No seu gol maravilhoso, lembrou Didi, um Didi que tivesse esticado fantasticamente. Cobriu Barbosa e com que estilo! Mas Genivaldo não foi só notável pelo gol que fez, mas pelo que não fez. Sim, amigos, perdeu, diante do arco cruz-maltino, cara a cara com Barbosa, um gol que seria o da vitória. Uma cambaxirra, mesmo com paralisia infantil, teria empurrado a bola para o barbante. Genivaldo, não.

Talvez por esse tento perdido, eu me volto para Pichau. Ele será o meu personagem da semana, e por quê? Explico: Genivaldo teve uma falha e Pichau, nenhuma. Além do mais, acho o nome do arqueiro sancristovense um achado genial. Antes dele, ninguém, na terra, se chamara Pichau. Ao que me lembre, não existe, em qualquer idioma vivo, outro Pichau. E só essa exclusividade de nome já suscita o nosso respeito. Mas como eu ia dizendo: não fosse o pênalti que o Sr. Frederico Lopes marcou, e o São Cristóvão teria ganho o jogo. É que

Pichau tapou o arco e defendia tudo, até pensamento. Imagino a cólera sagrada do Vasco diante da súbita muralha de pedra em que se convertera o *keeper* inimigo. E vamos e venhamos: com o Flamengo cada vez mais ameaçador, o Vasco precisava ganhar, ontem. Alguém objetará que um ponto perdido não é nenhum bicho de sete cabeças. Talvez. Mas, num campeonato, um empate pode mudar tudo. O clube de São Januário estava numa posição fabulosa. Líder absoluto, com três pontos sobre o segundo colocado, que é o Rubro-negro, teria de bater o São Cristóvão. E esse pontinho, que lhe tiraram, foi, na verdade, uma tragédia em 35 atos e 22 apoteoses.

Não há dúvida que Pichau pode ser considerado o principal responsável pela catástrofe cruz-maltina. De maneira geral, todo o São Cristóvão atuou bem, fazendo um futebol dinâmico, corrido, de marcação implacável, com fugas e penetrações irresistíveis. Note-se, ainda, que, com a expulsão de Russo, o quadro de Figueira de Melo jogou, grande parte do segundo tempo, com dez elementos. Por outro lado, na equipe vascaína era uma coisa irremediável o tremendo desfalque de Pinga. Amigos, Pinga andou fazendo uma falta espantosa. A meu ver, porém, o que realmente decidiu a batalha foi Pichau. Quando a bola já ia entrando, quando o gol parecia inapelável, eis que Pichau saltava. Aliás, não era bem saltar. Nas bolas altas, voava. Era elástico, acrobático e, além disso, alado. Com uma agravante: desde o princípio, estava de dedo amarrado. E, no entanto, vejam vocês: esse dedo quebrado ou quase quebrado, esse dedo imprestável, andou colaborando, com brio e garbo, nas defesas mais pânicas. A meu lado, um colega, de olho rútilo e lábio trêmulo, rosnou-me: "Deu a louca, hoje, no Pichau!"

Matou dois coelhos de uma cajadada só: jogou pelo São Cristóvão e pelo campeonato. Insisto: com o Vasco vencendo todo mundo, levando todo mundo de roldão, o certame estava perdendo o dramatismo, o "charme". Sabemos que a vida do campeonato é a dúvida, é o mistério, é o suspense. Ora, o atual campeonato estava perdendo, justamente, todo o mistério, todo o suspense. Na rua, era fácil identificar um vascaíno, na multidão. Ele tinha uma luz própria, uma cintilação, uma aura pessoal e inalienável. Esse ar prévio de campeão já intimidava e humilhava a todos nós que não somos vascaínos. Hoje, não. Com o pontinho que o São Cristóvão extraiu de São Januário todo mundo criou alma nova. Por toda parte, só vejo fisionomias faiscando. E, mais do que ninguém, os rubro-negros estão numa euforia desesperadora. O sonho do campeonato já não é tão sonho assim. E eu vos digo que Pichau é meu personagem da semana porque ele deu uma satisfação geral e frenética. Com o seu nome lírico e intransferível, o seu dedo quebrado, tornou seu arco invulnerável ou por outra: só vulnerável a um pênalti suspeito. Glória, pois, a Pichau, que talvez tenha salvado, ontem, o campeonato.

25/10/58

meu personagem da semana: a leiteria

146

Canário viu que era chegado o

momento, o grande momento do gol. Então, encheu o pé. Saiu uma bomba, amigos, e que bomba! Quase as traves desabam na cabeça de Castilho. Eu, cá em cima, na tribuna de imprensa, calculei: — "Desta vez não tem castigo!" O Fluminense estava ganhando de 1 x 0 e a bala de Canário seria o maldito empate. Pois bem: — quando a torcida tricolor gemia a palavra gol, eis que ocorre o milagre: — bola no travessão! Durante alguns momentos, houve um carnaval na pequena área tricolor. A bola pedia pelo amor de Deus: — "Me chuta! me chuta!" E não apareceu um pé americano que a empurrasse para o fundo das redes. Salvara-se o Fluminense de um gol certo, infalível, catastrófico! Ao meu lado, um americano abria os braços: — "É a leiteria! Voltou a leiteria!" Sim, ele via, ali, o dedo salvador da leiteria. Outros americanos, também furiosos e também esbravejantes, descobriam no gol salvo uma coincidência entre o retorno de Zezé Moreira e a reabertura da leiteria.

A leiteria! Vale a pena traçar, aqui, sinteticamente, o seu resumo biográfico. Abriu as portas, pela primeira vez, em 51. De repente, os adversários começaram a perceber que o Fluminense não jogava somente com classe, somente com técnica. Castilho era bom, era ótimo, era formidável. Mas um arqueiro tem os limites da condição humana. Ora, Castilho fazia defesas sobrenaturais. E todo mundo começou, por trás do arqueiro, a ver a influência extraterrena da leiteria. Numa amargura medonha, o inimigo rosnava que Castilho era o leiteiro. O fato é que o Fluminense tornou-se gloriosamente o campeão de 51. Mas já nos anos seguintes a leiteria não funcionou tão bem. Estava de portas fechadas ou de portas a meio pau. Mais algum tempo e ela fechou de todo. No corrente ano, sobretudo, já ninguém falava mais da leiteria metafísica que tanto nos valera, no passado. Confesso, amigos: — havia em mim, como em todo tricolor autêntico, a funda, a inconsolável nostalgia da nossa querida protetora. Realmente, o nosso papel no presente campeonato tem sido o seguinte: — apanhar bem e ganhar mal. As nossas derrotas são medonhas e cada vitória nossa é feia como uma derrota. E quando já não havia mais esperança, eis que a leiteria reabre, com estrondo, as suas portas mágicas. Amigos, manda a verdade que se diga: — ela influiu, ontem, no resultado da batalha. Digo isso de peito aberto e fronte erguida, porque não acredito em futebol sem sorte. Digo mais: — sem esse mínimo de sorte, o sujeito não consegue nem chupar um chicabon, o sujeito, acaba engolindo o pauzinho do chicabon. E o Fluminense estava jogando sem uma ínfima gota de sorte. O time já entrava em campo coberto de azar. Sim, amigos: — o time pisava o gramado certo de que estava marcado, inexoravelmente, pela derrota. Faltava-nos um pouco, um tostão, um vintém de sorte. Ou por outra: — era a leiteria que se estiolava, a um canto, com as garrafas irremediavelmente vazias. O leite já não jorrava mais das tetas da sorte. As pessoas estreita e crassamente objetivas colocavam o problema das nossas frustrações em termos técnicos, táticos, físicos e nada mais. Era um engano funesto. Ninguém acreditava que há qualquer coisa de laticínio nos gramados, nos espetaculares êxitos terrenos.

E, domingo, graças a Deus, foi belo, foi sublime. De certa feita, Amaro chutou. Diga-se: — chutou de longe. Era tal a distância que, chutada devagar, a bola levaria meia hora para chegar a seu destino. Então, ocorre o seguinte: — Castilho achou que devia fazer golpe de vista. Não se mexeu; ficou só olhando. A bola bateu na quina da trave e só não entrou porque estava lá, velando, a leiteria. Um americano fez, a bico de lápis, uma estatística: — o Fluminense sofreu quatro bolas na trave! Vejam bem: — nem duas, nem três, mas quatro! O América suava torrencialmente e encontrava tapado o arco tricolor. E é bom, amigo, é gostosíssimo quando a nossa torcida sente, na cara, o sopro da sorte. Repito: — em futebol, não basta jogar bem. Com um timaço, e depois de estar ganhando de 3 x 0, o Vasco ainda foi empatar com o Bonsucesso. Ora, o Fluminense jogou bem domingo e foi superiormente orientado. Mas porque a leiteria esteve presente, e salvou, com a trave, quatro gols, eu a promovo a meu personagem da semana.

1/11/1958

meu personagem da semana: Castilho

147

Sim, amigos, o meu personagem

da semana podia ser Waldo. Antes do Fla-Flu de segunda-feira, havia quem jurasse, de pés juntos: — "É o pior do mundo!" E, de fato, as últimas atuações de Waldo tinham sido apavorantes. Perdia gols de cambaxirra, de periquito. E eu dizia para os amigos, os conhecidos e até os desconhecidos: — "É o ex-Waldo! o anti-Waldo! a negação do Waldo!" Ontem, porém, ele despontou, no Maracanã, com o charme feérico dos tempos em que enfiava quatro no jogo. Amigos, eu vos asseguro: — o homem nunca foi tão Waldo, Waldo da cabeça às chuteiras, Waldo até debaixo d'água. Por outras palavras: — o antigo Waldo encarnou-se no atual. E o resultado foi o que se viu: — dois gols que deviam estar, desde ontem, nas antologias escolares, lado a lado com os sonetos de Bilac. O último, então, foi um bordado. Ele comeu por cima, por baixo, pelos lados e atirou. Sim, o meu personagem da semana podia ser Waldo. Mas prefiro Castilho.

Amigos, o que Castilho fez, segunda-feira, nas barbas de dois milhões e setecentos mil cruzeiros de público, o que fez, dizia eu, não se faz. É pior do que xingar a mãe. Diga-se, entre parênteses, que todo o Fluminense, de fio a pavio, é outro. Ou melhor: — o Fluminense que apanhou da Portuguesa, que dava vexame até nas vitórias, era um sósia, uma paródia, uma imitação burlesca do Fluminense. Eu falei na encarnação do antigo Waldo no atual. Pois verificou-se com o Tricolor algo parecido: — o Fluminense encarnou-se nele mesmo. Houve momentos em que meu time, amigos, foi Fluminense até demais.

Mas voltemos a Castilho. Podia ter jogado bem. Mas reconheço que Castilho abusou. De certa feita, caiu sentado. Era o instante em que o Flamengo, rilhando os dentes, se atirava para frente e parecia levar tudo de roldão. Cá na tribuna dos jornalistas, eu, apesar de ser um ateu, só faltava rezar. E, súbito, cara a cara com o arco do Fluminense, Henrique encheu o pé. Partiu o tiro, amigos, partiu a bomba! Note-se que o Fluminense estava ganhando pela vantagem mínima: — 2 x 1. Seria o gol do empate. Pois bem: — o estádio inteiro gritou gol. Quando parecia líquido, certo, fatal o tento rubro-negro, eis que Castilho sentado, ignominiosamente sentado, defendeu. Pasmem para o detalhe sublime: — sentado, como se estivesse em casa, numa cadeira, lendo o gibi! O Fluminense apresentou, segunda-feira, um partidão. Seu futebol, sua estrutura, sua armação eram um desenho. Mas, ainda que tivéssemos jogado pedrinhas, a defesa sentada de Castilho bastaria para liquidar o adversário. Depois disso, eu passei, instantaneamente, a considerar Castilho um monstro horrendo, uma espécie de Drácula da bola. E, no meu canto, estava a ver a hora em que Castilho ia fazer as restantes defesas virando cambalhotas ou plantando bananeiras. Cito uma defesa e poderia citar muitas outras. Não sei se em seguida ou antes, Castilho praticou uma outra que foi de clamar aos céus. O mesmo Henrique — sempre este homem fatal! — apanha uma dessas bolas que só aparecem uma vez na vida e outra na morte. Havia entre o atacante rubro-negro e Castilho uma distância inferior a vinte centímetros. Novamente, Henrique encheu o pé. E, outra vez, o Maracanã foi sacudido pelo berro bestial: — gol! Eu mesmo acreditei no gol. Castilho, porém, deu um salto que lembraria, mal comparando, o de uma sílfide incorpórea. E enfiou a pelota para um corner repousante. Ao meu lado, um rubro-negro, de olho rútilo e lábio trêmulo, gemia: — "Jogar assim é um crime!"

Ora, qualquer uma das duas defesas citadas justificava o preço do ingresso. Todo mundo devia pagar outra vez para ver o resto do jogo. O próprio Castilho podia largar o arco, podia ir para a casa, dormir. Mas ele não se deu por satisfeito. Em cima da hora, marcam um pênalti, o segundo, contra o Fluminense. Um pênalti equivale a um soco na cara do goleiro. O infeliz sofre um verdadeiro nocaute moral. Imaginem dois! Ontem, porém, nem Belzebuth em pessoa conseguia varar Castilho. Moacir vai bater a penalidade máxima. O Flamengo precisava de um golzinho para atenuar o estupor da derrota. Mas, coisa curiosa! Quando a bola foi colocada na marca fatídica, uma espécie de vidência profética apoderou-se de todos os presentes e ausentes, dos que estavam ali e fora dali. Creio que, naquele momento, em todo o Brasil, do Amazonas ao Prata, o povo pensou: — "Castilho, vai defender!" Tiro e queda. A bala partiu e Castilho pegou. E porque foi um monstro, eu faço de Castilho o meu personagem da semana.*

8/11/1958

---

* Campeonato Carioca, no Maracanã (3/11/1958). Fluminense 3 x 1 Flamengo. Gols de Waldo (2) e Jair Francisco. Moacir descontou.

meu personagem da semana: Garrincha

148

Amigos, eu podia fazer de Sal-danha o meu personagem da semana. É um técnico malicioso, astuto, sutil. Nós sabemos que nem todos os técnicos usam o raciocínio. E Saldanha tem isto de bom: — sabe pensar. Sempre que o Botafogo vence, podemos estar certos de que foi grande, foi considerável a influência de Saldanha no triunfo. Mas, por hoje, o meu personagem da semana é outro. Antecipo suas iniciais: Garrincha. Eu disse que Saldanha pensava. Pois acontece o contrário com Garrincha. Sim, amigos: Garrincha não pensa, nem precisa pensar. Saldanha ou qualquer outro vive do raciocínio. Nós pensamos todos os nossos atos. Não fazemos nada sem um penoso processo mental. Antes de atravessar a rua, ou de chupar um chicabon, o homem normal é lacerado de dúvidas. Ele estaca diante da carrocinha amarela e, acometido de uma perplexidade hamletiana, pergunta, de si para si: — "Tomo ou não tomo o chicabon? talvez seja melhor não tomar o chicabon. Ou devo tomar?" Em futebol a mesma coisa. Ao praticar um reles arremesso lateral, o jogador esbanja um tempo precioso ao escolher o companheiro que deve receber a bola. O ser humano pensa demais e é pena, pois a vida é, justamente, uma luta corporal contra o tempo. Repito: — o ser humano vive pouco porque pensa muito. Ora, a máxima característica terrena de Garrincha é a seguinte: — ele não precisa pensar. E, por isso, porque não pensa, posso apontá-lo como a única sanidade mental do Brasil. Por ocasião da Copa do Mundo foi cômico, ou melhor, foi sublime. Tínhamos, na delegação, uma preciosidade, que era o psicólogo, o Dr. Carvalhais. No seu primeiro contato com Garrincha, o Dr. Carvalhais caiu na mais torva e dolorosa perplexidade. Pela primeira vez, em toda a sua experiência humana e profissional, descobria alguém que jamais usara o raciocínio. Imagino que o preclaro Dr. Carvalhais há de ter concluído: — "Esse cara não pode jogar!" Foi preciso que os colegas do "seu" Mané explicassem: — "O Garrincha é assim, mas joga pra burro!" E, de fato, tido como retardado, Garrincha provou, no campeonato do mundo, que retardados somos nós, e repito: — nós que pensamos, nós que raciocinamos. Resta perguntar: — se Garrincha não pensa, vive então de quê? Vive do instinto, da prodigiosa e instantânea clarividência do instinto. Enquanto os outros se atrapalham e se confundem de tanto pensar, Garrincha age com rapidez instintiva e incontrolável. Foi assim na Suécia. Ninguém pensa mais do que o europeu. Mas enquanto o sueco, o francês, ou o galês pensavam no que faria "seu" Mané, já o brasileiro se tinha disparado como um tiro, já invadira a área inimiga, com uma velocidade superior à do som, à da luz. Viu-se, então, que o raciocínio é uma draga, uma carroça diante da agilidade vertiginosa do instinto.

Ainda ontem, Garrincha, no jogo Botafogo x Flamengo,* foi quem deu melhor nível, melhor qualidade, ao jogo. Ao lado do estádio, no Maracanãzinho, exibiam-se, no mesmo instante, com um êxito estrondoso, os acrobatas chineses. Então, eu pensei cá comigo: — por que cargas d'água esses chineses vieram de tão longe se temos aqui, à mão, nas nossas barbas, um "seu" Mané, que é mil vezes mais acrobático? E com uma vantagem a mais para o nosso patrício: — nos rapazes da China o que existe é o esforço, é a técnica, é o virtuosismo, ao passo que Garrincha é puro instinto. Possui uma riqueza instintiva que lhe dá absoluto destaque sobre os demais. Até Deus, lá do alto, há de admirar-se e há de concluir: — "Esse Garrincha é o maior!" O "seu" Mané não trata a bola a pontapés como fazem os outros. Não. Ele cultiva a bola, como se fosse uma orquídea rara. Domingo, ele puxou o Botafogo para a vitória. Ao avançar, ia desintegrando a defesa rubro-negra. O centro que deu, para a cabeçada de Paulinho, o centro de Garrincha só faltou falar, tão justo, exato, perfeito,

* Campeonato Carioca, no Maracanã (9/11/1958). Botafogo 3 x 2 Flamengo. Gols de Quarentinha (2) e Paulinho. Henrique e Dida descontaram.

irretocável. Sim, amigos: "seu" Mané ensina-nos que nada é mais lindo do que a velocidade. Ninguém tem, ninguém, a instantaneidade dos seus reflexos! Diante dele, que não pensa, todos nós, que pensamos, somos uns lerdos, uns bovinos, uns hipopótamos. E porque Garrincha não pensa mesmo, eu faço dele, com muita honra, o meu personagem da semana.

11/11/1958

meu personagem da semana: Jair Santana

149

Vejamos, amigos, quem pode ser,

desta vez, o meu personagem da semana. Penso em Malcher. E justiça se lhe faça: deixou de marcar, a favor do Fluminense, dois pênaltis, nítidos, líquidos, insofismáveis. Todo o estádio se levantou nas duas ocasiões. Só o árbitro, no meio do campo, manteve-se impassível, incomunicável, como um Buda. (E por que Buda, nem mesmo eu sei dizê-lo.) Ora, um cidadão que numa batalha, como a de domingo, crucial para o campeonato, um cidadão, dizia eu, que passa por cima de duas penalidades máximas, é, automaticamente, um herói. Ao meu lado, tricolores frenéticos xingavam o juiz. Eu, não. Eu admirava a tranqüila euforia com que ele se fazia de cego nato para duas faltas capitais e que não ofereciam a mais leve, remota, tênue dúvida. Sim, amigos: Malcher merecia ser o personagem da semana. Mas há outros e seria injustiça esquecê-los. Além de Malcher, Waldo. Fez um gol, na hora H, que devia estar numa vitrine na rua do Ouvidor. Mas Waldo perdeu outros, de passarinho. De certa feita, ficou sozinho, diante de Barbosa. Foi trágico, amigos, foi trágico! Ninguém suspirou, no Maracanã. Foi um silêncio ensurdecedor. Todo mundo acreditou que o gol era fatal, inapelável. Então Waldo fez o impossível. Deixou de marcar um gol que um pardal, em seu lugar, faria, com um pé nas costas. Outro candidato a personagem da semana: o velho Pinga, que tem o dom de penetrações fulminantes. Acreditem: o Vasco sem Pinga já será menos Vasco. Mas Pinga foi, em outras oportunidades, meu personagem da semana. Amigos, é preciso escolher outro.

Então, penso em Jair Santana. Foi bárbaro. Sabe-se que, domingo, fez, no Maracanã, o maior calor do mundo. No céu, cravado, estático, um Sol de derreter edifícios. E, já na preliminar, o meu pasmo era que os 22 jogadores, o juiz, os bandeirinhas e os gandulas não desabassem, numa insolação unânime e definitiva. Por toda parte, eu ouvia gente rosnar: "É um crime futebol com esse tempo!" Pois bem: só um homem, entre tantos, entre todos, parecia eufórico na Sibéria invertida que era o estádio. Esse homem era, precisamente, Jair Santana. Não tenho dúvidas em dizê-lo: foi a maior figura do Fluminense. Fez o jogo certo, ao passo que os companheiros metiam os pés pelas mãos. Antes que me esqueça, desejo falar, de passagem, em Romeu. Não foi nem uma sombra, nem uma imitação, nem uma paródia de si mesmo. Pergunto, de mim para mim: será que Romeu, tão novo, começando agora, já conseguiu afivelar uma discreta máscara? Prendia qualquer bola, com ou sem necessidade; esperava, sistematicamente, que o adversário viesse tomá-la; ou passava ao inimigo ou, então, entregava no fogo. Aliás, manda a verdade que se diga: não foi só Romeu. Quase todo o time do Fluminense resolveu complicar as jogadas mais simples. E eu vos digo: se o meu time não segurasse tanto a bola e se a despachasse com mais rapidez, teríamos ganho fatalmente, apesar dos pênaltis não marcados. No primeiro tempo foi uma coisa desesperadora. Os nossos atacantes perdiam-se num joguinho de passes para os lados e para trás, sobretudo para trás. Não será com esse futebol lerdo, bovino, que se ganhará um clássico de tamanha responsabilidade. E Telê que, domingo, foi o anti-Telê, a negação do Telê! Alguém objetará que fazia calor. Amigos, nada de demagogia! Eis a verdade: assim como não se admite que um pingüim estranhe o frio, não se concebe um tropical indignado com o trópico. De resto, fazia calor para os dois times.

Pois bem: um dos raros tricolores que deram tudo e apareceram com uma autoridade irresistível foi Jair Santana. Derramando até a última gota de suor, derretendo-se como um chicabon, ele partia em todas as direções e estava em todas as partes. Geralmente, ele é, acima de tudo, o elemento que destrói os ataques inimigos, sem, contudo, coordenar os próprios contra-ataques. Domingo, não: Jair Santana distribuía também e com que dinamismo, com que clarividência! Enquanto o resto da defesa entregava mal e se confundia nas próprias e gratuitas complicações, Jair Santana passava com exemplar objetividade. Agigantou-se e fez tudo para que o Fluminense saísse de campo vencedor. Insisto: contra o Vasco, ele trabalhou como Telê e foi, como Telê, um barqueiro do Volga. Em certos momentos, Jair Santana erguia-se diante do Vasco como uma dessas bastilhas inexpugnáveis.*

22/11/1958

* Campeonato Carioca, no Maracanã (16/11/1958). Vasco 1 x 1 Fluminense, com gols de Pinga para o Vasco, e Waldo, para o Fluminense.

meu personagem do ano: Pelé

150

Amigos, o meu personagem do ano tem de ser um jogador do escrete que levantou o campeonato do mundo. Mas é um problema catar, num time invicto, imbatível, um jogador que seja, exatamente, o símbolo pessoal e humano desse time e desse escrete. E, logo, um nome me ocorre, de uma maneira irresistível e fatal: — Pelé. Olhem Pelé, examinem suas fotografias e caiam das nuvens. É, de fato, um menino, um garoto. Se quisesse entrar num filme de Brigitte Bardot seria barrado, seria enxotado. Mas reparem: — é um gênio indubitável. Digo e repito: — gênio. Pelé podia virar-se para Michelangelo, Homero ou Dante e cumprimentá-los, com íntima efusão: — "Como vai, colega?". De fato, assim como Michelangelo é o Pelé da pintura, da escultura, Pelé é o Michelangelo da bola. Um e outro podem achar graça de nós, medíocres, que não somos gênios de coisa nenhuma, nem de cuspe a distância. E que coisa confortável para nós, brasileiros, saber que temos um patrício assim genial e assim garoto! Vejam: — 17 anos! Na idade em que o pobre ser humano anda quebrando vidraça, ou jogando bola de gude, ou raspando perna de passarinho a canivete, Pelé torna-se campeão do mundo. Estava lá um rei, Gustavo, da Suécia. E viu-se, então, essa coisa que estaria a exigir um verso de Camões: — o Rei desceu do seu trono e foi cumprimentar, foi apertar a mão do menino Pelé. Então, pergunto: — que experiência real teria o menino de cor? Havia de conhecer, no máximo, rei de baralho ou o "Rei Patusco" do gibi. Gustavo foi o primeiro rei autêntico que lhe mostrou os dentes num soberano sorriso.

Eu sei que, na recepção ao escrete, houve quem rosnasse por aqui: — "Estão exagerando! Já é demais." Está claro que não era demais, era de menos. Mas o brasileiro é assim mesmo. Em 50, quase houve um suicídio nacional quando não fomos campeões do mundo. Éramos, todos nós, brasileiros, uma nação que quase toma formicida. Pois bem: — e em 58, ao conquistarmos o título, eis que houve, aqui, um hábito instantâneo à glória jamais imaginada. O nosso pileque cívico durou até o desembarque. Já no dia seguinte, porém, havia os descontentes, os fartos, os saturados. Um conhecido meu que veio protestar: — "Pelé não pode ser craque! Com 17 anos, ninguém pode ser craque!" Na minha cólera, tive vontade de subir pelas paredes como uma lagartixa profissional. Mas o meu consolo foi que, ao mesmo tempo, saía no *Paris-Match*, que é uma revista mundial, uma vasta, erudita e compacta reportagem sobre Pelé. Lá vinha escrito: — "Pelé, rei do Brasil". Enquanto, aqui, o brasileiro achava exagerado o próprio entusiasmo, uma revista parisiense punha o garoto brasileiro nas nuvens. Direi mais: — *Paris-Match* comportava-se diante de Pelé com a histeria de uma macaca de auditório. Mas o que impressionou, na reportagem, foi a mentira que a entupia, de cabo a rabo. Nunca se mentiu tanto em seis páginas de revista! O repórter escrevia, por exemplo, que na sua euforia ululante, o Brasil dera o nome de Pelé a ruas, praças e obeliscos. Então, eu concluí que, apesar de todo o seu passionalismo, a imprensa brasileira ainda é das mais sóbrias e das mais contidas. Aqui, nenhum jornal, nenhuma revista teria o descaro de inventar reis, de inventar fantásticas homenagens nacionais. Não que Pelé e, de resto, todo o escrete não as merecessem. Por meu gosto, confesso: — eu teria enfiado no peito de Pelé a própria "Legião de Honra". Mas é que o brasileiro não é disso. Sim, amigos: — o brasileiro reage ao bem que lhe fazem com uma gratidão amarga e quase ressentida. Que fez o escrete? Deu-nos a maior alegria de nossa vida. Tornou qualquer vira-lata em campeão do mundo. Mas a nossa gratidão logo secou como uma bica da zona sul. Tratamos de esquecer a jornada estupenda.

Mas eu vos digo: — "esquecer" não é bem o termo. Ou por outra: — o brasileiro pode "esquecer" da boca para fora. Mas na verdade um Pelé é inesquecível. Insisto: — apesar de toda a nossa ingratidão, Pelé é imortal. E por isso, porque ninguém pode enxotá-lo da nossa memória, eu o promovo a meu personagem do ano.

janeiro/1959
(Anuário de Ouro 1958-1959)

meu personagem da semana: Almir

151

Amigos, não há de ser difícil

catar o meu personagem da semana entre os 22 jogadores de Vasco x Flamengo (digo 22 e já amplio: mais, por causa das substituições). Mas, como eu ia dizendo, o personagem pula do jogo como um elástico polichinelo. Chama-se Almir e os locutores costumam tratá-lo de "Pernambuquinho". Eu sei que se forma sobre o craque vascaíno um caudaloso anedotário. E nós sabemos que a anedota desfigura, que a anedota falsifica. Em tudo que se diz sobre Almir, já é difícil discriminar o que é verdade e o que é folclore.

Por exemplo: contam que Almir xinga os adversários. Então pergunto: será o primeiro? Não me parece. O futebol jamais foi mudo, jamais exigiu do craque um silêncio de sarcófago. Direi mais, se me permitem: o futebol é o mais falado e o mais pornográfico dos esportes. Durante os noventa minutos, tanto os craques em campo como o torcedor nas arquibancadas rugem os palavrões mais resplandecentes do idioma. Dir-se-ia que tanto o público como o craque têm, no berro pornográfico, um estímulo vital, precioso e irresistível. E se o meu personagem xinga os adversários, não faz outra coisa senão insistir num hábito que data dos nautas camonianos. Repito: o futebol se nutre de pornografia como uma planta de luz. E Almir apresenta outras qualidades que convém não desprezar.

Uma delas é a coragem. Todos nós o conhecemos e uma coisa é certa: para usar uma expressão textual da torcida, ele não foge do pau. A verdade é que, apesar de todas as convenções disciplinares do profissionalismo, o futebol vive muito da bravura pessoal dos craques. O sujeito pusilânime, o sujeito covarde, dá menos no couro. Há momentos, num jogo, em que o camarada precisa enfiar a cara no pé do inimigo. Mas Almir, justiça se lhe faça: ainda quarta-feira, na partida do Pacaembu, contra os paulistas, levou um chute que quase lhe abriu o rosto em dois. Cá, no Rio, vendo a televisão, eu fiz meus cálculos: "Morreu." Ele desabou como aquele edifício de Copacabana. Mas não veio nenhum rabecão pescá-lo, nem foi preciso. Era apenas um nocaute provisório. Mas o episódio encerrava uma lição de vida e de futebol. Amigos, a minha teoria é a seguinte: o jogador que nunca levou um pé na cara não amadureceu ainda para os grandes triunfos. Por exemplo: estamos diante do Sul-Americano de Buenos Aires. Qualquer Sul-Americano é duríssimo e em Buenos Aires muito mais. Um escrete nosso, para enfrentar os argentinos, lá, terá de ser, antes de tudo, o escrete da coragem. O sujeito que tiver medo de careta não pode nem sonhar com a seleção patrícia. E Almir é um dos que podem comparecer, de peito aberto e lavado, ao certame continental, disposto a dar e a levar botinada. É pequenininho, mas como diz a sabedoria anônima e plebéia: tamanho nunca foi documento. Já o vi derrubar sujeitos maciços, compactos, grandalhões, como bastilhas supostamente inexpugnáveis.

Por outro lado, tem um futebol de primeira qualidade. O jogo de ontem não me deixa mentir. Poucos jogadores, aqui ou em qualquer lugar, terão, como ele, a capacidade de varar a defesa contrária. Ele passa pelos adversários, vertiginosamente. Tem uma penetração e uma velocidade de bala. Contra o Flamengo, por ocasião do pênalti, Almir deflagrou-se e ia entrar, talvez, com bola e tudo, quando o agarraram pelo braço, pela camisa. E não foi só uma vez. Em inúmeras oportunidades, o meu personagem construiu jogadas que podiam ser incorporadas a uma antologia, a um museu. O encontro terminou empatado de 2 x 2 e Almir obrigou a defesa do Flamengo a molhar a camisa até a última gota de suor.*

No Sul-Americano, ele constitui uma preciosidade para o Brasil. Admitamos a hipótese sinistra de que Pelé não possa, eventualmente, entrar num jogo qualquer. Que melhor substituto do que Almir? Tanto mais que são ambos agarotados. Embora mais velho, o craque cruz-maltino parece tão menino quanto o paulista. E vamos e venhamos: Almir não deixa de ser um pouco o Pelé branco.

7/3/1959

* Taça Cidade do Rio de Janeiro, no Maracanã (1/3/1959). Flamengo 2 x 2 Vasco. Os gols foram de Roberto e Henrique, pelo Flamengo; e Rubens e Pacoti, pelo Vasco.

meu personagem da semana: Pelé

152

Eis a verdade, amigos: — o empate de 2 x 2, com o Peru, dá vontade de sentar no meio-fio e chorar. Nunca o Brasil foi tão pouco campeão do mundo! Jogou o mesmo escrete da Suécia, com pouquíssimas alterações. Mas a equipe patrícia parecia o antiescrete, a negação do escrete que, após atuações feéricas, pôs no bolso a Taça Jules Rimet. Alguém objetará que o empate não é derrota. Ao que eu respondo: — em certas condições, o empate é pior do que a derrota. Quando acabou a irradiação da partida, eu me sentia derrotado da cabeça aos sapatos. Assim como eu, sessenta milhões de brasileiros. Por toda parte, a gente esbarra, a gente tropeça em outros vencidos. E vou mais longe: — o empate de terça-feira deu-nos um pouco a horrenda sensação de 50.

Eu me senti, psicologicamente, em 50.

E aqui pergunto: — como escolher o meu personagem numa partida que foi um nítido, taxativo fracasso brasileiro? A rigor, o personagem devia ser um peruano. Por exemplo: — o tal Seminário que marcou os dois gols de sua equipe. Mas eu não escolho nenhum Seminário porque, graças a Deus, não sou imparcial. Acho o imparcial um monstro de circo de cavalinhos e pior do que isso: — um vigarista. De mais a mais, temos na seleção um Pelé. Ora, Pelé poderia ser, sistematicamente, o meu personagem da semana. Dirá alguém que ele nem sempre é perfeito. Mas eu respondo que certos jogadores não precisam jogar nem bem, nem mal. Um Garrincha transcende todos os padrões de julgamento. Estou certo de que o próprio Juízo Final há de sentir-se incompetente para opinar sobre o nosso Mané. Com Pelé dá-se a mesmíssima coisa.

Então pergunto: — vocês sabem quando o Brasil começou a empatar? A partir do momento em que substituíram Pelé, tínhamos de dar com os burros n'água. Mesmo jogando mal, mesmo lendo gibi, mesmo de maca, mesmo de tipóia ele é o melhor.

Quando o Peru marcou um gol e, depois, outro, faltou-nos um Pelé para desfazer o empate. Ou será que ninguém percebeu que ele, com seu fulgurante individualismo, é um dos tais que, sozinho, resolvem uma partida?

Durante a irradiação, um dos locutores, com teimosa, com bovina obstinação, repetia: — "Pelé está muito individual!" Não se pode desejar uma obtusidade mais compacta. Jogador da classe de Pelé pode abstrair-se da equipe, pode arvorar-se em solista, prender a bola, gastar a bola, enfiar a bola no bolso. Enquanto Pelé está em campo, podemos esperar dos seus pés um gol mágico, um gol fantástico. Nas cabeçadas, ele é inexcedível. Pula, salta, voa e faz-se tão leve ou mais leve que uma sílfide. Sua retirada parece ter sido soprada pelo técnico peruano.

Resultado: — sem Pelé, o escrete, que já vinha atuando mal, sofreu uma mutilação horrenda, uma amputação mortal. E os peruanos cresceram vertiginosamente. Que poderia fazer a seleção? Eu vos digo: — a seleção entregou-se. O que o público viu, em Buenos Aires, foi um time esvaziado da flama da Suécia. Na Taça Jules Rimet, o Brasil ergueu uma juba frenética, incandescente. E, ontem, parecíamos um leão escanhoado, um leão pelado. Dorval não viu a bola. Henrique apagou. Bellini era comido por baixo que Deus te livre. Amigos, um campeão do mundo tem de comportar-se como tal. E o Brasil não jogou, em momento nenhum, como um campeão do mundo.

Mas eu vos digo: — foi bom o empate, foi talvez necessária e benéfica a humilhação. O escrete é um pouco como a casta orgulhosa a quem é preciso fazer um filho. Também o campeão do mundo precisa levar na cabeça para despertar. Empatando com o Peru, é possível que a seleção do Brasil volte a ser a melhor que já apareceu na Terra.*

14/3/1959

* Campeonato Sul-Americano, no Estádio Monumental de Nuñez, em Buenos Aires (10/3/1959). Brasil 2 x 2 Peru. Gols de Didi e Pelé; Seminário (2) descontou para o Peru.

meu personagem da semana: Didi

153

Quando acabou o jogo Brasil x Chile, um sujeito me agarra pelo braço e puxa: — "Não há personagem da semana!" De fato, o jogo foi o que se chama uma pelada e brabíssima. O Chile jogou de igual para igual com o Brasil e eu pergunto: — "Como pode? como pode?" Objetará alguém que a contagem de 3 x 0 traduz uma superioridade considerável. Nem tanto, amigos, nem tanto! Se o escrete do Brasil tivesse jogado a metade ou, simplesmente, um terço do que sabe, teríamos ganho de seis, no mínimo. E parece difícil, senão impossível, descobrir, na mediocridade geral, o meu personagem da semana.

Houve Pelé que, em dois lampejos individuais, marcou dois gols deslumbrantes. Mas Pelé saiu, aqui, na semana passada. Adiante, amigos, adiante! E, então, vejo Didi, o artista do nosso terceiro gol, domingo.* Examinem vocês as ironias do futebol. Didi é um dos craques mais xingados do nosso futebol. Por ocasião da Copa do Mundo, o meu personagem andou por um fio. Criou-se artificialmente o dilema: — Didi ou Moacir? Contam-me os íntimos do meia botafoguense que ele rangeu os dentes de humilhação. Mas Didi é bom e, até, sublime, quando o desfeiteiam. Um Didi ofendido, um Didi humilhado, precisa de dez para segurar. E, na Suécia, ele resolveu comer a bola.

* Campeonato Sul-Americano, no Estádio Monumental de Nuñez, em Buenos Aires (15/3/1959). Brasil 3 x 0 Chile, com gols de Pelé (2) e Didi.

Impossível desejar-se um craque mais completo. Didi aliava o virtuosismo à paixão, o raciocínio à flama. Mas eu disse acima que se criou o hábito nacional de xingar Didi. E ele me lembra um pouco o caso do Eça de Queirós e do Bei de Túnis. Em Túnis, existe um Bei, ou deve existir. Se não existe, faz de conta. E quando não havia outro assunto, o Eça descompunha o Bei, dizia-lhes os piores desaforos. Pois bem: — Didi também é uma vítima do torcedor sem assunto. Acusam-no de quê? De chupa-sangue. Acham que, em campo, ele se poupa, ele se economiza, enquanto os outros se matam. A imagem de um Didi chupa-sangue, que vive do suor alheio e não do próprio, é uma das nossas fixações. É preciso que ele se projete num gol monumental ou numa jogada feérica para que todos reconheçam a sua classe tremenda. Amigos, o torcedor é um monstro de frivolidade e de inconstância. Acordamos com uma opinião e dormimos com outra. Mas uma coisa é certa: — é preciso tentar uma revisão definitiva do meu personagem. Por exemplo: — o que ele fez anteontem. Dirá alguém que ele se limitou ao terceiro gol. Ao que eu respondo: — mentira! Eu vos direi que Didi está não só nos gols que faz como também nos gols que não faz. Pensando bem, está implicado em tudo o que acontece em campo. Muitas vezes, a vitória nasce de um passe que ele, com seu oportunismo tremendo, sabe dar na horinha. Os passes de Didi! São precisos, exatos, irretocáveis como um soneto antigo. Direi mais, se me permitem a comparação: — Didi é a mãe dos pernas-de-pau. Quantos companheiros vivem, e sobrevivem, à sua sombra? Ele não depende de ninguém e quantos dependem dele? Ao lado de Didi, o perna-de-pau já o é muito menos. Nem sempre o seu jogo aparece e eu explico: — é que o meu herói sabe fazer, como ninguém, o que eu chamaria de futebol em surdina, futebol macio, insidioso, quase imperceptível. Mas creiam, amigos: — Didi gosta de construir a vitória assim, sem barulho. E, pouco a pouco, sem que ninguém o perceba, desintegra o inimigo.

Pelo amor de Deus, não me digam que é um chupa-sangue. Nunca! Na Suécia foi uma flor de sobriedade, de eficácia, de clarividência. Jogou para o time, só para o time ou por outra: — jogou para o Brasil. Longe de ser um chupa-sangue, trabalhou como um Telê ou, ainda, como um barqueiro do Volga. E se, por vezes, o xingamos e negamos, é porque somos de uma torva e crassa injustiça. É célebre e, ao mesmo tempo, tão desconhecido! Já o chamei, certa feita, de "Didi, o obscuro". Exato. Obscuro, para nós, que ainda não o enxergamos na generosa totalidade de suas virtudes humanas e de craque.

21/3/1959

meu personagem da semana: Paulinho

154

Amigos, eis a verdade: — quem

ouviu o jogo Brasil x Bolívia há de pensar que o escrete fracassou, de alto a baixo. Mas é sempre um erro a generalização fácil e agressiva. Na defesa, de fato, não escapou rato. Todo mundo jogou pedrinhas. Minto. Houve um que, aos trancos e barrancos, conseguiu salvar-se: — o velho, o quase eterno Djalma Santos. Os demais não viram a bola. Mas o ataque teve seus grandes lampejos. Pelé enfiou um gol; Didi, outro; e Paulinho, dois. E se o Brasil, com toda a pompa, todo halo de campeão mundial, não perdeu para a Bolívia, graças sejam dadas à ofensiva que encestou quatro.

E é no ataque, justamente, que eu vou pescar o meu personagem da semana. Ei-lo: — Paulinho, do Botafogo. Durante largo período, eu vi o Paulinho como um bonde. Tinha agressividade e só. Era bravo, ativo, militante. Se fosse preciso morrer, por causa de um gol, sacrificaria a vida, tranqüilamente. Mas o que irritava, em Paulinho, era a ilimitada capacidade de perder gols feitos. De vez em quando, é verdade, marcava um, espetacular e, até, sublime. Mas quantos esbanjava, quantos! Assistindo às partidas do Botafogo, eu deblaterava: — "É o pior do mundo! perde mais gols que Waldo!" Passa-se o tempo e eu perdi Paulinho de vista. Uma das últimas vezes em que o vi foi naquele tenebroso Fluminense x Botafogo pela decisão do título. Fui para o

Maracanã na seguinte e prévia certeza: — de que Paulinho, como das vezes anteriores, ia desperdiçar uns trinta gols. Engano, amigos, trágico engano! Naquela tarde, o pé de Paulinho andava inspirado, andava em estado de graça. Marcou gols de todas as maneiras e com uma pontaria desesperadora. O fato é que meu time entrou bem: — perdeu de seis, se não me engano. Já nessa ocasião eu devia ter retocado a minha opinião sobre Paulinho. Mas o diabo é que todos nós vivemos de fixações. E uma das minhas era, precisamente, a de um Paulinho errado, de um Paulinho bode cego. Foi preciso este sinistro Sul-Americano para que, subitamente, eu formasse do craque alvinegro uma imagem diferente, mais precisa e menos injusta. Meus amigos, vamos apagar tudo o que pensávamos e tudo o que dizíamos de Paulinho. Ele é o ex-errado, o ex-bode cego, o ex-barata tonta.

O Brasil já jogou três vezes. Muito bem. Nessas três partidas, a nossa atuação tem sido uma espécie de naufrágio. Muito bem. Se o escrete ainda não afundou, está, pelo menos, adernado, está pelo menos fazendo água. E Paulinho é um dos poucos, é um dos raros que não se afogou, ainda. Amigos, Paulinho não pode ser considerado um náufrago. Sua inclusão, no ataque, parecia um erro ou uma ingenuidade. Absolutamente. Paulinho deu certo, instantaneamente. Trouxe à linha mais alma, mais penetração, mais agressividade. Continua o mesmo homem que, sendo preciso, dá a cara para o inimigo chutar. Mas revela, ao mesmo tempo, mais controle de bola e um senso mais agudo, mais clarividente de gol. Por exemplo, sábado, contra a Bolívia. Fez dois gols. E um deles foi um superprimor. A própria crônica argentina que se atira sobre o escrete como uma coleção de urubus famintos, a própria crônica, dizia eu, foi obrigada a tirar o chapéu ou, mais do que isso, foi obrigada a benzer-se diante do sem-pulo fulgurantíssimo. Vale a pena reconstituir o lance. Foram duas obras-primas: — de um lado, a penetração de "seu" Mané; de outro lado, o sem-pulo feérico e fatal. Mas como eu ia dizendo: — Garrincha teve um lampejo de campeão do mundo e disparou. Digo "disparou" porque, efetivamente, partiu como um tiro de revólver. Ora, toda vez que Mané apanhava o couro tinha que singrar um mar de pontapés, de botinadas. Mas ele, na sua inocência, na sua compacta e irredutível sanidade, não sente o medo. Caçado, quase a bofetão, pelos adversários, cortou todo mundo. Ele que, na Suécia, cansou-se de servir Vavá, de ser co-autor dos gols de Vavá, fez o mesmo com Paulinho. Deu-lhe uma bola na bandeja. E que fez Paulinho? Podia enfiar um gol normal, um gol como há milhares, como há milhões. Mas a torcida vaiava o escrete do Brasil. Vaiava e nós sabemos por quê: — por causa da eterna dor-de-cotovelo que lhe ficou na Taça Jules Rimet. Paulinho ouvia a assuada e estava com o seu brio nacional exasperado. O passe de Garrincha veio na horinha. E o meu personagem da semana não teve conversa. Arrepiou a sua frondosa juba de brasileiro ofendido e encheu o pé. Podia ter posto a bola no chão, podia ter complicado o lance. Nunca. Emendou no alto e até a consumação dos séculos, o goleiro boliviano há de perguntar: — "Por onde entrou a bola?" Ele não viu, ninguém viu. O fato é que até as redes tomaram um susto com a violência e a instantaneidade do chute. O gostoso é que a vociferante torcida argentina teve que recolher, às pressas, a vaia freudiana. O sem-pulo fora o que, aqui, com o lábio trêmulo e o olho rútilo, chamamos de "golaço". O público hostil teve que aplaudir. E por isso, por causa desse gol bárbaro, eu vos digo que Paulinho é meu personagem da semana.

28/3/1959

meu personagem da semana: Didi

155

Amigos, vim para a redação dis-
posto a fazer de Paulinho o meu personagem da semana. Bem o merecia quem, em três arrancadas feéricas, arrombou inapelavelmente as redes da "Celeste".* Mas chego aqui e esbarro na fotografia ao lado. Vi o prodigioso salto de Didi. Reparem no flagrante da capa. É um quadro, uma pintura, uma tela que Michelangelo assinaria. Falei em salto e já retifico. Foi, realmente, um vôo. Para castigar os uruguaios, que tinham baixado o pau, Didi tornou-se leve, alado, incorpóreo. Por um momento, no campo do River Plate, ele foi algo assim como uma sílfide. E só faltou, no momento da tremenda garra brasileira, um fundo musical de Chopin.

Didi! Quantas vezes, cada um de nós e todos nós rosnamos: — "Didi não é de nada!" Nada mais variável de que sua reputação. Ora parece um chupa-sangue, ora um benemérito. Há ocasiões em que só falta ler gibi, no meio do campo. Outras vezes, rilha os dentes e ensopa a camisa e, mais do que isso, encharca a grama com o seu brioso, o seu desesperado suor. Falei, acima, em reputação. E vamos e venhamos: — o que se chama "reputação" é a soma de todos os enganos, de todos os equívocos que suscitamos na Terra. Vejam

* Em partida pelo Campeonato Sul-Americano, em Buenos Aires, no Estádio Monumental de Nuñez (26/3/1959), o Brasil ganhou o Uruguai por 3 x 1, com três gols de Paulo Valentim. Escalada marcou para o Uruguai.

Didi, o caso de Didi. Sua reputação o desfigura e falsifica. Didi não é nada do que se pensa. Ou por outra: — é preciso discriminar o Didi da lenda, da anedota, do folclore, e descobrir o verdadeiro, o autêntico, o imortal. A ociosidade que lhe atribuem, em certos jogos, constitui, em verdade, um equívoco fatal. O homem trabalha sempre, molha a camisa e se arrebenta em campo. Mas Didi é, como craque, um virtuose inexcedível. Trata a bola amorosamente. Ela parece, aos seus pés, uma orquídea rara e sensível, que deve ser cultivada com requinte e deleite. Ora, sua classe cria um desequilíbrio no time. É bom demais para os outros. Quantas vezes não tem, a seu lado, um perna-de-pau disfarçado, que não entende os seus passes e esbanja as suas bolas. E quando o meu personagem parece fracassar, acreditem: — não é ele, são os outros, e repito: — são os outros que enterram o time. No campeonato do mundo, Didi foi, por vezes, uma espécie de solista, em campo. A própria pelota o acompanhava e parecia lamber-lhe as chuteiras como uma cadelinha amestrada. Nesses momentos de euforia, de graça, de total plenitude, Didi tinha, no gramado, a dignidade racial de um Paul Robeson ou, então, de um príncipe etíope de rancho. Do peito, pendia-lhe um imponderável manto azul, com barra de arminho.

Quinta-feira, contra os uruguaios, foi sublime! A "Celeste" não percebeu ainda que é a ex-"Celeste". Vive de passado como uma planta de Sol. Todas as suas datas são irremediavelmente velhas: — 1930, 1950 são as mais recentes. Sua presunção olímpica e mundial não tem um correspondente futebol. E, contra o Brasil, a ex-"Celeste" sentiu que a vitória lhe fugia como água por entre os dedos. Deu-lhe, então, a fúria da frustração. Batida no futebol, partiu para a luta corporal. Amigos, foi um sururu de antologia. O brasileiro meteu o braço. E não só o braço: enfiou o pé, deu chute, rasteira, rabo-de-arraia. Paulinho atravessou o campo para caçar, do outro lado, três adversários que batiam, covardemente, em Chinesinho. O inimigo pôs sebo nas canelas e deu no pé.

Todavia, o momento mais artístico da pancadaria foi a monumental intervenção de Didi. Outro qualquer teria usado os meios normais, tais como o tapa, o soco, o pescoção, ou a boa e salubre cabeçada brasileira. Didi foi além. Tomou distância e correu. Havia um bolo de uruguaios. E todo o estádio parou no espanto do salto, tão plástico, elástico, acrobático. Essa espantosa agilidade carioca deslumbrou o povo. Com os dois pés, fendeu e debandou o grupo inimigo. A platéia argentina quase pediu "bis".

4/4/1959

meu personagem da semana: Robles

156

Amigos, o meu personagem da semana não é, desta feita, nenhum jogador brasileiro, nenhum jogador argentino. Trata-se de um juiz, e, justamente, o que apitou a batalha que encerrou a guerra do Sul-Americano.* Eu sei que Djalma Santos deu, através dos noventa minutos, uma luminosíssima lição de futebol. Mas o nosso caro Robles não teve quem se lhe comparasse. Como se fora o próprio deus do jogo, fez a partida à sua imagem e semelhança. E eu explico por quê.

Segundo todos, ou quase todos os cronistas e torcedores do certame, o árbitro de sábado é, disparado, o melhor juiz do campeonato. É por isso que eu não acredito em unanimidades e nem em reputações. O que nós chamamos reputação constitui a soma de todos os equívocos que uma pessoa suscita. Geralmente, ocorre a seguinte incoerência: — o sujeito é uma coisa e sua reputação outra. Assim acontece com o Robles de sábado. "Bom moço", dizem todos. E, após a partida, não há uma queixa, uma restrição, uma dúvida. Robles encantou a gregos e troianos. Todo mundo o aplaude e consagra. E, nesta unanimidade compacta e ululante, só existe uma desafi-

* Final do Campeonato Sul-Americano, em Buenos Aires, no Estádio Monumental de Nuñez (4/4/1959). Brasil 1 x 1 Argentina. Gols de Pelé e Pizutti.

nação: — eu. Eis a verdade, amigos, eu quero ver além de uma simples e enganadora reputação. Eu não o considero nem um grande juiz, nem mesmo um juiz medíocre. Vejo-o, de alto a baixo, como um péssimo juiz, como um árbitro que, com uma falsa inocência paradisíaca, deu, na bandeja, o título à querida Argentina.

Meditem sobre o comportamento de Robles. Desde o Paraguai que ele pôs as manguinhas de fora. O jogador brasileiro não podia piscar o olho que Robles não viesse, lá do fundo do campo, sacudindo o dedo. Um leve, um tênue, um diáfono *foul* brasileiro assumia as proporções de um crime ignóbil. Vencemos e de banho porque tínhamos sobre o adversário uma margem tremenda de superioridade. Porque o nosso prezado Robles, com um comovente descaro, só ameaçava e só coagia os brasileiros. Vejam vocês: — com uma semana de antecedência o homem já servia à Argentina.

Vem, finalmente, a última que era, justamente, com os donos da casa. O escrete brasileiro com isso a que os advogados do Júri chamam de "coação irresistível". Todo o país irmão queria, precisava, exigia essa vitória. Desde Frondizi até o mais obscuro apanhador de papel faziam do título continental um problema de vida ou de morte nacional. Imaginem, por um momento, se Robles reconhece o gol de Garrincha e se marca o gol de Garrincha. Pergunto: — o que aconteceria então? Apenas isso: — a Argentina se excluiria do mapa, imediatamente. Sim, amigos: — se me permitem a expressão, a Argentina se auto-riscaria do mapa. E em conclusão: — ela entrou em campo para ganhar de qualquer maneira, se não a partida, pelo menos o título. Daí a semana de guerra de nervos, daí o massacre emocional dos brasileiros. Ora, quando um jornalista patrício diz que "não houve nada" e apresenta a partida como "normal" está revelando-se um cego nato e hereditário. Na verdade, houve tudo. Sim, amigos: — houve a intimidação! Ou o escrete é de pedra ou jogou intimidado! Não venham me dizer que um craque, no estrangeiro, cercado por 120 mil inimigos ululantes, pode render tudo. O cronista que, geralmente, não tem imaginação só leva em conta botinada. Não havendo pé na cara, fratura de crânio, olho vazado, ele escreve, com uma ingenuidade bovina: — "partida normal"! Ao que eu respondo: — anormalíssima! Basta referir um pequeno episódio: — quando uma meia dúzia de torcedores brasileiros levantou a nossa bandeira, que vaia, amigos, que horrenda vaia! E não só isso: — não queiram saber quantas laranjas, quantas cascas de laranja, quantas garrafas em cima do nosso pavilhão! E vêm os meus confrades, com um pungentíssimo descaro, falar em cordialidade! Está claro que o nosso escrete, que não se constitui de paralelepípedos, foi sensível ao tenebroso clima. Acresce que o campo do River Plate não tem, para proteção dos visitantes, nem essa tela de arame que o mais franciscano galinheiro exige.

Em tal ambiente, é claro que o nosso Robles teria de ser um juiz inqualificável. Ele só admitia contra os argentinos faltas não decisivas. E, no último minuto, excedeu-se a si mesmo. Vale a pena reconstituir o lance: — Garrincha apanha a bola e dispara. Os 120 mil argentinos gelaram. E Robles, o nosso Robles, caiu num pânico convulsivo. Ele percebeu que Garrincha faria o gol ou, pelo menos, reconheceu esse perigo evidentíssimo. Imaginem um gol brasileiro em cima da hora e Robles tendo de reconhecê-lo! Ele que, naturalmente, tem família, surrupiou uns bons três minutos e apitou, apitou histericamente. Ao mesmo tempo, a bola estufava o barbante argentino. Amigos, Robles assassinou o gol brasileiro!

11/4/1959

meu personagem da semana: Solich

157

Meus amigos, Pelé podia ser, hoje, meu personagem da semana. Digo mais: Pelé podia ser meu eterno personagem da semana. E, de fato, ele pertence muito mais à mitologia do futebol do que propriamente ao futebol. Mesmo sem jogar, é o maior. Que obra-prima suas últimas atuações! Assim foi, no meio da semana, contra o Botafogo, assim foi contra o Flamengo no domingo. E porque Pelé está em todas, hoje, o meu personagem da semana será o fidalgo Don Fleitas Solich. Ao que leio nos jornais, ele se despede, ou se despediu, do Flamengo. E vamos e venhamos: — o adeus mais vagabundo tem um alto patético. O sujeito que se despede da namorada está praticando, sem o saber, um ato patético e, direi mesmo, está abrindo uma janela para o infinito. Eu, que não sou rubro-negro, eu, que sou "pó-de-arroz", confesso, estou meio comovido. Esse adeus é uma solicitação à minha fácil emotividade.

Amigos, o presente caso apresenta dois aspectos. Primeiro, os serviços prestados ao Flamengo por Solich; segundo, as exigências de Solich ao Flamengo. Vejamos o primeiro caso. Nestes últimos anos, Solich tem feito o Flamengo.* Dito isto, convém admitir a reciprocidade ou seja: — que o Flamengo

* O paraguaio Fleitas Solich comandou o Flamengo em três oportunidades: foi tricampeão em 1953/54/55; campeão do Torneio Rio-São Paulo em 1961 e, em 1971, não conquistou título algum.

também tem feito Solich. Não há como fugir à evidência objetiva e até espetacular dos fatos. Sim, amigos: — se o Rubro-negro precisa de um homem como Solich, o Solich precisa de um clube como o Flamengo. Eu sou o primeiro a reconhecer que Don Fleitas, sagaz, astuto, clarividente, sabe descobrir craques, como poucos ou, até, como ninguém. Ele põe o olhar num garoto do juvenil e intui, de maneira instantânea e realmente luminosa, se está diante de um perna-de-pau ou de um futuro craque. Raramente se engana. Atrevo-me mesmo a dizer que não se engana jamais. Então, pergunto: — de quem é a virtude? Aparentemente, o mérito é de Solich e só de Solich. Engano. Mais honesto será rachar esse mérito: — metade para o técnico, metade para o clube. Talvez Don Fleitas, em outro clube, longe do clima específico do Flamengo, não obtivesse resultados tão positivos e mesmo sensacionais. Basta levar em conta um fato que se repete com uma constância desesperadora: — os jogadores do Flamengo vão para o escrete e, lá, negam fogo ou, na melhor das hipóteses, produzem muito menos. Argumentar com Joel não vale. Ao entrar para o Flamengo, Joel já estava feito. Mas o Henrique de Buenos Aires não fez a metade que o Henrique da Gávea. Por quê? Faltou-lhe esse clima típico, inconfundível, inalienável, que é só do Flamengo. O mesmo aconteceu com o Dida na Suécia. O jogador feito no Flamengo, criado lá, só se encontra e só se realiza no próprio Flamengo. Tirem-no do seu verdadeiro ambiente e ele será um peixinho fora do aquário natural. E que faz Solich?

Reconheçamos: — Solich faz coisas impressionantes. Ele enfia a mão no juvenil e arranca, de lá, como de um chapéu de mágico, um craque desconhecido. Vocês hão de se lembrar da estréia de Dida. Ninguém admitia, naquela altura dos acontecimentos, que Dida pudesse ser um craque. Foi o olho clínico de Fleitas Solich que enxergou a sua classe e promoveu a sua ascensão. E Dida não constitui um caso único. A toda hora, Don Fleitas vai arrancar do juvenil, do aspirante, nomes inacreditáveis.* E, no entanto, todos os meninos de Solich dão no couro. Dida acordou desconhecido e foi dormir célebre. O que há é o seguinte: — uma comunhão perfeita entre Solich e o Flamengo. Como nos matrimônios perfeitos, parece que um nasceu para o outro. Acho que, na sua terra, desde garotinho, ele já possuía a gana, a garra, a audácia que viria encontrar, também, no Flamengo, mais tarde.

---

* Solich teve a ousadia de lançar no clássico Flamengo x Vasco (29/7/71) o então garoto Zico.

E pergunto: — por que sai Don Fleitas da Gávea? Uns dizem que ele quer, além do ordenado, das luvas, de tudo o mais, casa, comida, roupa lavada. Outros afirmam que ele se limita a exigir a autonomia que lhe cabe, por direito funcional. E é pena, amigos. Porque Solich fará muita falta ao Flamengo, assim como o Flamengo fará muita falta ao Solich.

18/4/1959

meu personagem da semana: Zezé Moreira

158

Quando acabou o jogo Flumi-

nense x Portuguesa,* eu esbravejava: — "Isso é o pior time do mundo!" Ao meu lado, outros tricolores arrancavam os cabelos: — "como pode? como pode?" Parecia certo que o meu time era uma caverna de pernas-de-pau. Mesmo os neutros achavam graça. Lembro-me que, depois do jogo, eu tive uma curiosidade mórbida, um capricho sádico: — ver a cara de Zezé Moreira. Depois daquela exibição horrenda, eu esperava encontrá-lo, no vestiário, entregue às baratas. Entre sessenta e tantos milhões de brasileiros, ele havia de ser, naquele momento, o mais amargo, o mais deprimido, o mais neurastênico. Pois bem: — desço ao vestiário, que, como se sabe, está instalado nas catacumbas do Maracanã. Entro lá e não vejo choro, nem vela. E nem o Zezé estava com o ar funeral que as circunstâncias comportavam. Absolutamente. Fui encontrar um Zezé normal ou, mais do que isso, um Zezé eufórico e com um otimismo lúcido e, por assim dizer, profético. Confesso, amigos, o meu estupor ao ver que alguém acreditava no Fluminense e que esse alguém era Zezé Moreira. Eu já não entendia mais nada. O meu estado era de franca e ignara perplexidade. Insisti junto ao nosso técnico: — "Você acredita nesse

* Torneio Rio-São Paulo, no Maracanã (11/4/1959). Fluminense 0 x 0 Portuguesa.

time?" Ele ergueu a face iluminada de fé: — "Acredito!" Eu podia discutir, argumentar. Mas qualquer raciocínio é impotente diante de uma fé assim maciça e assim enfática.

Depois da Portuguesa, enfrentamos o Corinthians.* Amigos, eu não tinha esperança nenhuma. Fazia meus cálculos: — "Com esse time, o Tricolor não vence ninguém!" Estive disposto a não aparecer em campo. Outros companheiros de torcida, possuídos do mesmo derrotismo, ficaram em casa. Só em cima da hora é que, num rompante suicida, resolvi ir ao estádio. E fui. Desde os primeiros momentos, vi que havia um abismo insondável entre o timinho que empatara com a Portuguesa e aquele que, bem armado, com superior estrutura, perfeita e dinâmica coesão, enfrentava o Corinthians. O antigo Waldo encarnava-se no atual. Então, eu, num assombro profundo, pensava na atitude de Zezé e na sua irredutível confiança: — "Vocês vão ver!" E, de fato, nós estávamos, no mesmo Maracanã, vendo um Tricolor transfigurado e irresistível. Eu falei de Waldo. Contra a Portuguesa, perdera gols, aos borbotões. Com os sete metros e quebrados abertos à sua frente, ele atirava para os lados, por cima. Tentos que uma cambaxirra capenga faria com uma perna só, Waldo perdia, da maneira mais ignominiosa e espetacular. E, no entanto, contra o Corinthians enfiou três, embora perdendo uns cinco. Outro milagre foi Escurinho. Dir-se-ia um virtuose. Tratava a bola como que amorosamente. Caprichava na jogada como um artista. Um conhecido, a meu lado, rosnou-me ao ouvido: — "Não pode ser o Escurinho!" Sim, não parecia o próprio e era. Aliás, todo o time, de alto a baixo, de ponta a ponta funcionava, como diz o torcedor, como uma orquestra, uma academia. Conclusão: — o Corinthians tomou um banho, que ainda lhe dói na carne e na alma, como uma nevralgia. Eu perguntava de mim para mim: — "Será que Zezé tem razão?" Em seguida, veio o novo teste, mais rigoroso, mais dramático, contra o Santos. Ora, o Santos já pertence mais à mitologia do futebol que propriamente ao futebol. Há quem diga que seu ataque, de tão bom, não pode existir. Acresce que iríamos enfrentar o fabuloso adversário no Pacaembu ou seja no campo que tem sido, tantas vezes, o túmulo do futebol carioca. Não faltou quem viesse soprar-me o vaticínio funesto: — "O Fluminense vai apanhar de dez!" Confesso, amigos,

---

* Torneio Rio-São Paulo, no Maracanã (15/4/1959). Fluminense 5 x 1 Corinthians. Os gols foram de Waldo (3), Telê e Escurinho. Índio descontou.

confesso que tremi nos meus alicerces. Há o jogo e ocorreu um empate que me permito considerar glorioso. Diga-se de passagem que podíamos ter ganho. Houve um momento em que Breno teve a vitória nos pés. Mas resolveu caprichar demais e conseguiu o milagre de não marcar.

Depois da goleada em cima do Corinthians e do empate em cima do Santos, eu vim para a redação com a escolha feita: — Zezé seria o meu personagem da semana. Nos momentos de confusão, enquanto outros caem num pânico histérico, ele segura o perigo pelos chifres e o derruba.

25/4/1959

meu personagem da semana: "Caixa Econômica"

159

Amigos, ontem foi o lírico do-

mingo dos velhos. Aqui, Barbosa fechando o gol; em São Paulo, Jair decidindo o jogo. Duas eternidades e ambas viçosas, ambas salubérrimas. Tanto Jair como Barbosa podiam ser, hoje, o meu personagem da semana. Mas há melhor, amigos, há melhor! Refiro-me ao "Caixa Econômica", a mais recente, inesperada e espetacular celebridade do futebol brasileiro. Antigamente, em matéria de "Caixa Econômica", só se conhecia a própria. Mas graças ao Fla-Flu fez-se uma descoberta sensacional. Sim, amigos: existia, aqui, nas nossas barbas, sem que o percebêssemos, o "Caixa Econômica" bandeirinha. Foi a grande e, direi mesmo, foi a contundente surpresa do Fla-Flu!

O bandeirinha! É, na história do futebol, o sujeito mais secundário. A humildade de sua função só tem paralelo com a do gandula. E houve uma época em que o bandeirinha era um franciscano apanhador de bola. Foi preciso que o profissionalismo aparecesse e o arrancasse de sua compacta obscuridade. Então, ele subiu social e economicamente. Lembro-me da primeira remuneração do bandeirinha: 25 mil réis por jogo! Hoje, a função é mais importante. O homem já marca impedimentos e tornou-se um personagem ativo e militante na comédia do futebol. Todavia, nenhum bandeirinha conseguiu, jamais, o furioso destaque do "Caixa Econômica". Num Fla-Flu sensacional, ele conseguiu ofuscar o juiz, os jogadores, o outro bandeirinha. Foi, atrevo-me a dizê-lo, o solista do espetáculo.

Aliás, tudo no "Caixa Econômica" parece predispô-lo para a celebridade e para a glória. A começar pelo apelido. É "Caixa Econômica", como poderia ser "Banco de Crédito Real de Minas Gerais", "Prolar S.A." etc. etc. E vamos e venhamos: ninguém consegue chamar-se "Caixa Econômica" impunemente. Há entre o nome de um sujeito e o seu destino uma conexão inevitável. Napoleão teria que ter um destino napoleônico. E o nosso "Caixa Econômica" não poderia viver eternamente obscuro e eternamente humilde. O Fla-Flu foi a sua grande chance terrena. Ao começar e até o encerramento da primeira etapa, o "Caixa Econômica" ainda permanecia ignorado, ainda permanecia inédito. E, súbito, na etapa final, surgiu a sua oportunidade napoleônica. Imagino que tenha ocorrido com o nosso herói uma crise de saturação. Cansou-se, amigos, de ser um fósforo apagado dentro do jogo. Achou talvez abusivo que o campo fosse um espaço privativo dos jogadores e do juiz. E fez o que nenhum outro bandeirinha, jamais, teve o desplante de fazer: entrou no campo e pôs-se a passear no gramado, com uma soberana naturalidade. E, de repente, acontece o inconcebível: uma tabelinha de um jogador rubro-negro com o "Caixa Econômica". Dizem que a bola bateu, simplesmente bateu, no fabuloso bandeirinha. Amigos, sejamos mais líricos e menos objetivos. Vamos admitir que o "Caixa Econômica" deu um passe, que caiu como uma luva ou, melhor, como uma meia no pé do Henrique. Jamais Zizinho no apogeu, ou Jair, ou o divino Domingos da Guia conseguiram ser tão precisos, exatos, perfeitos. O estupor do Fluminense foi de tal ordem que o time parou, de ponta a ponta, e Henrique, vivíssimo, penetrou, com furiosa velocidade. Dida recebeu a bola para marcar. Vejam vocês a trama diabólica: "Caixa Econômica" — Henrique — Dida! O Fla-Flu continuou, mas a verdade é que o Tricolor estava perdido. O que desintegrou meu time não foi bem o gol, mas a intervenção sobrenatural do "Caixa Econômica".*

A partir do momento em que se tornou o primeiro bandeirinha-artilheiro do universo, o meu personagem da semana conheceu a celebridade. Ontem, a sua simples presença no Vasco x Flamengo valorizou e dramatizou o clássico. O pânico da torcida cruz-maltina era que o "Caixa Econômica" apanhasse a bola, saísse driblando e marcasse para o Flamengo o gol da vitória.

2/5/1959

* Torneio Rio-São Paulo, no Maracanã (23/4/1959). Flamengo 2 x 0 Fluminense, com gols de Henrique e Dida.

meu personagem da semana: Orlando

160

Amigos, eu nunca entendi a moral do passe, em futebol. A meu ver, e até que me provem o contrário, é uma moral imoral. Uma das partes — o clube — tem todos os direitos; a outra parte — o jogador — nenhum. Essa desigualdade evidente e, até, espetacular, está a exigir um novo critério. Digo isto, a propósito de Orlando e do Vasco, que estão se engalfinhando, no momento, por causa, justamente, do passe do jogador. Há, no caso, o choque de duas intransigências: de um lado, a do Vasco, que não cede um milímetro; de outro lado, Orlando, que também se mostra irredutível. É, como se vê, uma luta apavorante pela inferioridade numérica de um dos adversários. De fato, o jogador é um só, ao passo que o clube implica a sua diretoria, o seu quadro social, a sua torcida, o seu poderio social e econômico, o seu acervo de vitórias e títulos. E porque Orlando luta sozinho contra tantos, eu o apresento aqui como o meu personagem da semana.

Diga-se de passagem que Orlando não teve sorte nenhuma. No momento em que procurou defender seus interesses, junto ao clube da Cruz-de-Malta, verificou-se uma coincidência: o Vasco pôde lançar mão de um Russo que, nas suas últimas atuações, tem demonstrado alta categoria. Imagino que Russo sentiu sua oportunidade e se decidiu a agarrá-la pelos cabelos. Dá tudo em cada jogada; pratica um arremesso lateral com a gravidade de quem está salvando a pátria. Ora, eu creio que sem Russo o Vasco não estaria tão intransigente com Orlando. Mas há um substituto e o clube já olha de lado, de esguelha ou de alto a baixo um jogador que já deu tanto pelo clube e que, além do mais, tem o título de campeão mundial.

Mas vejamos: há uma briga e quem tem razão? Em síntese, o Vasco daria uma pequena quantia ao jogador, mas exige uma outra quantia, muito maior, pelo seu passe. Ou em números redondos: o Vasco enfiaria quinhentos contos no bolso de Orlando. Na hipótese, porém, de uma recusa, fixaria o peço mínimo do passe em cinco milhões. O simples espectador da briga não vê uma relação entre as duas quantias. Quando se trata do bolso do craque, o Vasco acha muito quinhentos mil cruzeiros; mas quando se trata do próprio bolso, ele acha pouco cinco milhões! É essa lógica de duas caras que não me entra pela garganta. E vejam vocês como são as coisas no futebol. Existem, em São Januário, encostados ou, melhor dizendo, imprestáveis, vários bondes, que custaram aos cofres cruz-maltinos uma fortuna. Mas na hora de se negociar com Orlando, eis que o grande clube, potência e orgulho do esporte brasileiro, eis que o grande clube, dizia eu, começa a chorar os seus tostões.

Há quem rosne, pelas esquinas e pelos cafés, que Orlando está a exigir mundos e fundos. Não é verdade. Ele colocou suas pretensões dentro do justo, do legítimo. Amigos, vamos ter um pingo de consciência: Orlando pode pleitear um milhão e quinhentos mil cruzeiros, já que o próprio Vasco exigiria pelo seu passe cinco milhões! E vamos e venhamos: o meu personagem da semana não é apenas um jogador, não é apenas um grande jogador. É também um campeão do mundo. Para os simples, os bobos, os bovinos, um título, ainda que mundial, não enche barriga de ninguém. E, no entanto, eu penso de outra maneira: na minha opinião, ai do clube que não preza os seus campeões do mundo! Ai do Botafogo se não tivesse por Didi, Garrincha, Zagallo e Nilton Santos um respeito especialíssimo e profundo! Mas justiça se lhe faça: o Alvinegro tem feito o diabo para preservar os seus campeões do mundo. Ele sabe que há valores que não se vendem, nem se compram, valores inegociáveis. Assim os homens que, na Suécia, deslumbraram o mundo com o melhor futebol jamais contemplado por olhos mortais! Ora, no seu diálogo com Orlando, o Vasco precisa admitir que está tratando com um herói da Jules Rimet. Não é pé-rapado, não é um borra-botas. É alguém que lutou no Indomável Escrete e que voltou, para o Brasil, invicto da cabeça aos pés.

Meu confrade Luís Mendes dizia, ontem, na TV, que o passe é um instrumento de escravidão. Exato. Eis Orlando, o campeão do mundo, Orlando, ameaçado de apanhar papel no meio da rua. E vou mais longe: nesse caso, o Vasco está assumindo uma atitude antivascaína. Digo "antivascaína" porque não demonstra esse mínimo de generosidade e de humanidade que os grandes homens e os grandes clubes precisam ter. O Vasco não pode cobrar cinco milhões por um jogador que, segundo sua diretoria, não vale mais de quinhentos mil.

9/5/1959

meu personagem da semana: Julinho

161

Amigos, Julinho começou a ser

o meu personagem da semana a partir do momento em que o vaiaram. Foi, até, se me permitem a expressão, trágico. Insisto: trágico! Quem estava lá viu ou, por outra, ouviu. No instante em que o alto-falante do Maracanã anunciou Julinho em lugar de Garrincha, o estádio entupido foi uma vaia só.* Menos eu. Eis a verdade: — eu não apupei, embora preferisse Garrincha. Parecia-me que o escrete sem o "seu" Mané era um mutilado. Na pior das hipóteses, eu achava que o Feola devia ter posto os dois: — Julinho na ponta direita e Garrincha na esquerda. Mas um técnico tem razões que a razão desconhece. Puseram só Julinho e esqueceram o Garrincha. Verificou-se, então, o amargo e ululante desagrado da multidão. Naquele momento, ninguém se lembrou, no Maracanã e fora dele, de quem é Julinho na história do futebol brasileiro. Sim, amigos: — o homem andou pela Itália e quando voltou nós o olhamos, de alto a baixo, como se fosse um gringo qualquer, ou pior do que isso, como se fosse um perna-de-pau. Não há nada mais relapso do que a memória. Atrevo-me mesmo a dizer que a memória é uma vigarista, uma emérita falsificadora de fatos e de figuras. Por exemplo: — ninguém se lembrava de que, no Mundial da Suíça, contra os húngaros, Julinho fizera um carnaval medonho. De certa feita, driblara toda a defesa contrária para finalizar com uma bomba e que bomba! O arqueiro nem viu por onde a bola entrou. Esse gol foi uma obra-prima e devia estar numa vitrine de turismo, para

* Amistoso no Maracanã (13/5/1958). Brasil 2 x 0 Inglaterra, com gols de Julinho e Henrique.

a admiração pateta dos visitantes. Pois bem: — ao ser anunciada a escalação de Julinho, a nossa memória apresentou-nos a imagem não autêntica, não fidedigna do craque, mas de um quase penetra do escrete.

Ao ouvir o apupo, eu fui um pouco oracular para mim mesmo. Imaginei o seguinte vaticínio: — "Julinho vai comer a bola!" Podia parecer uma piada e, no entanto, era uma grave profecia. Eis a verdade: — para o jogador de caráter uma vaia é um incentivo fabuloso, um afrodisíaco infalível. Imagino que Julinho há de ter entrado em campo crispado da cabeça aos sapatos ou, retifico, às chuteiras. Nunca um craque foi tão só. Era um único contra duzentos mil. Mas, homem de brio indomável, Julinho aceitou a luta: — bateu-se contra a multidão que o cercava por todos os lados, disposta a crucificá-lo em outras vaias. Mas se nós tínhamos esquecido Julinho, Julinho não estava esquecido de si mesmo. Foi Julinho em cada um dos 45 minutos, foi sempre Julinho e só Julinho. Em inúmeras ocasiões o que ele fez com o adversário foi pior que xingar a mãe. E o primeiro gol, ah, o primeiro gol! Ele o marcou contra os ingleses, sim, mas também contra os que o vaiaram. Enfiou a bola de uma maneira, por assim dizer, sádica. Jamais houve um gol tão amorosamente sofrido como este. A partir da abertura da contagem, todo mundo passou a reconhecê-lo, todo mundo admitiu para si mesmo: — "Este é o Julinho!" E era.

Ele não parou mais. Aquela multidão se arremessara contra ele como um touro enfurecido. Pois bem: — ele agarra o touro a unha e lhe quebra os chifres. Então, aconteceu o milagre. O ex-touro brabo, já manso, tornou-se outro bicho. Sim, amigos: — do primeiro gol em diante, a multidão transformou-se em a "macaca de auditório" de Julinho. Se ele apanhava a bola, os duzentos mil espectadores arreganhavam o riso enorme e já gozavam, por antecipação, o que o Julinho iria fazer. Vejam vocês as ironias da vida e do futebol: — de um momento para outro, o vaiado, o apupado, o quase cuspido transformava-se num triunfador. E, de fato, Julinho foi grande. Nos pés de Julinho a jogada se enfeitava como um índio de carnaval. De certa feita, come um, dois, três, quatro e quase entra com bola e tudo. Imagino que, nesse momento, Lorde Nelson há de ter perguntado, lá do alto, para o mais próximo companheiro de eternidade: — "Quem é esse cara?" O "cara" era Julinho, sempre Julinho.

Assim é o brasileiro de brio. Dêem-lhe uma boa vaia e ele sai por aí, fazendo milagres, aos borbotões. Amigos, cada jogada de Julinho foi exatamente isto: — um milagre de futebol.

16/5/1959

meu personagem da semana: Coutinho

162

Amigos, o jogo Santos x Vasco,

que deu o título ao Santos, comporta vários personagens da semana.* Antes de mais nada, teríamos a diretoria do clube da Cruz-de-Malta. E que fez ela, a diretoria do Vasco da Gama, para que assim eu a destaque, em alto relevo? Fez apenas isto: atirou às feras um time de reservas, remeteu o time de reservas para o matadouro do Pacaembu. Qualquer paralelepípedo previra o que, fatalmente, aconteceu. O Santos deu um passeio, um baile, um banho de futebol. Imagino que, a essas horas, nas prateleiras de São Januário, as taças, os troféus inumeráveis hão de estar chocalhando de humilhação. Vamos e venhamos: a Cruz-de-Malta não merecia tão horroroso vexame. E o velho almirante, o próprio do Caminho das Índias, se vivo fosse, estaria sentado num meio-fio, a chorar lágrimas de esguicho. Glória, pois, ao imortal Barbosa. Debaixo dos três paus, ele foi algo como uma rocha oceânica, como uma bastilha invicta. Amigos, sua velhice não é velhice, mas uma soberba, uma salubérrima eternidade. E o falso velhinho impediu que a goleada fosse mais abundante, mais torrencial.

---

* Torneio Rio-São Paulo, no Pacaembu (17/5/1959). Santos 3 x 0 Vasco. Os gols foram de Coutinho (2) e Pelé.

Mas eu não farei da diretoria cruz-maltina o meu personagem da semana. Não. Repito: o meu personagem da semana há de ser um santista. E penso no ataque. Sim, amigos: o Santos não é como os outros. Qualquer time é um conjunto, que inclui o goleiro, a zaga, os médios e os cinco dianteiros. No Santos, não. No Santos tudo é ataque e só ataque. A defesa pode falhar, o goleiro pode papar frangos homéricos, frangos camonianos. Mas desde que o ataque esteja em estado de graça, de plenitude, não há o que temer. A gente não sabe como se chama o *keeper*, a gente não se lembra como se chama o zagueiro. O que ninguém esquece é a linha, com suas penetrações fulgurantes, suas tramas geniais. Basta dizer o seguinte: o Santos tem um Pelé. Eu sei que Pelé, contra os ingleses, jogou pedrinhas. Mas é Pelé mesmo jogando mal e vou mais além: Pelé, mesmo em casa, mesmo lendo gibi, já infunde um pânico religioso. E, além do Pelé, o ataque do Santos tem o Coutinho. Lembro-me que ao ouvir falar em Coutinho, pela primeira vez, tomei um susto. Comentei, então de mim para mim: "Coutinho não é nome de jogador de futebol!" De fato, o nome influi muito para o êxito ou para o infortúnio. Napoleão, se tivesse outro nome, já seria muito menos napoleônico. Outro exemplo: por que é que Domingos da Guia foi o que foi? Porque esse "da Guia" dava-lhe um halo de fidalgo espanhol, italiano, sei lá. Ainda hoje, o sujeito treme quando ouve falar em "da Guia". Mas o Coutinho tem contra si o nome. O sujeito que se chama apenas Coutinho dá logo a idéia de pai de família, de Aldeia Campista, Vila Isabel, Engenho Novo, com oito filhos nas costas e a simpatia pungente de um barnabé. Pois bem. Apesar de chamar-se liricamente Coutinho, o meu personagem da semana é um monstro, um Drácula, um "Vampiro da Noite" de futebol. Eu não sei se me entendem a imagem. Mas o Coutinho não sugere outra coisa, senão o sujeito que come a bola de uma maneira, por assim dizer, material, física. Ao sair de campo, parece-lhe escorrer dos lábios o sangue, ainda vivo, ainda efervescente da bola recém-vampirizada.

As inteligências simples, bovinas e, atrevo-me mesmo a dizê-lo, vacuns hão de rosnar: "Literatura!" Parece, amigos, parece! Mas o povo, com o seu instinto agudo, sua vidência terrível, reconhece e aponta os jogadores que "comem" a bola, como se a estraçalhassem nos dentes, fazendo esguichar o sangue da redonda. E se, na verdade, existem os "tarados" da pelota, Pelé ou Coutinho há de ser um deles. Com o doce e inofensivo nome de Coutinho, o meu personagem fez, ontem, contra o Vasco, barbaridades sem conta. A um confrade que veio, de avião, do Pacaembu, eu perguntei: "Que tal o Coutinho?" O colega baixa a voz: "Bárbaro!" Insisti: "E o Pelé?" Resposta: "Bárbaro!" Fui adiante: "E Dorval? Pepe?" A tudo, o sujeito respondia, de olho rútilo: "Bárbaro!" Então, eu me convenci, de vez, que o ataque do Santos se constitui, realmente, de sujeitos que não respeitam e, pelo contrário, brutalizam a bola e cravam, nela, os seus caninos de vampiro. Só o Coutinho fez, contra a velhice genial e quase imbatível de Barbosa, dois gols. Dizem que, nas bolas altas, ele se tornava elástico, acrobático, alado. O seu salto realmente era um vôo.

Guardem esse nome de pai de família e de barnabé: Coutinho. Ou muito me engano ou estará ele no escrete brasileiro que, se Deus quiser, vai ser bicampeão, no Mundial do Chile.

23/5/1959

meu personagem da semana: Barbosa

163

Amigos, o velho Barbosa está

fora do Brasil. Mas não importa e explico: — a ausência do verdadeiro craque é tão ativa, militante e absorvente como a presença viva. Só o perna-de-pau consegue ser esquecido. Um Barbosa, não. Está na longínqua e quase inexistente Escandinávia e continua sendo fato, continua sendo notícia. Ausente dá uma sensação de presença física.

O velho Barbosa! Digo "velho" e já retifico: — não é velho coisa nenhuma. Amigos, não existe a menor relação entre Barbosa e a sua idade. Ou melhor: — idade e pessoa não coincidem no arqueiro vascaíno. Ele tem o quê? Uns 37, 38 anos. Para as outras atividades, o sujeito pode ter isso ou mais, impunemente. Mas o tempo, no futebol, é rapidíssimo. Um minuto vale um mês ou mais. E, aos 37 anos o indivíduo é gagá para a bola, e insisto: — o indivíduo baba de uma velhice irremediável. A própria bola o refuga e trai. E Barbosa continua notícia, continua fato pelo seguinte: — porque é eterno.

E quando Barbosa joga acontece apenas isto: — ele esfrega a sua eternidade na cara da gente. Há dias, escrevi, aqui mesmo, que se trata da eternidade mais viçosa já ocorrida no futebol brasileiro. No comum dos mortais, a vida é uma luta corpo a corpo contra o tempo. O sujeito olha a folhinha e toma um susto ao verificar que estamos em 59. 1959! É o caso de perguntar: — "Já?" Sim, amigos: — Já! Para Barbosa o problema de folhinha e de relógio não existe. É o homem sem tempo, que esqueceu o tempo, que vive sem o tempo muitíssimo bem. Há os que rosnam: — "Barbosa pinta os cabelos!" De fato, tem já cabelos brancos. Aí o único detalhe de velhice na sua figura ágil, elástica, acrobática.

O problema do arqueiro, porém, não se resume ao desgaste físico. Não. Ele sofre um constante, um ininterrupto desgaste emocional. Debaixo dos três paus, parado, dá idéia de um chupa-sangue que não faz nada, enquanto os outros se matam em campo. Ilusão! Na verdade, mesmo sem jogar, mesmo lendo gibi, o goleiro faz mais do que o puro e simples esforço corporal. Ele traz consigo uma sensação de responsabilidade que, por si só, exaure qualquer um. Amigos, eis a verdade eterna do futebol: — o único responsável é o goleiro, ao passo que os outros, todos os outros, são uns irresponsáveis natos e hereditários. Um atacante, um médio e mesmo um zagueiro podem falhar. Podem falhar e falham vinte, trinta vezes, num único jogo. Só o arqueiro tem que ser infalível. Um lapso do arqueiro, pode significar um frango, um gol e, numa palavra, a derrota. Vejam 50. Quando se fala em 50, ninguém pensa num colapso geral, numa pane coletiva. Não. O sujeito pensa em Barbosa, o sujeito descarrega em Barbosa a responsabilidade maciça, compacta, da derrota. O gol de Gigghia ficou gravado, na memória nacional, como um frango eterno. O brasileiro já se esqueceu da febre amarela, da vacina obrigatória, da espanhola, do assassinato de Pinheiro Machado. Mas o que ele não esquece, nem a tiro, é o chamado "frango" de Barbosa.

Qualquer um outro estaria morto, enterrado, com o seguinte epitáfio: — "Aqui jaz Fulano, assassinado por um frango." Ora, eu comecei a desconfiar da eternidade de Barbosa quando ele sobreviveu a 50. Então, concluí de mim para mim: "Esse camarada não morre mais!" Não morreu e pelo contrário: — está cada vez mais vivo. Nove anos depois de 50, ele joga contra o Santos, no Pacaembu. Funcionou num time de reservas contra um dos maiores, senão o maior time do Brasil. E foi trágico, amigos, foi trágico! Começa o jogo e, imediatamente, Pelé invade, perfura e, de três metros, fuzila. Fosse outro, e não Barbosa, estaria perguntando, até hoje: — "Por onde entrou a bola?" Barbosa defendeu e com que soberbo descaro! Daí para frente, a partida se limitou a um furioso duelo entre o solitário Barbosa e o desvairado ataque santista. Foi patético ou por outra — foi sublime. E porque, na sua eternidade salubérrima, ainda fecha o gol, eu faço de Barbosa o meu personagem da semana.

30/5/1959

epifanias rodriguianas para sempre na estante

posfácio

A década era a de 1950. Nelson Rodrigues já havia se consagrado como dramaturgo, folhetinista e contista de enorme sucesso, embora despertando a ira dos moralistas de plantão. Faltava ainda dar a partida para inscrever o seu nome como o do mais inovador e prolífico cronista esportivo brasileiro de todos os tempos. É o que começa a fazer a partir do momento em que se coloca a preparar semanalmente, durante o correr da segunda metade da década, as inspiradíssimas epifanias em forma de crônica que escreveu para a revista *Manchete Esportiva*.

A íntegra das contribuições do cronista para o magazine é o que o leitor tem agora em mãos com *O berro impresso das manchetes*. Ao passar os olhos pela coletânea como um todo, percebemos que, ao contrário da crença corrente, o gênio da escrita de Nelson não se limitou a cuidar apenas e exclusivamente do mais popular esporte brasileiro. No leque de suas investidas como colunista esportivo antes de o Brasil sair ganhando um campeonato do mundo atrás do outro, o escritor incluiu uma diversidade grande de modalidades atléticas e conseguiu de igual maneira, com a qualidade e a dimensão profunda das reflexões de seu texto, retratar o quadro épico das glórias e derrotas de acontecimentos esportivos os mais variados.

Escolheu o boxe, por exemplo, como o assunto de duas colunas seguidas em *Manchete Esportiva*, no momento em que o *boxeur* e campeão norte-americano Archie Moore teve como desafiante o brasileiro Luizão, que não amarelou e resistiu bravamente a todos os assaltos em um confronto transmitido pela TV. Em outra oportunidade foi a vez de um maratonista, o português Manuel Faria, um "argonauta do asfalto", ganhar a atenção do cronista ao se sagrar vencedor da Corrida de São Silvestre no último dia do ano de 1957. Quase que um quadrúpede, de quatro patas apenas, se transforma em foco de uma outra crônica do autor. Dulce bem que tentou com seus trotes chamar a atenção do colunista, mas parece que faltou fôlego. "Por pouco, o meu personagem da semana não foi uma égua. Se Dulce tivesse ganho o *sweepstake*, estaria aqui, com seus quadris suados, as suas narinas vibrantes e as suas crinas geladas", comentaria.

Mário Filho, idealizador de competições de modalidades esportivas menos divulgadas, não podia faltar nessas colunas e foi assunto de muitas crônicas que festejavam seu espírito empreendedor. Entre os feitos desse responsável pelo estabelecimento da mística do Fla-Flu em suas investidas na organização de eventos esportivos, está a realização de um acontecimento inédito na América do Sul: a vinda, em julho de 1956, de uma equipe inglesa de remo de Cambridge para disputar uma competição com atletas brasileiros na Lagoa Rodrigo de Freitas em um domingo de regatas na cidade do Rio de Janeiro. Nelson escreveu duas crônicas sobre essa competição em *Manchete Esportiva* e abriu a primeira delas festejando o remo como esporte. Apesar de o leitor já ter passado por esses escritos, não custa destacar o que afirmou poeticamente o cronista:

> "Até hoje não compreendi por que o futebol é um criador de multidões e o remo, não. E, no entanto, se compararmos uma modalidade e outra, verificaremos o seguinte: — o remo é muito mais bonito e devia ser muito mais apaixonante. Tudo valoriza: — o mar, o horizonte, o barco, o céu. De resto, a figura do remador tem, atrás de si, um tremendo passado oceânico. Não importa que, por vezes, ele sulque as águas cordiais e sedativas de uma lagoa, como a nossa Rodrigo de Freitas. Seja como for, o remador está ungido de sal, de vento, de Sol, de Lua, como os nautas camonianos."

No que diz respeito ao futebol, que Nelson, com sua fascinação pelo uso de prefixos, certamente chamaria de "ex-esporte bretão", a escrita do cronista tampouco se limitava às partidas em si. Mais do que a aridez e a superficialidade dos resultados, o que interessava ao cronista era a atmosfera, os incidentes e os episódios que envolviam os atletas dentro e fora das quatro linhas do gramado e que adquiriam grande significação sob a ótica particular do colunista. Juízes, bandeirinhas, massagistas, gandulas, cartolas e toda e qualquer pessoa relacionada de alguma forma com uma partida de futebol eram assunto para sua pena.

Apesar do compromisso com os acontecimentos do calendário esportivo da segunda metade da década de 1950, em algumas crônicas Nelson não resistiu a investir abertamente pelo campo da ficção. Incorreu, dessa forma, naquilo que Afrânio Coutinho definiu em sua tipologia sobre a crônica brasileira, em *A Literatura no Brasil*, como a "crônica narrativa", modelo de escrita em que escritores de estirpe tão diversa quanto Machado de Assis, Carlos Drummond de Andrade e Fernando Sabino, de maneira semelhante a Nelson, também incursionaram.

Trata-se de uma prática discursiva híbrida entre a crônica e o conto. Vários dos exemplares dessa opção estilística nelsonrodriguiana podem ser apreciados em muitas das colunas inéditas em livro reunidas neste volume. Para destacar um exemplo vale a pena chamar a atenção para a extraordinária crônica que aparece sob o título de "Perfil do miserável", escrito em que Nelson trata daquele tipo que era sua obsessão maior: o canalha. Essa figura que fascinava e seduzia a imaginação rodriguiana surge nessa crônica-conto na pessoa de um malandro personagem que decide observar mulheres nuas, entre elas a noiva de um colega, tomando banho em uma piscina natural durante um passeio ao Dedo de Deus, próximo à cidade de Teresópolis, no estado do Rio de Janeiro. E o esporte com isso?, se perguntará o leitor. O grupo era de praticantes de alpinismo, que, ambientado no Brasil, se torna nas palavras do próprio cronista o "esporte mais soturno que se possa imaginar: — falta-lhe o principal, que é a neve. O sujeito já sabe que não vai virar picolé. De qualquer forma, justiça se lhe faça: — considero aquele que escala qualquer coisa um herói de Stalingrado."

O canalha se transfiguraria, como se pode constatar nessa compilação, em personagens no limite entre o ficcional e o real e se espalharia por outras crônicas de *Manchete Esportiva* na pessoa de um goleiro mau caráter, um juiz ladrão, um bandeirinha escroque. Todos externando a "irizada, a multicolorida variedade do vigarista". Nelson chegaria mesmo a constatar a importância fundamental desse personagem em campo como se pode ver em outro escrito inédito em livro que aparece sob o título de "0 x 0 em Praga", em que destaca a necessidade imprescindível da presença do juiz gatuno para dinamizar certos jogos que, do contrário, resultariam na "derrota dos 22 jogadores".

Uma das características que iria marcar futuramente a crônica rodriguiana de modo geral — e as crônicas esportivas desse período são um sinal disso — é seu tom memorialista. Para fazer render esse viés de sua escrita, Nelson em diversos momentos rememora, em narrativas que exploram a voltagem literária de seu texto, passagens esportivas antológicas de atletas brasileiros. Nessa vertente se enquadram as folclóricas lembranças de Jaguaré, Espanhol e Moderato, por exemplo. Os casos de Jaguaré, o Dengoso, e do beque Francisco Gonçalves, o Espanhol, já tinham sido registrados pela coluna "Da primeira fila", de Mário Filho, no jornal *O Globo* em 1942, e voltam pelas mãos de Nelson a aparecer em trechos das crônicas "Bocage no futebol", na edição de 14 de janeiro de 1956, e "Meu personagem da semana: Waldo", na edição de 14 de setembro de 1957. Na primeira, o cronista narra a história das negociações da ida de Jaguaré para o Barcelona, enquanto na segunda, Espanhol, do Vasco, surge festejado por sua bravura: fraturou a perna para evitar um gol. Há o caso ainda de Moderato, um personagem com tanta densidade fabular que sua materialidade física nem Nelson, nem seus companheiros de redação seriam capazes de precisar. Ficou registrado na crônica "Futebol na pré-história". É claro que a dúvida matreira encenada pelo chiste do autor não tem fundamento: o jogador existiu de fato.

Manchete Esportiva circulou de novembro de 1955 até maio de 1959. Era fechada no final da noite de domingo, depois do encerramento do último jogo da rodada, e chegava às bancas a partir de segunda-feira, mas com data do sábado seguinte. Nelson Rodrigues participou assiduamente da revista com suas crônicas, esteve, no entanto, ausente por dois momentos. O primeiro deles, por seis números, no período que vai de junho a agosto de 1957, época em que subiu ao palco *Perdoa-me por me traíres*, a nona peça das dezessete que escreveu. A justificativa para o seu afastamento se deve com certeza aos preparativos para a estréia de um drama que exigiu bastante de Nelson. Nessa peça, além de autor, Nelson veio a fazer sua estréia como ator teatral, interpretando o ignóbil tio Raul que morre exemplarmente no final do terceiro e último ato.

A segunda interrupção foi um pouco mais longa e se estendeu por doze edições, entre novembro de 1958 e fevereiro de 1959. Nelson teve uma recuperação difícil em conseqüência de uma operação para extração da vesícula. Após seu restabelecimento, e como sempre fez quando enfrentou doenças graves, Nelson voltaria de imediato ao trabalho e seguiria com suas crônicas com uma regularidade e com uma devoção a toda prova.

Do cronista de futebol, essas colunas nos revelam um Nelson Rodrigues profético e apostando suas fichas nos atletas brasileiros. *Manchete Esportiva* cuidou da cobertura de jogos amistosos e de toda a trajetória da seleção brasileira, primeiro no campeonato Sul-Americano de futebol (atual Copa América), em 1957, e depois rumo à sua primeira vitória no mundial de futebol, em 1958. Ainda que nossa vitória em 1958 tenha sido ganha com alguns dos melhores jogadores brasileiros de todos os tempos e que fariam história (Pelé, Garrincha, Zagallo), é necessário lembrar que esses atletas estavam começando sua ascensão rumo à glória que alcançariam nos anos seguintes. Do Sul-Americano de 1957, disputado entre março e abril, Pelé nem chegou a participar. O atleta do século, com 16 anos apenas, estava dando início à sua carreira e só iria integrar o escrete brasileiro em julho deste ano, na Copa Rocca. Devemos lembrar também dos traumas das derrotas em 1950, em casa, no Maracanã, e em 1954, na Suíça, no estádio Wankdorf. Estávamos, portanto, longe da certeza de uma vitória no campeonato. Desde o torneio Sul-Americano, em 1957, Nelson, como se percebe nas colunas de *Manchete Esportiva* que dão conta desse certame, já demonstrava seu entusiasmo pelo escrete brasileiro, ainda que o selecionado acabasse fracassando na disputa ocorrida em Lima.

Sem ser oportunista (pelo contrário, sempre que a seleção se saía mal era o primeiro a apontar seus pontos fracos) e de um ufanismo rasteiro, o cronista chamou a atenção para as potencialidades dos jogadores brasileiros. Se saiu com muitas de suas expressões famosas nessas colunas para assinalar como o brasileiro era "um narciso às avessas, que cuspia na própria imagem". Chegou a diagnosticar freudianamente um "complexo de vira-latas" nos atletas brasileiros, complexo que seria superado com a vitória na Copa de 1958.

Foram também nessas crônicas de *Manchete Esportiva* que Nelson lançou alguns dos insólitos epítetos com que gostava de caracterizar nossos jogadores. Didi era ora "príncipe etíope de rancho", ora "imperador Jones" (referência ao protagonista de um drama expressionista escrito pelo teatrólogo Eugene O'Neill, autor que Nelson Rodrigues tanto admirava). Zagallo lembrava ao cronista as narrativas dos romances históricos de Walter Scott e, por isso, ganhava a alcunha de Coração de Leão. E Bellini, futuro capitão do Brasil na vitória de 1958, se transformava, em jogos com a camisa cruz-maltina, no Javali do Vasco, por sua falta de cerimônia em jogar duro. Coube a Nelson ainda ser o primeiro a identificar a realeza de Edson Arantes do Nascimento e de tratá-lo como Rei Pelé em sua coluna de *Manchete Esportiva*.

Como gostava de fazer em todos os seus escritos, Nelson recorre em suas crônicas ao uso de uma linguagem extremamente coloquial. Nas crônicas rodriguianas, isso pode transparecer, por exemplo, pela escolha de um vocativo como "amigos" para figurar na abertura de muitos de seus escritos de colunista esportivo. Nelson tinha por hábito iniciar suas crônicas esportivas se dirigindo aos leitores com essa popular saudação, o que ajudava a estabelecer empatia com aqueles que acompanhavam suas colunas. Traço marcante da escrita machadiana, esse diálogo com o leitor era atualizado pela pena inovadora do cronista.

Ela se tornaria, por sinal, sua marca registrada e faria escola sendo seguida por outros jornalistas no passado e no presente. Cronistas de gerações tão distintas quanto João Saldanha e Matinas Suzuki Jr. a empregariam no jornalismo impresso, e, mesmo no meio televisivo, Galvão Bueno recorreria em suas narrações a uma expressão semelhante — "bem, amigos" — para iniciar as transmissões de jogos na TV Globo, o que assinala outra manifestação tributária ao estilo de Nelson.

Para termos a compreensão apropriada da importância de *Manchete Esportiva*, um projeto editorial que congregava boa parte da linhagem de jornalistas da família Rodrigues (o expediente registra Augusto Rodrigues como diretor, Nelson Rodrigues como redator-principal e Paulo Rodrigues como chefe de reportagem, e há as contribuições de Mário Filho como colunista) sob o aval do empresário Adolpho Bloch, é necessário destacar a sua revolucionária concepção gráfico-editorial. Essa moderna revista ilustrada esportiva explorava como nunca o impacto das imagens registradas com os atletas em ação. Realizava também reportagens especiais em fotos posadas. Quando da morte de Gilberto Cardoso (uma dessas personalidades esportivas do tempo em que nossos cartolas se dedicavam mais aos seus clubes do que às jogadas políticas), aos 49 anos, uma equipe da revista levou os atletas do Flamengo até o cemitério de São João Batista e fez uma foto com todos em volta de seu túmulo.

De outra feita, Didi foi convidado a explorar seus dotes de ator para as lentes de *Manchete Esportiva* no Theatro Municipal do Rio de Janeiro "interpretando" o Rigoletto de Verdi. Esse flagrante foi registrado em pôster e fotos que tomaram várias páginas da revista.

Secundando o que outras publicações como *O Cruzeiro* e o *Jornal da Semana Flan* vinham fazendo com as estrelas de cinema hollywoodianas e personalidades conhecidas, o magazine reservava invariavelmente sua contracapa colorida para abrir o "ektachrome" de alguma atleta fotografada em um recanto paradisíaco em pose de *pin-up*. Os registros dos atletas treinando ou mesmo no ambiente descontraído de casa eram de igual maneira trabalhados pela reportagem. As caricaturas assinadas por Lan e por Fritz recebiam, por sua vez, tratamento especial. Lan chegou a ganhar a página central, onde pôde explorar as formas exuberantes de seu traço, exibidas com requintes que destacavam as cores de sua palheta.

Nos primeiros números de *Manchete Esportiva*, a crônica de Nelson Rodrigues aparece só com uma fotografia, a identificação "Nelson Rodrigues escreve" e ocupa um canto de página (recebe também títulos, que foram mantidos como nos originais para a presente edição). Quando se chega a crônica do dia 24 de agosto de 1957, no entanto, Adolpho Bloch sugere a Nelson uma denominação definitiva para a seção de crônicas do escritor: "Meu personagem da semana", que é prontamente encampada pelo cronista. Em crônica, inédita em livro e que aparece pela primeira vez neste volume, Nelson demostra todo o seu entusiasmo pela sugestão de Bloch.

A mudança marca também o momento em que as crônicas começam a ser ilustradas por fotos e saem do canto da página para tomá-la por inteiro. De uma única página, Nelson passa em seguida a ocupar folhas duplas que são diagramadas com tratamento gráfico sofisticado: além de fotos, uma rubrica com a caligrafia do escritor assinando o nome da coluna ilustra a seção, que deixa de apresentar qualquer outro título identificando o assunto (para facilitar o reconhecimento dos escritos por parte do leitor, destacamos o personagem em foco em cada edição).

A crônica que celebra a figura de Pelé como o "meu personagem do ano" de 1958, publicada no número especial da revista dedicado ao "Anuário de Ouro", que festejou a conquista da Copa do Mundo de 1958, é, para usarmos expressão do próprio cronista, digna de ser enquadrada e exposta em um museu. A coluna "Meu personagem da semana" foi tão importante para o escritor que ele a levaria pelo resto de sua vida e para onde fosse. Passou com Nelson pelo *Última Hora*, pelo *Diário da Noite* e chegou finalmente a *O Globo*, em 1962, onde permaneceu pelo resto da vida do cronista.

O levantamento das crônicas de Nelson para a *Manchete Esportiva* que aparece neste volume é o resultado da pesquisa que realizei dentro do Programa de Pós-Graduação em Ciência da Literatura na Universidade Federal do Rio de Janeiro — com apoio do Conselho Nacional de Desenvolvimento Científico e Tecnológico (CNPq) —, para a tese *Nelson Rodrigues — inventário ilustrado e recepção crítica comentada dos escritos do Anjo Pornográfico*, defendida em dezembro de 2006.

As crônicas surgem de apanhado feito no Museu de Comunicação Social Hipólito José da Costa, em Porto Alegre, e na Biblioteca Nacional, no Rio de Janeiro. O museu porto-alegrense possui, entre os seus oito mil títulos datados desde 1920, a melhor, mais bem cuidada e abrangente coleção de *Manchete Esportiva* por mim encontrada e deve ser parada obrigatória para os pesquisadores interessados em publicações esportivas. A coleção da Biblioteca Nacional, ainda que quase completa, deixa, como a do Museu de Comunicação Social Hipólito da Costa, de registrar alguns números (por felicidade não há coincidência nessas falhas, o que permitiu o acesso à coleção integral da revista), mas se encontra em um estado tão precário que torna difícil a simples consulta.

Gostaria de agradecer aos funcionários desses dois centros de pesquisa pela ajuda e presteza com que me auxiliaram dando conta das minhas muitas solicitações. Devo agradecer ainda aos fotógrafos Léo Platcheck e Fabro Steibel, que registraram as crônicas de Nelson Rodrigues para a pesquisa. A dissertação de mestrado "As fábulas do gol: crônicas esportivas de Nelson Rodrigues", de Daisi Irmgard Vogel, o primeiro esforço de levantamento das colunas de *Manchete Esportiva*, foi usada para o confronto e o estabelecimento de algumas datas.

Marcos Pedrosa de Souza

NELSON RODRIGUES NA EDITORA AGIR

Nelson Rodrigues já era Nelson Rodrigues quando, em 1961, organizou a antologia que reunia em livro pela primeira vez parte da série "A vida como ela é...", que estreara em 1950 no *Última Hora*. Como o melhor jornalismo, a coluna falava direto ao público; como a literatura mais sofisticada, fazia tremer suas convicções. Sob as manchetes, o leitor encontrava, pela primeira vez em letra de forma, ciúme, dilemas morais, inveja, desejos desgovernados, adultério e sexo. Diagramados, estavam ali o céu e o inferno das tradicionais famílias dos subúrbios cariocas afrontadas pela emergente classe média de Copacabana. Item de colecionador, disputado em sebos, os dois volumes da editora J. Ozon dos *Cem contos escolhidos — A vida como ela é* voltam às livrarias, em volume único, inaugurando na Agir a publicação das obras em prosa do autor.

O casamento é um inventário das obsessões mais caras a Nelson Rodrigues. Adultério, incesto, assassinato e um austero moralismo pontuam suas páginas, escritas em 1966, no ritmo da encomenda que resultou no primeiro e único romance que o dramaturgo assinou com o próprio nome. Censurado menos de dois meses depois de publicado, o romance se passa nas 24 horas que antecedem ao casamento de Glorinha, quando Sabino, o zeloso pai da moça, se vê atropelado por fantasias e fantasmas sexuais e sua vida se transforma no campo de batalha entre a força devastadora dos desejos e a aparente solidez da moral. Sua tragédia é, inevitavelmente, vizinha da comédia, já que Nelson enche a trama com algumas das tiradas que o celebrizaram: "Todo canalha é magro!" "Só os profetas enxergam o óbvio." "Qualquer um pode ser obsceno, menos o ginecologista." "Não acredito que uma mulher possa amar o mesmo homem por mais de dois anos."

Seleção de 26 textos da coluna "A vida como ela é...", publicada por Nelson Rodrigues de 1951 a 1961 no *Última Hora*, *Elas gostam de apanhar* foi lançado pela editora Bloch em 1974. Cada vez mais solicitado por jornalistas e estudantes e conhecido pelo público, Nelson vivia um período de consagração artística. Estava envolvido com a montagem da peça *Anti-Nelson Rodrigues*, escrita no ano anterior, com o sucesso da adaptação cinematográfica de *Toda nudez será castigada* pelo cineasta Arnaldo Jabor (1973) e continuava com a coluna "Confissões" em *O Globo*. No entanto, sua saúde estava cada vez mais debilitada — o autor morreria em 1980, em decorrência de um edema pulmonar. Após 23 anos fora das livrarias, *Elas gostam de apanhar* em que o autor lança seu olhar cáustico sobre os dilemas e desejos indissociáveis da condição humana.

Duas primas se apaixonam pelo mesmo homem, o jovem e belo médico Paulo. Sônia, sete anos mais velha, é a mansa e abnegada figura materna para a espevitada e quase cruel Joyce. Disposta a abrir mão de seu grande amor em favor da mulher que ama como filha, Sônia descobre, no entanto, que esse estranho triângulo amoroso está cada vez mais próximo de um trágico desfecho. Sob o pseudônimo de Suzana Flag, Nelson Rodrigues publicou *O homem proibido* em folhetim no jornal *Última Hora*, entre junho e setembro de 1951. Ao contrário dos folhetins anteriores, *O homem proibido* não ganhou uma edição em livro logo após sua conclusão no jornal. Somente em 1981, o romance foi publicado pela editora Nova Fronteira, um ano após a morte de seu autor, e, em 1982, foi adaptado para a televisão.

Publicados em *O Jornal*, os 38 capítulos de *Meu destino é pecar* narram a vida de Leninha, que se casa com Paulo, um homem que ela não ama, para salvar a

família da derrocada financeira. Ao chegar à casa da fazenda Santa Maria, Leninha encontra um ambiente marcado pela memória da trágica morte de Guida, primeira mulher de Paulo, e pela disputa entre Paulo e seu irmão, Maurício. Em meio a esse embate, um mistério: quem seria a mulher que Maurício visita todos os dias em uma casa na floresta? Ao criar uma narrativa em que nada é o que parece, Nelson Rodrigues apresenta sua visão complexa do mundo, filtrada pela voz feminina de Suzana Flag. *Meu destino é pecar* foi publicado em livro pelas Edições O Cruzeiro, em 1944, logo após sua conclusão no jornal, com grande sucesso comercial. Em 1952, foi levado para o cinema pelas mãos do argentino Manuel Pelufo, primeira adaptação cinematográfica de um texto de Nelson Rodrigues.

Em 1967, Nelson Rodrigues iniciou a publicação da coluna "Memórias" no *Correio da Manhã*, a partir da qual organizou a antologia *Memórias — A menina sem estrela*. No final daquele ano, transferiu a coluna para *O Globo* mu-

dando seu nome para "Confissões". Além de deixar entrever parte de sua vida, o autor analisava personagens de sua época, as mudanças de comportamento e os debates políticos pelos quais passava o país. Encontramos em cada crônica os tipos criados por Nelson, como a "estagiária do JB" e a "grã-fina de nariz de cadáver", e os amigos — e inimigos — que transformava em personagens: Otto Lara Resende, Hélio Pellegrino, Antonio Callado, Alceu Amoroso Lima, D. Hélder Câmara, entre outros. *O óbvio ululante* traz de volta a seleção do autor feita em 1968 das "Confissões" publicadas entre dezembro de 1967 e junho de 1968. As "Memórias" e as "Confissões" de Nelson renderiam ainda dois livros: *A cabra vadia* (1970) e *O reacionário* (1977).